中国古典小说 青少版

蔡东藩 著

朱传誉 改写

# 前汉演义 上

人民文学出版社

**图书在版编目(CIP)数据**

前汉演义:全2册/蔡东藩著;朱传誉改写.—
北京:人民文学出版社,2012
(中国古典小说:青少版)
ISBN 978-7-02-008917-8

Ⅰ.①前…　Ⅱ.①蔡…　②朱…　Ⅲ.①章回小说-中
国-当代-缩写　Ⅳ.①I247.4

中国版本图书馆 CIP 数据核字(2011)第 267614 号

总　策　划:黄育海
责任编辑:胡文骏
选题策划:韩伟国　王轶华
装帧设计:董红红　高静芳
图片编辑:贺霹雳　汪佳诗

出版发行　人民文学出版社
社　　址　北京市朝内大街 166 号
邮政编码　100705
网　　址　http://www.rw-cn.com
印　　制　山东临沂新华印刷物流集团有限责任公司
经　　销　全国新华书店等
字　　数　300 千字
开　　本　890×1240 毫米　1/32
印　　张　16.5　插页　6
版　　次　2012 年 1 月北京第 1 版
印　　次　2012 年 1 月第 1 次印刷
书　　号　978-7-02-008917-8
定　　价　44.00 元(全 2 册)

如有印装质量问题,请与本社图书销售中心调换　电话:010-65233595

# 经典的触摸

◎梅子涵

著名儿童文学作家 上海师范大学教授

有很多经典文学一个人小的时候不适合读，读了也不是很懂；可是如果不读，到了长大，忙碌于生活和社会，忙碌于利益掂记和琐细心情的翻腾，想读也很难把书捧起。所以做个简读本，收拾掉一些太细致的叙述和不适合的内容，让他们不困难地读得兴致勃勃，这就特别需要。

二百多年前，英国的兰姆姐弟就成功地做过这件事。他们把莎士比亚的戏剧改写成给儿童阅读的故事，让莎士比亚从剧院的台上走到儿童面前，使年幼也可以亲近。后来又有人更简化、生动地把莎士比亚的戏做成鲜艳图画书，儿童更是欢喜得拥抱。

二十年前，我也主编过世界经典文学的改写本，55本。也是给儿童和少年阅读。按照世界的统一说法，少年也属于儿童。

我确信这是一件很值得做的事情，而且可以做好。最要紧的是要挑选好改写者，他们要有很好的文学修养和对儿童的认识，心里还留着天然的儿童趣味和语句，举重若轻而不是呲牙咧嘴，该闪过的会闪过，整个故事却又夯紧地能放在记忆中。

　　这也许正成为一座桥，他们走过了，在年龄增添后，很顺理地捏着这票根，径直踏进对岸的经典大树林，大花园，而不必再文盲般地东打听西问讯，在回味里读到年少时被简略的文字和场面，他们如果已经从成长中获得了智慧，那么他们不会责怪那些简略，反倒是感谢，因为如果不是那些简略和清晰让他们年幼能够阅读得通畅、快活，那么今天也未必会踏进这大树林、大花园，没有记忆，便会没有方向。

　　即便长大后，终因无穷理由使一个从前的孩子没有机会常来经典里阅读，那么年幼时的简略经典也可以是他的永恒故事，担负着生命的回味和养育，简略的经典毕竟还是触摸着经典的。

　　我很愿意为这一套的"经典触摸"热情推荐。

　　这套书的改写者里有很杰出的文学家，所以他们的简略也很杰出。不是用笔在简单划去，而是进行着艺术收拾和改写。

　　杰出的笔是可以让经典照样经典的。

# 写在前面

我曾改写过《东周列国演义》，从春秋战国一直写到秦。这部《前汉演义》，恰好和《东周列国演义》衔接，从秦到汉。汉代分前汉（西汉）和后汉（东汉）。

原书有一百回，约五十多万字，我把它减缩成二十四万字，分上下两册。在编写方法上，原书是用章回体，我以人和事做单元，分成八十多个故事，短的不到一千字，长的将近一万字。每个故事都能独立，但却彼此相关，既可以当短篇故事看，也可以当长篇小说读。

原书文字半文半白，我尽量使之口语化。不过有些古文我给省略掉了，以免影响读者阅读的兴趣。在内容方面，有很多故事，大家可能都知道了，用不着我多作介绍。

要了解中国文化，必须读中国历史。我改写这部书，就是想使其通俗化,引起少年们阅读历史的兴趣,并对中国文化的特质有基本的认识。如果读者们能在阅读过程中,得到一点人生教训,那就是我莫大的收获了。

# 前汉演义（上册） 上

# 目录

# 目录

# 一、 秦始皇的故事

秦始皇是秦朝的第一代皇帝,姓嬴名政,他父亲是秦王楚,很早就死了。他继承父亲职位的时候,才十三岁,所以国事都由丞相吕不韦代管。嬴政长大以后,非常能干,十年的工夫就灭掉韩、赵、燕、魏、楚、齐六个国家,统一了天下。因此,他觉得他比上古的三皇五帝还要伟大,就把"皇"和"帝"两个字合起来,管自己叫"皇帝"。在嬴政以前的君王,都有谥号。"谥"是一种称号,有好有坏,好的君王得好的谥,坏的君王得坏的谥,谥有一定的规则,不是随便就能给的,并且都是在君王死了以后才有。秦始皇怕自己死了以后,后代的人给他坏的谥,于是就干脆废除了谥法。他是秦朝的第一代皇帝,就称自己为"始皇帝",以后按照数字计算,第二代的皇帝称"二世",第三代称"三世",像这样一代一代的传下去,可以传到千千万万世。为了称呼方便起见,他又省略了"帝"字，称自己为"始皇"。没想到秦朝只传到第二代就灭亡了，后代的人就在"始皇"上加了一个"秦"字，管他叫"秦始皇"。

## 废封建、设郡县

秦始皇统一天下以后，丞相王绾等建议分封子弟为王，去镇守已被灭掉的各国。秦始皇就召集群臣商量，群臣都赞成王绾的意见，只有廷尉李斯反对，他说："周朝开国，就是因为分封同姓子弟，结果各国互相攻击，周天子无法禁止，终于衰亡。现在秦朝好不容易统一天下，应该设置郡县，由中央派人去治理，天下才能太平。"

秦始皇采纳了李斯的建议，命他跟手下妥善商量后立刻进行。李斯受命后，费了很大的心力，终于把天下分为三十六郡，管理一郡政事的人叫郡守，军事由郡尉负责。县设县令，和郡守、郡尉，同由中央任命。郡守、县令可以任命郡佐、县佐，协办政事。佐以下就是乡官，由民众选举。大约十里设一亭，亭设亭长；十亭为一乡，乡有三老和啬夫、游徼。三老负责教化，啬夫负责诉讼，游徼管理盗贼。老百姓一律叫"黔首"。

秦国的法律本来很严，不准老百姓悄悄地聚在一起讲话，不准三个以上的人同一桌喝酒。这次天下统一后，中央下了一道命令,准许老百姓在一起吃喝一两天。老百姓自然很高兴。大家正喝得兴高采烈的时候,中央忽然又下了三道命令:第一,老百姓要交出私藏的兵器;第二,各地有钱有势和有名的人,都得搬到首都咸阳去住;第三,毁掉全国险要地方的城堡关塞。这些措施都是为了防备老百姓造反。

当时民间的兵器,都是用铜打造的,全部运到咸阳以后,秦始皇立刻下令镕毁,结果得到几百万斤的铜。恰好这个时候,临洮县报告,出现了十二个巨人,身高约五丈,脚大有六尺,都是外国人打扮。秦始皇认为这是一个好征兆。就下令将镕化了的铜,摹仿巨人形象,铸成十二个铜人,每个铜人重二十四万斤,排列在宫门外头。相传这十二个铜人,到汉朝的时候还存在。到汉代末年,董卓毁掉了十个铜人,把那些铜改铸成铜钱。剩下那两个巨人,到西晋灭亡以后,被后赵国君石虎搬到邺城,后来秦王苻坚又搬回长安,烧毁了事。

## 筑　驰　道

秦始皇是一个好动的人,他觉得一天到晚老待在宫里,太没有意思,于是便想到全国各地去巡视。由于交通不方便,他便下令建筑驰道。这驰道是专供他坐车来往的大路,宽五十步,土高石厚,用铁锥砸得很结实,路旁栽种青松,通达全国各地。筑好以后他出巡了好几次。第一次是始皇二十七年秋天往西,第二次是二十八年春天走东。他曾经到过泰山,还在山顶举行祭祀,下山的时候,忽然下起大雨来,幸亏山腰有五棵大松树,枝叶茂密,扶疏如盖,可以避风雨。驾车的人赶紧把他的车子推到树下去。他非常高兴,就封这五棵大松树为大夫,后代的人就管它们叫"五大夫松"。直到今天,还有一两棵仍旧屹立在那儿。

他每到一个地方,都要立石碑,记下他的功劳。到琅琊山时,他看见一座塌了的古台,就问随行的人这台是谁造的。知道这古台来历的人说是越王勾践建筑的,经过几百年之久,自然会塌陷的。

秦始皇听了以后,说:"越王勾践都能建筑这样一座台,难道我连他都不如吗?"就下令拆去旧台,重建新台,规模比旧台要大几倍。结果动员了三万人,建筑了三个月才完成。

始皇二十九年,作第二次东巡(即第三次出巡),在博浪沙的地方,受到刺客的椎击,因此,吓得他有很多年不敢出巡。直到始皇三十七年,才忍不住又东巡,这是他最后一次的出巡,就在这次出巡中,死在路上。


## 博 浪 沙

博浪沙在河南省的阳武县,这地方没有高山,也没有密林。

秦始皇第三次出巡，来到这地方的时候，忽然飞来一个大铁椎，刚好从他车子旁擦过，打中他后头的一辆空车。他听到声音吓了一大跳，手下人立刻都跑到他面前来保护。他定下神，命卫兵把铁椎拿过来，又立刻叫卫兵们寻找刺客，卫兵们到处搜寻，始终没有找到。他瞪着眼睛向他们说："这难道是天上飞来的吗？一定是你们不注意，让他跑掉了，他不会跑得太远的。"就令地方官吏，赶紧搜索。地方官吏搜查了半天，仍旧没有抓到。他下令全国加紧搜查，限十天以内把刺客抓到。结果十天过去了，刺客依然逍遥法外。他无奈，只好继续向东走，玩了一段日子，又回到咸阳。

这铁椎究竟是谁打来的呢？我们只知道是一个力士，他的姓名却无法知道。不过，主使的人很有名，就是张良（字子房）。他是韩国人，自韩国灭亡以后，就到处找人来为韩国报仇。有一天，他到了淮阳，遇见仓海君，谈起秦始皇的暴虐和他暗杀的计划，仓海君对他很同情，就给他介绍了一个力士。

张良把自己的计划告诉力士，力士便一口答应下来。张良自然很高兴，就秘密铸了一个铁椎，重约一百二十斤，交给力士，然后就和仓海君告别，跟力士一起出发。

恰好赶上秦始皇第三次出巡。两个人到了博浪沙，看见远处的尘土飞扬，知道秦始皇的军队来了，立即躲藏在驰道的一旁。驰道建筑得中间很高，两旁很低，又植有青松，躲在那里不易被人发现。力士藏在离驰道很近的地方，张良躲在比较远的地方。

等秦始皇的车子近了，力士跳出，举起铁椎，向秦始皇的车驾掷去，没想到铁椎没有打中秦始皇，却打中了他后头的一辆空车。力士趁着秦始皇的手下慌乱的时候，飞也似的逃走了。张良远远的听见响声，知道力士已经动手了，暗地里祝他成功。不过，他知道自己如果不趁早逃走，会被秦始皇的手下抓住的，便赶紧逃跑。从此以后，他再没有遇到这位力士。后来他听说秦始皇没有被打中，觉得很可惜。又听说秦始皇限十天内要抓到刺客，但没有抓到，又为力士高兴。他自己也改名换姓，躲藏在一处叫下邳的地方。

## 筑　长　城

中国古代王朝最大的敌人一度是匈奴，他们过的是游牧生活，常常趁着边境防备松懈的时候，出兵来抢劫，等到中国派兵去征剿就跑掉。在春秋战国时代，燕、赵、秦三国，因为距离匈奴近，对边防特别注重，在边境筑墙，派兵驻守，所以匈奴不敢侵犯。

秦始皇怕匈奴骚扰，派大将蒙恬率领三十万大军去征讨。匈奴因为没有防备，蒙恬的大军一到，立刻四散逃走，把塞外水草肥美的地方让给了中国。这地方就是如今的河套一带，在长城外西北角。蒙恬把这地区划分为四十四县,把内地的罪犯移到那儿去垦殖。接着又乘胜追赶匈奴,向北越过黄河,占领阴山等地,分设三十四县,在河上筑城,防备匈奴侵犯。并且修筑三国原有的旧城墙。

旧城墙原本断断续续的,蒙恬把它们给联接起来,然后再加高、延长,西边从临洮起,东边一直伸展到辽东,越山跨谷,绵亘一万多里,后代的人管它叫"万里长城"。

蒙恬正监督修筑长城时,秦始皇又令他继续追赶匈奴,他只好率军渡河北进,占领高阙、陶山等地,再向北就都是沙漠了,他只好传令军马停进,在险要的地方分筑亭、障,把内地的犯人移往驻守。

修筑长城是一项大工程,动员了几十万人,日夜赶工,全部工程才完成了二三成。秦始皇又下令,要蒙恬开辟直道。当时驰道主要是从东到西的大路,从南到北的交通仍是不方便。秦始皇为了要北巡,才有开辟直道的计划。从九原一直开到云阳。西北一带都是山地,移山填谷,比建筑驰道和长城还要费力,西北的人民叫苦连天。这项工程不知道死了多少人,却始终没有能够完成。

平定了塞北以后,秦始皇又想征服岭南。岭南就是今天的广东、广西,古代叫南越,因为它在五岭(大庾岭、骑田岭、都庞岭、萌渚岭、越城岭）南边，所以叫岭南。岭南地势低，天气热，山高林密，受热气熏蒸，形成瘴气，一吸进肺里，重则丧生，轻则害病。此外，毒蛇猛兽也很厉害。住在那儿的人，都是一些没有开化的人。秦始皇也知道这是一件苦差使，下令释放所有的罪犯，要他们充军南征。这样兵额仍旧不足，于是又下令由民间入赘的女婿和商人来补充。按照秦朝的制度，赘婿和商人，在社会上都没有地位，就跟奴隶差不多，做苦工、当兵打仗等事，都是由他们担任。

南征的军队，全部有一二十万人，他们虽然没有受过训练，也没有什么本事，但却声势浩大，比散居各地的野蛮人要强得多，因此，他们很快就平定了岭南。秦始皇下令把这地区分置桂林、南海、象郡等三郡，险要的地方派兵驻守。南征的军队，就留驻在五岭，镇压蛮人。又从中原调了几十万人去协助防守，总名叫"谪戍"。被调去的自然仍旧是一些囚犯、赘婿和商人。这些人大多数都有父母和妻子、儿女，要他们离开家，长期驻守在岭外，他们心里该有多么难过呀！

## 筑 阿 房 宫

秦始皇统一天下以后，嫌原来的宫殿太小，便在咸阳的北面，盖了不少新宫殿。后来仍旧嫌小，又在渭水的南面，添造了不少宫室，取名叫"信宫"，后来又改叫"极庙"。

到始皇三十五年，秦始皇又下令大规模的建筑宫殿，地点选在渭水南面的上林苑中，首先叫工程师画图样，画好的图样须经他亲自批改，有的地方加高，有的地方加宽。前殿图样完成就立刻按图建筑。建筑工人不够，就把囚犯放出来帮忙。相传前殿的规模，从东到西约五百步，从南到北约五十丈，分上下两层，上层可以坐万人，下层可以竖立五丈旗。四面有回廊，环绕整个建筑。廊下宽大，可以通行高车驷马。殿下筑一甬道，直达南山。

殿阙完成以后，开始建筑后宫，五步一楼，十步一阁。建筑工人和监工人员累得筋疲力尽，好不容易才把前殿大致盖好，秦始皇又下令，要上象天文。天上有十七星，在天极紫宫后面，穿过天河，直到营室。咸阳宫可以仿天极，渭水就等于天河，如果在渭水上架起长桥，就像是天上十七星的轨道，可以称为阁道。因此，又下令加造桥梁，通过渭水。渭水宽二百八十步，架桥已经很费事，桥上还要通行车马，不能太窄，至少要有五六丈宽。这一项工程的规模，比建筑宫殿还要大。建筑需要的材料，关中不够，命令四川等地官员采办供应。建筑工人不够，也从其他地方征调。工人越加越多，到后来，多达七十万人，他觉得人多事少，就抽调一部分工人去骊山，给他建筑坟墓。

宫殿及坟墓的工程浩大，直到秦始皇死时，都还没有完成。

如果按照图样施工，当时宫殿接连的共有三百多座，关外还有四百多座，建筑面积广达三百多里。秦始皇在世的时候，工程只完成了一半。后来秦二世继续建筑，也没有完成。可是前殿早已建好，因为它四阿旁广，所以叫做"阿房"。

其实，秦始皇本来打算等全部工程完成以后，再起一个好听的名字，可是他一死，也就没人管了。后代的人就用"阿房"来代替全部宫殿的名称，统称"阿房宫"。

阿房宫还没有全部完成，秦始皇就搬进去住，各国送来的漂亮美女，分配到各宫。他今天进这一个宫，明天进那一个宫，每一个宫里，一切用具，应有尽有。每座宫里的美女，都盼望着他去，有的盼了一年，他才去一次。有的盼了一辈子，也盼不到。唐代诗人杜牧，做了一篇《阿房宫赋》，把里面的情景描写得淋漓尽致。

## 焚 书 坑 儒

秦始皇喜欢听恭维话，最讨厌人家批评他。在所有的大臣中，他最信任的是李斯。有一次，他请大臣们喝酒，有七十个博士也参加。其中有一个叫周青臣的大臣，称颂他的功劳，他听了很高兴。有一个叫淳于越的博士，告诉他不仿行周代的封建制度，将来如果有人造反，就没有宗室相救。秦始皇听了自然不高兴，就征求大家的意见。李斯起来反对说:"一朝应该有一朝的制度，按照当时的需要，随时改革，不能永久不变。"秦始皇听了李斯的话，才又高兴起来。

这时候，李斯已经从廷尉升任丞相。废封建，设郡县，是他的一贯主张，已经实行多年了，没有出毛病，淳于越提出来反对，他心里自然不高兴，因此，回到家里以后，就赶写了一份报告，在第二天早上呈递给秦始皇，要求继续实行他的主张。报告的大意是:全国人民遵守现行制度，不许随意批评。并要求秦始皇下令全国，不是秦国的历史记录，全都烧掉。除了博士以外，凡是藏有诗、书和百家著作的，都要送官烧毁。偷谈诗、书的人砍头;拿古代的事来批评现代事的杀一族。如果官员知道而不检举的，跟犯者同罪。命令颁下以后，三十天仍有不烧毁的，要受严重处分。只有医药、算命、种树等书，可以不烧。要学法令，必须跟官吏学。

秦始皇批准了李斯的建议，李斯立刻下令执行，先搜查咸阳附近的书籍，凡是诗、书和百家著作，一律烧毁。接着各郡县也分别实行。官员怕秦始皇，老百姓怕官员，谁也不敢为了几部书，给自己找麻烦。因此，除了咸阳宫里的藏书和穷乡僻壤还保存着一点以外，全国的书可以说都烧得差不多了。孔子的后代不满这种政策，悄悄保存下几十部，偷藏在曲阜孔子家庙的复壁里,到西汉年间才被人发现。项羽进咸阳,放了一把火,连咸阳宫里的书也都烧光了。

秦始皇对伺候他的人非常严厉。有一次,他巡行到梁山,在山顶上向下望,忽然看见一队人马经过山下,中间是一个大官。这队人马约有一千多人。秦始皇觉得很奇怪,就问手下人:"这是谁的人马,竟有这样大的威风!"手下人说是丞相李斯的。秦始皇不高兴地说:"丞相出门应该这样威风吗?"

有人把秦始皇的话转告给李斯,李斯吃惊不小,以后出门,再也不敢带太多的人马,偏偏又被秦始皇知道了,就把那天在梁山伺候他的手下人都叫了去,问是谁泄漏了他的话,自然谁也不敢承认,秦始皇一生气,叫卫兵把他们都推出去杀掉。其他的手下人都吓坏了,互相警告,以后谁也不敢再多嘴。

有一个姓卢的方士常常骗秦始皇,看到秦始皇的毒辣手段,不免心虚害怕,就跟一个姓侯的方士说:"我们藉口为始皇求仙药,骗了他不少钱,有一天我们的把戏拆穿,可就完了。不如早点儿走,免得将来倒霉。"姓侯的同意他的看法,就跟姓卢的一起逃走了。

秦始皇知道了,自然很生气,认为像他们这一类的人,在咸阳一定还有很多,就下令彻查。结果,抓到了四百六十多个读书人,给他们定了"妖言惑众"的罪名,要一齐杀掉。他的儿子扶苏知道了这件事，跑去劝他，被他骂了一顿后，叫他去监督蒙恬修筑长城和直道。于是四百多个读书人，都被赶进深坑去，再抛下土石，一会儿就把深坑填满，这些读书人就这样被活埋在深坑里。

这样，秦始皇还不满意，又下了一道命令，教各地的地方官吏，访求有名的读书人，送到咸阳来，说要给他们官做。过了几个月，从各地来到咸阳的读书人，大约有七百人，秦始皇一律封为郎官，可是，没有多久，就把他们骗进一处叫"马谷"的地方，然后堵塞谷口，由谷上扔下土石，就这样，七百个读书人全被活埋。后代的人管"马谷"叫"坑儒谷"，也叫"愍贤乡"，到唐明皇的时候，又改为"旌贤乡"。

## 求 仙 药

谁都怕死，尤其是皇帝，因为皇帝特别讲究享受，自然舍不得离开人世。秦始皇也是如此，他监督建筑琅琊台的时候，常在山上眺望，远远看见东海中，隐隐有楼阁耸立，并且有人影往来，仔细一看，又没有了。他觉得很奇怪，便问大臣这是怎么回事？有的说没有看到，有的说这大概就是海上三神山，叫做蓬莱、方丈、瀛洲。秦始皇听了非常羡慕，一心想派人去找神仙，求得长生不老药。

恰好这时候，有一个方士叫徐福，他说如果派他带若干童男和童女乘船去，可以到达神山。秦始皇听了很高兴，立刻派他前去。几天后，有几条船回来了，秦始皇还以为求到了仙药，立刻传见船上的人。船上的人摇着头说：船一走近神山，就遇到逆风，没法靠岸。不久，徐福也回来了，说法也是一样，秦始皇听了非常失望。后来秦始皇又教徐福继续去访求，他就到别的地方去了。

过了几年，秦始皇在咸阳东面挖了一个池，取名"兰池"，池中用石头做地基，然后建筑殿阁，取名蓬莱。又选池中的大石块，刻成鲸鱼的形状，算是海里的鲸鱼。不到几个月，兰池完成了，秦始皇常到那儿去，他把兰池比作东海，把池中的楼阁当作神山。没想到神山却变成了强盗窝，咸阳有几个暴徒，也都躲藏在这地方，白天潜伏着，晚上才出来。秦始皇自然不知道。一天晚上，秦始皇带了四个卫兵到那儿游玩。强盗们出来要杀害他，幸亏卫士们拼命抵抗，才把强盗赶跑。从这次以后，秦始皇就不敢再去了。

到了始皇三十七年，秦始皇出巡东南，又到了琅琊，便想起徐福，就派人把他叫来，问他有没有求到仙药。徐福借求仙药的名义，每年领到的费用，不知有多少。事实上，他在海上享乐，并没有去找仙药，幸亏他很会讲话，见了秦始皇，只说他连年航海，好几次到达蓬莱，没想到海里的大鲛鱼兴风作浪，阻止船行，因此，不能上山求药，并要求派些会射箭的人，跟他一起坐船去，把鲛鱼射杀后，才能求到仙药。

秦始皇接受了他的建议，便派了几百个弓弩手，和徐福从琅琊出发，在海里航行了几十里，果然看见一条大鱼，弓弩手的箭一齐向大鱼发射，大鱼被射死了。秦始皇再命徐福上山去求仙药。

徐福这次再没有拖延的藉口了，就把所有的船只，分载童男童女各三千人，带了很多粮食和日用品，航海东去。他并不是真的去给秦始皇求仙药，而是想找一个安身的地方，永远不回来。最后，他终于找到了一个没有人住的荒岛，就率领童男童女上岸，他们在岛上垦荒、盖房子。房子盖好以后，大家都搬到岛上去住。徐福索性把这些童男童女配成夫妇。从此以后，他们都有了家，日子又过得很好，也就不再想老家了。于是他们推举徐福做领袖，徐福死后，就安葬在岛上。这个岛，就是如今的日本，日本现在还保存着徐福的古墓。

## 去　世

秦始皇在海上等着徐福的仙药，左等也不来，右等也不来，等得不耐烦，只好回去，过河到了平原津，忽然觉得身体不舒服，一会儿冷，一会儿热，连饭都吃不下。白天还可以勉强支持，一到了晚上，病变得特别厉害，睡不着觉，心神恍惚，见神见鬼，后来竟不省人事。医官给他药吃，不但不见效，反而越来越沉重。

左丞相李斯看他病得这个样子，非常着急，拼命赶路，希望赶快回到咸阳。赶到沙丘时，秦始皇已经快断气了，只好暂时休息。李斯本想问问他有关去世后的安排，可是他知道秦始皇生平最忌讳"死"字，始终不敢开口。

大概秦始皇也知道自己快要死了，便把李斯和赵高叫了去，要他们刻一道圣旨给大儿子扶苏。两个人刻好以后，拿给秦始皇过目，没想到秦始皇一口痰涌上来，竟断了气，眼睛还睁着。李斯还以为他在仔细看圣旨。赵高把手放在他的鼻子底下，发现连气都没有了，才知道他已经死去，就把圣旨收在袖里，告诉李斯说始皇已经去世。李斯忙着料理后事，一直没有时间问赵高关于圣旨的事。

秦始皇死的时候，是五十一岁，共做了三十七年的皇帝，如果从并吞六国，自称皇帝时算起，只有十二年。

他是中国历史上第一个统一全国的君主，后代的人认为他暴虐无道，所以对他的印象很坏。他在很多地方虽然值得批评，但他的贡献也不容抹煞。他废除封建制，统一文字，为以后中国的大一统打下了基础。他所修筑的万里长城，造就几千年来中华民族抵御外侮的象征。他北逐匈奴,取得了肥沃的河套;远征岭南,拓展了中国的疆域。他所建筑的驰道、直道,更是便利了交通。他所建筑的阿房宫,虽然没有完成,并且后来还被烧掉,但从历史上看,阿房宫可以说是中国古代最伟大的建筑工程之一。

# 二、李斯和赵高

秦始皇废除封建制度,主要是采纳李斯的建议,因为他对秦朝的贡献很大,所以秦始皇特别信任他,命他担任宰相,处理全国大事。

秦始皇死在沙丘,李斯怕发生变故,秘不发丧,一面准备动身,一面催赵高发出圣旨,召扶苏回咸阳。哪知赵高收藏圣旨的时候,就已经打下坏主意。赵高本来是一个宦官,他很会伺候秦始皇,并且记性很好,把秦朝的法律条文背得很熟。秦始皇看公文遇到有疑问的时候,常常问他,他总是给秦始皇满意的回答。所以秦始皇很赏识他,夸他聪明能干,要他教小儿子胡亥审案。胡亥一天到晚只是玩,对法律没有兴趣,一切审判案件,都交给赵高去办。赵高了解秦始皇残暴的个性,任何案子一到了他手里,就故意扩大,就是犯人没有什么大罪,他也给问成死罪。同时，他讨好胡亥，带他去玩，因此秦始皇和胡亥都喜欢他，说他是个忠臣。这样一来，赵高的胆子越来越大，贪污舞弊，无所不为，被秦始皇知道了，派大臣蒙毅（蒙恬的弟弟）审讯。蒙毅把他问成死罪，没想到秦始皇不但饶了他，并且还恢复了他的官职。秦始皇出巡，赵高和胡亥都跟随着。

赵高私下里劝胡亥继承帝位，胡亥怕丞相李斯不答应。赵高就和李斯商量，李斯最初不同意，禁不住赵高的威胁利诱，最后也只好答应了。赵高又去跟胡亥讲，胡亥有现成的皇帝做，自然同意。于是李斯、赵高和胡亥经过了一番商量，就公布了秦始皇的一道假圣旨，立胡亥为太子，另外写了一封信给扶苏，要他和蒙恬一起自杀。

然后他们用车载着秦始皇的尸体，赶回咸阳。没想到日子久了，秦始皇的尸体发出了臭味，赵高就假传秦始皇的命令，向地方官要了很多臭咸鱼，教官员们各分一担放在自己的车子上。大家虽莫名其妙，但谁也不敢问。这样一来，谁也辨别不出所闻到的臭气味，是咸鱼的还是尸体的了。

扶苏和蒙恬在上郡，接到秦始皇的命令后，扶苏立刻自杀了，蒙恬怀疑这道命令有问题，不甘心就这样死掉，就把兵符交给一个叫王离的将官，自己进入阳周狱中，等待进一步的消息。

胡亥、李斯和赵高接到了扶苏自杀的报告，自然很高兴，立刻宣布秦始皇已去世，并立胡亥为二世皇帝。文武百官以为这是秦始皇的意思，自然没有人反对。所有人的官职照旧，只有赵高升了官。赵高要报蒙毅判他死罪的私仇，下令把蒙毅关起来。

秦二世胡亥把秦始皇的棺木葬在骊山。骊山在骊邑南面，与咸阳相距不远，秦始皇在世的时候，就已开始建筑陵墓，陵墓的地下宫殿仿照天象，用特大的珍珠，当作日月星辰，底下用极贵的水银，当作江河大海。用石头刻成文武百官的像，站立两旁。又从东海找了很多人鱼来，熬油做蜡烛，点起火来，可以长久不灭。所用的珍珠宝贝，数也数不清。墓高达五十多丈，树长大以后，显得格外壮观。

胡亥把父亲安葬后，打算释放蒙恬，赵高不答应，向胡亥讲了很多蒙恬兄弟的坏话，胡亥听了，就派人去教他们自杀，结果两个人都自杀了。胡亥的皇位，从他哥哥扶苏手里抢过来，本来没有几个人知道，但是纸包不住火，慢慢地他的兄弟姊妹们都知道了，便在背地里议论不休。有人报告胡亥，胡亥大为不安，跟赵高商量，赵高建议把他们都杀掉。胡亥交给赵高去办，赵高就把他们全部关起来，硬说他们想造反，要他们自己承认罪名，不承认就用刑，他们吃不了苦，只好承认，于是全部被杀，并且被没收了家产。很多大臣平时跟赵高处得不好，也受到牵连，大半被杀。

胡亥又下令继续建筑阿房宫。因为人多,咸阳的粮食不够吃,胡亥令各郡县送粮食供应,但送粮食的人所吃的,要自己带,不准在咸阳三百里以内买东西吃。这样一来,老百姓的负担越来越重,叫苦连天,后来被逼得造起反来。

赵高嫉妒李斯,在胡亥面前总是说李斯的坏话,胡亥便下令把李斯关起来。李斯的儿子李由打仗死了,赵高反而说他想造反,并且要李斯承认,李斯不承认,就用刑逼。李斯受不了苦刑,只好承认,胡亥就下令把李斯一家都杀掉。

赵高害死了李斯,就代李斯做了丞相,从此全国军政大权,都落到赵高的手里。胡亥变成了傀儡,一点儿主权都没有。秦大将章邯战败的消息,不断呈报到咸阳来,都被赵高压下,不让胡亥知道。可是纸包不住火,终于有人报告胡亥,胡亥便把赵高叫去问,赵高以为是章邯搞的鬼,就说章邯作战不力,要胡亥治他。胡亥派人去责备章邯,章邯很害怕,派司马欣到咸阳,向胡亥报告实际情况。司马欣到咸阳等了好几天,都见不到胡亥,就连赵高也不见他。他便用钱买通赵高的手下人,才知道赵高存心要害章邯。司马欣大吃一惊,怕自己受连累,赶紧逃出咸阳,向章邯报告说:"赵高掌权,对您不利,就是您有功也免不了被杀,要没有功那更不必说了,依我看,您还是趁早打主意,保全性命要紧。"章邯没办法,就向项羽投降了。

赵高的权力越来越大,什么事都不让胡亥知道,他怕朝廷的大臣们反对他,就设计压服他们。一天,他送了一匹马给胡亥。胡亥说:"你送给我的马,一定是匹好马,赶紧叫人牵来我看看。"

赵高叫人把马牵进来。胡亥一看,并不是马,而是一头鹿,就笑道:"丞相说错了,这明明是鹿,怎么是马呢?"

赵高仍旧说是马,胡亥不相信,便问群臣,大家你瞧着我,我瞧着你,谁也不敢出声。胡亥一再地问,才有几个胆大的臣子,说这是头鹿。

赵高一听脸色立刻变了,一句话也没说,掉头就走。

过了几天,他把说鹿的几个臣子骗出宫,硬给他们加上罪名,一起处死了。

胡亥知道了这件事,也不过问。于是朝廷中的大臣们,都怕极了赵高,没有一个人敢违背他的意思。

情势越来越急,赵高还想瞒住胡亥,不让他知道。刘邦占领了武关,要他赶紧投降。这时赵高才着急,一时想不出办法,只好假说有病,好几天没有上朝。

胡亥知道了这个消息,自然心慌,派人去责问赵高,要他赶紧调派大军去消灭反贼。赵高为了顾全自己的一家,想杀死胡亥,再跟楚军讲和,就跟他弟弟赵成、女婿阎乐商量,要他们带兵闯进宫去杀胡亥。他俩就带了一千多士兵杀进宫去,逼胡亥自

杀。胡亥被逼只好自杀。他只做了三年皇帝,死的时候才二十三岁。

赵高杀死了胡亥,立子婴做皇帝。子婴就跟他两个儿子商量:"赵高既敢杀胡亥,将来一定也会杀我,我们得想办法先杀掉他。"两个儿子听了直哭。这时恰好他的心腹太监韩谈走进来。子婴便向韩谈说:"赵高要我明天去祖庙,我不去,他一定会自己来请,你和我的两个孩子,预先躲藏起来,等他一进来,就杀掉他。"韩谈答应了。

第二天,子婴推说有病不去祖庙。赵高在庙里等了半天,不见子婴来,便亲自进宫见子婴,大声嚷道:"你早就应该去祖庙。为什么到现在还不走!"话还没说完,由两旁走出来三个人,大喝道:"弑君乱贼,说话还敢无礼!"赵高还没来得及答话,已经被韩谈手起刀落,砍倒在地上。子婴的两个儿子,走上前来,接连两刀把赵高砍死了。

子婴召群臣进宫,把杀死赵高的事告诉了大家。大家听了很高兴,都说赵高罪大恶极,应该杀他全家。子婴就派卫队去抓赵高的家属,连赵成、阎乐都一起抓来杀了。

赵高害死了很多人,自己也没有得到好结果,他指鹿为马的故事,一直流传到现在,仍旧成为人们的谈话资料。

# 三、 陈胜和吴广

阳城县有一个农夫,姓陈名胜,字涉,他年轻时家里很穷,只好给人家做长工。一天,他在耕田,当太阳快下山的时候,因为太累了,就放下犁,坐在田埂上,不住地叹气。跟他一起工作的长工,看到他这样子,以为他不舒服,问他怎么了。他说:"你们不必问,哪一天我有办法,就要你们跟我一起过好日子,绝不会忘掉你们!"

其中一个长工听了,冷笑道:"你给人家做长工,跟我们一样没出息,还会有什么好办法?"

陈胜叹了一口气,说道:"燕雀怎么能知道鸿鹄的志向?"说完,又叹了几口气,见太阳已经下山了,就收起犁,牵着牛回家去。

秦二世元年七月,下命令到阳城,调一部分人到渔阳去当兵。有钱有势的人，只要肯出钱就用不着去，苦的是穷人，非去不可。阳城的地方官，一共征调了九百人，陈胜也在里头。地方官点名的时候，见陈胜身材高大，气派不凡，就提拔他做队长。另外一个叫吴广的，是阳夏人，个子和陈胜差不多，也做了队长。地方官教他们分领两大队人去渔阳，并且供给他们路费，定下期限，不能在路上耽搁。因为怕他们靠不住，地方官又派了两个武官随队监督。

几天以后，他们到了大泽乡，离渔阳城还有几千里。没想到天竟下起雨来，大泽的地势低，被水淹没，没法通行，只好驻扎下来，等天晴水退后再走。偏偏雨下个不停，水越涨越高，进退两难，惹得大家埋怨起来。

陈胜和吴广暗中商量道："去渔阳路还很远，至少要一两个月才能到。可是，期限却快到了，看样子，我们一定会迟到了，逾期不到按法律规定就要被杀，难道我们就这样去送死不成！"

吴广跳起来，说："反正一个死，我们不如逃走算了！"

陈胜摇了摇头，说："逃走也不是好办法，你想想看，我们有什么地方可以去？就是有地方去，也一定会被抓住杀掉，走是死，不走也是死，倒不如做一番大事，说不定还可以死里求生呢！"

吴广说："我们无权无势，能做什么大事？"

陈胜回答，说："我听说二世皇帝是夺取公子扶苏的地位才当皇帝的。大家以为公子扶苏还在，不知道他已经死了。还有楚将项燕，楚国人很想念他，有的说他已经死了，有的说他已经逃亡。如果我们要起事，最好用公子扶苏和楚将项燕的名义来作号召。这地方本来是楚境，楚人都恨秦，一定会群起响应的。"

　　吴广也觉得他的想法很对，不过，这件事的关系太大了，不能不慎重，主张去向卜人请教。两个人到了卜人那儿，卜人给他们占了一卦，说："你们要合作做事，一定可以成功，只怕将来有困难，你们还应该去问一下鬼神。"

　　陈胜比较聪明，在回去的路上向吴广说："楚国人相信鬼，我们一定要假托鬼神才行。"吴广问要怎么办，陈胜就在他的耳边说了一番，约定和他分头去做。

　　第二天上午，陈胜派兵士去买鱼，兵士便买了几条大鱼回来，其中一条特别大的，一剖开，竟有一块绸子在肚里，绸子上写着"陈胜王"三个字。大家看了，都觉得很奇怪，有人就去报告陈胜。

　　陈胜故意喝道："鱼肚子里怎么会有字？你们竟敢胡说，知道不知道朝廷的法令？"大家当时都不敢说什么，但在私下里仍谈论不休。

　　到了晚上，兵士们正在谈论着鱼肚子里的字时，忽然听见外头传来一阵响声，像是狐狸叫。大家立刻都住嘴听着。起初声音听不大清楚，后来仔细一听，像是人的声音，第一声是"大楚兴"，第二声是"陈胜王"。

大家仗着人多，都起来往外望。营门外是荒郊，只西北角有几间古祠，但被大树遮挡着。声音就是从这古祠中传出的，因为是顺风，听得很清楚是"大楚兴，陈胜王"。更奇怪的是，树丛间隐约露有火光，像是灯光又不是灯光，像是磷火又不是磷火，一会儿移到那边，一会儿又移到这边。再过一会儿，光逐渐熄灭，声音也渐稀。大家本来想去看一看，因为这时是半夜，路上又泥泞难走，加上规定晚间不能私自出营，只好回营睡觉。

这究竟是怎么回事呢？原来这都是陈胜和吴广玩的把戏。陈胜先在一块绸子上写了几个字，晚上偷出营门，找到渔家，看见渔网里有大鱼，知道这是等天亮要出售的，就把绸条塞进鱼嘴里，等鱼吞进肚子里后，才悄悄回营。第二天早上，渔人把鱼拿出来卖，果然被这些兵士们给买了去。

另外，陈胜又叫吴广在晚上带着灯笼，偷偷的到古祠去，假装狐狸叫，然后又喊叫"大楚兴，陈胜王"。恰好当夜刮的是西北风，自然传进营中，大家很容易就听到了。

第二天，兵士们交头接耳，偷偷地谈论这两件事，陈胜和吴广两个人心里有数，你看着我笑，我望着你笑，都为计划的实现而高兴。

好在营里的两个武官，是一对糊涂虫，每天只知道喝酒，什么事都不管，营里的事由陈、吴两个队长全权办理。

陈胜和吴广，趁这个机会来收买人心，穿的吃的都和兵士们一样，并且待大家特别好。于是兵士们都很信任他们。

陈胜见时机已成熟，就和吴广商量好，趁两个武官喝醉了的时候，闯进他们的营帐中，把两个人杀掉，然后走出帐来，集合大家，说："因为下雨，我们待在这儿走不了，如果等天晴走，我们一定会超过期限，这样就会被杀。即使不死，早晚也会被胡人杀死或冻死，反正是死路一条，倒不如大家痛痛快快地大干一场，说不定将来大家还可以封王侯，做将相呢。"

兵士们听了陈胜的话都很感动，但因为还有两个朝廷武官，一时不敢答应。陈胜看透大家的心意，就说："我们俩不愿意去送死，也不希望大家去送死，所以已经把两个武官杀掉了。"

这时大家才一齐喊："我们愿意接受你们指挥！"

陈胜和吴广自然很高兴。两个人做了一面旗子，旗子上面写了一个"楚"字。陈胜自称将军，吴广称都尉，定国号为"大楚"。叫大家在右胳膊上做了个记号，并四处散布消息说：公子扶苏和楚将项燕，是他们的主帅。

大泽乡本来有三老和啬夫，听说陈胜造反，都吓得跑掉了。

陈胜就占领了大泽乡,以这儿做起事的地点。当地的老百姓都跑了,家里留下的锄头、铁锹,被大家拿来当兵器。兵器不够,再去山里砍树木做棍棒,砍竹子做旗杆,忙了好几天,总算有了一点头绪。天也晴了,水也退了,大家以为这是老天帮忙,便精神百倍,跃跃欲试。参加的人也越来越多,陈胜下令向北出发,一路占领了很多城市,军队增加好几万人。

陈胜正打算称王,忽然有两个大梁人来见他,一个叫张耳,一个叫陈余,都很有名气。陈胜亲自迎接,跟他俩讨论军情,并向他们透露称王的事,他们却劝他不要着急,应该先发兵打秦,并且联络六国后人,加强反秦的力量,将来称王才有希望。陈胜不听,竟自立称王,国号"张楚",含有张大楚国的意思。张耳和陈余当时因没有地方去,只好在他手下做参谋。

河南各郡县,都忍受不了秦的暴政,起兵响应陈胜,陈胜叫吴广做假王,带兵西攻荥阳。陈余也向陈胜建议,进攻河北,占领赵地,牵制秦军。陈胜接受了这一建议,但对他们俩却不放心,特选派他的朋友武臣做将军,领兵三千去攻赵地,叫张耳、陈余帮他的忙。另外又派汝阴人邓宗带兵去攻打九江,派魏人周市进攻魏地。这时候,又接到吴广的报告,说荥阳不容易攻打,要求加派部队。陈胜访求良将,得到陈人周文,就叫他带兵向西去打秦国。

周文一路上征集壮丁，军队增加到几十万人，一直杀到函谷关。秦派章邯领兵抵抗。章邯把在骊山做工的囚犯都编进军队，告诉他们说：退却就杀，前进有赏。这些囚犯本来就不怕死，每个人都希望得赏，便一齐冲杀进周文的军营。周文一路没有遇到抵抗，因此瞧不起秦兵，没想到章邯这么厉害，起义兵被杀得东逃西散，逃出函谷关去了。一直退到曹阳，又被章邯带兵追上，打了几仗，都被打败。到渑池县境，手下几乎散尽，章邯仍旧不肯放松，紧追不舍，周文没办法，只好自杀。

武臣带兵从白马津过河，一路上宣传秦的暴政，要民众响应。各地的英雄豪杰，便杀死了守城的负责人，迎接武臣进城。武臣接连占领了十座城池，过河的时候只有三千人，现在已经增加到好几万人。他被推为武信君，继续进攻其他的城池。他刻了一个侯印，送给范阳县令徐公，徐公不但迎接他进城，并且还代他招抚其他城市。不到一个月，他平定了三十多个城，乘势进入邯郸县。

这时候，武臣听说周文被打败，又听说陈胜对待手下的将官不好，心里不免担心陈胜会找他的麻烦。张耳、陈余因为没有被重用，对陈胜很不满，就劝武臣称王。武臣接受了这个建议，自称为赵王，让陈余当大将军，请张耳做丞相，然后派人去报告陈胜。

　　陈胜听了很生气,要出兵打武臣,他手下的参谋劝他说,现在秦尚未灭,不能再增加敌人,要他派人去向赵王道贺,并且还请赵王出兵去攻秦。陈胜想想也对,就照做了。

　　张耳、陈余早已看透了陈胜的用意,教武臣应付陈胜的使者,实际却不听陈胜的话,计划北败燕,南取河内,这样做,就算日后陈胜打败了秦,他也不敢得罪赵。武臣觉得这是个好计谋,就殷勤招待陈胜的使者,并且还送了他不少礼物,等他一走,就派韩广攻燕,派李良打常山,派张魇进兵上党,三路人马分别出发,唯独不派一军西向攻秦。

　　张楚王陈胜,曾经派魏人周市去进攻魏地。周市领兵到了狄城,狄城县令坚守。守城的将领是故齐王的遗族田儋,他和堂兄弟田荣、田横等正商量独立,就杀死县令,出兵打退周市。田儋自立为齐王。周市退回魏地,魏人推他为王,他不肯,要立魏王的后代,听说魏公子咎正在陈胜手下,就派人去请他回来,陈胜不放,周市派人一共去了五次,陈胜才放公子咎回来。

　　公子咎回魏,被立为魏王,周市就做他的丞相。于是楚、赵、齐、魏,一时都复国了。

　　赵将韩广一直攻进燕境,各城纷纷投降,燕人推韩广为燕王。赵王武臣得到这个消息,便跟张耳、陈余商量。他们两个人都主张暂时不要翻脸,等到有机会再说。武臣就派人把韩广的眷属送往燕国。

赵将李良平定了常山，赵王又派他去进攻太原。他便领兵到了井陉，井陉是有名的关隘，非常险要，秦用重兵把守。李良正要进攻，忽然有秦使给他送来一封信，原来是秦二世要他投降。实际上这是守关秦将的反间计，假托二世的名义，故意使消息泄漏出去，传进赵王的耳里，让他猜忌李良。

李良本来做过秦的官吏，因为不受重视，才归顺赵国。他接到这封信，不知道怎么办才好，最后决定率兵回邯郸，向赵王请求增加军队。

离邯郸还有十多里，他看见有一队人马，声势很大，以为是赵王，就下马跪在路旁。车马到了他面前，车里的人向他说了声"免礼"，就不再理他了，继续前进。他抬头一看，车子里坐的并不是赵王，而是个女人，一打听，才知道是赵王的姐姐。他很生气，便带兵去追，把赵王的姐姐杀掉。又冲进赵城，进入王宫，去找赵王武臣。武臣没有防备，正要问他有什么事，李良即上前用剑把他杀死，然后又搜杀宫中，把武臣的家属全都杀光。武臣手下的大臣，也大多被杀。

张耳、陈余得到消息，偷偷溜出城门，两个人一向很有威望，城中逃出的军民，也都追随他们而去，只一两天的时间，就聚集了几万人。两个人找到赵王的后裔赵歇，立为赵王，暂时住在信都。

李良领兵去打信都,张耳守城,陈余带了两万军队出城迎战,走了几里路,遇上李良的部队,双方打了没多久,李良就被打败,跑回邯郸,又怕陈余进攻,便带了几百个亲信的兵士,投降了秦将章邯。

章邯打退了周文,又带兵向荥阳进攻。吴广带兵包围荥阳,打了几个月,也没有什么结果,因此仍旧驻扎在城下。他手下的将官田臧、李归,听说周文兵败自杀,章邯带兵来救荥阳,大家都很着急,商量的结果,打算用一部分人马牵制荥阳,派其余的人去对付章邯,但是他们又怕吴广不答应,就干脆把吴广杀掉,派人报告陈胜说吴广想造反,所以把他杀死了。

陈胜本来就对吴广不放心,听说他被杀掉,非常高兴,也不管田臧的报告是真是假,就封田臧为上将。田臧自然很得意,便派李归等围攻荥阳,他自己率领大军去对付章邯,到了敖仓遇见了秦军,双方立刻打了起来,田臧战败,正打算逃走,被章邯追上,一刀就给劈死了。章邯乘胜前进,到了荥阳城下,李归上前抵抗,也被章邯杀死。于是楚兵有的被杀,有的投降。

章邯又带兵攻陈,楚将张贺派人去报告陈胜,陈胜急忙调兵遣将,没想到将士们都不听命。原因是他对手下的将领太严,动不动就杀。他以前给人家做长工的时候,曾经跟伙伴说,如果他得意时，大家可以去找他。后来他做了王，大家就都去找他。他自然要招待他们，没想到这些人竟揭起陈胜的疮疤来，把他年轻时作长工的事都讲了出来。他恼羞成怒，把那些人都给杀了，其余的人宁愿回去吃苦，也不愿在这儿被砍头，于是大家就都跑了。他的手下人知道了这件事，认为他太刻薄，都对他不满。

这一次，他派人去对付章邯，手下的将领便都纷纷跑掉，他只好亲自带了一千多人出发。到达汝阴，有败兵逃回来说张贺已被杀，全军覆没。他一想这一去白白送死，不如逃回城中再想办法。就叫车夫调头往回走。车夫叫庄贾，跑慢了一点儿，陈胜就大骂个没完。庄贾自然不高兴，索性停下车来，和他对骂，然后举剑冲上前去，把他劈死在车上。

庄贾也不顾他的尸首，跑进陈县，写了降书，派人送往秦营。就在这时候，陈胜的一个将领，从新阳杀来，给陈胜报仇，他杀了庄贾，把陈胜的尸首埋在砀山。

后来刘邦平定海内，想起陈胜是首先反秦起义的人，功劳不小，命令地方官重修他的坟墓。陈胜起初只不过是一个长工，后来居然做了六个月的张楚王，因为他的起义，各地豪杰纷纷响应，终于推翻了暴秦，也算是个了不起的人物。

# 四、刘邦起义

沛县丰乡阳里村，有一个农人，姓刘名执嘉，妻子王氏。执嘉为人忠厚，全村的人都尊敬他，因此在他年老的时候，大家都管他叫太公。他的妻子和他年纪差不多，大家就管她叫刘媪。刘媪生了两个儿子，大儿子叫刘伯，二儿子叫刘仲。后来，又生了个小儿子，起名叫刘邦，因他年纪最小，所以又叫季。

太公靠种田过日子，刘伯和刘仲都继承父业，只有刘邦不喜欢种田，喜欢到处走动，太公劝了他很多次，他都不听，只好随他去了。刘伯和刘仲都娶了妻子，刘伯的妻子很小气，看见刘邦年轻力壮，却好吃懒做，免不了埋怨不休。太公知道了，索性让他们分家。刘邦因为还没有结婚，所以就跟父母住在一起。

刘邦到了二十岁左右，还是老样子，整天游荡，并且常常拿家里的钱去结交朋友。他父亲骂他没出息，连饭都不给他吃，他却满不在乎。有时候他怕挨父亲的骂，不敢回家，就到两个哥哥家里去住，两个哥哥也不和他计较。

不久，刘伯生病死了，刘伯的妻子，一向很讨厌他，自然不愿意再给他吃喝。刘邦却不管她喜欢不喜欢，仍旧常到她家去要吃要喝。一天，刘邦约了几个朋友到他大嫂家里去，他大嫂自然很讨厌，就想了个主意，走进厨房，用瓢刮锅，暗示饭已经吃光了。刘邦听了后悔来得太晚，不免失望。他的朋友们倒也知趣，便告别走了。

刘邦送走了朋友，跑到厨房去看，见锅上冒着热气，锅里还有大半锅的饭，才知道大嫂是在骗他，叹了口气，转身就走，从此他再也不去大嫂家了。

附近有两家酒店，他常常去酒店喝酒，有时一个人去，有时请几个朋友一齐去。这两家酒店是两个女人开的，一个姓王，一个姓武，她们对刘邦的印象还好，因为只要他去，这一天的生意总是特别好，因此每逢他赊酒喝，她们都没话说。

刘邦很喜欢喝酒，这两家酒店又肯赊酒给他喝，他就喝得更凶了，往往喝到黄昏，还不肯走，有时喝醉了，就趴在桌上睡。

刘邦不是真的没有出息，他人很聪明，有几个朋友替他出主意，教他学法律，他一学就会，不久，他就得到一个泗水亭长的差事。亭长的职务是判断讼案，遇有大事要向县政府报告，因此，他和县府的官吏有了往来，最要好的是同乡萧何，这个人对法律条文很熟。其次是曹参、夏侯婴等人。他们只要经过泗水，刘邦一定请他们喝酒。其中，萧何对刘邦最关切，如果刘邦有什么过失，萧何一定代他掩饰。

有一次，刘邦奉命去咸阳，县府的官吏纷纷送礼，别人都只送三百，只有萧何送了五百，刘邦心里很感谢。他到咸阳把公事办完后，就顺便逛了几天，看到城里繁华热闹的情形，感慨非常。这时候，秦始皇正坐车子出巡，行列非常威风，刘邦远远的看到，不禁叹了口气，说："大丈夫就应该这样！"

回来后，刘邦仍做泗水亭长。渐渐年纪大了，却还没有结婚。地方上并不是没有好的小姐，只因为地方父老都瞧不起他，不愿把女儿嫁给他。

有一次，萧何来看他，提起城里来了一位吕公，名父，字叔平，是从单父县来的，跟县令很要好，因为躲避仇人，带着女儿到这儿，县令让他住在城里。县令说，凡是县里的官吏，都要送礼给他，刘邦也答应了。

过了一天，刘邦进城，找到吕公住的地方，萧何已经在那儿替吕公收贺礼，看见刘邦，就向大家喊："贺礼不满千钱，只能坐在堂下！"这是他存心开刘邦的玩笑，没想到刘邦拿出名片，写上贺钱一万，吕公接到名片，见他贺礼特别多，非常惊讶，就亲自出来迎接,请他坐在上席,对他特别优待。

散席后,客人们告辞了,吕公独留下刘邦,问他有没有结婚,刘邦说没有。吕公说,愿意把女儿嫁给他。刘邦自然很高兴,立刻向吕公下拜,口称岳父,当时就定好迎亲的日子,然后高高兴兴地走了。

吕公进去把女儿订婚的事告诉妻子说:"我已经把娥姁许配给刘邦了。"娥姁就是吕公的女儿吕雉的小名。吕媪听了丈夫的话很生气地说:"你说娥姁将来一定能嫁给贵人,沛县县令跟你很要好,连他儿子求婚你都不答应,却要把女儿嫁给刘邦,难道他是贵人吗?"

吕公说:"你不必管,我绝不会看错人!"

吕媪虽然不高兴,但她毕竟做不了主。到迎娶的那一天,刘邦穿了礼服,把吕雉迎接到家,行过交拜礼,拜见过太公、刘媪,就引吕雉入洞房,两人成了亲。

刘邦虽然和吕雉处得很好,但是他并不满足,仍旧和别的女人鬼混。他认识一个姓曹的小姐,两个人很要好,曹小姐还给他生了一个男孩子,亲友都知道了,只瞒着吕雉。吕雉也生了一个儿子,一个女儿。曹小姐仍旧住在娘家,由刘邦供应生活费用。

刘邦因为担任亭长,常住亭中,只偶尔请假回家看看。吕雉带着子女,在家里过日子,有时到田间割草作燃料。

秦二世元年，胡亥下令各郡县，把罪犯派往骊山去造秦始皇的坟墓。沛县县令接到命令后，就拨出一批囚犯，由刘邦押送。

刘邦带了这批犯人出发，一出县境，就逃了好几个，再走了几十里，又不见了几个。晚上住旅馆，第二天早上起来一点名，又跑了几个。刘邦一个人押送，跑了没法追，又没法控制，实在没法可想，到了丰乡西面的大泽中，索性停止前进。泽中有亭，亭内有人卖酒。刘邦因跑掉了不少罪犯，心里很烦，正可借酒浇愁，便命犯人休息，他自己坐下来喝酒，一直喝到太阳都下山了，还没有动身。

酒喝得兴起，他便对大家说："各位这次到了骊山，一定被派去做苦工，早晚免不了一死，再也不能回家乡了。现在我把你们都放走，给你们一条生路，好不好？"

大家听了都很感激。于是刘邦就把他们的绑绳解开，任他们逃走。众囚犯问刘邦这样做，回去怎么交差，刘邦笑道："你们逃走，我也只好逃走了，难道还回去找死不成？"

立刻有十多个人说："那我们愿意跟你一起走！"

刘邦道："随你们便，我没有意见。"于是有十多个人留下来，其余的人就都走了。

刘邦就带着这十多个人动身，不敢走大路，专找小路走。小路上荆棘多，又常遇到泥塘，走起来很不方便，只好慢慢地前进。

大家正前进着，忽然走在前头的人喊叫起来，原来前面路上有一条好几丈长的大蛇，大家想从原路回去，另找别的路走。

刘邦听了，很生气地喊道："一条蛇怕什么！"说完，自己领头继续往前走。前进了几十步，果然看见一条大蛇，这条蛇看他们走来，也不躲避。刘邦便拔出佩剑，一剑便把蛇劈成两段。然后把死蛇拨开，继续前走。又走了几里路，他忽然觉得酒气涌上来，想睡觉，就选了一处僻静的地方，倒下便睡，这一睡就睡到大天亮。

这时恰好有一个人走来，他也是丰乡人，认识刘邦，就对他说："奇怪！好奇怪！"

刘邦问是怎么回事，那个人便说："我刚才看见一个老太太，在路旁大声痛哭，我问她为什么哭，她说有人把她的儿子杀了，我问她儿子为什么被杀，她指着路旁的死蛇，说：'我儿子是白帝的儿子，变成蛇躺在路上，没想到被赤帝的儿子给杀了。'她说完，又哭个不停。我以为这个老太太是疯子，竟把死蛇当作儿子，正想说她几句，没想到她已经不见了，你说怪不怪？"那人说完，转身就走了。

刘邦听了没说什么，心里想："蛇是我杀的，怎么会有白帝、赤帝的名堂，难道我还会做皇帝不成！"

刘邦自此也不想回家乡了，带着十多个人，进入芒、砀二山间避难。他们怕人家发现，常常变换地方躲藏。

刘邦走了以后，县令等了很久没有回音，就派人去打听，才知道他把囚犯放了，自己也逃走了，立刻派人到他家里去搜查，也不见他的影踪。这时，太公已经和刘邦分居，所以没有受到连累，可是刘邦的妻子吕雉却被抓住关了起来。幸亏萧何跟一个叫任敖的小官吏帮忙，吕雉才能重获自由带着孩子去找刘邦，她到处打听，终于在芒砀山中找到了刘邦。刘邦自然很高兴，索性把她留在山中，一起住下来。

后来沛县县令很怕陈胜来攻，准备投降，萧何、曹参认为这种做法不好，劝他要想办法防守，并且向他推荐刘邦，请求赦免他的罪，召他回来帮助守城。县令答应了，就叫樊哙去找刘邦。樊哙也是沛县人，靠杀狗过日子，娶了吕公的小女儿吕媭做妻子。他知道刘邦住的地方，很快就找到了。刘邦在山里住了八九个月，聚集了有一百多人，他听说沛县县令请他，就立刻带着家眷和手下，和樊哙一起到沛县来。

走到半路上，忽然遇见萧何、曹参跑来，说县令后悔了，如果回去会被杀的，大家得到这个消息，立刻就想逃走。

刘邦却主张到城下看看再说。于是大家一起到城下来，只见城门紧闭。刘邦就请萧何给沛县父老们写了一封信，大意是要他们杀掉县令，开门投降。刘邦把信绑在箭头上射到城里去，守城的兵士看完信，便和城中的父老们商量，大家都赞成刘邦的主张，便把县令杀死，开城门，迎接刘邦进城。

刘邦进了城，大家推他做沛县县令。因他听过赤帝子杀白帝子的故事，就叫人做红色的旗帜，悬挂城中。他集合了沛县子弟，约有二三千人，派樊哙、夏侯婴领头去打胡陵、方与二县。两个人带兵到了目的地，正打算要攻城时，忽然接到刘邦的命令，要他俩带兵回去。原来刘邦的母亲死了，他要给母亲办理丧事，只好把攻城之事暂时放在一边。

# 五、 项梁和项羽

　　项梁是下相县人,楚将项燕的儿子。项燕被秦将王翦所围,兵败自杀,楚国因而灭亡。项梁常常想替父亲报仇,但心有余而力不足。他有个侄子叫项籍,字子羽,父亲早去世,跟着项梁过日子。项梁教项籍念书,教了好几年,没有一点成果,改教他学剑,还是不行。项梁很生气,把他大骂了一顿。他回答道:"念书没有用,学剑只能保护自己,对付一个人。学对付一个人的本事,不如学对付一万个人的本事。我是要学这种本事的!"

　　项梁听了,便对他说:"你既有这种志气,我就教你兵法。"项梁家里有祖传的兵法书,就拿出来教项籍念。项籍一开始倒很用功,后来就渐渐没兴趣了,不肯作深入的研究,所以对兵法只知道一点皮毛。项梁知道他的本性难改,只好随他去。

　　项梁因被仇人诬告,关在栎阳县的监狱里。幸亏项梁认识蕲县的监狱官曹无咎，就写了一封信给曹无咎，请他帮忙。曹无咎写了封信给栎阳县的监狱官司马欣。经司马欣的关照，项梁才得以出狱。

项梁坐了一段日子的冤狱，自然很不甘心，偏偏他和那个仇人再次相遇，双方吵了起来，仇人不肯认错，他一生气就把仇人给打死了。

他闯了这场大祸，怕被抓，就带着项籍出走，逃到吴地。当地人不知道他的来历，他又隐姓埋名，和当地人来往，大家都很尊重他，遇有重大事件，就请他来主持，他办得有条有理，当地人格外佩服他，任何事情都愿意听他安排。

秦始皇东巡，渡浙江，游会稽，项梁和项籍跟着大家一起去看秦始皇的出巡车队。大家都说秦始皇是怎样的威风，只有项籍向项梁说："据我看来，我将来可以取代他的地位！"

项梁听了大惊失色，赶紧用手捂住他的嘴巴，道："不要胡说，如果被人家听见，我们可就完了！"

这时候项籍已经有二十多岁，长得又高又大，眼睛有两个瞳仁，力气大到能够扛鼎，当地的年轻人，没有一个不怕他。项梁知道他抱负不小，因此也就有了野心，在家里偷偷养了几十个志士，私铸兵器，待机而动。

陈胜起义，项梁和项籍杀了会稽郡守殷通，然后召集所有手下,宣布要推翻暴秦,大家听了都很赞成。然后他们又召集城中父老,说出自己的主张,父老们也都俯首帖耳。项梁自任将军兼会稽郡守,命项籍任偏将,遍贴文告,招募兵士,每天都有人应征入伍,另外访求有本事的人来担任指挥。

项籍到处招兵买马,集训了八千名兵士,一个个年轻力壮。项籍当时才二十四岁,竟做了八千子弟的首领。他本来字子羽,嫌累赘,单叫羽。

陈胜手下有一个将官叫召平,他奉命打广陵,打了一个多月没有结果,听说陈胜死了,知道自己没法对付秦军,就渡江东下,伪称陈胜还在,拜项梁为上柱国,要他向西去打秦。项梁以为是真的,就带着八千子弟兵,渡江向西走,一路上收纳了两个人,一个叫黥布,一个叫陈婴。

黥布是六县人,他本来姓英,年轻时遇见一个相士,说他要先受黥刑,然后封王。黥刑是在脸上刺字,他怕真的受到这种刑罚,就改姓黥,以为这样就可没事了,没想到过了几年,因犯法被判黥刑,再送到骊山去做工。在骊山,他交了几个好朋友,后来他们一齐逃了出来。陈胜起义后,他很想响应,但他只有三五十个人,起不了什么作用,听说鄱阳县令吴芮很豪爽,就一个人去看他,并劝他起兵。吴芮也很喜欢他,就把女儿嫁给他。他把朋友们都集合起来,向吴芮又借了一部分人马,便出发了。恰好陈

胜的手下吕臣被秦将章邯赶走,在路上和黥布相遇。吕臣请他帮忙打秦军,他立刻就答应了,便和吕臣一起回陈县,把章邯打败,夺回了陈县,然后投向项梁,做了项梁手下的将官。

陈婴是东阳县的一个小吏,人很好,城里的人都很尊敬他。东阳少年有几千人,同谋杀死了县令,并推他做首领,只几天的时间,就聚集了两万人,大家推举他为王,他不敢答应,回家把这事告诉了母亲。

他母亲摇摇头说:"自从我嫁到你家来,就没有听说你家出过一个贵人,你因忠厚,得人尊敬,但是忠厚两个字,只能自守,不能称王,否则,不但不能享受,恐怕还会招祸。据我看,你最好选择一个有声望的人,为他做事,成功后可以得到封赏,失败了也容易逃亡。在这乱世时代这是最好的办法。"陈婴听了他母亲的话后,不敢接受王号,只自任东阳县长。

恰好项梁听到他的名声,派人来和他联络,他就率领手下两万多人去投项梁。接着又有一位蒲将军,也带着一两万人来,加上黥布带来的人,项梁手下已经有六七万人。全部集合在下邳,探听着局势的发展,再做决定。

不久,得到报告,说秦嘉驻兵彭城,不让大军过去,项梁率领大军进攻,秦嘉兵败身亡。项梁占领了胡陵,再派将领攻打章邯,章邯守军战败。项梁又打进薛城。就在这个时候,沛公刘邦向他借兵。沛公本来在丰乡,秦泗川监领兵攻打他,被他打败。他就让同乡雍齿守城,自己领兵去打泗川,泗川监败逃,他就带兵回去了。没想到,魏相周市引诱雍齿背叛他,雍齿竟向魏投降。沛公便回兵打雍齿,结果雍齿防守很严,沛公本来想向秦嘉借兵,到下邳遇见了张良,两个人谈得很投机,于是张良就追随了他。秦嘉被项梁杀后,沛公就请项梁帮忙,项梁借了他五千人,他便带着这些兵去打。雍齿不能抵抗,逃往魏国去了。

沛公赶走雍齿,进入丰乡,改丰乡为县城,把借来的五千人送还项梁。项梁派人请他到薛城,商议立楚王的事,他就带着张良到薛城,恰好这时项羽正打下襄城回来,两个人第一次见面,谈得很投机。

第二天,项梁集合大家说:"我听说陈王确实是死了,楚国不能没有领袖,你们看应该推举谁做首领?"有的将领主张项梁自立为楚王,项梁正想接受建议,忽然手下人进来报告说,居鄛人范增求见,项梁请他进来。一会儿,进来一个老头儿,项梁问他有什么事,他说:"我听说你们在商量立楚王的事,所以特地来贡献一点意见。陈胜首先起义,因为他不知道立楚王的后代,所以很快地失败了。您自从渡江以来,一路很顺利,这是因为大家认为您是楚将,一定会立楚王的后代。您如果真能顺从大家的愿望,一定能够成功。"

项梁高兴地说:"我本来也有这个意思,现在听了你的话,自然更没话说,就决定这么办吧。"

范增道谢,项梁请他留下帮忙,他也答应了。这时范增已经七十岁了,就在项梁手下做了一名参谋。

项梁命人访求楚王的后代,恰好民间有一个牧童,经查问确实是楚怀王的孙子,单名叫心,就报告了项梁。项梁派人把他迎接到薛城,尊为楚怀王,以盱眙为国都,请陈婴做上柱国,自己跟怀王同住盱眙,并且自封为武信君。由于黥布的功劳很大,封他为当阳君。黥布也恢复原姓,仍叫英布。

秦将章邯带兵攻魏,魏相周市向齐、楚求救。齐王田儋亲自带兵援魏,项梁也派项它带兵去救援。田儋先到,就和周市一齐去抵抗秦兵,到了临济,和秦军相遇,打了一仗,不分胜败。没想到章邯在晚上领兵偷袭齐、魏兵营,齐、魏军队没有防备,自然被打败,田儋和周市也都被杀。章邯便进攻魏城,魏王咎自杀,他弟弟魏豹逃出城,遇见楚将项它,报告国破君亡的经过。项它知道没法挽救,只好领兵回去,和魏豹一齐去见项梁。

项燕听说魏亡,正要出兵攻秦,忽然齐将田荣派人来求援。原来田儋死了以后,齐人便立齐王建的弟弟田假为王,田角为相,田间为将。田儋的弟弟田荣不服,立刻集合起田儋的兵守东阿城;秦兵包围了东阿,情势危急万分。项梁立刻带兵去救。章邯打不过项羽，引兵败退。接着，田假去见项梁，说是被田荣赶了出来，要求借兵去打田荣。项梁没有答应，派人催田荣出兵去打秦兵。田荣立田儋的儿子田市为齐王，自己做丞相，弟弟田横做大将，他正忙着跟田假兄弟争地盘，没有办法出兵去打秦军。于是告诉项梁的使者，要求项梁杀田假，否则，他不出兵。

项梁接到使者的报告，不忍心杀田假，也不再要求田荣出兵，一面派刘邦、项羽去打城阳，一面自己带兵向西追赶章邯。章邯守濮阳，项梁打定陶，定陶也防守得很严。刘邦和项羽打了胜仗回来，项梁又叫他们向西进兵。两个人到了雍邱，遇见秦三川守将李由（李斯之子），一下子便打败了他。

项梁驻兵定陶城下，因为天下雨，不便进攻。刘邦、项羽也为雨所阻，只能把外黄城包围住。项梁打了几次胜仗，不免骄傲起来，也不把刘邦和项羽调回去，只在营中喝酒享乐，全营将士也等于放假，不再注重军纪。

章邯不断派人探听项梁兵营的情形，随时准备进攻。他还怕兵力不够，又向各处征调兵马。

项梁手下有一个参谋叫宋义，知道了这种情况，非常担心，便劝项梁小心谨慎，防备章邯进攻，项梁却一点儿也不放在心上，只派宋义去催田荣出兵。

宋义走到半路上，遇见齐使高陵君显。宋义告诉他项梁可能要失败，劝他慢一点走，免得跟着倒霉，高陵君显听了他的话，就叫车夫慢慢走。果然他还没有到达楚营，项梁已经战败身亡。

原来章邯在一天晚上，冒着大风雨，领兵偷袭楚营。项梁没有防备，自然吃了大亏，不但兵士大半被杀，连他自己也被章邯杀死。

一部分兵士逃往外黄，把实情报告刘邦和项羽。项羽得到这个消息，放声大哭。刘邦等他止哭后，向他说："武信君去世，军心不免动摇，我们也不能在这儿待下去，最好是赶回去保卫怀王，抵抗秦军。"

项羽也认为这样做很对，就撤去外黄的包围，带兵东返。经过陈县，请吕臣一齐走。吕臣带兵驻彭城东面，项羽驻彭城之西，刘邦驻砀郡。项羽怕怀王在盱眙有危险，请怀王搬往彭城。怀王到了彭城，合并项羽和吕臣的军队，他自己担任统帅。封刘邦为武安侯，封项羽为长安侯，请吕臣做司徒，请他的父亲吕青做丞相。一切布置好，等待章邯到来。没想到，章邯以为项梁被杀死，楚军已经没有什么作为，不再攻楚，转而去打赵国。楚怀王听说秦军北向，知道魏地空虚，就抽调一千兵给魏豹，叫他去收复失地。魏豹进行得很顺利，竟平定了二十多个城市，楚怀王就封他为魏王。

# 六、破釜沉舟

齐使高陵君显听说楚怀王迁都彭城,他就到了彭城,和怀王说明齐国内部还没有安定,暂时不能出兵。接着又告诉怀王,幸亏宋义叫他慢走,才没有跟着倒霉,并一再称赞宋义对军事很内行。就在这个时候,宋义也从齐国回来了,怀王跟他商量对付秦军的办法,他仍旧主张西进,但必须选择一个能干的将领,才能成功。

怀王打发齐国使者走了以后,就集合各将领,商量向秦进攻的事情,问谁愿意带兵西进,推翻暴秦,各将领听了都不开口,怀王又说:"谁首先进关,就封谁为秦王。"话还没说完,刘邦首先说:"我愿意去!"接着项羽也喊道:"应该让我去!"

怀王见有两个人都愿意去,当时也不知道究竟叫谁去才好,想了一会儿,也没有决定,项羽就说愿意和刘邦一齐去。于是怀王就叫他们去准备。

两个人走了以后，有几个老将劝怀王不要派项羽去，他们说项羽太残暴，进攻襄城和城阳的时候，曾经杀死了很多老百姓。刘邦比较仁慈，派他一个人去就行了。怀王想了想，就决定不派项羽去。第二天，刘邦和项羽来问出兵的日期，怀王就让项羽暂时留在彭城。

项羽自然不高兴，正要和怀王辩论，恰好赵国的使者来见，说秦将章邯攻打赵国，赵王派将军陈余出兵抵抗，吃了一个大败仗，已退到钜鹿城。赵相张耳和赵王也都转进钜鹿城。陈余驻兵城北，保护城池，章邯在城南扎营，日夜攻城，城中很危急。

怀王便问谁愿意去救赵国，项羽一心想为他叔父项梁报仇，立刻表示愿意去。怀王就封宋义为上将，担任统帅，项羽为次将，范增为参谋，带了几万军队去救赵国。同时派刘邦西进。刘邦打败秦将王离，王离跑到章邯兵营，章邯就叫他帮着打钜鹿，因此，钜鹿越来越危急，赵王便派使者催促宋义出兵。没想到宋义驻兵安阳，一连住了四十六天，都不肯出兵。

项羽忍耐不住了，问宋义为什么这么多日子不肯出兵，宋义说："我要等秦兵和赵兵打一仗看看再说，如果秦兵打败赵兵，双方一定都很累，我们趁着这个机会进攻，一定可以打胜仗。如果秦兵打不过赵兵，我们就率军向西直入秦关，还要去管什么章邯!"

项羽气不过,第二天早上,竟杀了宋义,说他想背叛楚国。怀王接到报告,知道项羽要夺军权,可是没有办法制服他,只好叫他担任上将军。项羽便率领军队渡河前进。到了对岸,下令把船全部凿沉,把饭锅全都打破,只让兵士带三天的干粮,这是表示和秦军决一死战,不打算活着回去了。将士们到了这种地步,也都知道有进无退,个个抱着必死的决心,向前猛进。

项羽率领大军前进。秦将王离率领军队去抵抗楚兵,离城只半里,碰到楚军前锋,项羽亲自上前冲杀,王离不支败退,楚兵在后追杀。王离回身再打,仍旧不能支持,只好再退。像这样做了三次抵抗,三次都被打败,只好逃回大营去了。

章邯见王离战败,便亲自出马应战。各国的援军,都守在自己的兵营观战,远远看见秦、楚两方的将士渐渐接近,秦兵阵容很齐整,人马雄壮,远看跟一座泰山一样,都聚成一堆。楚军衣着简陋,三三五五,各自成队,也没有什么阵式。各国将士以为楚军没有纪律,只知道蛮冲,一定会失败。没想到项羽真厉害,只命令兵士向前冲,不管军容和阵式。并且楚兵不多,比秦兵要少一半,如果要将对将,兵对兵,配搭好了再动手,那简直不够分配,只好让将士们各打各的,谁也不必管谁。

于是楚军拼命上前厮杀,以一当十,以十当百,不但在场的秦兵没法抵抗,连在一旁观战的各国将士,也都给吓呆了。章邯曾被项羽打败过,知道他的厉害,又看到当时这种情形,知道抵抗无用,只好退兵,这次他的军队已经损失了三五成。

项羽见章邯退去,才下令扎营休息。第二天早上,他叫军士们把干粮吃饱,准备再进攻。他向大家说:"今天不扫尽秦兵,粮食就没有了。不是他们死,就是我们死,大家一定要拼命杀敌。"

将士们就奋勇向秦营冲杀,秦将章邯下令抵抗。但秦兵已被楚军杀怕了,项羽军进一步,他们退两步,进两步他们退四步,到了五次进五次退,再也不能支持了。项羽到了钜鹿城下,和秦兵打了九仗,秦兵没有一次不败的。章邯退回城南大营,王离、涉间勉强守住本寨,不敢再出。

项羽叫英布、蒲将军,堵住粮道,自己进攻王离、涉间。营门被攻破,王离被活捉,涉间放火把营盘烧个干净,自己也烧死在营里。

没有多大时间,秦营便成了焦土,秦兵死的死,降的降,各国将领这才陆续求见项羽,愿意加入去打章邯。项羽狞笑道:"他们到这时候才来见我!"说完,吩咐各国将领在自己营前等候传见。

项羽回营坐在帐中,召见各国将军,各国将军正要进营,忽然来了两员大将,一将拿长枪,枪端挑着一个血淋淋的人头,大家看了觉得非常恐怖。这两员大将进营后，一会工夫就看见一个人提着人头出来，挂在营门口。各国将领看了格外害怕，问明楚军，才知道刚才进营的两将，就是英布、蒲将军。挂在营门口的人头，就是秦将苏角的脑袋。

各国将领听了，格外害怕，不自主地跪倒在营门口，爬着进去，到项羽座前，也跪着报姓名，连头都不敢抬。

项羽故意迟慢，好一会儿才让他们站起来，在一旁坐下，问了他们二三句话后，他们一齐说："上将神威，古今少有，我们愿意听您的指挥。"

项羽也不客气，回答道："各位暂时先回营，听候吩咐。"各将领这才一齐退出。

接着赵王歇和赵相张耳，也出城到项羽军营道谢，项羽离座迎接。双方坐下，各自说了几句客气话后，赵王歇和张耳就告辞离去。

张耳恨陈余不出兵，便收了他的将印，陈余一气之下就带着几百个亲兵离去，靠抓鱼和打猎过日子，不再和张耳来往。张耳便兼任大将，率领陈余的部队，跟着项羽去打秦，请赵王歇仍去信都居住。

章邯坚守棘原，他手下还有二十多万军队。项羽要打他，范增劝他不要忙，等章邯粮食断了，自然会退兵，这样可以节省不少兵力。项羽就在漳南下寨。

章邯派人到咸阳去求救,没有结果,再派司马欣去,这才知道赵高在胡亥面前说了他的坏话,对他很不利。他没有办法,只好派人到项羽军营求和,项羽一心想为他叔父报仇,所以没有接受章邯的谈和建议。都尉董翳向章邯建议:"可以让司马欣去试试看。"

章邯就写了封信,让司马欣送交项羽。不久,司马欣回来了,说项羽已经答应接受章邯投降。为什么司马欣会有这么大的面子呢?原来他以前做过栎阳县的监狱官,救过项梁,所以项羽不能不给司马欣面子,加上范增也劝项羽说,楚方兵多粮少,不容易打持久战,还是接受章邯的投降合算。项羽这才答应,并且保证不杀害章邯。

于是,章邯和司马欣、董翳等人,到洹水南岸,向项羽投降。项羽派司马欣做上将军,率领投降的秦兵二十多万做前锋,立章邯为雍王,留在营里,自己率领楚军和各国将士,共约四十万人,向西推进。

项羽救钜鹿,是一场赫赫有名的大战,也是秦楚兴亡的关键。项羽通过这一战奠定了他事业的基础,建立了威信。他破釜沉舟的故事,也流传不朽。

# 七、刘邦灭秦

楚怀王信任刘邦,主要是因为他宽大为怀,能得人心。刘邦向怀王告别以后,一路集合了陈胜和项梁的一些散兵,约有一万多人,再到砀郡和自己原有的人马集合,过了成阳、杠里二县,接连又打了两次胜仗,把秦将王离打败,然后向昌邑前进。

到昌邑城下,进攻没有结果。昌邑人彭越率领一千多人来帮忙。刘邦打不下昌邑,打算改从高阳进攻,和彭越商量,彭越也很赞成,刘邦就和他告别,自己率领部队去高阳。

高阳有一个读书人,叫郦食其,他的年纪已经很大了,但抱负仍然不小。他去见刘邦,刘邦正坐在床上,叫两个婢女为他洗脚,看见郦食其进来,就当作没有看见一样。

郦食其大声说道:"你带兵到这儿来,是要帮助秦打各国呢?还是和各国打秦?"

刘邦看见他的样子就已经很讨厌了，一听见他的话，格外生气，便开口骂道："你难道不知道天下人都受不了秦的暴政吗？各国都要灭秦，我难道会帮助秦不成！"

郦食其接口道："你既然要攻秦，为什么这样对待我！行军不能没有参谋，你这样对待有才干的人，还有谁肯为你出主意呢！"

刘邦听了，立刻停止洗脚，穿好衣裳，请他上座，跟他谈论起天下大事。郦食其懂得很多，刘邦非常佩服，就跟他商量攻打秦的计策。他说："你只有这一点兵，怎么能对付强秦？据我看，你不如先占领陈留，陈留这个地方交通很方便，进可以攻，退可以守，并且城中积存的粮食很多，我认识县令，可以替你去劝他投降，如果他不答应，你就在晚上带兵去进攻，我在里头做内应。"

刘邦听了很高兴，就教郦食其先走，自己随后也率领部队前进，果然在郦食其的协助下，刘邦很顺利地杀进陈留城，杀死县令。他觉得郦食其的贡献不小，便封他为广野君。

刘邦领兵继续西进，围攻开封，听说秦将杨熊来救援，就干脆撤围，去打杨熊。双方正杀得起劲的时候，忽然有一支生力军赶到帮刘邦，杀向秦军，杨熊被打败，逃进荥阳。这支生力军的将领，就是张良。

张良曾经向怀王建议，使韩公子得以立为韩王，他便当司徒,后来又帮韩王收复了几个城,因为秦兵常进犯,不能坚守,听说刘邦经过这儿,特地带兵来助阵。

刘邦很感激他,帮他收复了颍川。恰好这时候接到秦杀杨熊的报告,刘邦就决心先帮张良收复韩地。韩王成来见刘邦,刘邦教他驻守阳翟,自己带兵向南阳推进。南阳郡守齮,率兵抵抗,被打败,退守宛城。刘邦包围宛城,齮接受了陈恢的劝告,开城门迎接刘邦进城。刘邦封齮为殷侯,封恢为千户,仍命留守宛城。然后他集合宛城人马,继续西进,一路经过的各城市,都已投降,直达武关,关上的守将得到消息便跑了,刘邦得以顺利进关。

这时候,赵高已经杀了秦二世胡亥,立公子婴,公子婴又杀了赵高,派将领坚守峣关。

刘邦教周勃引步兵偷偷爬过黄山,绕到峣关后面去,偷袭秦营,秦兵没有防备,纷纷逃散,秦将被周勃所杀。周勃也是沛邑人,年轻时很会吹箫,人家办丧事,他就给人家吹箫,武艺也不错,刘邦领兵进城,他就在刘邦手下,担任先锋,立了很多的功劳。

刘邦进关,接应周勃,追杀秦兵,一直到了霸上。

这年是秦二世三年十月,公子婴正打算改元,接到败兵的报告,说刘邦的军队已经到达咸阳城外,接着又接到刘邦要他投降的信。他想了想，既不能打，又不能守，只好投降，就驾着素车，乘着白马，用带子套在脖子上，手里捧着传国玉玺，流着泪出城，在路旁等候刘邦。

刘邦率领军队，经过公子婴面前的时候，公子婴跪下请降。刘邦接过玉玺，教公子婴跟他一齐进咸阳。可怜公子婴只做了四十六天的皇帝，便落得这般光景。

刘邦派专人看管公子婴，自己率领将士进入秦宫殿。将士们打开府库，拿出金银财宝，大家分用。只有萧何到丞相府去，把秦朝的图籍找到收藏好，以后好检查关寨险要之所在及户口的多少，这是萧何比其他人特别精细的地方。

刘邦最喜欢女人，他进入秦后宫，看见到处都有娇滴滴的女人，纷纷来迎接，向他下拜。他进入寝宫后，很久不见他出来。樊哙便进去跟他说："您是要天下呢？还是只想做个富家翁就算了呢？"

刘邦看了他一眼，没有作声，只呆呆地坐在那儿。樊哙又道："您一进秦宫，难道就中了魔不成！请快回到霸上，不要留在这个宫里。"

刘邦仍旧不动，慢腾腾地说："我觉得很困，今天晚上就在这儿睡一夜罢！"

樊哙一听有点生气，又怕说错话得罪他，就要去请张良来。

恰好张良这时走进来，张良见了刘邦，说："因为秦无道，您才能到这儿来。您应该为天下除掉秦的暴政，怎么可以一进秦宫就要享受？真的要这样，恐怕秦昨天灭亡，明天您也要灭亡的。希望您听樊哙的话，不要自取灭亡。"

刘邦听了张良的话，才明白过来，下令封闭府库，关闭宫室，回到霸上，召集父老豪杰，向他们说："秦的法令太严，使你们痛苦万分，怎么可以让这种暴政继续存在？现在我奉怀王的命令来解救你们。怀王曾经说，谁先进关，谁就是秦王。现在我先进关中，我应该做秦王，我现在跟你们约法三章：杀人者死，伤人及盗者抵罪，苛令全部废除。你们可以安心，不必害怕。我把军队驻扎在霸上，是等候另外一支部队来，没有别的意思。"

父老豪杰们听了这一番话，自然很高兴，拜谢走了。刘邦又传令三军，不准骚扰百姓，违令立杀。又派人会同秦官员安抚郡县，秦民都很高兴，也都希望他当秦王。

刘邦驻扎在关中，听候项羽的消息。

# 八、鸿门宴

项羽收服了章邯，从东向西到新安，忽然听说秦兵发牢骚，怕做各国的奴隶。项羽就教英布、蒲将军，率领部队，在晚上把秦的二十万降兵包围起来，全部杀掉，只留下章邯、司马欣和董翳三个人。

项羽率领大队人马，一口气跑到函谷关，见函谷关的门紧闭，关上的守兵都是楚军，但随风飘扬着的旗帜，当中都写着一个"刘"字。他在路上已经听到刘邦进关的消息，现在又看到写着"刘"字的旗帜，心里格外着急，就仰着头问关上的守兵道："你们给谁守关?"守兵说是奉刘邦的命令。项羽问刘邦有没有进关，守兵说刘邦早已打下咸阳，现驻扎霸上。项羽紧接着说："我率领大军来了，你们赶快开关。"守兵说："我们奉沛公的命令，不经他许可，无论是谁，都不准放进来。"

项羽一听,生气地喊道:"刘邦是什么东西,敢不让我进去?"立刻就教英布等攻关。他亲自在后督战,退后就杀。城上守兵不能抵抗,不到一天的工夫,城就被英布等攻破。项羽进关,在戏地的西面驻扎下来。这地方叫鸿门。项羽和手下的人商量对付刘邦的计谋,有的主张决裂,有的主张从缓,项羽当时也不知道怎样才好。就在这时候,忽然来了一个人,这人是刘邦的左司马曹无伤派来的,他说有要紧的事来报告。项羽问他有什么事,那个人说:"沛公要做秦王,用秦公子婴为相,秦宫的一切珍宝都是他的了。"

项羽忍不住跳着脚说道:"可恨的刘邦,眼里太没有人了,我明天一定要消灭他!"

范增在旁插嘴说:"刘邦在山东的时候,既贪财又喜欢女人,现在听说他进了秦关,不拿财物,也不近女人,作风跟以前完全相反,一定不简单,不能小看他。要消灭他就得赶紧下手!"

项羽说:"打刘邦有什么难呢?现在天快黑了,让他多活一夜,明天一早向他进攻好了。"说完就打发曹无伤派来的人回去了。

项羽有个叔父,叫做项伯,在秦朝的时候,因为杀了人逃往下邳,幸亏遇见张良救了他才没有事。因此,项伯很感激张良,常常想报答他。他听到范增的话,自然不免为张良担心。心里想:"打沛公跟我无关,可是张良跟随沛公,如果一同受祸,岂不冤枉!"就在当天晚上,骑马出营,到刘邦营前求见张良。张良听说项伯来了,知道有要紧的事情,赶紧出营迎接。

项伯见了张良,悄悄地说:"你要赶快走!不然,明天就要遇到大祸了!"

张良听了吓了一跳,问究竟是怎么回事,项伯便把范增的计策和项羽的打算,大略地说了一遍。

张良想了想,说:"我不能走!"

项伯说:"你留在这儿跟大家一齐死掉,有什么用?不如跟着我走算了!"

张良说:"沛公待我很好,我不能这样偷偷逃走。你坐一会儿,等我去报告沛公一声再说。"说完就走了。项伯不便拦他,只好等着他。

张良走进刘邦的帐里,一看刘邦还没有睡,就和他说:"明天项羽就要来进攻了!"

刘邦说:"我和项羽无冤无仇,他为什么要来打我?"

张良答道:"您想想看,您是不是打得过项羽?"

刘邦说:"恐怕打不过他。"

张良说:"我们只有十万人,项羽有四十万大军,我们怎么打得过他?幸亏项伯来通知我,要我跟他一齐走,我不能一个人偷跑,所以特地跑来跟您讲。"

刘邦跺了跺脚说:"现在该怎么办?"

张良说:"看样子只有恳请项伯转告项羽,就说您没有与他作对的意思,派兵守关不过是防强盗,请他不要误会。项伯是项羽的叔叔,说话很有分量。"

刘邦问:"你跟项伯是什么时候认识的?"

张良说:"他以前因为杀了人逃到我那儿,我帮过他的忙,所以现在借机来报答我。"

刘邦问:"是他年纪大还是你年纪大?"

张良说:"他年纪大。"

刘邦说:"赶紧把项伯请来,就说我愿意把他当作我的哥哥看待,只要他肯帮忙,我绝不会忘掉他的恩德。"

张良就出去请项伯。项伯说:"这不大好,我来通知你,完全是凭私人的交情,怎么能去见沛公?"

张良道:"你如救沛公,就等于救了我。何况天下还没有平定,刘、项两方怎么可以自相残杀? 如果两败俱伤,对你也不利,所以特地请你去商量一下,最好能和平解决。"

项伯推辞不了,只好跟着张良去见刘邦。刘邦亲自迎接,请他上座,命兵士立刻送来酒菜,亲自为他酌酒。

喝了一会儿酒,刘邦道:"我进关以后,什么东西都没敢动,专等项将军来，只因盗贼多，我不得不派兵去守关，绝不是想抵抗他，不让他进关。希望你代我跟他讲一声，就说我这些日子一直在等着他来，一切都由他做主。"

项伯道："如果有机会，我一定跟他讲。"

张良见他语气不肯定，就又想了一个主意，问项伯有几个儿女，项伯一一回答。张良就说："沛公也有几个儿女，你们正可以结儿女亲家。"

刘邦也很机灵，立刻承诺。项伯推说不敢高攀，张良笑着说："刘、项两家，跟兄弟一样，以前约好了一齐打秦，现在进了咸阳，正好联姻，何必推辞呢！"

刘邦听了，立刻站起来，向项伯敬酒，项伯也回敬了一杯。张良等他们喝完这杯酒，在一旁笑着说："杯酒为盟，一言已定，等将来我再喝两家的喜酒吧！"

项伯和刘邦谈得很投机，互相又敬了几杯酒，项伯才起身告辞，刘邦请他在项羽前多美言几句。项伯道："我回去一定代你转告，不过明天早上你一定要亲自来一下！"

刘邦答应了，亲自送项伯出营。

项伯回到本营，已经深夜三四点钟了，将士们大多入睡。他到项羽帐中，见项羽还没有睡。项羽问他从哪儿来，他说："我有一个好朋友叫张良，以前救过我的命，现在他在刘邦手下，我怕咱们明天进攻的时候,他也受到牵累,所以我去找他,要他来投降。"

项羽一向性子很急,立刻睁大了眼睛,问:"张良来了没有?"

项伯道:"张良不是不愿来投降,只因沛公进关,并没有什么对不起你的地方,现在你要攻刘邦,张良觉得不合情理,所以他不来。他还恐怕你这样做,会失去人心。"

项羽生气地说:"刘邦派兵守关,不让我进关,怎么还能说是对得起我?"

项伯道:"如果不是沛公先进关,你也不能这么容易就进关的。现在人家有这么大的功劳,你反而怪他不对,要出兵打他,怎么说得过去?并且他派人守关,是为了防盗贼,不是为了对付你。他对秦宫的财宝,一样都没有动,就是等你来,跟你商量如何来处理。连公子婴他都没有自作主张发落他。人家对你这样好,你却要向他进攻,岂不太教人失望吗?"

项羽愣了一会儿,说:"据叔父的意见,是不向他进攻了?"

项羽道:"明天沛公会来谢罪,你应该好好接待他,以争取人心。"

项羽点头答应了。项伯告别出来,只睡了一会儿,天就亮了。

营中将士都已经起来,吃过早饭,等待项羽下进攻刘邦的命令。没想到项羽的命令一直没有下来,刘邦却带着张良、樊哙等人,乘车来了。到了营前,下车派兵士通报求见。守营兵士进去报告后,项羽就请他们进去相见。

刘邦等走进营门,见两旁站了很多武士,杀气腾腾,心里有点不安,只有张良神情自若,不慌不忙地领头走进去。

到了项羽的帐前,刘邦先走,樊哙留在帐外,张良跟着进去。

项羽坐在帐篷里,左边站着项伯,右边站着范增。等刘邦走到他的面前,身子才稍微动了一下,表示迎接。刘邦进了虎口,就小心翼翼向项羽下拜,道:"我不知道您进关,所以没有能来迎接,今天特地来谢罪。"

项羽冷笑道:"你也知道自己有罪吗?"

刘邦道:"我跟您约好了一齐打秦,您在河北打,我在河南打。我侥幸先进关,可是什么都没有动,静等您来主持。您没有先通知我进关的日子,我怎么能知道您什么时候来?只好派兵守关,防备盗贼。今天我能看到您,向您表白我的心意,觉得很高兴。不过,我听说有人在您面前说我的坏话,挑拨我们,实在不应该!"

项羽是一个直性子的人,听了刘邦的话,觉得他说得很有道理,跟项伯所说的差不多,反而觉得自己不对,错怪了他,因此立刻起身下座,握着刘邦的手,老实地告诉他:"这是你的左司马曹

无伤派人来说的,否则,我不会这样做!"

刘邦一再婉转解释,说得项羽心平气和,请他在客位上首坐下。张良见过了项羽,便站在刘邦的身旁。项羽教手下摆好酒席,请刘邦入席。刘邦面向北,项羽和项伯面向东,范增向南,张良向西。帐外军乐大吹大擂。刘邦一向很能喝酒,但现在有点提心吊胆,不敢多喝。项羽却一再跟他比赛,看谁喝得多,你一杯我一杯,喝得很高兴。

范增仍旧没有放弃害刘邦的念头,一再举起身上所佩的玉玦,用眼睛看着项羽,暗示他赶快下手,一连三次示意,没想到项羽一点儿都不理会。范增急了,推托有事出去,派人把项羽的堂弟项庄叫了去,私下里跟他说:"主公外表很刚强,实际上很懦弱。沛公自己来送死,却不忍下手。这次机会如果错过,以后问题就大了。你可以进去敬酒,借舞剑的名义,杀死沛公,我们才能安心!"

项庄听了,就进帐到酒席前,先给刘邦斟酒,然后说:"军乐没什么好听的,我想表演舞剑给大家欣赏。"说完就拔剑舞了起来。项羽也没有拦他,项庄的剑锋,常常接近刘邦。

张良见了很着急,一个劲儿地看着项伯。项伯知道张良的意思,便起身离席道:"舞剑要两个人对舞才好看。"说完,就拔剑出鞘,和项庄对舞。一个是要杀刘邦,一个是要保护刘邦。幸亏有项伯保护，刘邦才没有受到伤害，但他已经吓得脸色都变了。

张良急得不得了，就找了个理由，走到帐篷外头去，见樊哙正在探望，就向他说："项庄在帐里舞剑，看样子是要害沛公。"

樊哙道："照这样说，事情已经很危急了，那我就进去救他罢！"

张良点了点头。

樊哙左手拿盾，右手握剑，闯了进去。帐前卫兵以为他是去动武的，自然出来拦阻。樊哙的力气本来就很大，加上现在存心拚命，什么都不管了，只向前乱撞乱推，接连推倒了几个卫兵，闯到席前，眼睛瞪得大大的，像要裂开一样。

项庄、项伯见他进来，都停住剑，呆呆望着他。项羽也吓了一跳，问樊哙道："你是谁？"

樊哙正要回答，张良已经进去，代他回答道："这是沛公的车夫樊哙。"

项羽随口称赞了一声道："好一个壮士，拿酒肉给他吃吧。"

手下人听了，就拿了一壶酒，一只生猪蹄子给樊哙。樊哙接过酒壶，一口气喝光，然后用刀切肉，一面切一面吃，一会儿就吃光了，然后向项羽拱手道谢。

项羽问："能不能再喝？"

樊哙大声回答道："我连死都不怕，何况喝一点酒呢？"

项羽又问："你要为谁死？"

樊哙道："秦无道，各地方的人纷纷反抗，怀王跟各位将领讲好，谁先进秦关，谁就做秦王。现在沛公首先进入咸阳，却没有称王，驻扎在霸上，专等您来。您不了解沛公的苦心，竟听了坏人的话想害他，这跟暴秦有什么差别呢？我没有奉命就跑进来，是为了替沛公诉说冤枉，所以我说连死都不怕，希望您原谅！"

一番话说得项羽哑口无言。

张良又望着刘邦。刘邦慢慢站起身来，假说要上厕所，同时把樊哙骂了出去。樊哙就跟他一齐走出帐篷外头，张良也跟着出来，劝刘邦赶紧上马回霸上。

刘邦道："我没有告别，怎么可以走呢？"

张良说："项羽已经快要喝醉了，不会多心的。您现在不走，还要等到什么时候？我可以留在这儿，代您告别。不过，您随身带来的礼物，请拿几件出来，我自有安排。"

刘邦就拿出白璧一双，玉斗一双，交给张良，然后和樊哙骑上马，从小路跑回霸上。

张良故意等了一会儿才进去，见项羽已经醉得连眼睛都睁不开了。过了很久，看见刘邦不在，就问："沛公到哪儿去了，怎么这么久还不回来！"

张良故意不回答，项羽教都尉陈平出去找刘邦。

过了一会儿，陈平进来，说刘邦的车子还在，可是人却不见了。

项羽问张良，刘邦哪儿去了，张良回答道："沛公因为酒喝得太多，快要醉了，不能亲自向您告辞，教我献给您一双白璧；还有玉斗一双，送给范将军！"说完，就拿出白璧、玉斗，分别献上。

项羽见这双白璧，没有一点儿瑕疵，非常喜爱，就接过去放在桌上，并且问张良道："沛公现在在哪儿？"

张良只好照实说道："沛公怕您责备，不辞而别，我想现在已经回到营中了。"

项羽疑惑地问："为什么不跟我讲一声就走了？"

张良道："您跟沛公等于亲兄弟一样，不会害他。可是您的部下，有的想害他，嫁祸给您。您初进咸阳，应该以诚待人，为什么要阴谋害沛公？如果沛公死了，天下的人一定批评您不好。沛公不能老实跟您讲，只好这样走，等您自己觉悟。您很聪明，用不着我多说，一定会了解沛公的苦衷的！"

项羽听了张良的话，反而怀疑起范增。范增见要杀害刘邦的计策不能实现，已经说不出的懊恼，又见项羽瞪着他，知道他起了疑心，格外生气，立刻把玉斗拿过去，扔在地上，拔剑斫碎，眼看着项庄，恨恨地说："唉，我跟错了人，将来抢项王天下的一定是沛公，我们将来都会被他俘虏！"

项羽见范增生了气，不愿跟他计较，起身进帐去了。

范增等也走了出去，只留下项伯和张良，两个人对看着笑了一笑，才慢慢地出去。到了营外，张良向项伯道谢，也带领手下的人走了。

这时候，刘邦早就回到霸上，教人把左司马曹无伤推出去杀掉。张良回到营中以后，把经过的情形报告刘邦。刘邦自然很高兴，暂时放下了心来。

# 九、 项羽火烧咸阳

项羽在鸿门住了几天,开始进入咸阳,杀了很多人,连投降的子婴都给杀了。所有秦宫妇女,秦库财宝,他自己收了一半,其余给将士。最后,他把咸阳的王宫,放了一把火都给烧光,三百多里的阿房宫变成了灰烬。今天烧这儿,明天烧那儿,白天烧,晚上也烧,一连烧了三个多月才烧完。可怜秦朝几十年的经营,几十万人的精力,几万万的费用,变成了一堆瓦砾。

本来咸阳附近非常繁荣,被项羽这一烧,竟变成了废墟。项羽自己看了,也觉得没有意思,便打算离开这地方。有一个姓韩的读书人,留他定都关中。项羽摇了摇头,说:"富贵不回家乡,就好像穿着新衣裳在夜里走,有谁会知道?我决定东归了。"

那个读书人走出去后,向人家说:"俗话说:楚国人是戴上帽子的猴子,果然不错。"没想到,有人把这话报告了项羽,项羽就派人把这读书人抓了去，剥光他的衣裳，扔到油锅里炸了。

项羽临走以前，刘邦还在霸上，他想这一走，刘邦就名正言顺地做了秦王，那怎么行？于是他想出一个主意，打算请怀王把以前的约定改一改，才能把刘邦调到远方去。他打定主意以后，立刻派人去跟楚怀王商量，没想到怀王竟要他遵守以前的约定。

项羽很生气，召集手下的将官们来商量，说："我项家世世代代做楚国的将官，所以暂时立楚王的后代，但这全靠我叔父和我以及各位的努力，怀王不过是一个放牛的孩子，蒙我叔父的拥立，并没有一点儿功劳，怎么可以自作主张，分封王侯？我不废怀王，已经是对他很客气的了。你们跟我一齐打仗，辛苦了三年，怎么能不给你们应得的报酬？你们同不同意我的看法？"

大家都怕项羽，并且都想封侯，自然都拥护他的主张。

项羽又道："怀王是我的主子，应该尊他为皇帝，我们才能封王，封侯。"

大家又一齐答应是。

于是，项羽决定称怀王为义帝，然后，分封有功的将士。但应该怎么封法，他想了很久，不能决定，只好请教范增。范增虽然为了鸿门宴的事情，心里不痛快，但不忍一走了之。

项羽向他说："我打算分封一些有功劳的将士，别人都好办，只有刘邦一个人，不知道应该封他在什么地方，所以请你来帮我

做一个决定。"

范增回答道:"上次你不杀刘邦,是你的大错。现在又想要封他,将来的麻烦一定更大了。"

项羽说:"刘邦没有罪,我无缘无故地杀他,人心不服。并且怀王又主张要遵守以前的约定,事实上有种种困难,希望你原谅我,并不是我不听你的话。"

范增道:"既然这样说,那就把四川封给他好了。四川交通不方便,进去容易,出来很困难。秦时有罪的人,都送到那儿去。并且四川也算是关中,封他为四川王,也算是遵守以前的约定了。"

项羽点了点头,说这个主意不错。

范增又道:"章邯、司马欣、董翳三个人,都是秦的降将,最好把关中分封给他们,教他们堵住刘邦,不让他出来,他们一定会答应的。这样你就是东归,也不要紧了。"

项羽高兴地说:"这计策很好,就这么办。"说完,又跟范增商量好其他各将的封地和名称。决定后,范增才退出。由于项伯的帮忙,刘邦多分得一处叫汉中的地方。

分封的名单,很快就公布了:

沛公为汉王,得有巴蜀、汉中地,首都南郑。秦降将章邯为雍王,得有咸阳以西地,首都废邱。司马欣为塞王,得有咸阳以东地,首都栎阳。董翳为翟王,得有上郡地,首都高奴。魏王豹改封河东,叫西魏王,首都平阳。赵王歇改封代地,仍叫赵王,首都代郡。赵将张耳为常山王,得有赵原来的领土,首都襄国。司马卬为殷王,得有河内地,首都朝歌。申阳为河南王,得有河南地,首都洛阳。英布为九江王,首都六县。共敖为临江王,首都江陵。燕王韩广改封辽东,改叫辽东王,首都无终。燕将臧荼为燕王,得有燕国原来的领土,首都叫蓟。番君吴芮为衡山王,首都叫邾。齐王田布改封胶东,改叫胶东王,首都即墨。齐将田都为齐王,得有齐国原来的领土,首都临淄。田安为济北王,首都博阳。韩王成仍旧是原来的封号,首都阳翟。

项羽管自己叫西楚霸王,打算把彭城当作首都,占据梁、楚九郡,一面派将士强迫义帝搬往长沙,定都郴地。郴地很偏僻,靠近南岭,比彭城一带差多了。项羽自己要在彭城建都,自然不愿意让义帝住在那儿。

分封以后,各国君臣都分别到自己的地方去了。

# 一〇、张良的故事

张良，字子房，韩国人，祖父与父亲先后当过韩国的宰相。秦灭韩国的时候，张良年纪还很轻，没有做官。弟弟死了，还没有下葬，他就一心一意地想为韩国报仇，他把所有的家财，都拿出来交朋友，想找出一个人能够暗杀秦始皇的人。

但是这时候，正是秦始皇最得意也最威风的时候，老百姓任何事都不敢谈，谁能帮张良的忙呢？就是有几个大力士，也都顾全自己的性命，不敢在老虎头上拍苍蝇。所以张良计划了好几年，没有结果，他想天下这么大，不怕找不到人，不如到远方去，说不定比较容易找到，完成自己的志愿。

他到淮阳，总算由仓海君帮忙，找到了一个力士，趁秦始皇第二次东巡的时候，他们埋伏在博浪沙，等候秦始皇经过时下手。没想到力士的铁椎没有打中秦始皇，只打中一辆空车。力士逃脱了,张良也拼命逃走,他逃到下邳。下邳这个地方靠近东海,离博浪沙有好几百里。

最初他躲在房里不敢出门,后来秦始皇对这件事逐渐放松了,他才放胆出游。他常到圯(桥)上去眺望景色。

有一次,张良又到桥上去,看见一个老头儿,头发完全白了,慢慢走上桥来,经过张良身旁,故意把脚上穿的一只鞋子抖落到桥下去了,老头儿就向张良说:"年轻人,你下去给我把鞋子捡上来!"

张良听了很生气,心里想:"这人是谁,一点儿都不客气,我又不认识他,凭什么要我给他捡鞋?"气得真想伸手打他一巴掌,但见这老头儿身着布衣,手拄拐杖,已经有七八十岁了,同情心油然而起,就走下桥去,把他的鞋捡回来递给他。

老头儿已经坐在桥上,这时竟伸出一只脚,向张良说:"给我穿上。"

张良听了又好气又好笑!心里想:"既然已经给他捡回来了,索性好人做到底,替他穿上算了。"于是就跪着替他把鞋穿上。

等他把鞋给穿好,老头儿笑了笑,就站起身来,下桥走了。

张良见老头儿不向他道谢,觉得很奇怪,想看一看他到底往哪里走,就远远跟在老头儿后面,走了有一里多路,老头儿发觉了，转过身来，很和气地对张良说："孺子可教也！五天以后，天快亮的时候，你仍旧到这儿跟我见面！"

张良毕竟是个聪明人，知道老头儿有些来历，就跪下来答应了。

老头儿走了，张良便回到自己住的地方。

到了第五天，张良一早起来，洗好脸，到约好的地方等老头儿。没想到，老头儿已经在那儿等他了，老头儿一看见他，就责备他道："你跟我约会，应该先来等我，为什么这时候才来？现在你回去，五天后再来见我！"

张良不敢多说话，只好回去。到了第五天，不敢贪睡，一听见鸡叫，就赶到约会的地方去。没想到老头儿又先到了，仍旧责备他迟到，还是要他过五天再来。

张良没办法，只好回去。到第二个五天，他整夜没有睡，天才过黄昏，他趁着月光下赶到那儿去。还好，老头儿没有来。他站在那儿等了一会儿，才看见老头儿拄着拐杖走来。

老头儿看见张良已在等他，高兴地说："不错，年轻人应该这样！"说完，就从衣袖中拿出一部书，交给张良，并嘱咐他道："你看了这部书，将来可以做帝王的军师。"

张良自然很高兴，正要问他一些话时，老头儿又向他说："你十年以后一定有大成就。十三年以后，可以到济北谷城山下来，如果看见一块黄颜色的石头，那就是我。"说完就转身走了。

这时候，虽然有月光，但仍旧没法看清书上的字，张良就带着书回去，躺了一会儿，天亮了，立刻起身一看，才知这部书分三卷，第一卷上注明"太公兵法"。他知道太公是姜子牙，是周文王的军师，心里自然很高兴。

于是，他便开始熟读这三卷兵法，有了不少心得，以后他帮刘邦打天下，出了很多好主意，都是从《太公兵法》学来的。

后来，张良跟着刘邦经过济北，在谷城山下，果然看见一块黄颜色的石头，他就把这块石头带回去供奉。算了算时间，距离他遇见老头儿的那一年，正好是十三年。

张良在下邳住了很久，后来，听说各地起兵，要推翻暴秦的统治，他也集合了一百多人，想打天下，恰好刘邦有一次经过下邳，遇见张良，两个人谈得很投机。张良就在刘邦手下做了一个小将领。

项梁拥立怀王，齐、赵、燕、魏纷纷复国。只有韩国还没有独立，张良劝项梁立韩王的后代，项梁问韩王有没有后代，张良回答道："韩公子成，曾经受封横阳君，现在还在。"项梁就教张良去找韩公子成。张良找到，回去报告项梁。项梁就教张良担任韩司徒，跟韩公子成去收复韩国的失地。

张良跟项梁、刘邦告别，到了韩地，立公子成为韩王，拥有一千多名士兵，先后收复了几个城市。但是因为秦兵常常进攻，收复的几个城市，后来又丢掉了。

刘邦奉怀王的命令，向咸阳进兵，在曲遇地方，跟秦将杨熊打了起来，恰好张良带兵经过那儿，就帮助刘邦把杨熊打败。刘邦也帮助他收复了几个丢掉的城市。由韩王成守阳翟，张良就跟着刘邦走了。

刘邦进了咸阳，驻兵霸上。项羽驻兵鸿门，要消灭刘邦，幸亏项羽有个叔父叫项伯，跟张良很要好，晚上去通知张良。张良请项伯帮忙救刘邦，项伯答应了。刘邦向项羽去赔罪，差一点儿就被杀，由于张良出主意，刘邦才逃回霸上。

项羽封刘邦为蜀王，刘邦得到这消息，自然不高兴，手下的将官也都很生气，要跟项羽拼命，只有萧何劝刘邦要忍耐一下。刘邦问计张良，张良的看法和萧何一样。不过，他请刘邦多送些财宝给项伯，再请项伯跟项羽讲，把汉中也封给他。

项伯为刘邦说情，项羽果然答应了，把汉中也给了刘邦，改封他为汉王。

项羽要刘邦去四川，刘邦不能不走，只好率领将士从霸上出发。刘邦感激张良的帮忙，送了他很多财宝，张良都转送给项伯，和项伯告别后，才送汉王出关。

汉王的人马到了褒中，张良要回韩国，向汉王告别。临走的

时候，向汉王献了一条密计。汉王答应了，张良便告别走了。

汉王继续西进，走了不久，忽然后面人马喧嚷起来，汉王问是怎么回事，兵士说是栈道被烧断了。汉王毫不理会，下令将士们继续前进。接着，听说栈道是张良烧的，大家都骂张良，说他断绝了大家的后路，使大家永远不能回家。

其实，这是张良的计策，他这样做有好几个用意：第一，让项羽知道这件事，以为汉王不再打算回来，可以放心，不必防备他。第二，使各国没法侵犯汉王。第三，将来汉王要出兵的时候，可以明修栈道，暗度陈仓。张良给汉王出主意要汉中，就是为这一个计策做的准备。

张良烧了栈道，才向阳翟进发，等候韩王成回国。没想到韩王成已经被杀。原来项羽进关，韩王成没有跟着来，等到项羽驻兵鸿门，韩王成才去。项羽虽然嫌他没有功劳，但是他也没有罪，只好给他原来的封地。不过，有一个条件是，要他召回张良。韩王成和张良商量，张良知道项羽不要他去帮汉王的忙，就跟韩王成讲，等送汉王出境以后，一定回韩国。

项羽见韩王成让张良去送汉王，心里就很生气，于是就教韩王成跟他一齐走。到了彭城，竟把韩王成杀死了。

后来，汉王出兵打项羽，张良又到汉王手下做事，并立了很多功劳。汉王把留邑封给他，叫留侯。到了吕后专政的时候，张良才去世。他临死时，留下遗嘱，教把他供奉的黄石跟他埋葬在一起。

他死了以后，他的大儿子张不疑袭封为留侯，第二个儿子叫张辟疆，那时才十四岁，吕太后也给他官做，教他担任侍中。

# 一一、韩信的故事

　　韩信是淮阴人，从小父亲就去世，家里很穷。他既不能种田，又不会做生意，想做个小公务员也做不了，因此游荡终日，常寄食人家。母亲没人供养，不久愁病去世。

　　南昌亭长是韩信的朋友，韩信常去他家里吃饭，南昌亭长倒没有什么表示，可是他的妻子却不高兴，常常故意把吃饭的时间提早或挪后。韩信去了看不见他家里开饭，就知道自己已经惹人家讨厌了，就不再到他家去。

　　于是，他就到淮阴城下，在水边钓鱼，钓到鱼，就卖掉过日子，钓不到，只好挨饿。

　　河边常有很多女人在洗衣服，其中一个老婆婆看见韩信到应该吃饭的时候还不去吃饭，就把她的饭分给他吃，他因为肚子饿得慌，也就不客气地吃了。没想到这个老婆婆倒很慷慨，今天给

他吃,明天也给他吃,一连给他吃了几十天。韩信很感激,就向那个老婆婆道谢,说:"您待我这样好,将来我有了办法,一定要好好地报答您!"

他话还没说完,那个老婆婆竟瞪大了眼睛骂道:"你自己不想办法过日子,穷成这个样子,我看不过去,所以给你饭吃,何尝指望你报答!"说完就走了。

韩信呆望了一会儿,觉得这个老婆婆很了不起,决心等将来有了前途,一定要重重答谢她。

他家里没什么东西,只有一把宝剑,他常常把它挂在腰间。一天,他在街上闲逛,碰到一个流氓,当面挖苦他道:"韩信,我看你出来常带着宝剑,究竟有什么用?你个子可不小,胆子怎么这么小呢?"

韩信听了却不作声。街上的人都围着看笑话,这个流氓当着大家的面又挖苦他说:"你如果敢拼一死,就用你的剑来刺我,不然你就得从我的裤裆下钻过去!"说完就劈开两条腿,站在街道的当中。

韩信观望了一会儿,就趴在地上,从流氓的裤裆下爬过去。街上看热闹的人见了都大笑起来,他却一点儿也不在乎,站起身来走了。

项梁渡淮,韩信去见他,他没有特别看重韩信,只给韩信一个小差使。项梁死了以后，韩信转到项羽手下，担任郎中的官。他常常提供意见，项羽从没有用过，他一看不是办法，就投入汉王手下，从军到四川。汉王也没有看重他，给他一个小官职，叫做"连敖"，这是楚的官名，大约跟军中司马差不多。他心里自然不高兴，免不了常发牢骚。一次，他和同事喝酒谈天，越谈越有劲，竟说出不少大话，被人听到了，就给汉王打小报告。汉王怀疑他们想造反，立刻下令把他们一起抓起来，派夏侯婴做监斩官，把他们都杀掉。

韩信等十四个人，被绑到法场，十三个人的脑袋，已经滚落在地上了，忽然有一个人大声喊道："汉王不是要得天下吗？为什么要杀死壮士！"

夏侯婴觉得奇怪，便下令停刑，把那个人带到面前，一看斩条，知道他叫韩信，就问他有什么本事，他把肚子里的东西都掏了出来，夏侯婴很欣赏，就对他说："十三个人都死了，只有你一个人活着，看样子你将来一定很有前途，我就帮你一个忙罢！"就教行刑的人把他放了，然后去见汉王，说韩信很有才干，不应该处死，而应该把他升官。

汉王听了，不但饶了韩信的死罪，还教他做治粟都尉。虽然比连敖升了一级，但也算不了什么。

丞相萧何，随时都在留意人才，听说夏侯婴器重韩信，就把韩信叫了去,跟他谈论国家大事,果然听他谈得头头是道,当时萧何就答应推荐他做大将。

韩信见丞相看重他,就安心等待好消息。没想到等了一个多月,一点儿消息都没有。他以为汉王不会重用他,就打算离去,另找出路。一天,他收拾好行李,就悄悄出走,也没有向萧何告辞。有人看见他走了,就去报告萧何,萧何一听,像丢了至宝一样,立刻选了一匹快马,骑上去追韩信,一直追了一百多里路才追上。韩信不愿意再回来,经萧何一再劝说,并且说他还没有向汉王推荐,不能怪汉王。韩信见他的态度很诚恳,才跟着他一齐回来。

刘邦到了南郑,休息了一两个月,将士们都想家,不愿意长住在南郑。有一个将官劝他出兵,他说:"我不是不想家,只是一时还不能回去,有什么办法呢?"

就在这时候,有人来报告,说丞相萧何已出走,不知到哪儿去了。

汉王大惊道:"我正想跟他商量大事,他怎么逃走了,是不是有别的事?"就派人去追萧何。一连两天,没有见萧何回来,汉王急得不得了,好像是丢了两只手,正打算另外再派人去追,萧何却匆匆忙忙由外面进来了。

汉王一看见萧何,又高兴又生气,假意地骂道:"你怎么可以背着我逃走?"

萧何回答道:"我不敢逃走,我是去追一个逃走的人。"

汉王问他追的是谁。萧何道:"我去追赶都尉韩信。"

汉王又骂道:"我从关中出发,一直到这个地方,一路上逃亡了很多人,最近又有人逃走,你都不去追,怎么单去追韩信,我不相信,这明明是骗我!"

萧何道:"以前逃走的人都无关轻重,他们走不走没有什么关系,只有韩信,是个真正的人才,怎么能让他逃走呢? 如果您愿意永远住在这儿,可以不需要韩信,如果您要争天下,除了韩信以外,没有更合适的人了,所以我特地把他追回来。"

汉王说:"我不东归,难道永远留在这儿吗?"

萧何接口道:"您既然要东归,就应该赶紧起用韩信,否则韩信早晚会离你而去的。"

汉王道:"韩信真有这种才干吗? 你既然认为可以重用,我就起用他试试看。"

萧何说:"这样还是留不住他。"

汉王道:"那我任用他做大将总行了罢!"

萧何接连说了几个"好"字。汉王道:"你叫韩信来,我马上派他做大将。"

萧何道:"怎么可以这样随便呢? 拜大将有拜大将的礼节,

不能像叫一个小孩子那样的随便。"

汉王问拜大将应该用什么礼，萧何回答说："要造一个坛，选择一个好日子，隆重地举行。"

汉王笑道："拜一个大将，要这么麻烦吗？我就听你的话，按照你所说的去办好了。"

萧何就告辞出来，着手进行。在郊外筑坛，由礼官选定一个好日子。

汉王还吃了三天的素，到举行拜将仪式的那一天，很早就起来。萧何率领文武百官，齐集王宫，恭候汉王驾临。汉王穿好衣裳，出宫上车，萧何等跟在后头，直到坛下。汉王下车登坛，见坛前悬着大旗，随风飘扬，坛下四周，兵士列队肃静地站着。

萧何走上坛来，捧上符印斧钺，交给汉王。一班金盔铁甲的将官，都仰望着坛上，不知道这颗斗大的金印，应该给谁。其中如樊哙、周勃、灌婴等将官，都身经百战，劳苦功高，更眼巴巴地瞧着，还以为是给自己哩。

就在这时候，萧何代汉王宣布，请大将登坛行礼。只听见一个人答应一声，便从容地走上坛来，千千万万双眼睛，都看着他。他的面貌似曾相识，仔细一看，原来是治粟都尉韩信，大家都觉得很意外。

韩信上了将坛，面向北站定，乐队奏起军乐，司仪官宣布仪式开始,第一次给印,第二次给符,第三次给斧钺,都由汉王亲自授予,韩信一一拜受。汉王又向他说:"军事完全由你负责,希望你能除暴安良,匡扶王业。如果有藐视你,或不听你命令的人,你尽管按军法处理,可先杀然后再向我报告!"说到最后一句,特别提高嗓门,故意要让大家听清楚。大家听了,全都变了脸色。

韩信拜谢道:"我一定尽最大的努力,报答您对我的大恩。"

汉王很高兴,就请韩信坐下,自己也坐下,开口问道:"丞相常说你很有才干,我现在想向你请教!"

韩信道:"您打算向东,是不是要对付项羽?"

汉王说了一个"是"字。

韩信又道:"您自己觉得是不是打得过项羽?"

汉王想了想,说:"我恐怕不如他。"

韩信道:"我也觉得您不如他。但是我在他手下做过事,知道他的个性。他的本事确实不小,缺点是不善用人。有时候他也很仁厚,待人很好,也知道照顾有病的将士。但是将士有功劳,他却舍不得给将士升官。现在,他虽然称霸天下,却不都关中,而把彭城当作首都,已经失去地利。他违背义帝原来的约定,自己一意孤行,甚至放逐义帝,把自己喜欢的将领,分封在好的地方,诸侯也都学他那样,把旧王赶走,自己称王。并且,项羽每到一处地方,不停地烧杀,现在大家怕他,将来一有机会一定会群起反抗。您只要尊重人才，任用谋臣勇将，把得到的城邑，分封给功臣，大家一定会为您卖命。章邯、司马欣、董翳三个人，虽然扼守我们的出路，但是秦国的父老都恨透了这三个人，只要您一出兵，三秦的民众一定会拥护您的。"

汉王听了，高兴地说："我后悔没有早点起用你，现在经你指教，才明白过来。从此以后，所有一切大事全靠你策划，准备东征！"

韩信又道："将不练不勇，兵不练不精。项羽虽然已经有了败象，可是也不能小看他，我打算训练将士，一个月以后再出兵。"

汉王答应了，就和韩信一齐下坛回朝。

第二天，韩信开始训练将士，定出几条军律，要将士们遵守。大家因为他兵权在手，只好勉强听他的。韩信亲自监督操练，一面嘴里宣讲，一面用手比划。怎样整齐步伐，怎样摆列阵势，都是樊哙、周勃、灌婴等没有听到过的。现在才知道韩信确实有一套，于是大家对他又佩服又尊重，也就不敢不听他的话了。

军队只训练了几天，就已经有了一番新的气象。于是决定汉王元年八月，出兵东征。从那以后，韩信接连打了很多胜仗，消灭了项羽，立了很多大功劳，他先是被封为齐王，后来改封为楚王。

后来他回到下邳,去找以前在河边给他饭吃的那个老妇人,找到了以后,送给她很多金子以报答她。接着又派人找以前欺侮他的那个流氓。那个流氓见了他,吓得趴在地上一个劲儿磕头,身子直打哆嗦。韩信笑着向他说:"你不要怕,我不会为难你。我不但不向你报复,还要给你官做。"

那个流氓又磕了一个头,说:"我以前不懂事,得罪了您,现在您不惩罚我,我就感激不尽了,怎么还敢在您手下做官?"

韩信说:"我愿意给你官做,你不必推辞!"

那个流氓拜谢走了以后,韩信向他的手下说:"这人也是个壮士。以前他侮辱我的时候,我并不是不能和他抵抗,当时我认为要是那样死了,一点价值也没有。就因为我以前能忍耐,才有今天!"他手下的人听了,都称赞他的器量大。

过了几年,以前项羽手下的一个大将钟离眛,逃到他那儿来。没想到这事被朝廷知道了,派人到他这儿来打听消息,他说没有这回事,朝廷不相信,又派人探听他的生活情况。有一次,他出来巡视,前后护卫有三五千人,朝廷派来探消息的人就报告朝廷说,他想造反。

这时候的刘邦,已经做了皇帝,就采用陈平的计策,把他抓了起来。他叹了口气,说:"人家说,兔子逮住了,猎人就把猎狗煮了吃;鸟被射光了,猎人就把他的良弓藏了起来;敌国被消灭,谋臣免不了被杀。现在天下已定,是我应该死的时候了。"

韩信被带回洛阳,过了不久,被降封为淮阴侯。他心里自然不高兴,他有一个朋友叫陈豨,奉命去做代王的丞相,向他辞行时,他劝陈豨造反。陈豨一造反,刘邦便亲自带兵去讨伐陈豨,也不用他做大将。这是因为刘邦对他越来越不放心的缘故。

有一天,刘邦跟他谈论各将官的才干时,他表示所有的将官都不行。刘邦问他:"像我这人,可以指挥多少人马?"

韩信答道:"您最多只能带十万人。"

"你呢?"刘邦问。

韩信答道:"我越多越好。"

刘邦笑着问:"既是这样,你为什么被我所擒呢?"

韩信想了想,说:"您虽然不能带兵,但却能指挥将领,所以我才被您所擒。"

刘邦虽然没说什么,但对韩信又多了一层疑忌。这次刘邦亲自带兵去打陈豨,就是要表现自己的本事。他走了以后,把国事交给皇后和萧何。韩信的手下栾说,向吕后报告韩信跟陈豨有造反的协定。吕后和萧何商量,该怎么办,萧何献了一个计策,然后跑去看韩信,说陈豨已经被消灭,他应该进宫道贺,免得人家怀疑他。韩信听了萧何的话,进宫见吕后,没想到吕后已经预先埋伏下了武士,一见他来就教武士们把他抓住,绑了起来。

他大声喊萧何，萧何早走了。就这样韩信被吕后杀了。以前是萧何追他回去，被拜为大将；现在又是萧何骗他进宫被杀。所以后代的人叹道："成也萧何，败也萧何!"意思是说，他是因为萧何的帮忙成名，也因萧何而送命! 他不但自己被杀，连家人和亲戚也完全被杀光。

# 一二、暗度陈仓

张良为汉王要汉中，就是预先为他找好一条出路。他烧掉栈道，就是要项羽和章邯、司马欣等，不再防备汉王。因为栈道一烧，就再也不能回去了。张良临走的时候，曾经向汉王建议，如果他将来要出兵，可以在表面上派人修理栈道，再偷偷地从另外一条路到达陈仓。所以兵士们向汉王报告栈道被烧时，汉王一点儿也不惊讶。

韩信训练好了军队，出兵的日期也定了，汉王派人把他叫了去，问他军队该从哪一条路出发，他的建议和张良一样。汉王高兴地鼓掌道："英雄的看法，毕竟差不多。"就派了几百个兵士去修筑栈道，自己和韩信率领三军，悄悄地从南郑出发。另外教萧何守南郑，征税收粮，筹备军饷。

这时候，正是秋天，天高气爽，将士们没有一个不想回家的，

因此，日夜地赶路，从故道直达陈仓。

项羽曾经秘密嘱咐雍王章邯，要他堵住汉中，作为第一重门户。因此，章邯特别留心汉王的活动，平时派兵巡察，慎防汉王出来。不过，他总以为汉王要来，一定得经过栈道，栈道没有修好，就是有千军万马，也不能来，所以他一点儿也不紧张。

不久，有兵士报告说汉王派了几百个兵士在修理栈道。章邯微笑道："栈道很长，烧毁很容易，修筑却是万难，几百个人怎么能修得好？汉王既然打算出兵，当初又何必烧毁它呢？真是一个大笨蛋？"

接着，章邯又接到报告，说汉王已经任命韩信为大将。他不知道韩信是什么人，又派人去打听韩信的出身。那人回来后，告诉他说韩信是一个曾经由人家的裤裆下爬过去的人，他忍不住大笑道："这种人也配做大将吗？汉王竟糊涂到这种程度，难怪他以前会烧栈道。现在又派几百个人来修，哪年哪月才能修好呀？"于是，他更加瞧不起汉王。

到了八月中旬，忽然接到报告，说汉兵已经到达陈仓。章邯还不相信，向手下人说："栈道并没有修好，汉兵从哪儿走，难道他们能飞过来吗？"不过，他并不敢大意，派人再去调查明白。

不久，果然有陈仓逃兵跑到废邱来，说汉王亲自率领大军占领了陈仓，杀死镇守的将领，就要向东进攻了。章邯这时才有些着急，心里想："汉兵没有经过栈道，究竟是从哪儿来的呢？会不会另外有一条小路通陈仓？现在只有亲自带兵去拦截，不能让他打过来。"于是，他就率领几万军队出发，一路上只见逃兵，不见难民，这是因为汉兵经过的地方，不准骚扰百姓，所以老百姓都没有逃。

章邯集合逃兵，赶到陈仓，正好遇上东来的汉兵，双方打了起来，没有多久，章邯被打败，教他的大儿子章平防守，他逃回废邱。

汉将樊哙等率兵包围，打了两天，樊哙教兵士架起云梯，他首先爬上城，兵士随后也跟着上去，章平从后门逃出，跑到废邱去。城里的老百姓全都投降。韩信带兵进城，记上樊哙第一功，报告汉王。接着又占领了附近的其他城市，并且打进了咸阳。只有章邯仍守住废邱，一时还没打下来。

韩信亲自到废邱城下，见两面是水，从西北流向东南。他就教樊哙带兵堵住下流，使水不能向下流，水没有出路，自然往城中流，因此城中的水，不多久，竟涨到一丈多高。

章邯一看没法防守，就带领家小，跟儿子章平从北门水浅的地方冲出去，奔往桃林。他一走，韩信又教樊哙把下流堵住的东西拆去，城里的水立刻就退了。

汉兵陆续进城，再派一队去追章邯。章邯父子又被打败，章平被抓住,章邯自杀死亡。

汉军攻占雍地,继续打司马欣和董翳。这两个人本来是章邯手下的将官,本事比章邯差得远。章邯曾经派人向他们求救,他们怕汉兵去攻,所以一直不敢出兵救章邯。等到听说章邯死了,两个人都吓得不知道怎么办才好。加上老百姓恨透了他们,一听说汉兵来了,都自动前去投降。董翳知道没法抵抗,首先投降,接着司马欣也投降了。不到一个月的工夫,三秦都归了汉王,项羽对汉王的第一个计划算是完全失败了。

# 一三、项羽杀义帝

项羽分封诸王，因为不公平，出了很多事。燕王韩广不愿意去辽东，被臧荼所杀，项羽不但不怪臧荼，反而教他兼辽东王。齐王田市本来由田荣拥立，项羽因为恨田荣不帮助他打秦，就封了田市、田都、田安，只剩下田荣不封。田荣不服气，竟杀死田市、田安，赶走田都。田都逃往彭城。彭越在巨野，田荣给他将军印，要他侵略梁地。项羽封张耳为常山王，同时封给陈余南皮附近的三县。陈余不高兴，就派人和田荣联络，要田荣帮他打常山王张耳，迎回赵王，他才愿意接受齐国的指挥。田荣答应了，出兵帮助陈余把张耳赶走。陈余就迎接赵王歇返国。赵王便封他为成安君，兼封代王。他教夏说担任代相，守代，他自己仍辅助赵王。

张耳没地方去，向西走，进关，恰好汉王平定三秦，他就投降了汉王。

项羽听说齐、赵都背叛了他,已经很生气;现在又听说三秦归汉,更加生气。他一面封郑昌为韩王,牵制汉兵,一面派萧角带兵攻彭越。彭越把萧角打败,项羽更气坏了,认为彭越是仰仗着田荣的势力,攻彭越不如打田荣。他既想对付汉兵,又想打齐国,不知道应该先打谁才好。

恰好这时候,张良写了一封信给他,说汉王收复三秦,是以前的约定,以后不会再东进,只有齐、梁和赵国,对楚的威胁很大。张良写这封信的用意,明明是在为汉王打算,要项羽向北攻打齐国,这样,可以使汉王有机会东进。项羽明明知道张良在帮助汉王,竟听了张良的话,决定出兵打齐国。张良写了这封信以后,就去见汉王,帮汉王策划东进。

汉王教韩宗族信带兵打韩国,答应平定韩地以后封他为韩王。张良要跟他一起去,被汉王给留下来。汉王封张良为成信侯。同时,汉王又派将军薛欧、王吸,带兵去南阳,会同王陵,到丰沛去迎接眷属进关。

王陵也是沛邑人,和汉王相识。他在南阳集合了几千人,汉王邀他来,他不愿意受汉王的指挥,不肯去。一直等薛欧和王吸到了,说汉王已经平定了三秦,声势很大,他才决定归汉。并且他母亲妻女在沛邑,正好和薛欧、王吸一齐去迎接。于是,三个人合兵东进,到了阳夏,被楚兵给拦住,只好暂时停下,派人去报告汉王。

这时已经是汉王二年,汉王接到这报告,本来想向东进兵,但他知道项羽的厉害,不敢轻率地发兵,打算集合三五十万人马再动身。

项羽已经亲自率领大军,向齐国进攻。临走的时候,通知九江王英布出兵。英布不愿意,只派了一个低级的将领去。项羽也不怪他,又给他另一道秘密命令,要他派人假装强盗,到长江上杀掉正在西行的义帝。

项羽回彭城,要义帝走,义帝不能不走。可是他手下的文武百官,都不愿意走,故意拖延时间。项羽一再派人去催促,义帝只好出发,一路上他手下的人纷纷逃走,连船员都瞧不起他,今天走五十里,明天走三十里,走了很多天,还没有到达郴地,终于被英布派去的人追上了,义帝和随从人员都被杀死,船上的财物也被搬了个空。英布等在路上遇见好几条船,一打听,才知道是衡山王吴芮、临江王共敖派来的人,也是奉项羽的秘密命令来杀义帝的。他们见九江兵已经达成任务,才各自分路回去。

项羽接到英布已经杀死义帝的报告,自然很高兴,没想到他这样做,成了汉王讨伐他的最大理由。他带兵打进齐国,田荣兵败,被民众所杀。项羽就立田假为齐王,齐国人不喜欢田假,另立田荣的弟弟田横。田横集合了几万人，赶走田假，占据城阳。田假逃到项羽那儿，项羽嫌他没出息，把他杀了，然后带兵包围城阳。没想到田横很得人心，项羽打了几十天，都没打进去。

汉王听说项羽带兵去打齐国，就趁这机会出兵打河南。河南王申阳投降，汉王改为河南郡，仍教申阳镇守。同时，接到韩宗族信的报告，说他已打败郑昌，汉王就封他为韩王。

第二年的春天，汉王率大军渡黄河到河内，河内由殷王司马卬镇守。他一面派人向项羽求救兵，一面设法抵抗。项羽的救兵没有来，司马卬被打败，投降了汉王。

于是汉王集合人马，准备东征，渡过平阴津，开到洛阳。路上遇见一个八十二岁的老头儿，名叫董公，要他为义帝发丧，刘邦立即接受了这个建议，拟了一个宣传文告，派人送往各国。文告的大意是："天下共立义帝，现在项羽派人把他杀了，实在不应该。我亲为义帝发丧，诸侯都要给他戴孝。然后跟大家一齐讨伐这杀害义帝的人。"

文告送到各国，魏王豹表示支持，就亲自带兵来。赵相陈余要汉王杀死张耳，才肯派兵。汉王不忍杀张耳，在军队中找了一个相貌跟张耳很相像的人，割下他的头，送给陈余，陈余也看不清楚，以为这是真的张耳，便派兵帮忙。

汉王得到各地的支援，全部军队多达五十六万人。他怕项羽偷攻三秦，就教韩信防守河南。他路过外黄的时候，彭越来报告，说他已杀败楚将，收复了十多个魏国的城市。汉王就派他担任魏相。

汉王率兵到达彭城，彭城的部下只有老弱残兵几千人，自然不能抵抗汉王的几十万大军，因此，汉王很顺利的就进城了。

# 一四、六出奇计的陈平

陈平是阳武县人，从小父母就去世，跟哥哥陈伯住在一起。哥哥已经娶了妻子，靠种田过日子。陈平喜欢念书，他哥哥为了成全他的志愿，给他请了个老师，但他嫂子心里很不高兴。

一天，陈平的一个邻居到他家里，见他的脸色白里透红，非常好看，就开玩笑地问他说："你家里一向很穷，你究竟都吃了些什么，保养得这么好！"

陈平没有来得及回答，他嫂嫂突然跑出来，说："我小叔子有什么好吃的东西，无非是吃些米糠罢了。有这种小叔子，还不如没有的好！"

这明明在挖苦陈平，陈平羞得面红耳赤，恨不得有个地缝儿好钻进去。恰好这时候他的哥哥走进来，也听到了这些话，就责备他妻子不应该这样对待弟弟，于是就要休妻。陈平劝了又劝，他哥哥不听，结果还是分开了。

陈平到了二十多岁，还没有成家。因为他太穷，有钱的人家不肯把女儿嫁给他。没有钱的人，陈平又不肯要。附近有一个人叫张负，很有钱，他有个孙女，五次跟人家订婚，都是还没有出嫁，未婚夫就死了，因此，没有人再敢向她提亲。陈平知道张家很有钱，孙女也长得很好看，心里非常羡慕，只苦没有人替他做媒。

恰好，附近有一家人家办丧事，请陈平帮忙。陈平一早就去，很晚才回家，非常卖力。张负到那家去吊祭，看见陈平的外貌长得很好，办事又精明能干，对他很赏识，从此就把他记在心里。

后来，他到陈平家里，见他家里虽然很穷，但是门外却有贵人的车印，就回家向他的儿子张仲说："我打算把孙女嫁给陈平。"

张仲说："陈平很穷，人家都不愿意把女儿嫁给他，为什么您要把孙女嫁给他呢？"

张负笑道："我相信陈平不会永远这么穷的！"

张仲仍旧不大愿意，进去征求他女儿的意见，他女儿却没有说什么。

张负知道孙女愿意，就找媒人去跟陈平说。张仲就是不乐意,也得为女儿筹办嫁妆。张负又怕陈平没有办婚事的钱,暗地里还送给他一笔钱。

陈平自然高兴得不得了,结婚以后,小夫妻俩非常恩爱。有了钱,他就大交起朋友来,于是,附近的人对他的看法也改变了。

有一次,地方上举行社祭,公推他做社宰,他分肉分得很公平,父老们都称赞他。陈平叹了口气,说:"如果要我宰天下,我也一定跟分肉一样,秉公办事!"

陈胜起兵,派将官周市到魏境,立魏咎为魏王,陈平去看他,便被任命为太仆。后来有人说他的坏话,他就投奔了项羽,跟着项羽进关,担任都尉。

殷王司马卬背叛项羽,项羽派陈平带兵去打他。陈平不想动兵,便向司马卬说明利害,司马卬总算谢罪了事。陈平回去报告项羽,项羽还送他不少金子。

汉王打司马卬,项羽派兵去救援,走到半路上,听说司马卬已经投降了汉王。救兵回去报告项羽,项羽很生气,要处罚陈平。陈平知道了,立刻逃了出来。

陈平到了黄河,雇船西渡,船上有四五个船员,都是粗蛮大汉。陈平上船以后,船员一面摇船,一面不断望着陈平,以为他身边带有珍宝,想杀害他。

陈平看到这种情形,心里很着急。他身边虽然有一把宝剑,可是没有武艺，绝不能对付四五个人。幸亏他想出一个主意，就脱光衣裳，帮他们摇船，他们看他身上什么都没有，就不再打他的主意了。到了对岸，他穿好衣裳，付了船钱，跳上河岸，一口气儿跑到修武，才遇见汉王的部队。汉王手下有一个将官叫魏无知，是陈平的好朋友，陈平就去看魏无知，魏无知问他为什么离开项羽，他把自己的经历都告诉了魏无知，魏无知答应帮他的忙。

第二天早上，魏无知去见汉王，就推荐陈平。汉王立刻召见陈平。陈平进去见了汉王，行过礼，还没有来得及谈什么话，就是吃午饭的时候了，汉王让手下人带他去旁边的一个房间里吃饭。跟他一起吃饭的有七个人，都是有事来见汉王，汉王留他们在这儿吃饭的。

吃完饭，陈平要见汉王，请一个叫石奋的人进去报告。没想到汉王因为喝醉了酒，不愿意见他。石奋出来把这事告诉陈平，陈平说："我有要紧的事情要告诉他，不能够再耽误了。"

石奋再去报告汉王，汉王就叫他进去，问他有什么要紧的事。他说："项羽带兵攻打齐国，您应该趁这机会进攻彭城，断绝楚军的归路，楚军军心一定大乱，这样凭项羽的本事再大，也没有用了。"

汉王听了他的话，很高兴，就跟他谈进兵的事，他说得头头是道。汉王非常高兴，问他在项羽那儿做什么官，他说曾经担任都尉。汉王也任命他为都尉，并且兼掌护军。他拜谢退了出来。

其他的将官，见陈平一下子就得到好差使，我不服气，你一句，他一句，说陈平刚来，还不知道他的为人怎么样，不应该就这么重用他。汉王听了并不理会，待他更加好。

陈平代汉王策划东征的事情，急切筹备，限令很严。将官们故意试探他，送给他钱，要他期限不要太严。陈平并不拒绝，接受了他们的钱。于是，大家就借这个理由来攻击他，公推周勃、灌婴做代表向汉王报告说："陈平虽然长得不错，肚子里未必有东西。听说他在家里的时候，就跟他嫂嫂很要好，现在又贪污，接受大家的钱，像这种人怎么能信任？希望您多加考虑，不要受他的蒙骗。"

汉王听了，也起了疑心，便把魏无知叫了来，责问他道："你推荐的陈平，听说曾经跟他嫂嫂要好过，来到这儿又贪污，这种人你怎么能向我推荐呢？"

魏无知道："我推荐他，是看重他的才干，至于他的私生活好坏，对您并不重要。您应该考虑他的计策是不是可以用，不必考虑他的私生活。如果他的智能不行，我愿意接受您的处罚。"

汉王听了，半信半疑，等魏无知出去以后，又派人把陈平叫来问。陈平很老实地说："我本来在楚国做事，楚王不能用我，所以我才到您这儿来。我一路上吃尽了苦,穷得身上什么都没有,如果不接受人家的钱,怎么能过日子,怎么能安心为您筹划?如果您认为我的计策可用,就请您相信我,否则,我把人家送我的钱退还他们,请您让我走好了!"

汉王听了,立刻向他道歉,赐给他很多的钱,并任命他为护军中尉,监护各将领。各将领再也不敢在汉王面前说他的坏话了。

陈平贪污是事实,他自己也不否认。不过,说他跟嫂嫂很要好,那就冤枉他了。

陈平后来帮汉王出了不少好主意,例如行反间计,害死了项羽的参谋范增;建议汉王出游云梦,很容易就抓住了韩信;汉王进攻匈奴,被冒顿包围,幸亏陈平用计,才能出险。汉王做了皇帝以后,陈平被封为户牖侯,因为他是户牖乡人。后来又改封为曲逆侯,到吕后执政的时候,他担任丞相。

后来吕后专权,政权都落在她一家人的手里,幸亏陈平和周勃把吕家的人消灭掉,姓刘的才能继续统治天下。

汉文帝的时候,陈平去世,他的儿子陈贾继承爵位。他自己也明白,在世的时候,阴谋诡计太多,后世子孙不会有好结果。传到他曾孙陈何,果然因为抢人家的妻子被处死刑,封号也就没有了。

# 一五、睢水之战

汉王进了彭城后，跟将官们一起吃喝玩乐，高兴极了。

被打败的楚兵，跑到城阳去报告项羽。项羽听说彭城丢了，气得直跺脚。于是便留下将官们打齐国，自己率领三万人回彭城。他一直奔到萧县，萧县东南有一部分汉兵驻扎，本来是防项羽的，但他们却没有防备。项羽的军队一早开到，汉军全营将士刚起身，项羽指挥军队冲杀过去，汉兵不是被杀，就是逃走。

项羽率领军队到达彭城的时候，汉王和将士们还没有起身，听说楚兵已经到了城下，这才慌张起来。汉王勉强率领人马出城和楚兵交战。由于项羽太厉害，没有人能够抵抗。项羽杀向汉王，汉王赶紧逃走。连大纛都被项羽拨倒。大纛是全军的耳目，它一倒地，军士自然乱跑。将官们也都逃散，没有人保护汉王。汉兵纷纷逃走，逃得慢的都被楚兵所杀，被杀的有十多万人。还有三四十万人，向南逃进山中，又被楚兵追杀了几万人。剩下的逃到灵璧县东，抢着渡睢水，又在水中淹死了很多，岸上挤落水的也很多，约有十多万人，随波漂流，连睢水都给堵塞住了。

汉王逃了一段路，竟被楚兵追上，团团围住，跟随在他身边的兵士，只有几百人，怎么能冲得出来？他不禁仰天长叹道："我今天要死在这儿了！"话还没有说完，忽然刮起一阵大风，使得楚兵都站不住脚，汉王便趁着这个机会逃出重围。跑了几里，后头又有楚兵追来，他回头一看这楚将，面目很熟，就高声喊道："你们何必跟我过不去，不如放我逃生算了！"说完，又掉头拼命地跑。还好，后头的楚将真的不再追，掉转马头回去了。这个楚将叫丁公，他平日听说汉王的为人很不错，乐得卖个人情，收兵回营。

汉王逃到离家不远的地方，就打算去丰乡，把家人都带走，免得落在楚兵手里。没想到他到了家门口，见门已上锁，不禁吃了一惊，赶紧问邻居，都说不知道。他站了一会儿，知道没法找，只好赶快离开。

走了约几十里路，渐渐觉得肚子饿了，并且又冷又累，本来想下马休息，又怕楚兵追来，只好继续向前走。又走了几里路，远远的听见有狗叫声，知道前头有村落，抬头一望，果然看见前头有一座树林，林缝中隐约透出灯光。原来前面有个村落，汉王就赶到村中借宿，恰好遇见一个老头儿，就向他借个地方过夜。

老头儿见汉王不像个普通人，就把他带到家中，问他的姓名。他也不避讳，老实地讲了出来。

老头儿说："我早就听说您的大名，没想到会在这儿遇见您，我觉得很荣幸！"说完，就向汉王下拜。汉王扶起他来，问他的姓名，他说："我姓戚，是定陶县人，因为逃避兵灾，跑到这儿来。现在妻子离散，只有女儿跟我寄居在这地方。乱世的人，还不如太平时代的狗，说起来真可怜！"

汉王肚子饿得慌，问附近有没有卖酒饭的地方。老头儿说："这地方很偏僻，没有市镇，也没有酒店，如果您能将就的话，就在这儿吃一点吧！"

汉王连声说好。老头儿就进屋子里面去，叫女儿预备酒饭。一会儿，有一位小姐端了酒菜出来，汉王见她虽然打扮得很朴素，模样儿却很秀丽。老头儿叫她向汉王行礼，她行了礼后就转身进去。

老头儿给汉王倒酒，汉王喝了几杯，问他女儿有没有订婚，老头儿说没有，并且表示愿意把女儿嫁给他。汉王自然很高兴，就解下玉带做聘礼。当天晚上，汉王就跟老头儿的女儿成了亲。第二天早上，汉王向他们告别，说等安顿好了，再来接他们。

汉王走了不多久,看见前头有一队兵马,以为是楚兵,赶紧躲进树林里去。等到那队人马走近,才认出是自己的人马,率领这队人马的将官是夏侯婴,他这才放大胆子出来。

夏侯婴下马拜见,请汉王换马登车。汉王坐上车子,由夏侯婴给他驾车,一路上看见很多难民纷纷奔逃,其中有一个小男孩和一个小女孩,不断地往车中望。

夏侯婴眼明,看见这两个孩子的面貌很熟,就向汉王说:"难民中有两个小孩子,好像是您的孩子,请您看看究竟是不是?"

汉王向外一望,果然是自己的孩子,就叫夏侯婴喊他们过来。夏侯婴下车招呼,把他们抱上车去。

汉王问他们从哪儿来,他们说是跟祖父、母亲等一齐逃难,没想到在路上被乱兵冲散,祖父和母亲已经不知道去向了。

汉王又惊又喜。就在这时候,夏侯婴忽然报告说有楚兵从后面追来。

汉王大喊快走!

夏侯婴也很着急,到车后用力推车,使车子向前飞奔。追赶他们的果然是楚兵,领头的将官叫季布。

眼看着季布快要追上了,汉王怕车走得太慢,就把自己的两个孩子推下车去。夏侯婴见了,立刻把他们抱起来,放回车上。过了一会儿,汉王又把他们推下去,夏侯婴又把他们抱上车。像这样一连几次,后来惹得汉王生气了,骂夏侯婴道:"我们危急万分,难道还要管这两个孩子,自己找死吗?"

夏侯婴答道:"这是您的亲骨肉,怎么可以扔掉呢?"

汉王更加生气,拔出剑要杀夏侯婴。夏侯婴闪过一旁,见两个孩子又被踢下车,就索性叫别的将领来驾车,自己挟起两个孩子跳上另外一匹马。楚将季布终于没有追上,汉王才平安地领兵回去。

汉王见追兵远去,才稍稍放心。夏侯婴也走过来,互相商量了一下,决定到下邑去。下邑在砀县的东面,由汉王的妻兄吕泽带兵驻守。

吕泽正派兵查探,见了汉王,自然迎接进去,汉王这才算有了一个安身的地方。其他逃散的将官们,听说汉王在下邑,也都陆续的赶来。调查各路人马的消息:殷王司马卬已经阵亡,塞王司马欣和翟王董翳,投降了楚国。韩、赵、河南各路残兵,也都逃散了。

汉王的父亲太公和妻子吕氏等人,很多天都没有消息,经打听,知道被楚军抓去了。原来,太公带着家眷逃难,除了媳妇、孙女以外,还有一个管家的审食其跟着。大家扮作难民,专找偏僻的路走,前两天,虽然吃了一点苦,还算平安,到了第三天早上,继续又走了几里路,遇见了很多楚兵,赶紧躲避,没想到楚兵中有几个认识太公和吕氏的人,竟跑过来把他们两个人抓住了。审食其不肯离去,也被抓住,其余的都走散。

汉王只碰到儿子和女儿,所有兄弟和亲戚,都没看见,听说父亲、妻子被敌人抓了去,不知道是死是活,忍不住哭了起来。经大家劝解,才勉强收住眼泪,率领人马去砀县,再派人打听他父亲和妻子的消息,知道确实在楚军中,项羽留他们作人质,想要汉王去投降。汉王自然不肯去,只好把这事暂时丢在一边,慢慢的想办法。

汉王问大家有没有对付楚军的办法,大家你看我,我看你,都不作声。汉王生气地说:"我情愿不要关东,谁能打败楚军,就把关东的土地封给他。"

张良接口道:"九江王英布,和楚军有怨,彭越帮助齐国,两个人都很能干,最好劝他们投降。还有韩信,更是了不起,如果把关东土地分给这三个人,他们一定肯出死力,不管项羽本事多么大,那样一来恐怕也使不开了。"

汉王觉得这主意很好,问谁愿意去劝英布,随何表示愿意去。汉王就分派两千人,跟他一齐走。然后又派人去向韩信、彭越求援,自己带兵到荥阳去。荥阳是河右的险要地区,他就把部队驻扎在城外,自己进城休息。

过了一天,王陵跑来,见到汉王就哭个没完,说他母亲被项羽逼死了,希望汉王拨一部分兵给他去打项羽。汉王安慰了他一番,说等韩信来了再说。

过了不久,韩信果然带兵来了,还有丞相萧何,也把关中的兵士,不分老弱,都带了来,汉王这时的人数又有了十多万。就叫韩信做统帅,自己带着儿女回栎阳。

韩信和楚兵打了三次,三次都打了胜仗,楚军连败三次,不敢越过荥阳。韩信叫兵士顺着河边筑起甬道,运输储在敖仓的粮食。

汉王在栎阳接到韩信连打胜仗的消息,放心了不少,就立儿子刘盈为太子,大赦罪犯,都送到军中去当兵。接着,叫丞相萧何辅助太子镇守关中。萧何愿意在关中负责征集和运送粮草,筹募兵饷,请汉王仍旧去荥阳,计划东征大计。汉王答应了,就向萧何告别,到荥阳去了。

# 一六、木罂渡河

汉王再到荥阳，和韩信商量进兵的事情。当时荥阳的士气很高，只有魏王豹向汉王请假，他说母亲病了，要回去看母亲。汉王见他一直跟随在身边，没有回去过一次，对他请假自然很放心，就答应了。

没想到魏豹一到平阳，就把河口截断，派兵防守，叛汉联楚。有人跑去报告汉王，汉王虽然后悔，但认为自己待他不错，或许会觉悟过来，用不着出兵，于是就向郦食其说："你的口才很好，如果能够劝魏豹回心转意，就是大功，我一定拨出魏地一万户封赏你！"

郦食其听到这话自然很高兴，他到了平阳，见了魏豹，劝了又劝，没想到一点都没有用。魏豹淡淡地说："人生在世，并没有多少年，能有一天自己做主，就算不错了。汉王太欺人，待诸侯群臣跟奴仆一样，今天也骂，明天也骂，没有一点君臣的礼节，我不愿意再见他了。"

郦食其见说不动他，只好回去报告汉王。汉王听了很生气，就封韩信为左丞相，率领曹参、灌婴，分带军队去打魏豹。韩信出发以后，汉王问郦食其："魏豹敢背叛我，一定有恃无恐，他究竟派谁做大将？"

郦食其道："听说他的大将叫柏直。"

汉王笑道："柏直还是一个孩子，怎么能比得上我的韩信，还有骑将是谁？"

郦食其说是冯敬。汉王道："冯敬是秦将冯无择的儿子，人还不错，可惜缺少战略，比不上我的灌婴。步将呢？"

郦食其接口道："叫项它。"汉王高兴的说："也比不上我的曹参。这样，我可以放心了！"从此，汉王不再担心，静候韩信胜利的消息。

韩信等到了临晋津，看到对岸完全是魏兵，不能渡河，就选择一个地方安营。一面赶办船只，暗地里派人去探察上流的形势。不久，接到报告说，对岸都有魏兵把守，只有上流的夏阳地方，魏兵很少，防守不严。

韩信听了，脑子里立刻有了破敌的计策，先请曹参带兵进山，探伐木材，不管大小都可，但是一定要快。曹参接受命令便走了。

韩信又请灌婴派兵去市镇买瓦罂，每个瓦罂的容量都要大，一共要买几千个，三天就要买齐，不能耽误。灌婴听了，觉得很奇怪，就问韩信道："买这么多瓦罂有什么用？"

韩信说："你不必问，赶紧去买，包你可以立大功。"

灌婴莫名其妙，但他也不好再问，只有赶紧派兵去买。

只两天的时间，曹参和灌婴都完成了使命，木材、瓦罂都准备了很多。

韩信又拿出一封信交给两个人。两个人退出后，拆开信一齐看，原来是要他们制造木罂。制造的方法是：用木材夹住罂底，然后在四周绑成方格，再用绳子拴住，一格一罂，两格两罂，数十格数十罂，连合成一排，数千罂分成几十排，制好以后再去报告。

灌婴道："过河要用船，现在船已经预备得差不多了，为什么要造这种木罂，这真是怪事！"

曹参说："元帅一定有妙用，我们不管他，只要监督工兵依法制造就是了。"

于是日夜赶造，不到几天，就全部造好了，两个人去向韩信报告，韩信亲自验收。等到黄昏的时候，派兵数千作留守，让灌婴带领，这留守兵只准摇旗打鼓，守住船只，不能随便过河，违背命令的就杀。

灌婴接受了命令。韩信却和曹参监督大兵，搬运木罂，连夜跑到夏阳，把木罂放进河中，每个木罂载兵士二三人。人进木罂后，非常平稳。兵士们就在罂中划动，移向对岸。

韩信和曹参也下马进罂，一齐渡河。到了对岸，都上了陆地，整队前进。

魏将柏直只防守临晋津，不让汉兵过河。听到汉兵的喊杀声，格外小心防守，对临晋津不敢疏忽。连魏王豹，也只注意临晋，并没有注意夏阳。这是因为夏阳一带平时没有船，不可能游水过去，所以没人注意防守那儿。

韩信用木罂把军队运过河，很顺利地到达东张，远远地就看见魏兵营。在韩信的指挥下，汉兵以迅雷不及掩耳之势冲上去，魏兵一时没有防备，大败向北逃走。

汉军到达安邑，守将王襄出城抵抗，被曹参活捉了去。魏兵或逃或降，曹参就占领了安邑，韩信也跟着进了城，准备进攻魏都。

魏都就在平阳。魏王豹接连接到东张、安邑失败的报告，差一点吓坏了，立即派人去叫柏直回来，自己也亲自率领军队出城，堵击汉军。到了曲阳，遇见汉军杀来，魏王豹打败，向北逃走，逃到东垣，被汉兵包围住，冲不出来，只好下马，趴在地上，请求投降。

韩信把魏豹关进囚车,押到平阳城下,给城上的守兵看,要他们赶快投降。守兵知道没法抵抗,只好打开城门,让汉兵进城。

韩信、曹参进了城,把魏豹的家眷都抓住,和魏豹关在一起。魏将柏直带兵回来,在半路上听说魏王被抓,吓得不知道怎样才好。恰好韩信派人来要他投降,他没有办法,只好到平阳投降了事。

魏国其他城市也都纷纷投降。韩信把魏豹一家送往荥阳,交给汉王处置。同时,请汉王加派三万军队,由张耳率领,帮他打赵国。

汉王接受了韩信的建议,派张耳带兵前去。一面教人把魏豹提了来,要杀掉他。吓得魏豹不断地磕头,恳求汉王饶他一命。汉王笑道:"看你这种没出息的样子,就知道你没什么大不了,这一次饶了你,你再想要什么花样,可不要怪我不讲情面。"

魏豹又磕了几个响头才退出去。

汉王又下令,魏豹的家眷,除他的母亲以外,其余的人都当作奴隶。魏豹有一个姨太太,叫薄姬,长得很好看,发配到织造室做工,后来,被汉王看见了,很喜欢她,就教人把她送进后宫。薄姬后来还给汉王生了一个孩子,就是有名的汉文帝。

# 一七、 好朋友变成死对头

　　张耳和陈余都是大梁人,两个人住得很近。张耳年纪大,陈余年纪轻,所以陈余把张耳当作父辈看待。两个人一向很要好,曾经一起发过誓:要死就一起死,要活就一起活。当时的人管这种交情叫'刎颈交',意思是两个人要好到肯为对方卖命。

　　两个人都很有才干,张耳曾经当过外黄县长。魏被秦给灭了,张耳丢官,仍旧住在外黄。没想到秦朝竟下令抓他和陈余,抓到他的赏千金,抓到陈余的赏五百金。两个人只好逃走,后来一打听,才知道秦朝抓他们,是因为他们有才干,怕他们复兴魏国。张耳得到这个消息,曾经警告陈余,要他谨慎小心,尽可能地忍耐。

　　陈胜和吴广起义,两个人去见陈胜,陈胜对他们很尊敬,但对他们的意见并不看重。后来,陈余向陈胜建议,请陈胜派他去光复赵国。陈胜对他们不放心,改派手下的大将武臣去,教他们帮助武臣的忙。

武臣光复赵国后,自称赵王,任命陈余为大将军,张耳为右丞相。后来武臣被手下的将官李良所杀,张耳和陈余逃出城外,集合军队,找到赵王的后代赵歇,立他为赵王。

秦将章邯带兵打赵国,赵王歇教陈余出兵抵抗,吃了一个大败仗,退到钜鹿。张耳也和赵王歇到钜鹿。陈余驻兵城北,保护城池。

章邯猛攻钜鹿,张耳急得不得了,派张黡、陈泽二将出城向陈余说:"张耳和你是生死之交,现在他和赵王被围困在城里,情况很紧急,你手下有几万兵,为什么不打秦兵呢? 你如果和秦兵拼命,说不定可以死中求生。"陈余没有答应,张黡、陈泽两个人向他要了五千军队,杀进秦营,由于秦兵太多,全军覆没,两个人也被杀。

陈余自觉打不过章邯,就是硬拼也是白送死,所以始终不敢出兵跟章邯对抗。后来,幸亏项羽带兵来了,才把章邯打败。张耳怪陈余不肯出兵,怀疑张黡、陈泽是他害死的,问他为什么不出兵救应。陈余一生气,辞去将军的职务。张耳就自己兼任将军,从此以后,两个人就结了怨。

项羽分封打秦有功的将官,封张耳为常山王。陈余住在南皮,一直想出来。项羽封张耳的时候,有人说陈余和张耳一样有名,既封张耳就应该封陈余。项羽认为陈余没有跟他来打秦,只把南皮附近的三县封给陈余。陈余自然不高兴,就派人和齐王田荣联络,请他帮忙打张耳,迎赵王歇回国,保证赵国永远做齐国的属国。

田荣答应了,派兵帮助陈余打张耳,张耳败逃。陈余迎赵王歇回国。赵王封陈余为成安君,兼封代王。陈余改派夏说担任代相,处理代地的事务,他自己仍旧辅助赵王歇。

汉王平定三秦,张耳进关,投降了汉王。

汉王通知各国,请各国派兵一齐打项羽。陈余这时候是赵国的丞相,要汉王杀掉张耳,他才出兵。汉王不忍杀张耳,在兵士中找一个跟张耳很相像的人,砍下了他的头,派人送给陈余。

陈余看不清楚,以为这是真的张耳的头,就派兵帮助汉王打项羽。睢水之战,汉王被打败,经赵国败兵逃回报告,陈余才知道张耳并没有死,仍旧在汉营中。

陈余一生气,就跟汉王绝交。

韩信平定了魏国,趁这机会出兵打赵国。他要求派张耳带兵去,因为他知道张耳对陈余了解得很清楚。

陈余的手下夏说防守代城,听说汉兵来了,就出兵抵抗。夏说战败被杀,韩信带兵进代城。汉王要调回一部分将士去帮助守敖仓。韩信教曹参带兵去。他手下的兵不够,又招募了一万多人,一路上派人打听赵兵的消息,先后接到报告,知道赵兵防守井陉口的有二十万人。他知道井陉口很险要,不容易进攻,就在离井陉口三十里外的地方停兵扎营。

这时候,陈余已经知道代城丢了,格外严防。有一个叫李左车的人向陈余说:"韩信和张耳都很厉害,不容易对付,可是他们跑了这么远的路,粮食一定接济不上。我们有井陉口做门户,他们进不来。如果他们要从这儿进兵,没法输运粮草。你不用跟他们打,我带三万人绕到他们后面去抢粮草,不出十天,一定不战即败!"

陈余是念书出身的人,打仗不讲究用计,对李左车的建议不理会。韩信知道了这件事,暗暗高兴,便把靳歙、傅宽和张苍三个人叫了去,各给他们一个计策,三个人就走了。到了半夜里,韩信就率领人马出发,到井陉口的时候,天已经快亮了,令全军将士们暂时先吃一点干粮,等打败陈余以后再吃饭。接着又挑选一万精兵,渡过泜水,背着河岸列阵。赵军望见这种背水阵,都觉得好笑。韩信手下的将官们也都觉得奇怪,但是谁也不敢问。

韩信又约张耳过河进攻。张耳勉强答应。两个人率领军队过河,大模大样的闯进了井陉口。陈余接到报告,大开营门,他仗着人多，冲杀过来。韩信便招呼张耳赶紧退后，并且要兵士们扔掉帅旗、战鼓，一齐逃回泜河。

陈余打了胜仗，自然拼命追赶，连守在营内的赵兵，也出来抢汉军的旗鼓。

韩信已经退到泜河，陈余随后也带兵追了来。泜河边本有汉军列阵以待，等韩信、张耳进阵以后，就群起抵抗赵兵。韩信下令军中，和赵军作殊死战，后退的杀。汉兵到了这儿，本来就没有退路，就是没有韩信的命令，也会拼命杀敌。于是双方打了起来，从早上一直杀到中午，不分胜败。

陈余怕士兵们肚子饿，不能再打，就下令收兵回去。走到半路上，远远的看见营中旗帜，随风飘扬，但已变了颜色。仔细一看，全是汉军的红色旗帜，他当时魂都吓飞了，正在慌张的时候，忽然汉将傅宽带兵杀来。他赶紧抵抗，一面打，一面退，忽然又有一路人马拦住了去路，领头的将官是张苍。吓得他赶紧倒退。

张苍、傅宽合兵追杀过来，把他逼回泜水。陈余明知泜水旁边驻有汉军，这是一条绝路，下令兵士不要后退，但是没人听他的，到后来，连他自己也跟着后退了。眼看快到泜水，忽然来了一支人马，向他的部队冲杀，很快就把他包围起来，他怎么也冲不出来，终于被杀。这支人马的主将，就是和陈余有生死之交，后来变成死对头的张耳。

陈余被杀，赵兵多数投降。张耳回去报告韩信，并请派他去抓赵王歇。韩信笑道："你杀了陈余，功劳已经不小了，抓赵王歇的功劳，就让给别人罢。"话还没有说完，已经由靳歙部下押进来一个俘虏，张耳一看那俘虏正是赵王歇。韩信就教兵士把他推出去杀了。他手下的将官见他用兵神出鬼没，没法捉摸，在向他道贺灭赵成功的时候，问他这一次究竟是用了些什么计策。

　　经韩信说明，大家才知道以前派出去的三路人马，都各有重要任务。靳歙在晚上出发，绕到赵营后面埋伏，等到赵兵出营，他就冲进去拔掉赵方的旗帜，竖起汉方的旗帜。傅宽和张苍两路人马，在早上出发，埋伏在赵营附近，等到陈余的军队回来，分头截杀，把他逼回泜水，再由等候在那儿的张耳杀死他。陈余果然中计被杀。赵王歇看情形不对，赶紧回去，没想到靳歙率领人马杀了出来，便把他抓住。

　　这是韩信预先布置好的天罗地网，赵国君臣二十万人都被这网给罩住，无法摆脱。大家听了，莫不佩服。还有一点是，背水列阵，兵法所忌，韩信违反兵法，反而得到胜利，大家不明白，问他是怎么回事。他说："我并没有违反兵法，只不过是活用兵法而已。兵法中有两句话是：陷之死地而后生，置之亡地而后存。我军新旧夹杂，好坏不分，要他们勇敢杀敌，很难办到，只有教他们背水列阵，不能后退，他们就得向前拼命。"将官们听了，都非常佩服。

韩信又派人抓李左车，并说，如能把他活捉住，赏给千金。

过了几天，有人把李左车抓住了，韩信果然赏给千金。等把李左车押进来，大家以为韩信会立刻下令杀掉李左车。没想到李左车被押进来时，韩信立即起座迎接，亲自解开绑着他的绳子，并请他在上座坐下，恭敬地请教他说："我打算北面打燕国，东面打齐国，怎样才能成功？"

李左车谦恭地推辞了几句，经韩信一再请求，他才说："你破魏灭赵，仅半天的时间，打垮二十万赵兵，杀掉成安君和赵王，不能说不威风。不过，你的部队太累了，不能再打，如果你一定要去打燕国，燕国坚守城池，不跟你打，你的粮草用完了怎么办？既不能征服燕国，自然也无法打齐国。刘、项双方的胜败也就不能决定。"

韩信听到这儿，忍不住插嘴道："你说得很对，以你的看法应该怎么办？"

李左车道："据我看，你不必动兵，派一个会说话的人去劝燕王投降，燕王很怕你，一定会投降。燕国投降了后，你再出兵打齐国，齐国已孤立，攻打起来就比较容易了。"

韩信对他的建议表赞同，就留他在军中帮忙，同时，派人去劝燕王投降，燕王臧荼果然立刻就投降了。韩信接到燕王的降书,派人送去给汉王,并且请求封张耳为赵王。

汉王听说平定了燕、赵,自然很高兴,就封张耳为赵王,并教韩信带兵去攻打齐国。汉王做皇帝的那年,张耳因病去世,他儿子张敖继承了王位,并且做了汉王的女婿。

# 一八、借箸代筹

汉王曾经派随何去劝九江王英布投降，英布便宣布和楚脱离关系，立即和汉王联络，商量打项羽。项羽得到这个消息，气极了，马上派将官带兵攻打九江，打了一个多月，九江终于沦陷，英布和随何投到汉王那儿去，汉王教他带一万兵去守成皋。

汉王派出英布以后，便向关中催粮，打算和楚兵决战。萧何派他的兄弟子侄押运粮食到荥阳，汉王很高兴，觉得萧何对他很忠贞，就分配职务给他兄弟子侄。战中要靠关中接济粮食很困难，主要补给是靠敖仓的粮食。敖仓在荥阳西北，建筑在敖山上。汉王起初是派周勃驻守，后来又调曹参去帮忙。

项羽失去英布后，决定亲自带兵攻打荥阳。范增建议派兵去抢敖仓的粮食，项羽就教钟离眜率领一万军队，把汉军的粮食抢走了不少。钟离眜抢到了粮食，便派人报告了项羽，项羽便亲自率领大军去打荥阳。

荥阳城里已经缺乏粮食,汉王正要派兵去救应敖仓,攻打钟离眛,忽然接到项羽亲来打荥阳的消息,不觉慌了,问郦食其有什么主意。郦食其劝他分封六国的后代,牵制项羽。汉王接受了他的建议,下令刻制六国的王印,打算教郦食其送去给各国。

一天,正当汉王在吃饭的时候,恰好张良进去,汉王向他招呼道:"你来得正好,我有一件事要跟你商量一下。最近有人给我出主意,要我分封六国的后人,用以牵制楚军,你看这办法可行不可行?"

张良回答道:"这是谁的主意? 如果您要这样做,就整个都完了。"

汉王大惊,放下筷子,把郦食其的话转告张良。

张良随手拿过汉王的筷子,指陈利弊道:"我借您的筷子为您策划一下,并说明它的害处。以前汤武伐桀纣,封他们的后代,那是因为能够控制他们,不妨示恩,今天您有没有把握制项羽于死命? 天下豪杰都来为您卖命,无非是指望将来成功以后,能够得到封地;如果您都分封给六国的后人,将来还有什么土地封给为您卖命的人? 这样恐怕大家都会失望而离开您,您将靠谁帮您打天下? 楚国不强还不要紧,如果楚国仍旧很强,六国新王一定听楚国的,不会听您的。您想想看,这样一来,不是都完了吗?"

汉王嘴里吃着饭,听张良说完,竟把嘴里的饭吐了出来,大骂郦食其道:"这家伙差一点儿误了我的大事!"说完,立刻下令停制六国王印。郦食其仔细想了想张良的话,觉得他说的很对,也就不敢再说什么。

# 一九、反　间　计

楚兵陆续开到荥阳城下，城外的汉兵都躲进城里去。汉王下令把城门关起来，自己坐在大厅上计划对付楚兵的方法。恰好陈平来见他，他对陈平说："像这样下去，怎么行啊？"

陈平答道："您担心的无非是项羽，为项羽卖命的只有范增、钟离昧等几个人。如果您肯花钱，买通楚人，编造谣言，用反间计，使他们自相猜疑，然后进攻，就可很容易地把项羽消灭了。"

汉王道："只要能消灭敌人，花多少钱也没有关系。"说完，就教人拿出四万斤黄金交给陈平。陈平把黄金提出几成，交给他所信任的手下，扮成楚兵模样，带着黄金出城，混进楚营，再买通项羽的手下，编造出种种谣言。

钱能通神，有了黄金，没有一件事办不通。大约过了两三天，楚军中开始纷纷传说，钟离昧等人抱怨功多赏少，得不到分封,将要联汉灭楚。

项羽一向对人不放心,听到这种传说,不禁起了疑心,对钟离昧等人不再信任。不过,待范增还是很好。范增请项羽加紧攻打荥阳,不要让汉王逃走。项羽亲自率领将士,包围荥阳城,加紧进攻。

汉王恐怕不能防守,派人去跟项羽讲和,愿意把荥阳东面的土地都划分给楚国。项羽不愿意一下子就答应,不过,因为汉王已经派人来,他不得不派一个使者进城,答复汉王,顺便探听城中的虚实。

没想到陈平趁这机会设了个圈套,让楚使中计。楚使进城先晋见汉王,汉王假装喝醉酒,含含糊糊地讲了几句话,楚使不便多说,由陈平领进馆驿,招待他吃午饭。

陈平走了以后,楚使等了一会儿,看见佣人抬了很多牛羊鸡鸭和美酒,搬进厨房。楚使心里想:"会不会是汉王特别优待我,要请我大吃一顿。"

接着陈平进来,问候范增的生活近况,并且问有没有他的信。

楚使道:"我是奉楚王的命令,为谈和的事情来的,并不是范增派我来的。"

陈平听了,故意变了脸色,说:"原来你是楚王的使者。"说完就走了。

过了没有多久,有人跑进厨房,指挥佣人把酒菜又都搬走了。并且听见厨房里的人偷偷地说:"他不是范增派来的,怎么配吃这么好的东西?"声音虽然很低,但楚使已经听得很清楚。

楚使听了直发愣。等到酒菜抬走了以后,很久不见动静。太阳快下山了,楚使肚子饿得要命,才看见一个人拿进酒饭,放在桌子上就走了。

他看了一看,都是些青菜,没有鱼肉,心里很生气,本来想不吃,因为肚子饿得慌,只好忍气吞声地吃了一点,没想到这些菜有一股臭味,简直无法下咽。并且酒酸酸的,饭烂烂的,他越看越生气,立刻放下筷子,走出馆驿,匆匆出城去了。

他一口气跑回军营,一五一十地报告项羽,说范增私通汉王,应该防备。

项羽生气地说:"我早就听到这个消息,还以为他老成可靠,怎会背叛我?没想到真有这回事,这个老家伙大概是活得不耐烦了。"说完,就要派人去叫范增来,当面问罪。幸亏他的手下人为范增说话,请他不要过急,等抓到真凭实据再说,否则,容易中敌人的圈套。项羽这才暂时容忍下来。

范增还不知道项羽在怀疑他,一心想为项羽想办法消灭汉王。他见项羽为了和谈,又把攻城的事松了下来,不免暗暗着急，因此去见项羽，请项羽加紧攻打荥阳。

项羽因为已经怀疑范增对他不忠，听了他的话也不作声。范增着急地说："以前鸿门宴的时候，我曾经劝您杀刘邦，您不听我的话，现在，如果再放弃杀他的机会，后悔就来不及了。"

项羽越听越生气，忍不住喊道："你要我加紧打荥阳，我不是不听你的话，而是怕荥阳还没打下，我的性命却要被你送掉了！"

范增不知道项羽说这些话的用意，只瞪着项羽发愣，心想，项羽从来就没有怠慢过他，现在一定是有人从中挑拨，才会说出这种话来。因此，他也很生气，大声向项羽说："天下事已经大定了，希望您好好地做，不要中了敌人的奸计。我年纪大了，早就应该退休，现在我要回家乡去了。"说完转身就走。项羽也没有挽留他。

范增回到营中，知道已经绝望，就把项羽封给他的历阳侯印，派人送还项羽，然后收拾了行李离营回家。他一面走，一面想，自己为帮项羽打天下，费尽了心机，本来想消灭刘邦，好过一段好日子，享享晚福。没想到项羽竟听了人家的谗言，使得他功败垂成。看样子，楚国江山早晚会被汉王抢了去，他的一腔热血，付诸流水，岂不可叹！

他越想越难过，连饭都不想吃，觉也睡不好。由于他已经七十多岁了，年纪太大，受不了这种折磨，竟生起病来。后来背脊

上生了一个毒疮，路上请不到好医生，他也不想医，只希望赶紧回到家里，见一见家人。快到彭城的时候，毒疮越来越大，竟昏迷不醒。他的手下人知道他活不了多久，只好暂时住进旅馆。过了两天，他背上的毒疮爆裂，流血不止，终于去世了，享年七十一岁。

他的手下为他买棺材装殓起来，运回他家乡，埋葬在郭东地方，后代的人可怜他死得冤枉，立祠祭祀他，并且管县廷中的井叫亚父井，算是纪念他。项羽听说他死在路上，心里又后悔又难过，知道是汉王用了反间计，但是已经来不及了，就安慰钟离昧等人，要他们加紧攻打荥阳城。

# 二〇、替死的纪信

荥阳城越来越危急，将士们累得不得了，粮食也快用完了。汉王看到这种情形很焦急，陈平、张良虽然主意很多，到这时候也没了办法，只好用各种激励的话，勉励将官们卖命。

有一个将官叫纪信，非常忠心，想用死来报答汉王。他悄悄地向汉王说："城内兵少粮空，一定没办法久守。据我看，不如想办法离开这儿。但四面又都是敌人，我打扮成您的样子，出城投降，吸引敌人的注意力，您就可以趁这机会逃出城去。"

汉王道："这样我虽然可以出去，你不是太冒险了吗？"

纪信道："如果您不接受我的建议，城破以后，谁也不免一死，那样，我死得一点价值都没有。如果照我的方法做，只死我一个人，不但您可以逃出城去，其他将士也可以逃出去。我一个人可以救很多人的命，就是死也值得。"

汉王当时还不能决定，纪信道："如果您不忍心让我死，那我现在就死给您看！"说完，就拔出剑来。

汉王慌得赶紧下座，拦住他哭着说："你的忠贞，古今没有一个人比得上，希望上天保佑你！"

纪信收起剑，说："我死得其所了！"

汉王就召来陈平，把纪信愿意替他死的事情告诉了陈平。陈平道："纪将军肯替您死，还有什么话说？不过，最好再多研究出一个计策才安全。"

汉王问他有什么计策，他就在汉王的耳朵旁讲了几句话，汉王连声说妙。就由陈平写了降书，派人出城送给项羽。

项羽看了降书，问使者道："他什么时候出来投降？"

使者说："今天晚上就出城来投降。"

项羽自然很高兴，教使者回去报告汉王，不可误约，否则，明天一定攻进城里，把所有的人都杀光。

使者走后，项羽教钟离眜等带兵伺候，等汉王来到好摆布他。钟离眜等振起精神，眼巴巴地等着汉王来投降。

到了黄昏，还不见城中有什么动静。直到夜半，才见东门大开，放出很多人来，前后并没有火把，远远望去，好像都是穿着军装，满身甲胄。楚军怕是假装投降，赶紧向前拦阻。只听得群众娇声道："我们都是女人，城里没有吃的也没有穿的，只好趁开门的时候,逃出求生,希望各位将军放我们走!"

楚兵仔细一看,果然这群人都是女的,有的年纪很大,有的年纪很轻,身上都披着旧甲,扭扭捏捏,非常可怜。大家觉得奇怪,问她们为什么这种装扮。她们说:"我们没有衣裳穿,只好捡军人们不要的旧甲来穿!"

楚兵分列两旁,放她们走过。奇怪的是,走了一批,又来一批,陆陆续续,像是永远走不完似的。西、南、北三面的楚军知道了,也都跑到东门来看热闹。

楚将以为汉王要从东门出来投降,对其他各门就不加注意,因此,将士们也都跑到东门来。汉王趁这个机会,偷偷地开了西门,带着陈平、张良和夏侯婴、樊哙等溜出城去,只留御史大夫周苛、裨将枞公和魏王豹,同守荥阳。

楚兵还一点儿都不知道,大家都在东门等着汉王来投降。妇女走了很久才走完,全部约有二三千人。到天快亮了,才有军队走出来。又走了很久,才有一辆龙车,车中坐着一个汉王打扮的人,面貌看不大清楚。

楚将楚兵以为汉王真的出来投降,都替项羽高兴。等到龙车推近楚营时,并不见汉王下车,大家觉得很奇怪,就有人去报告项羽。

项羽亲自出营,睁大眼睛向车中看去。车内仍旧没有动静,不禁生气地喊道:"刘邦不要装死,见我亲自出来,还不赶快下车吗?"说完,就教手下用火把向车中照。见坐在车子里的,穿的衣服虽然和汉王一样,面貌却不像汉王。就大声问道:"你是谁,敢来冒充汉王?"

车子里的人答道:"我是大汉的将军纪信!"只说了这一句话,就停住不说。

项羽的火更大了,大声骂个不休。

纪信反而哈哈大笑道:"项羽,你仔细听着,汉王绝不会向你投降的!今天早上他已经出了荥阳城,去调各路人马来跟你拼命,你早晚会失败被杀的。你如果识相的话,赶紧退兵,免得送死!"

项羽气坏了,教兵士把车子烧掉。车子被烧,纪信自然也就被烧死在里面。

项羽准备进城,没想到城门已经关上。周苛和枞公两个人努力防守。他们怕魏豹作怪,就先把他杀了。项羽打了很多天,仍旧没法把城打破。就在这个时候,他接到报告,说汉王向关中征兵,出武关,向宛、洛进发。项羽以为汉王要打彭城,立刻撤去对荥阳的包围,转向南去对付汉王。

可惜的是,纪信虽然为汉王牺牲了,算得上是汉室的第一功臣,但是后来汉功臣多半封侯,只有纪信没有人提起,汉王也忘了他,因此后代的人,都为纪信抱不平。

# 二一、 小孩救全城

汉王逃出荥阳，奔往成皋，本来是想调人马去救荥阳，有人劝他出武关，去宛、洛，项羽怕他打彭城，一定会移兵去拦截，这样荥阳自然可以解围。汉王接受了这个建议，就到宛城驻守。

项羽果然带兵去打宛城，没有结果，这时他又接到消息，说魏相彭越渡过了睢水，大破下邳的楚军，杀死楚将薛公。项羽气得调兵去打彭越，彭越不能抵抗，撤渡睢水，项羽追不上，打算再去打汉王，汉王已经去成皋，和英布合兵驻守。项羽领兵又去打荥阳，周苛、枞公防备不严，城陷落，周苛被烹，枞公被斩。

项羽打下了荥阳，又去打成皋，汉王知道没法久守，就偷偷的出城到修武，去找韩信和张耳。他进了大营，韩信和张耳还没有起身，印信就被汉王拿了去。后来汉王数落了他们一顿，教张耳带着部下去赵国镇守，教韩信另外征募人马去齐国，他自己带领着韩信的大批人马。

汉王在修武接到报告，说项羽从成皋向西发兵，恐怕要去打关中，就派卢绾、刘贾带兵二万，渡白马津，会同彭越去烧楚军的粮草。楚兵没有防备，三个人就放火把楚军的存粮给烧光。彭越趁这机会光复了梁地，占领了睢阳、外黄等十七个城市。

项羽在成皋接到这个消息，气得亲自带兵去打彭越，教大司马曹咎和司马欣守成皋。

彭越在外黄防守，项羽打了几天，情势很危急，彭越知道没法防守，到半夜开开北门逃走。楚兵追赶不上，只好回去了。

项羽进了外黄城，教十五岁以上的男人，都到城东听候命令。他因为恨城里的人帮彭越守城，想把城中十五岁以上的男人，都活埋在城东。

城里的人知道项羽残暴，要他们到城东去，一定没有好事，都慌得不得了，全城到处都是哭叫声。

没想到城中有一个小孩子，非常勇敢，竟到楚军中求见项羽。楚兵见他年纪很小，免不了要问他的家世。他说："我父亲曾经给县令管家，我今年十三岁，现在有要紧的事情来见大王，麻烦你们赶紧给通报一下。"

楚兵见他口齿伶俐，模样可爱，就进去报告项羽。项羽听说有个小孩子要见他，觉得很奇怪，马上就教人把那个小孩带进去。

这小孩子见了项羽,行过礼,便站在一旁。项羽见他面白唇红,眉清目秀,已经有三分怜爱,就用温和的语气问道:"你小小的年纪,也敢来见我吗?"

小孩子说:"大王为民父母,我就是大王的孩子,孩子爱慕父母,是应该的事,难道父母不许我来看他吗?"

项羽本来喜欢人家奉承,听了这小孩子的话,便高兴地问道:"你到这儿来,一定有什么事,可以跟我讲吧!"

小孩子说:"外黄的百姓,都很敬佩您,只因为彭越逞强,突然来攻城,城里没有兵,也没有饷,只有一班穷苦的百姓,不能抵抗,只好暂时向他投降。但是老百姓仍旧每天希望大王来。现在幸亏大王来了,赶走彭越,使百姓能够重见天日,大家对您非常感激。没想到大王军中传出谣言,想把城中十五岁以上的人都活埋,我相信大王绝不会这样做的。并且,这样做对您不但没有好处,反而有害,所以我特地来见您,希望您宽慰大家,免得人人心里不安。"

项羽道:"你说彭越强迫城里的百姓听他的话,也有道理,但是我已经领兵到了这儿,城里百姓为什么还帮彭越守城抵抗我呢?再说,你说我活埋老百姓,只有坏处没有好处,你也得把那个理由说出来,否则,我连你都要活埋的。"

小孩子不慌不忙地说道:"彭越进城,手下的兵很多。他听说大王已亲自来了,怕老百姓反对他,就派亲兵防守四面的城门,百姓没有武器,不敢开门出来迎接您。但是心里一直在想办法赶走他,对他的命令,都不理会。他没有办法,只好在夜间逃走。可见百姓并没有帮助他,而只是欢迎您来。如果百姓真的支持他,帮他守城,那您最快也得有五天或十天的工夫才能够进城,不会这么顺利地进来。您要活埋城里的百姓,大家自然没办法反抗,但是外黄以外,还有十几个城市,听到您的这种做法,谁还敢向您投降? 反正投降是死,不投降也是死。不投降多少还有一点希望。彭越出走,一定是去请汉王派兵来对付您,您就是不怕,也要费很大的心力。这岂不是只有坏处没有好处吗?"

项羽见这小孩子讲得很有道理,除了外黄以外,还有十多个城,如果都像小孩子所说的那样,的确是很费事。自己和曹咎只约了半个月的时间,如果回去迟了,成皋被汉兵抢去,关系很大。就向小孩子说:"好,我就采纳你的话,饶恕全城的百姓罢。"

小孩子正要拜辞,项羽又教手下拿了几两银子给他。

项羽立刻下令收回以前的命令,全城百姓,一律免罪。这道命令一下去,全城百姓都破涕为笑,起先还以为是项羽大发慈悲,后来才知道是一个小孩子做的好事.大家自然都很感激他。

项羽带兵出城,其他的城市都不敢抵抗,彭越已经到谷城去了,他收复的十七个城市,又都被楚军占领了。

# 二二、真假齐王

　　韩信奉汉王的命令，在赵国征募壮丁打齐国，这件事自然很费时间。汉王手下的郦食其，觉得这是他立功的好机会，就向汉王说，他愿意去劝齐王投降，免得动兵。汉王一口答应了。

　　这时候的齐王，是田荣的儿子田广，由田横担任丞相。田广在首都临淄，听说韩信要来打他，就教田解和将官华无伤等带兵去防守历下。

　　恰好这时候，郦食其来见他，向他说："现在楚汉相争，已到决胜关头，您有没有考虑将来天下归谁的问题？"

　　齐王道："我没有考虑到这个问题。"

　　郦食其道："将来天下一定会归汉。"

　　"怎么看得出来？"齐王问。

　　郦食其道："项羽杀义帝，汉王为义帝发丧。就从这一点看起来,天下一定归汉,何况汉王起兵蜀汉,定三秦,破魏、平赵、降燕,军事非常顺利。各地诸侯王都已服汉,只有齐国还没有。您应该赶紧打主意,否则,汉一旦派大兵来,齐国就很危险了。"

齐王道:"如果我投降,汉兵还来不来?"

郦食其说:"我是奉汉王的命令来的,如果您诚心诚意归汉,汉王一定高兴,自然会教韩信不要进兵,这一点您可以放心!"说完,又写了一封信,派人送给韩信。

韩信写了回信,答应停止打齐国。郦食其把韩信写的回信给齐王和田横看,他们自然都不怀疑,便教部下各军不必再防备,又请郦食其喝酒。郦食其最喜欢喝酒,今天喝,明天喝,舍不得走,终于把一条老命送在齐国。

原来韩信准备领军南下打项羽时,他手下的参谋蒯彻劝他说:"郦食其说了几句话,平下了齐国七十多个城市,你带兵打了一年多,不过才平赵五十多城,很明显地不如郦食其。据我看,你趁齐国没有防备,去平定齐国,平齐的功劳就都属于你的了。"

韩信想了一会儿,说:"郦食其还在齐国,我打齐国,齐国人一定杀郦食其,就等于是我害死了他,这样做恐怕不行。"

蒯彻笑道:"这也不能怪你,汉王本来教你去打齐国,郦食其想抢你的功劳,才这么做的。"

韩信也很贪功,听了这话,就立刻进兵,杀死田解,抓住华无伤,一股作气杀到临淄城下。

齐王认为郦食其骗了他,便把他放在油锅里炸了。不到几天的工夫,韩信打进临淄城。齐王逃到高密,田横逃到博阳。韩信带兵追赶齐王,齐王派人去向项羽求救。项羽派大将龙且,副将周兰,带二十万军队去救齐国。

龙且领兵到了齐国,齐王从高密出兵,迎接楚兵,双方在潍水东岸会师后,就在那儿安营。韩信知道龙且是一个有名的大将,一面派人去见汉王,请调曹参、灌婴两军来参战;两军到齐后才出发,在潍水西岸扎营。

韩信向曹参和灌婴说:"龙且很厉害,我们只能和他斗智,不要和他斗力。"两个人答应了。

龙且瞧不起韩信,派人渡过潍水,向汉营投递战书。韩信在原书上批了"来日决战"四个字。

楚军使者走了以后,韩信教兵士赶办一万多个布袋,当天晚上就要用。军中布袋很多,多半是盛干粮用的,因此,不到半天就预备好了。

到了黄昏的时候,韩信向傅宽说:"你率领一支人马,带着布袋去潍水上流,就在水边挖泥沙,装进布袋里,选择河面浅、窄的地方,把沙袋放进水中,堵住流水,等明天打仗的时候,楚兵过河,我就发号炮,竖起红旗,你就赶紧教士兵撤去沙袋,使水冲

下。"傅宽接受命令走了。

韩信又集合将领,向他们说:"明天你们一看见竖起红旗,就要努力杀敌。今天休息一个晚上,明天就可以立大功了。"

第二天早上,大家吃饱饭,韩信带了几个将官渡过潍水,向龙且挑战。龙且出营来杀韩信,由别的将领接战。双方杀了一会儿,韩信退走。由于上流的水被堵住,下流变得很浅,因此,韩信很容易过河。其他的将领和汉兵,也都退到河西去了。

龙且以为韩信被打败,指挥兵马过河杀过去,猛听得一声炮响,水势忽然陡增,涨高了好几尺,接着就像山倒下来一样,河中楚兵站不住脚,都被水冲走。龙且和周兰,以及骑兵两三千名,已经过河。这时候,汉军中竖起红旗,曹参、灌婴从两旁杀来,韩信也领兵杀回,三路人马合打龙且、周兰,尽管他们本事再大,也无法冲出。结果龙且被杀,周兰被抓住,两三千骑兵被杀得干干净净,不留一个人。对岸楚兵看到这情形,都吓得东逃西散。齐王也拼命逃走,到了城阳附近,被汉兵抓住。韩信怪他不应该油炸郦食其,便教人把他推出去杀了。

韩信又派灌婴去打博阳,派曹参去打胶东。田横听说田广被杀,自立为齐王,和灌婴打了一仗,战败逃走,投奔彭越去了。田吸被灌婴所杀,曹参也杀了田既,平定胶东。

韩信平定齐地,想做齐王,派人去禀告汉王,要求给他齐王的封印。汉王生气地说："我一天到晚盼望他来帮忙,他不但不来,还想要做齐王?"

这时候,张良和陈平在旁边,赶紧走近汉王。轻轻踩了一下汉王的脚。

汉王究竟聪明,不再骂了,便把韩信送来的信给两个人看,信中大意是说齐地初定,请封他为假王,暂时由他来镇压。两个人看了,就凑在汉王的耳边说:"目前情况不好,怎能禁止韩信称王?不如顺水推舟地封他为齐王,否则,韩信一反,局势就糟了!"

汉王听了假骂道:"要做王就做真的王,何必做什么假王!"就打发使者回去,然后,派张良去齐国,封韩信为齐王。韩信接到齐王的印信,自然很高兴。张良劝他出兵攻楚,他满口答应。

韩信正准备出发,楚国的使者武涉来见他,劝他联楚攻汉,再不就既不帮汉也不打楚,自己独立,三分天下。楚、汉一定都不敢跟他为难。

韩信微笑答道:"我以前在楚王手下,他瞧不起我,不肯重用我,所以我才归汉。汉王给我上将军印,待我这么好,我不能背叛他。"

武涉只好走了。韩信的参谋蒯彻却支持武涉的话,劝韩信要多考虑,说汉王那人靠不住,越大夫文种立了很大的功劳,结果被杀,狡兔死,走狗烹,是千古不移的古训,现在不为自己打算,将来后悔就来不及了。

韩信终究不忍心背汉,蒯彻怕久居遭祸,假装发疯,到别的地方去了。韩信虽然没有听蒯彻的话,但是心里也一时拿不定主意,暂时按兵不动,等汉王的消息。

汉王自然对韩信不高兴,后来改封他为楚王,降封为淮阴侯,都是因为对他不放心。最后,韩信被吕后所杀,临死的时候,他后悔没有听蒯彻的话。这事后来被汉王知道了,派人把蒯彻抓了去。幸亏蒯彻很会说话,才幸免于死。

# 二三、楚汉讲和

　　汉王带兵打成皋，守城的将领是楚将曹咎和司马欣。他们两个人奉项羽的命令，只守不打。汉王一连几天挑战，曹咎等都不理。

　　汉王就和张良、陈平商量，教兵士大骂曹咎，惹他生气出城，然后，又派将士埋伏在汜水左右，等候曹咎出来。曹咎被汉兵骂得实在不能忍受了，便带兵杀出城来。司马欣拦阻不住，只好跟着他出城。

　　汉兵见曹咎出城，就扔下武器旗帜，向北逃走。曹咎在后面追赶。到了汜水，汉兵都纷纷跳进水中，曹咎也跟着下水。没想到樊哙从左岸杀来，靳歙从右岸杀来，曹咎进退两难，被迫自杀，司马欣被包围，冲不出来，也只好自杀。

　　汉王进了成皋，休息了三天，带兵到广武驻扎，准备拦截项羽的部队。项羽在梁地占领了十多个城市以后,暂时住在睢阳城过年。元旦那天接到成皋失守,曹咎和司马欣阵亡的报告,一气之下,年也不过了,立刻带兵出发,教钟离昧做先锋,开回荥阳,和汉兵打了一仗,钟离昧被包围,幸亏项羽赶到,才救他脱险,在广武驻扎。

广武是座山,东连荥阳,西接汜水,形势很险要。山中有一条断涧划开,汉军在西边,楚军在东边。双方都不能进攻,只有各自驻守。不过,汉兵有敖仓的粮食源源接济,楚营粮食却越来越少。项羽自然很担心。他想了一个方法,教手下把汉王的父亲太公放在砧板上,推到涧旁,自己站在砧板后面,大声喊道:"刘邦听着,你如果再不投降,我就把你父亲煮了吃。"

汉兵听到,赶快报告汉王。汉王很着急。张良说:"不要紧,这是项羽的计策,他不会真的那样做,并且有项伯在帮忙,绝对没有关系。"汉王就派人向项羽说:"我和你一齐在义帝手下做事,等于是兄弟,我的父亲就是你的父亲,你要把你的父亲煮来吃,请分一碗给我吃。"

项羽听了气得不得了,就真的要把太公煮了,幸亏项伯出面拦阻,说这样做并没有什么好处,反而会受人家的批评。项羽才教人把太公押回去。

项羽要汉王亲自答话,汉王不愿给人家瞧不起,就带着人马出来。

项羽向他喊道:"刘邦,你敢不敢亲自和我打三回合?"

汉王把他骂了一顿,数说他十条罪状。最后说:"像你这种人,也配跟我打仗吗?"

项羽气得连话都说不出来,用戟向后一挥,就有无数的弓弩手冲上前去,发出一阵乱箭。汉王正想回马,胸口已经中了一箭,疼得差一点从马上掉下来。幸亏将士们上前救护,才把他扶回营中。

项羽回营以后,派人打听汉营动静,等汉王一死就发动攻势。张良恐怕影响军心,劝汉王巡行军中,以安定人心。汉王就挣扎起身,由手下人扶他上车,向各处巡视一周。将士们看见他还能出来巡视,就都放了心。

汉王延视回去,觉得胸口很痛,就吩咐手下,不再回营,到成皋养病去了。

项羽听说汉王没有死,不禁暗暗叹息。就在这时候,他接到龙且在齐国战败身亡的消息,大惊道:"韩信会有这么厉害吗?他一定会和刘邦联合起来打我,那怎么办?"

汉王等韩信的兵,始终等不到,就立英布为淮王,教他去九江截楚军的后路,一面写信给彭越,教他再侵入梁地,断楚粮道。布置好了以后,又怕项羽以太公挟制他,就跟张良、陈平商量救他父亲的方法。

张良说:"项羽缺粮,一定想退走,这时候,正好跟他讲和,救回太公、吕后。"

汉王打算派一个人去跟项羽谈判,洛阳人侯公表示愿意去,汉王就派他去。

项羽接到武涉的报告,知道韩信马上就要来,心里很烦。就在这时候,听说汉营派使者侯公来,就把侯公带进去。

侯公见过项羽问他有什么话说,他答道:"请问大王是要打呢?还是要退?"

项羽道:"我要打!"

侯公道:"打下去对双方都不利。"

项羽不觉脱口问道:"这样说,你是来跟我讲和的了?"

侯公表明来意,项羽问谈和有什么条件。侯公说:"第一是划定楚、汉两国国界;第二是请大王放还汉王的父亲和妻子。"

项羽最初不答应,经侯公奉承了他几句,他才感觉满意,便令项伯和侯公谈判。双方议决,就荥阳东南二十里外的鸿沟,划分界限,沟东属楚,沟西属汉。项羽派人和侯公一起去报告汉王,并签订条约。项羽也放回太公、吕后和审食其。

汉王出营迎接父亲和妻子,封侯公为平国君,这是汉四年九月间的事。太公、吕后在项羽营中共住了三年。第二天,就听说项羽拔营东归。汉王也打算回关中，下令将士们准备，没想到张良和陈平来跟他说："太公、吕后都回来了，我们已没有什么顾虑，应该趁这机会把楚军消灭。"汉王就又改变了主意，准备向楚军进攻。

# 二四、垓下大战

汉、楚之间最大规模的战争，是垓下大战。项羽在这次战争中失败自杀，汉王获得胜利，统一天下，正式做了皇帝。

汉五年元旦，汉王和张良、陈平商量军事，并派人分头去约韩信和彭越来帮忙。第二天，先派人把太公和吕后送进关中，然后亲自率领大军，向东出发。到了固陵，已离楚兵不远，就扎下营来，等候韩信、彭越的人马。

项羽恨汉王违约，率领军队杀了过来，汉兵大败。汉王闷坐帐中，看见张良进来，就问韩信和彭越的军队为什么还不来，张良劝他加封韩信和彭越。汉王就把睢阳以北一带到谷城，封给彭越。从陈以东，直到东海，封给韩信。

韩信和彭越果然很满意，立刻带兵赶来。淮南王英布和汉将刘贾，也招降了不少九江的人马，来接应汉王。三路人马陆续到齐,汉王自然放胆前进。

项羽虽然在固陵打了胜仗,但是因为粮食快用完了,所以不愿意久留,率领军队退走,又怕汉兵追赶,便用步步为营的兵法,依次后退。好容易到了垓下,忽然听见后头响起鼓声和兵马声。他登高向西望去,看见无数的汉兵蜂拥而来。不禁仰天叹道:"竟有这么多汉兵,我真后悔以前没有杀掉刘邦,养成他这番凌人的气焰!"

可是,他仍旧仗着自己有本事,并且手下还有十万军队,所以并不很着急,就在垓下扎营,准备对抗。

## 十 面 埋 伏

汉王已经会齐三路人马,到垓下的,共约三十多万人,由韩信做统帅。韩信知道项羽很有本事,没有人能抵抗,就把手下的人马分成十队,各派将官率领,分头埋伏,回环接应,请汉王守住大营,自己率领三万人去挑战。

项羽听说汉兵挑战,立刻率众冲了出来,双方打在一起,打了一会儿,韩信就一面打一面退,引诱项羽入网。项羽并没把韩信放在眼里,当时就是有人劝他不要追,他也不会听的。才追了几里路,就已经中了汉军的埋伏。

韩信放起号炮,先有两队人马杀出,项羽仍旧不退,打了一会儿,冲开汉军,继续追赶韩信。只听得第二次炮响,又有两路伏兵杀出,截住项羽。打了一会儿,又被冲破。项羽杀得性起,继续向前冲,炮声不断地响,伏兵也不断地出现,项羽杀开一层,又出现一层,杀到第七八层的时候,手下的人马眼看着越来越少,将士也大多伤亡,自己也觉得很累了,才渐渐退下。

没想到韩信放完号炮,十面伏兵一齐发动,都向项羽包围上来。楚兵四散奔逃,只靠项羽一枝画戟,哪里挡得住千百件兵器。

项羽后悔已经来不及,只好教钟离昧、季布等挡住追兵,自己领先杀出一条血路,跑回垓下大营。自从他起兵以来,没有吃过这么大的败仗,手下的十万楚兵,被打死了有三四成,逃散的有三四成,只剩下二三万残兵,跟回营中。

## 霸 王 别 姬

项羽有一个宠姬,姓虞,长得很漂亮,人又聪明,知书达礼,项羽就是出兵打仗,也都把她带在身边。这时她正在营中,等候项羽回来。

项羽战败回营,虞姬见他疲惫不堪,神色仓皇,觉得很奇怪,因为她从来就没有见他这样过,等他坐定以后,才问起他打仗的情况。项羽含着眼泪说:"败了! 败了!"

虞姬安慰他道:"胜败是兵家常事,希望你不必难过!"

项羽道:"怪不得你们女人不知道厉害,连我都没有打过这种恶仗!"

虞姬早已教厨房准备好了酒菜,为他接风。现在见他失败回来,就教端出酒菜,给他解闷。

项羽已经没有心思喝酒,但是不忍拂逆虞姬的情意,就坐下来,教虞姬在旁边陪着他。酒才喝了三五杯,就有兵士进来报告,说汉兵围住营寨。项羽吩咐兵士通知将士先小心坚守,有什么事等明天再说。兵士答应退出。

项羽和虞姬两个人喝着闷酒,越喝越烦,越烦越困。虞姬扶他在榻上睡下,她坐在榻旁。一会儿听见车马声,一会儿听见风声,接着又听见一片歌声,一声高,一声低,一声长,一声短,声音非常悲惨。虞姬听了心里很难过,不住地流眼泪。回头看看项羽,已经睡得很沉了,打出跟雷一样的鼾声。这片歌声究竟是哪儿来的呢?原来张良编了一曲楚歌,教兵士们到楚营附近唱,歌词没有一句不悲哀,没有一个字不凄惨,惹得楚兵想起家乡来。后来楚军竟陆续散去。连钟离昧、季布等人,跟了项羽几年,也溜走了。项羽的叔父项伯,也悄悄地去见张良。只剩下项羽的八百亲兵,守住营门,没有走。

亲兵们正想进去报告项羽,项羽已经醒来,听见楚歌声,觉得奇怪,出帐细听,歌声是从汉营中传出的,更觉奇怪,说道:"难道汉军已尽得楚地吗? 为什么汉营中有这么多楚人呢?"

就在这时候,有兵士进来报告,说将士们都已纷纷逃散,只剩下八百亲兵没走。项羽大惊道:"一个晚上,就起了这么大的变化!"立刻回身进帐,见虞姬站在一旁,哭成一个泪人儿,忍不住也流下泪来。看见桌子上的菜还没有端走,酒壶里还有不少酒,就教厨子把酒烫热以后,再拿出来跟虞姬一齐喝。他喝了几杯,随口唱道:

力拔山兮气盖世! 时不利兮骓不逝!

骓不逝兮可奈何! 虞兮虞兮奈若何!

项羽平生最喜欢的是他的乌骓马和虞姬,这次被包围在垓下,知道自己死期已在眼前,但是心里舍不得放弃美人和骏马,便唱出这首沉痛的歌。虞姬在旁听着,知道项羽的意思,也随口唱了一首诗:

汉兵已略地,四面楚歌声。

大王意气尽,贱妾何聊生?

虞姬唱完,不觉泪下,项羽也陪着落了不少眼泪,连在一旁伺候他们的人,都忍不住哭了起来。忽然听见营中更鼓敲了五下,项羽问虞姬:"天快亮了,我要向外冲,你怎么办?"

虞姬道:"我跟你到现在,一步都没有离开过,现在你要走,我自然跟你一起走!"

项羽说:"你怎么能冲出重围,我看你不妨自找生路,我要跟你永别了。"

虞姬突然站起,向项羽道:"我活着跟着您,死了也要跟着您,愿您前途保重!"说完,就拔出项羽腰间的佩剑,向脖子上一抹,立刻倒在地上死了。

项羽要救她已经来不及,便趴在虞姬的尸体上大哭一场,教手下人挖了一个坑,把尸体埋葬起来。直到现在,安徽省定远县南六十里处,还有虞姬的坟墓。文学家同情她的遭遇,把她谱进词曲,曲名"虞美人"。

# 乌 江 自 杀

项羽埋葬了虞姬以后,勉强收泪,上马带了八百亲兵,悄悄地溜出楚营,向南逃走。等到汉兵知道了,跑去报告韩信,已经鸡声报晓,天完全亮了。

项羽防备汉兵追他,匆匆到了淮水边,找船东渡,手下的人马又散去大半了,只剩下一二百人。跑到一处叫阴陵的地方,见有两条路,不知道哪一条可通彭城,当时拿不定主意。恰好有一个老农夫在田间工作,项羽就去向他问路。老农夫认出是项羽,因为一向恨他暴虐,竟用手指向西边,道:"向这边去!"

项羽以为是真的,就向西跑去,大约跑了几里路,听见前头流水的声音,随风震响,仔细一看,竟是一个大湖挡住去路,才知道受了骗,赶紧又往回跑;回到原来的地方,再向东走。

由于这一耽误,被汉将灌婴追上,一阵冲杀,又丧失了一百多骑兵。幸亏他的乌骓马跑得快,后头的亲兵也陆续跟上。到了东城,他回头察看,跟着他的只剩下二十八骑,四面的鼓声、呐喊声,又渐渐逼近。

项羽知道逃走已经很难,就率二十八骑到一个山冈上,摆成圆阵,向骑士们说:"我从起兵到现在,已经八年了,打过大小七十多仗,没有打过一次败仗,所以才能够称霸天下。没想到今天被围困在这儿,这是天意要亡我,不是我不善战。我要好好地打最后一仗,一定要三战三胜,使你们知道我的确能够打。"

他说完这些话的时候,汉兵已经从四面赶来,把这座山冈包围住。他就分二十八骑为四队,教他们从四面冲下山去,到东山下集合。

恰好东面有一个汉将,正跑上山冈,想来活捉他。他大喊一声,跑下山去,用戟向那个汉将刺去,汉将来不及躲,被刺落马下,滚下山去死掉了。汉兵见了,纷纷逃回。

项羽下山,山下的汉将,仗着人多,上前包围了好几层,都被他杀退。汉骑将杨喜上前追赶,项羽回头一声大喊,杨喜连人带马倒退几十步。连他手下的二十八骑,也都集合在一起,先和他打个照面,然后分向三个方向冲。

汉兵又从后面赶来,看不见项羽,也分兵三路,追围项羽。项羽左手拿戟,右手拿剑,或劈或刺,杀死汉兵上百,杀出重围,再救出两处的手下,聚在一起,点了点名,只少了两个骑兵,就笑着问他们说:"我打得怎样?"手下都表示佩服。

项羽从山上杀下,一连打了九仗,汉兵一见他来就逃散,所以后代的人管这座山叫九头山,也叫四溃山。

项羽冲出重围,跑到乌江,恰好乌江亭长停船岸旁,请他过江,并且说:"江东虽然小,但是广阔仍有千里,足能称王,现在只有这一条船,希望您赶紧过江吧!"

项羽听了,笑向亭长道:"天已经亡我,我何必再过河?并且我和江东子弟八千人,过江西走,现在没有一个人活着回去,就是江东父老可怜我,愿意拥护我,我有什么脸再见他们呢?"

说到这儿,后面尘土飞扬,知道是汉兵追来。亭长又催促他,他叹了口气,说:"你待我很好,我没法报答你,只有这匹乌骓马,它跟了我五年,一天可以走千里路。现在我不忍心杀这匹马,特地送给你,以后你见马,就像见到我一样。"一面说,一面跳下马来,教手下的兵士牵给亭长,又教手下的人马,各拿短刀,转身等待汉兵。

汉兵赶到，项羽和手下继续抵抗，乱削乱劈，连杀汉兵几百人，自己身上也受伤十多处。突然看见有几个骑将跑过来，项羽认得其中的一个是吕马童，就向他说："你不是我的老朋友吗？"

吕马童看了他一眼，就向身旁的一个将官叫王翳的说："这位就是西楚霸王。"

项羽又道："我听说能够得到我的头的，汉王将赏给千金，封万户侯，今天我卖这情面给你罢。"说完，用剑自杀而死。项羽死的时候是三十一岁。他手下还有二十六骑，都纷纷逃亡。

他一死，汉将上前抢他的尸体，甚至自相残杀，死了好几十人。结果是王翳得到他的头，吕马童、杨喜、吕胜、杨武等四将，各得一肢，都拿了去向汉王报功。汉王教把分散的项颈肢体接合在一起，果然相符，就分封五个人。

楚国各城纷纷投降，只有鲁城最后投降。楚怀王曾经封项羽为鲁公，汉王教用鲁国礼收葬他的尸体，就在谷城西面筑坟，亲自为他发丧。现在河南省河阳县有项羽墓，那就是他自杀的地方，也就是今天的乌江浦。在安徽省和县东北，有一座庙，就是当地人为纪念项羽而建筑的西楚霸王庙。

项羽一死，汉王就统一天下，正式做了皇帝。他立王后吕氏为皇后，王太子盈为太子。封王的共有八国，就是楚、韩、淮南、

梁、赵、燕和长沙、闽粤。其余的地方仍旧是郡县，和秦朝的制度相同。

汉王教诸侯王各回自己的封地。他以洛阳为国都，派大臣去栎阳迎接太公、吕后和太子盈。又派人去沛邑接他的哥哥刘仲、侄子刘信和同父异母的弟弟刘交。此外，还有他的小老婆曹氏，和定陶人戚氏父女。曹氏生了一个儿子，叫肥，戚氏生了一个儿子叫如意，也都接到洛阳来，一家欢聚皇宫里。

汉帝后来的庙号叫高皇帝，因为他是汉朝的始祖，就称为汉高祖。

# 二五、五　百　义　士

　　齐王田横被汉将灌婴打败以后，便去投奔彭越，在那儿住了一个多月，因为彭越带兵去帮汉王，他怕彭越害他，就偷偷地到东海去，找了一个小岛住下来。

　　田横一向喜欢交朋友，到了东海以后，手下竟集合了五百多人，有的是跟他一起去的，有的是在他以后去的。

　　汉高祖知道了这件事，怕他造反，派使者去劝他投降。使者到了那个岛上，把汉高祖的信交给田横看。田横向使者说："我以前曾把郦食其煮了，现在虽然蒙皇上赦免我的罪，要我去首都，可是我听说郦食其的弟弟郦商，担任上将，他一定会为他哥哥报仇。因此，我不能接受这好意。"

　　使者回去把这话报告汉高祖。

　　汉高祖道："这有什么关系，他顾虑的也太多了。"立刻就把郦商叫了去,对他说:"齐王田横要来,你不能对他不利,如果不听我的话,我会重重处罚你。"

郦商虽然心里不服气,但也不敢声辩,只好答应退出。

汉高祖再派原来的那个使者去见田横,教他不必害怕,并且对他说:"如果你去洛阳,将来大可封王,小可封侯。若不听命,高祖就要派兵来打你。"

田横听了,没有办法,只好准备跟使者一起动身。他的五百多手下,也要跟去,他便对他们说:"我并不是不带你们走,而是因为人太多了,会引起汉帝的怀疑,不如你们暂时留在这儿,等候我的消息。我如果有了地位,一定会来接你们。"

大家这才不再说什么。田横只带了两个人,跟使者航海登岸,乘驿车到首都去。到了尸乡驿,离洛阳约三十里,田横向使者道:"我在见皇上以前,应该先洗个澡,表示诚敬。可不可以让我先去洗个澡?"

使者不知道他别有用意,自然答应了。

田横离开使者,向他的两个手下人说:"我也曾做过王,现在刘邦做了皇帝,我却变成俘虏,岂不可耻!何况我曾煮杀人家的哥哥,人家就是不敢害我,我也感到惭愧。汉帝一定要我来,无非是想见我一面,你们可以割下我的头,送往洛阳,好在现在离洛阳只有三十里路,我的面貌大致还不会有什么改变。我已经

国破家亡,死了也就算了!"

两个人想要劝他,他已经拔剑割断自己的喉管死了。

使者在外头,不知道详情,听到哭声才赶进来,看见两个人正伏在田横的尸体上痛哭。问明经过,也没有办法,只好把田横的头割下,教那两个人带着,一起去洛阳报告汉高祖。

汉高祖把田横手下那两个人叫进去。两个人捧着田横的头,给汉高祖看。汉高祖看了一下,忍不住叹息道:"我知道了,田横等兄弟三个人,相继称王,可以算是贤士,现在慷慨就死,不肯投降,可惜! 可惜!"说完也流下了眼泪。

田横手下那两个人,汉高祖封他们为都尉。两个人虽然道谢,但并没有高兴的神色。

高祖派兵士两千人,为田横建筑坟墓,收殓田横的尸体,吩咐把头和尸体又缝上,用王礼安葬。田横手下两个人送殡到坟地,大哭了一场,就在田横墓旁刨好了两个坑,然后拔剑自杀在坑中。奉命葬埋田横的官员报告了汉高祖,汉高祖惊叹不已,也派人把两个人收殓安葬。

安葬完了以后,汉高祖道:"田横自杀,他的两个手下也跟着死了,这种忠义的精神实在难得。听说岛上还有五百多人,如果都像这两个人一样,为田横卖命,问题就大了。"立刻派人去岛上,说田横已经做了官,要他们全都去。

岛上的五百多人，以为是真的，一起来到洛阳，才知道田横和跟来的两个手下都死了，大家放声大哭，一同到田横墓前，一面拜一面哭，并且合唱了一曲《薤露歌》，唱完之后，全体自杀。

　　现在河南省偃师县西十五里处，还有田横墓存在。"薤露"二字的意思是，人生像薤上的露珠，很快就消逝。这首歌流传千古，后代的人管这歌叫挽歌，专在举行葬礼的时候唱。

# 二六、大侠朱家

项羽死了以后，汉高祖怕他手下的将官会跟他作对，他想起项羽手下有一个将官叫季布，在睢水之战中，曾经追赶他很急，因此特别恨季布，很想抓住他，剁成肉酱。于是，立刻下令抓季布，抓到他的赏千金，庇护他的杀全家。

这道命令下了后，谁不想得赏？谁还敢收留季布？

季布究竟到哪儿去了呢？原来他躲在濮阳一个姓周的家里。这家姓周的和季布是多年要好的朋友，所以才收留他，听到当局下令抓季布的消息，自然很着急，就想了一个办法，教季布剃去头发，在脖子上套了一个铁环，假装受刑的犯人，带到鲁地，卖给朱家做佣人。

朱家是当时有名的大侠，跟姓周的认识，明知姓周的不是贩卖奴隶的人，为了要保全这个人，才假装卖给他，有请他照顾的意思。于是,他看了一下季布,问明身价,立刻付钱给姓周的,然后就盘问季布的来历。

季布见过的人很多,知道朱家不是一个普通人,不但不会出卖自己,还可以求救于他,就把遭遇坦白告诉朱家。朱家就买了一块田地,教季布去经营,自己扮成商人,到洛阳为季布想办法。

朱家到了洛阳,知道夏侯婴很有义气,就去见夏侯婴。夏侯婴也知道朱家的大名,请他进去谈,双方谈得很投机,就留朱家在家里住,每天跟他喝酒、谈心。朱家畅谈时事,说得夏侯婴非常佩服,对他更加敬重。

朱家就趁这个机会向夏侯婴说:"我听说朝廷下令抓季布,究竟季布是犯了什么大罪,要这么严厉对待他呢?"

夏侯婴说:"季布以前帮着项羽,常常找皇上的麻烦,所以皇上要杀他。"

朱家说:"你看季布是那种人吗?"

夏侯婴说:"我听说他秉性忠直,人还不错。"

朱家又说:"季布以前是楚将,应该为项羽效力才算尽忠。现在项羽虽然死了,但是他的手下人还很多,难道都要把他们抓来杀掉吗?何况皇上新得天下,马上就要报私仇,显得气量太小了。这一来,弄得季布没有地方藏身,他一定要远去,不是向北奔逃,就是向南投粤。如果他像伍子胥一样借兵报复,对皇上也很不利啊。皇上对你很信任,你为什么不向他讲一讲呢?"

夏侯婴微笑道:"你既然想成全季布,我也一定效劳。"

朱家自然很高兴,又拜托一番,就向夏侯婴告别,返回家中等候消息。

果然不到几个星期的工夫,朝廷就有新的命令颁下,赦免季布,宣他进朝。

季布拜谢了朱家,来到洛阳先见夏侯婴。夏侯婴说明朱家的一番好意,并说他已经禀告皇上了。

季布向夏侯婴道谢以后,就跟着他进朝,向汉高祖请罪。汉高祖也不再怪他,并对他说:"你既然知道你犯了的罪,特来见我,我也不跟你计较,让你做郎中的官好了。"

大家知道了这件事,都称赞季布和朱家是英雄。其实季布贪生怕死,算不得什么英雄。倒是朱家为季布奔走,救了他一命,不要他报答,并且从此以后,朱家终身不再跟他见面,这才是真正的豪侠。

季布有一个同母异父的弟弟叫丁公,曾经救过汉高祖,心里想:"季布和汉高祖有仇,还得到官做,我丁公对他有恩,应该更没有问题了。"主意打定以后,就去见汉高祖。没想到汉高祖不但不给他官做,反而说他对项羽不忠,教人把他推出去杀了。

# 二七、功人和功狗

汉高祖能够做汉朝的开国皇帝，自然有他的过人之处。最重要的是他能知道人家的长处，并且加以利用。有一次，他请群臣喝酒，一时高兴，问大家说："为什么我能够得天下？为什么项羽会失天下？"当时，曾经有人说他比项羽慷慨，所得的城市都分封给臣下。汉高祖说："用计我不如张良，治理国事、运用军粮我不如萧何，打仗我不如韩信，可是我能够重用他们。项羽只有一个范增他都不能用，所以他被我打败。"从这一点可以看出他很自负。

韩信的功劳很大，但是汉高祖对他不放心。项羽一死，他就收回了韩信的兵权，要他交出齐王印，改封他为楚王。项羽的手下钟离昧，逃到韩信那儿，汉高祖怀疑他，要出兵打他，被陈平劝住。陈平建议汉高祖出游云梦，要各侯王在陈地集合，如果韩信去，就趁机会把他抓住。汉高祖接受了这个建议，先派人通知各侯王。韩信接到通知，心里很不安，手下人劝他杀了钟离眜，免得汉高祖对他不放心。韩信真的杀了钟离眜，带着钟离眜的头去见汉高祖，汉高祖一见到他，就教武士把他抓起来，押回洛阳。幸亏大夫田肯为他说情，汉高祖才没有杀他，降封他为淮阴侯。到最后，韩信还是被吕后所杀。英布、彭越被封为王，后来也都被杀。燕王臧荼造反，汉高祖亲自带兵去打，杀了臧荼，封他的一个同乡卢绾为燕王。

汉高祖统一天下，做了皇帝，但除了封几个王以外，功臣大多没有封赏，大家闹个没完，他没有办法，只好选出几个人来封侯。

第一个是萧何，封鄼侯；接着是曹参，封平阳侯；周勃封绛侯，樊哙封舞阳侯，郦商封曲周侯，夏侯婴封汝阴侯，灌婴封颍阴侯，博宽封阳陵侯，靳歙封建武侯，王吸封清阳侯，薛欧封广严侯，陈婴封堂邑侯，吕泽封周吕侯，吕释之封建成侯，孔熙封蓼侯，陈贺封费侯，陈豨封阳夏侯，任敖封曲阿侯，周昌封汾阴侯，王陵封安国侯，审食其封辟阳侯。

汉高祖觉得张良的功劳很大，要大大的封他。张良知道汉高祖很小气，所以他只要留邑，汉高祖就封他为留侯。由于陈平是户牖乡人，就封他为户牖侯。

一班有功的将官,见陈平、张良没有打仗,却能封侯,心里都有些不服气,但是,两个人也为汉高祖出了不少主意,还勉强说得过去。只有萧何,一直住在关中,没有什么贡献,却封为酂侯,封地也特别大,大家不服气,就约定好,一起去见汉高祖,要他解释。

　　汉高祖道:"你们懂不懂打猎?追杀野兽靠猎狗,指挥猎狗靠猎人。你们打仗的就和猎狗差不多,打下几个城市,等于打到几条野兽。萧何能够指挥猎狗追野兽,自然可以说是猎人。因此,在我看来,你们不过是功狗,萧何却是功人!何况萧何的兄弟子侄,有几十个人跟着我,你们能不能做到这一点?"

　　大家听了心里仍旧不服,但谁也不敢再讲话。

　　汉高祖又想起以前他从泗上到咸阳,别人各送钱三百,只有萧何送钱五百。为了报答他,又加赏他两千户,并且封他的父母兄弟十多人。

　　汉高祖因为封赏功臣,想起自己的兄弟子侄们还没有分封。将军刘贾是他的堂兄,功劳很大,应该首先加封。他的二哥刘仲和弟弟刘交,也应该封赏,就把楚地分成两国,划淮为界,淮东为荆地,封刘贾为荆王;淮西仍旧称楚,封刘交为楚王。陈余被杀以后,代地没有王封,就封刘仲为代王。齐国有七十三县,地方很大,就把庶长子刘肥封为齐王。教曹参担任齐相,跟刘肥一齐去齐国。只有他的侄子刘信没有分封,留住在栎阳。后来他父亲太公向他提起,还以为是他忘记了,他却不高兴地说:"我并不是忘记,只因为他母亲太小气,有饭不给我吃,我一想起就生气。"他父亲没讲什么。他见父亲有点不高兴,才封刘信为羹颉侯。

汉高祖对他的侄子都这么计较,何况对别人呢?跟着他的将官相当多,他只不过封了二三十个人,没有封赏的还很多。这些没有受封的将官,免不了在暗地里发牢骚。

有一天,汉高祖到洛阳南宫,偶然从复道上望出去,看见有一堆人聚在水边的沙滩上,都是武官打扮,交头接耳,不知道在商量什么。他弄不清楚,就派人去叫张良来。

张良来了以后,汉高祖把看到的情形告诉了他。张良不加考虑,回答道:"这些人是在商量造反的事!"

汉高祖问:"他们为什么要造反?"

张良说:"您是平民出身,各将领跟随您打天下,现在,您所封的都是您的朋友和您所喜欢的人,所杀的都是跟您有私怨的人,怎么能不使人怀疑和害怕呢?大家既对您怀疑和害怕,一定有很多顾虑,担心今天不受封,以后可能会被杀。彼此患得患失,所以聚在一起想造反啊。"

汉高祖大惊道:"这可怎么办?"

张良想了想,说:"您平时最讨厌哪一位将领?"

汉高祖道："我最恨的是雍齿。我出兵的时候,曾经叫他留守丰邑,他无故降魏,由魏走赵,由赵降张耳。张耳派他帮我打楚国,我因为天下没有平定,很需要人,不得已才收用他。现在我已经灭掉楚,又不好无故杀他,只好勉强容忍,一想起他来,就觉得可恨!"

张良说："应当赶紧封他为侯,才不会出事。"

汉高祖听了张良的话,就封雍齿为什邡侯。雍齿喜出望外,立刻进宫向汉高祖谢恩。其他没有封侯的将官,知道了这件事,都高兴地说:"连雍齿都能封侯,我们还有什么可担心的?"汉高祖听了,自然很高兴。

汉高祖虽然封了他母亲,可是却没有封他父亲。他每隔五天,就去栎阳看他父亲一次。

一个伺候太公的人,看不过去,就和太公说:"皇帝虽然是您的儿子,可是他究竟是人主;您虽然是皇帝的父亲,究竟是人臣,怎么可以让人主来拜人臣呢?"

太公问那应该怎么办,他教太公等汉高祖来时拿着扫帚出去。太公就记在心里,在汉高祖来看他的时候,太公立刻拿着扫帚出去迎接。

汉高祖看了觉得奇怪,赶紧下车,扶住太公。太公说:"皇帝是人主,为什么为我一个人,乱了国家的法度呢?"

汉高祖心里明白，就搀太公进去，问是谁教他这样做的。太公老实地讲了出来。汉高祖也没再说什么，辞别回宫，教手下拿了黄金五百斤，赏给伺候太公的人，一面尊太公为太上皇，并订定朝见太公的礼节。

因为功臣们差不多都不懂礼节，进宫的时候都大喊大叫，闹得不成样子，汉高祖就请叔孙通订定朝仪，群臣进宫朝见或参加皇宫的宴会，要遵照一定的礼节。

自从订了这种礼仪后，果然肃静得多，和以前大不相同。汉高祖高兴地说："现在我才知道做皇帝的尊贵！"

# 二八、白登之围

长城北面的匈奴，以前被秦将蒙恬赶走。秦亡以后，匈奴又逐渐南下，匈奴管国王叫单于，管王后叫阏氏。这时候的匈奴单于叫头曼，他的大儿子叫冒顿。爷儿俩都很凶。后来头曼续立阏氏，又生了一个男孩子，就想废掉冒顿，改立小儿子做太子。

冒顿很恨他父亲，竟用箭把他父亲射死了，再用刀杀死他的后母和弟弟，自立为单于，匈奴人都怕他，谁也不敢讲话。他带兵打败其他的部落后，便来侵略中国。汉灭楚以后，教韩王信镇守太原，来对付匈奴。后来，韩王信被打败，竟投降了匈奴。

汉高祖接到这个消息，亲自率领马、步兵三十二万人，陆续前进，前锋部队到了铜鞮，遇见了韩王信，把他打败。韩王信和手下曼邱臣、王黄等商量救急的方法，找到赵王的一个孙子叫赵利，就拥戴他为王。冒顿又派了一万军队帮忙，结果又被打败。

汉高祖带兵到晋阳,派人打探军情。派去的人回来报告说:"冒顿的部下大多是老弱残兵,如果要进攻,一定可以得胜。"汉高祖就亲自率领大军,从晋阳出发。临走的时候再派奉春君刘敬去打听确实的消息。

汉兵到达广武,刘敬回来报告说:"冒顿故意用老弱残兵来引诱我军深入,实不宜轻进。"汉高祖的兴致很高,听了刘敬的话,自然不高兴,就教人把刘敬抓起来,关在广武的监狱中,等他回来处分,然后率领人马,继续前进。

汉兵到了平城,冒顿率领大队匈奴杀到。汉兵因为太累了,支撑不住这种猛攻,纷纷退下来。汉高祖见东北角有个大山,就领兵退进山去,扼住山口,努力抵抗。匈奴兵进攻了几次,都打不进去。冒顿就下令停攻,把部队分作四支,把山包围起来。

这座山叫白登山,冒顿早已伏兵在山谷中,等候汉军陷进。汉高祖果然中计,他眼巴巴的盼望后军赶来,一面鼓励将士向山下冲,但却被匈奴兵杀退。

接连几天,汉兵冲不出来,天气又冷,粮食又快用完了。当时张良没有来,军中参谋要算陈平较有主意,汉高祖和他商量了几次,他也没有什么好办法,只劝汉高祖暂时忍耐。

到了第六天,汉高祖觉得心烦,后悔没有听刘敬的话。正在着急的时候,陈平已经想出办法,他便下令按计进行。

陈平派了一个有胆识的使者,带着金银财宝和一幅画,乘大雾弥漫的时候下山,进入匈奴的军营中。

有钱就好办事,使者一路很顺利的进了匈奴兵营,只说要单独进见阏氏,请求通报。原来冒顿新娶一个阏氏,非常宠爱,时常带在身边。这次兵营驻扎在山下,常常和阏氏一齐进出,恰好被陈平看见,就在她身上用计。

在匈奴营中,阏氏的权力,果然跟冒顿差不多。她平时的行动,用不着和冒顿讲,因此,使者才能进去。恰好冒顿喝醉了酒,睡在床上。

阏氏听说有汉使来见,不知道是什么事,就悄悄地出帐,召见使者。使者献上财宝,说是汉高祖送的,并且拿出一幅图画,请阏氏转送给单于。阏氏见了黄金、珍珠,自然心动,立刻收下。她又打开图画,看见画的是一个美女,就起了妒心,酸溜溜地问:"画中的女人是谁呀?"

汉使回答道:"汉帝被包围,愿意跟单于讲和,这幅画上画的是国内第一美人,打算送给单于,现在已经派人去接,不久就可以送来。"

阏氏说:"这倒不必,你可以把画带回去。"

使者说:"汉帝也舍不得把这个美女送人,如果您肯帮忙,宁愿不送这美女,多送些珍珠。"

阏氏说："我知道了，你告诉汉帝，请他放心。"说完，把图画交还给汉使，要他带回去。

阏氏回到内帐，恰好冒顿翻身醒来，她就向冒顿说："你睡得真熟，现在得到消息，汉兵已大批开来，听说明天就要到了。"

冒顿说："有这种事吗？"

阏氏说："汉帝被包围，汉人自然会拼命来救。如果大批的汉兵来到，你也不一定有把握打退，那对我们太危险，我们俩也就不能在一起了。"说完，就哭了起来。

冒顿道："你看应该怎么办好呢？"

阏氏说："据我看，放走汉帝算了，免得惹麻烦。"

冒顿答应考虑。第二天早上，就下令把包围汉兵的包围圈撤开一角，放汉兵出去。

汉高祖一看见这种情形，知道冒顿已经听了阏氏的话，立刻率领人马下山。冲出匈奴的包围圈，到平城附近，才和部队会合，再一齐进城。

汉高祖吃了七天的苦，自然不愿意再打匈奴了，就带兵回去，经过广武，把刘敬放出来，封他为建信侯。经过曲逆县，见城内很繁荣，就把这城赏给陈平，改封他为曲逆侯。

# 二九、 不冤枉主人的贯高

汉高祖打匈奴回来，经过赵国，赵王张敖出城迎接。张敖是张耳的儿子，他和汉高祖的关系很深。吕后的女儿已经答应嫁给张敖，张敖算是汉高祖的准女婿，因此，张敖对汉高祖特别奉承。没想到汉高祖却瞧不起他，这次还把他大骂了一顿，就动身走了。

张敖挨了一顿骂，倒没有什么，他的丞相贯高和大臣赵午，却看不过去，认为张敖太懦弱了，就一齐去见张敖，说："您出城迎接皇帝，对他非常恭敬，他凭什么无缘无故地骂您？我们愿意为您雪耻，除掉他吧！"张敖听了，可吓坏了，立刻把自己的手指头咬破，发誓道："这怎么行？我父亲完全靠皇帝帮忙，才能收复失土，我也才有今天，他对我的恩德，我永远忘不了，你们怎么可以说出这种话来呢！"

两个人见张敖不答应,就暗地想办法,要杀害汉高祖。但是他匆匆过境,并不久留,一时无从下手,只好算了。后来听说汉高祖到东垣去,经过赵地,就秘派刺客,想找机会暗杀他。

汉高祖打匈奴回来不久,匈奴又出兵侵略,他就跟刘敬商量。刘敬建议汉高祖把女儿嫁给冒顿。这样冒顿就成了他的女婿,自然也就不会再找他的麻烦了,将来冒顿生了儿子,变成他的外孙,更不会出兵侵略。

汉高祖就跟吕后商量,吕后只有一个女儿,自然不愿意嫁到塞外去,更不愿意嫁给匈奴,况且女儿已经许给张敖了,说话不能不算数。汉高祖一时拿不定主意。

恰好这时候,张敖来向他朝贺,吕后怕汉高祖变卦,就选了一个好日子,教公主和张敖成亲,然后由张敖把女儿带回赵国去。这位公主就是鲁元公主。汉高祖虽然不高兴,也没有办法,只好在宫中另外找一个女孩子,伪称他的女儿,送到匈奴去。

过了不久,贯高的仇人向汉高祖告密,说贯高他们想造反。汉高祖自然很生气,立刻派人到赵国去抓张敖、贯高、赵午等人。

使者到了赵国,赵午等人很害怕,便纷纷自杀。只有贯高骂他们道:"我王并没有想造反,这些事情全是我们做的,现在连累我王,我们一死了事,试问我王的冤枉,由谁替他申辩呢?我情愿受绑,跟我王一齐走。"有几个忠心的赵臣也想跟着去,但是却不准他们跟着去。他们就想了一个法子，假充赵王的家奴，一齐到洛阳去。

汉高祖也不见张敖的面，就把他交给廷尉讯办。廷尉因为张敖曾经做过国王，并且是汉高祖的女婿，自然另眼看待，让他住在一个房间里，只讯问贯高一个人。

贯高大声说："这都是我们做的，跟赵王没有关系。"廷尉怀疑他袒护赵王，不肯说实话，就教人用刑，他咬牙忍受，绝不改口。一直讯问了三天，贯高的口供始终不变，一直为赵王喊冤。廷尉教人用铁针在火中烧红，刺进贯高的肢体，可怜贯高不能忍受，晕过去好几次，但是始终不改口供。廷尉弄得没有办法，只好把他关在监狱里，等过一些时候再说。

鲁元公主见丈夫被抓，赶紧到长安找她母亲，哭着要她母亲帮忙。吕后便赶紧到洛阳，向汉高祖说情，没想到汉高祖说什么也不肯放张敖。吕后派人向廷尉打听，廷尉把原由向来人说明，并把办理情形报告汉高祖。

汉高祖不禁失声地说："好一个壮士，始终不肯改口！"他嘴里这么说，心里仍旧怀疑着，就问群臣中有没有人认识贯高。中大夫泄公说他和贯高是同乡，也曾相识。

汉高祖就教他去看贯高，并打听这件案子和张敖究竟有没有关系。泄公走进牢里，看见贯高躺在床上，全身都是伤，使人

不忍心看。泄公就轻轻地喊了他几声,贾高听见有人叫他,睁开眼睛一看,说:"你是不是泄公?"

泄公答应"是",贾高要起身,可是身子不能动弹,并且痛得呻吟不已。泄公教他躺着不要动,并用话安慰他一番。谈到造反的事情,泄公才向他说:"你何必为了赵王吃这种苦呢?"

贾高睁大眼睛说:"你错了,人生在世,谁不爱自己的父母妻子,现在,我承认这事是我主谋,我一家人都得死,难道我会傻到这种程度,为了赵王一个人,断送一家人的性命吗?这完全是我们的主意,赵王实在不知道,我怎么可以冤枉他呢?"

泄公回去报告汉高祖,汉高祖这才相信张敖没有罪,下令把他放出来,并且向泄公说:"贾高宁肯牺牲自己也不肯害张敖,实在难得。你再去见贾高,就说张敖已经放出来了,连他也会释放的。"

泄公到牢里去,把汉高祖的意思告诉了贾高。贾高高兴得从床上跳起来,说:"赵王真的被释放了吗?"泄公道:"不但他被放出来了,也要释放你呢!"

贾高听了长叹一声,道:"我所以不自杀,就是为了要证明赵王的冤枉,现在赵王既然已经出狱,我已经尽到我的责任,就是死也瞑目了。何况我想害主上,是不应该的,就算主上肯原谅我,我也没有脸见他。"说完,就自杀死了。

汉高祖听说贯高自杀了,叹惜不已,又听说赵王的几个家奴都一齐跟了来,就召见他们,一共有十多个人,看样子气度都很不错。尤其是田叔、孟舒两个人,说话很有道理,说起赵王的冤枉,慷慨陈词,声泪俱下。

朝廷中大臣有责问他们的,都被他们驳得没有话说。汉高祖对他们很欣赏,有的拜为郡守,有的拜为诸王的丞相。然后和吕后一齐回长安,教张敖也跟去,降封他为宣平侯,移封代王如意为赵王。并且把代地和赵国合并,教代相陈豨守代,另派御史大夫周昌为赵相。

# 三〇、刘邦去世

　　汉高祖有几个妃子,他最喜欢的是戚姬。戚姬生了个儿子叫如意。他因为喜欢戚姬,就打算废太子盈,立如意为太子,由于群臣的反对,只好封如意为赵王,派周昌担任赵相。

　　汉高祖十年七月,太上皇因病去世,王侯将相都到都城参加葬礼,只有代相陈豨没有去。葬礼完毕,周昌向汉高祖报告,说陈豨有谋反的嫌疑,汉高祖就派人到代地查办。

　　陈豨和韩信很要好,韩信曾经教他做造反的准备。他到了代地,就积极准备,韩信知道了,派人和他联络,他立刻发动,自称代王。

　　汉高祖亲自带兵去打他,陈豨被打败,逃到匈奴去了。汉高祖又把赵、代二地分开,封他的儿子恒为代王,恒是薄姬所生。汉高祖喜欢戚姬,便把薄姬扔在一边。刘恒到了代国,把薄姬也接了去。

汉高祖又接到吕后的报告,说有人密告韩信和陈豨有勾结,已经被她杀了。汉高祖听了很高兴,他早就想杀韩信,但怕人家讲闲话,吕后杀韩信,正合了他的心愿。

梁王彭越,功劳虽然没有韩信那么大,但相差也不太远。韩信被降封为侯,使他有了戒心。汉高祖打陈豨的时候,要彭越出兵,彭越推说有病,没有出兵。汉高祖大为生气,派人去责备他。

汉高祖打败陈豨,在返回洛阳的路上,接到报告,说彭越和扈辄两个人想造反,汉高祖立刻又派人去梁国,把彭越和扈辄抓住送往洛阳,派延尉王恬审讯。王恬审讯以后,知道建议造反的是扈辄,彭越并没有接受,但是他不杀扈辄,证明他也有造反的打算。汉高祖就下令把扈辄杀了,彭越废为老百姓,发往蜀地居住。

彭越向西走,到郑地遇见了吕后,请她向汉高祖说情,放他回故乡。吕后假意答应,把他带回洛阳,去见汉高祖,却劝汉高祖杀了彭越。于是,彭越被杀,并且被剁成肉酱,分送给诸侯。

汉高祖杀了彭越,把梁地割分为二,东北仍旧叫梁,封他的儿子刘恢为梁王,西南叫淮阳,封他的儿子刘友为淮阳王。

过了没有多久,又有人报告淮南王英布造反,汉高祖派人去调查,果然是事实,他就带兵去打英布。在战场上,汉高祖胸口中了一箭，英布终于被杀。

汉高祖战胜回来，顺路到沛城看故乡的父老。沛城的官员预备酒席欢迎他，汉高祖教父老子弟们，跟他一齐喝酒。又选了一百二十个孩子，教他们唱歌助兴。汉高祖也自编自唱了一支歌：

大风起兮云飞扬，威加海内兮归故乡，安得猛士兮守四方？

他唱了以后，教孩子们唱。孩子们唱得很好，汉高祖听了非常高兴，就离座跳起舞来。舞了一会儿，想起从前吃苦的情形，不觉流下了眼泪。父老子弟们见了，不知道怎样是好。汉高祖向他们说："这儿是我的家乡，我虽然做了皇帝，住在关中，但是对家乡仍旧非常怀念。从此以后，沛地可以不必缴赋税。"

大家听了，都跪在地上拜谢。

第二天，汉高祖又把许负、王媪和他所认识的几位老太太，叫来参加他的宴会。

汉高祖一连在沛住了十多天才离去。父老们为他饯行的时候，又请他把丰邑的租税也免去。他说："我是在丰邑出生的，不会忘记丰邑。只因为以前雍齿背叛我，丰邑人却去帮助雍齿，太对不起我了。既然你们代为请求，我就答应你们好了。"

汉高祖到了淮南，接到周勃的报告，说他追杀陈豨，已经把陈豨杀掉了。他就教周勃回来。淮南已经封给他的儿子刘长。

荆王刘贾死了以后没有儿子,就把荆地改叫吴国,立刘仲的儿子刘濞为吴王。这样一来,齐、楚、代、吴、赵、梁、淮阳、淮南八国国王都姓刘,除了楚王刘交和吴王刘濞以来,其余的都是他亲生的儿子。

周勃从代地回来,说燕王卢绾和陈豨勾结,汉高祖不相信,因为卢绾是他的同乡,他对他很清楚,就派人去燕国调查。

卢绾对使者说:"以前有七个国王不是姓刘的,现在除了我和长沙王以外,其余的都被杀了。韩信、彭越都死在吕后手里,最近听说皇上有病,政权落在吕后手中。吕后专杀功臣,如果我到首都去,等于自己去找死。等主上病好了以后,我再去向主上谢罪,说不定还可以保全性命。"

这些话是由卢绾的手下转告使者的。使者回去后,就说卢绾确实想造反。汉高祖听了很生气,立刻教樊哙带兵去打卢绾。

汉高祖因为太生气了,箭疮迸裂,血流不止。就在这时候,有人跟他说,樊哙和吕后勾结,只要他一死,就要杀戚夫人和赵王如意等人。

汉高祖听了,自然更加生气,就派陈平、周勃去杀樊哙。并且教周勃代樊哙指挥军队,讨平燕地。

两个人见汉高祖很生气,并且病得很重,所以不敢替樊哙讲话。出来以后,陈平说:"樊哙是主上的同乡,又是吕后的妹夫。

现在主上不知道听了谁的话，要杀他。我看我们最好是把樊哙押了来，让主上自己处置。"周勃表示赞成。但是，他们还没有见到樊哙，汉高祖就已经去世了。

汉高祖病了几个月，到十二年三月，知道自己的病已经不治了，就把列侯群臣召集到床边来，要他们一齐发誓说："从此以后，不是姓刘的不能封王，没有功劳的不能封侯，谁违背了这一约定，天下应合力讨伐他。"

汉高祖又把吕后召来嘱咐后事。吕后问他，如果萧何死了，谁可以做丞相？他说曹参。吕后又问曹参死了呢？他说可以用王陵、陈平、周勃。过了几天，他在长乐宫去世，享年五十三。

# 三一、 明哲保身的萧何

　　萧何和汉高祖是同乡。汉高祖进咸阳的时候，萧何大量搜集秦朝的国籍档案，所以对秦朝的土地、户口等知道得很清楚。汉高祖带兵打项羽，全靠萧何征兵、运粮，才能打胜仗，消灭项羽。

　　也就因为这个缘故，汉高祖认为他的功劳最大，在统一天下、大封功臣的时候，封他为酂侯，在列侯中占第一位。

　　韩信是萧何向汉高祖推荐的，有人密告韩信想造反，吕后便和萧何商量，萧何竟骗韩信到未央宫去见吕后，被吕后杀了。萧何因此得到加封，大家都向他道贺，只有一个手下叫召平的，对他说："你恐怕要惹祸了！"

　　萧何问他原因，召平答道："主上连年亲自带兵去打仗，你在首都，非常安全，反而得到加封，表面上是看重你，实际上已经在怀疑你。试想淮阴侯那么大的功劳，都不免被杀，你难道比得上淮阴侯吗？”

萧何着急地说："你说的很对，据你看我应该怎么办？"

召平道："你最好不要接受加封，把你的钱拿出来充军饷，这样才不会有事。"

萧何点了点头，接受了这个建议，就按照他的话去做。汉高祖果然很高兴，并夸奖他。后来，汉高祖率领军队去打英布，萧何派人运送军粮。汉高祖常常问押运的人，萧何最近做些什么。押运粮草的人说他在抚慰民众，预备粮食，汉高祖听了没有吭气儿。

运粮的人回来向萧何报告，萧何不知道汉高祖的用意，有时候跟手下人提起，有一个人说："不久你一家人都要被杀了！"

萧何听了吓得脸色都变了，连话都讲不出来。

这个人又说："你官已经做到丞相，没法再升了，主上常问起你在做些什么，是怕你大得民心，有机会，便会起来造反，岂不是很危险吗？现在你不明白他的意思，还一天到晚为老百姓着想，自然会增加主上对你的怀疑，这样你就更危险了。你最好多收买田地，强迫老百姓贱价卖给你，这样会使老百姓恨你，主上知道了才能放心，你就没有事了。"

萧何按照他的话去做，有人把这事报告汉高祖，汉高祖对萧何果然放了心。

汉高祖讨平淮南，回首都养病，一路上老百姓告发萧何的罪状，他完全不理。后来，萧何一再去问候，汉高祖才把诉状拿给萧何看，要他向老百姓有个交代。

萧何就把地价补给他们，或把田地跟房子交还给原主，这才没有人告他。

过了一个时期，萧何上了一个报告。汉高祖看了很生气，把报告往地上一扔，骂道："丞相萧何，一定是收受商人的贿赂，才敢要我的花园的土地，这还得了？"说完，就派人去抓萧何，交给廷尉审讯。

可怜萧何恐怕出事，一天到晚提心吊胆，没想到现在真的大祸临头了，来了一班侍卫，脱掉他的帽子和衣裳，加上锁链，送交廷尉，关进监狱里。

一连关了几天，朝臣都不知道是什么原因，也都不敢跟萧何说话，后来一打听，才知道是因为长安的居民一天比一天多，田地不够用，萧何请求把御花园的空地，开放给老百姓耕种。这建议本来不错，没想到汉高祖怀疑他是在讨好老百姓，就下令处治他。

群臣虽然觉得他冤枉，但是没有人敢讲话。幸亏有一个姓王的卫尉，代萧何抱不平，想办法要来救他。

一天，卫尉看见汉高祖情绪还不错，就问道："丞相有什么大罪，竟把他关起来？"

汉高祖道："我听说李斯做秦丞相，有什么好事，都归秦始皇，不好的都由他自己担当。现在丞相接受了老百姓的贿赂，要我开放御花园的空地给他们耕种，所以我才把他关起来，一点儿也不冤枉他。"

卫尉道："丞相为老百姓讲话，正是丞相应尽的职务，您怎么可以怀疑他接受贿赂呢？您带兵打陈豨、英布、都是派他留守，如果他想造反，那时候就可以占领关中。何况他对您很忠贞，教他的子弟参加军队，把家财充作军饷，从没有为自己打算过，难道现在反而会接受人家的贿赂吗？前秦消亡，是因为秦皇不愿听人家的批评，李斯自己甘心挨骂，实在是怕秦皇处治他。您把那件事当作榜样，未免太小看丞相了。"

汉高祖听了，也觉得说不过去，考虑了很久，才下令放萧何出狱。萧何年纪大了，被关了一些时候，手脚酸麻，疲倦得不得了，就光着两只脚去向汉高祖道谢。汉高祖说："丞相为老百姓讲话，我不答应，大不了被人家看作是桀纣，丞相便成了好丞相，所以才把你关了几天，这是要老百姓知道我的过失！"

萧何道谢退出，从此以后，格外小心，很少说话。

到了汉惠帝三年秋天，萧何病得很重，汉惠帝亲自去看他，见他骨瘦如柴,知道他活不了多久了,就问他:"谁可以代你做丞相?"

萧何说:"我相信您一定很清楚。"

汉惠帝想起汉高祖的遗嘱来,就接口道:"曹参行不行?"

萧何在榻上叩头,道:"您的眼光很对。"

汉惠帝安慰了他几句,就走了。

过了几天,萧何去世,他的儿子袭封为酂侯。萧何一生小心谨慎,不敢有一点大意。他买的田地房子,都是在很偏僻的地方,墙坏了也不修,常向家里的人说:"后代的子孙,应该学我的勤俭,如果子孙不好,有再好的田地房子,也守不住!"后来他的子孙,被封为侯的不少,就是有受过处分,也不会被杀,这完全是接受萧何的好教训的缘故。

# 三二、萧规曹随

齐相曹参,听到萧何去世的消息,立刻教手下人给他准备行李。手下人问他要去什么地方,他笑道:"我就要到首都去当丞相了。"

手下人不大相信,但不敢不为他准备。果然过了没多久,朝廷派的使者来了,要曹参去担任丞相,手下人才知道他的预料没有错。

曹参本来是一个将官,作齐相时,就把齐国治理得很好。他还召集了一百多位齐国的念书人,一个一个地问他们对治理国事的方法,结果各有各的建议,他不知道听谁的好。

后来他听说胶西地方,有一位盖公,非常清高,就预备了一份厚礼,派人去请他。等他来时,招待得特别好,问他应该怎样治理齐国。盖公平日专研究黄帝、老子的学说,因此他回答的也和黄、老学说有关,他说治理国家要清静无为,不要烦扰百姓,民心才能安定。

曹参非常佩服他,就把家中的大厅让给他住。无论要做什么,他都先跟他商量一下才做。没有多久,老百姓都说曹参是贤相。

曹参在齐国已有九年,这次因为要去首都,就把政务移交给后任接管,并且嘱咐道:"以后要特别留意监狱和大街,最好少抓人。"

接管他的职务的人说:"一个国家的政治,难道除了你所说的,其他都是小事吗?"

曹参道:"话不能这样说,因为监狱里和大街上人都不少,如果严密地查究,坏人就没有地方容身,那他们一定不会闹事,所以我特别嘱咐这两件事。"

接他职务的人这才没有再说什么。曹参就向齐王告别,和使者一起到首都,晋见过汉惠帝后,接了相印,立刻开始办公。

朝臣们暗地里在议论,说萧何跟曹参都是沛城的公务员出身,本来他俩很要好,后来因为曹参有很大的战功,封赏反而不如萧何,不免对萧何有了反感,现在曹参做了丞相,一定会改变萧何的措施,因此互相警告,恐怕将来发生什么意外,影响到他们的职位。尤其是丞相府里的职员,更是日夜不安,以为曹参接任，一定会有一番很大的调动。没想到曹参就职以后，一点儿变动都没有。并且还贴出布告，说一切按照前任丞相的规定办理。大家这才放下心来，称赞曹参的器量大。

又过了一些时候，曹参把一些遇事生风的人免职，另外调派年纪大、谨慎而不爱讲话的人来担任。从此以后，他就一天到晚饮酒作乐，不过问政事。

有几个能干的手下，想向他建议，他也不拒绝，就请他们和他一起喝酒，喝了一杯又一杯，直到喝醉为止。如果他们谈话一提到政治，他就用话给拦住，不让他们说下去。他们没办法，只好住口，喝完了酒便离去。

曹参这种作风，很快就发生了影响，他的手下都学他的样子，在丞相府后花园的旁边喝酒，喝到半醉时，有的唱歌，有的跳舞，声音很大，传到门外去。曹参虽然听到，却好像没有听见一样。他的几个亲信，实在看不惯，还以为他没有听到，请他到后花园去。

他到了后花园，恰好有闹酒的声音传来，他不但不理会，并且教手下人把酒菜拿来，放在花园中，也像他们那样，一面喝酒，一面唱歌。他的手下人都觉得很奇怪，不知道他打的是什么主意。

曹参不但不禁止手下人喝酒，有时他们做错了事，还替他们

掩护。手下人自然都很感激他。朝中大臣,有的看不惯,在向汉惠帝报告的时候,把曹参的平日行为,也大略地报告了一下。

汉惠帝因为他母亲管得太多,对国家政事做不了主,心里很不高兴,就一天到晚喝酒解闷。他听到曹参的行为,跟自己差不多,不禁暗笑道:"丞相也在学我的样子,是不是瞧不起我,故意这样做来讽刺我?"

他正在怀疑的时候,曹参的儿子曹窋进来,汉惠帝就对他说:"你回家代我问问你的父亲,他一天到晚只喝酒,不做事,怎么治理天下,看他怎么回答你,然后你再来告诉我!"

曹窋答应了。汉惠帝又说:"你可不要说是我教你这样做的。"

曹窋回家后,按照惠帝所教的话问他父亲。曹参听了,站起来骂道:"你懂得什么,竟敢来胡说八道!"就从座位旁边拿起戒尺,把曹窋打了两百下,要他赶快去伺候汉惠帝,不许随便往家里跑。

曹窋挨了一顿打,心里有点不高兴,就进宫把这事报告汉惠帝。汉惠帝听了,更加怀疑,第二天早上,一看见曹参,就把他叫到面前,问道:"你为什么责备曹窋,是我教他去问你的。"

曹参立刻脱下帽子,跪在地上一再谢罪,又仰起头来问惠帝道:"您自觉能不能比得上高皇帝?"

汉惠帝道："我怎么敢比高皇帝呢?"

曹参又道："您看我是不是比得上前丞相萧何?"

汉惠帝道："你似乎不及他。"

曹参又道："您的看法很对,说的也很对。以前高皇帝明订法令,已经有了规模。现在我们只要守职奉法,遵照前人的规定去做,就算不错了,难道还想超过前人吗?"

汉惠帝明白了曹参的意思,就对他说："我知道了,你回去罢!"

当时的老百姓经过大乱,只要政府不找他们的麻烦,就感恩不尽。所以曹参做了二三年的丞相,没有新的建议,可是民众却都很称赞他。"萧规曹随"成了历史上的美谈。

# 三三、人 彘

　　汉高祖最喜欢戚姬，因为戚姬不但人长得漂亮，并且能歌善舞。此外，又知书达礼，不管什么曲子，由她唱出来，特别好听。

　　汉高祖到洛阳，总是带着戚姬。戚姬生了一个孩子叫如意，汉高祖也很喜欢他。戚姬希望如意做太子，常常跟汉高祖讲，汉高祖觉得太子盈太柔弱，没有如意聪明，也想改立如意为太子。吕后随时都在防备这种不幸的事发生，把戚姬母子看成眼中钉，但是因为自己年老色衰，所以太子的位置就发生了动摇。

　　汉高祖封如意为赵王的时候，如意才十岁，汉高祖教他到赵国去，可把戚姬吓坏了，赶紧向汉高祖下跪，哭个没完。汉高祖明白她的意思，便对她说："你是不是为了如意的事？我本来想立他为太子，但是刘盈年纪比他大，废掉刘盈立他，于情于理都说不过去，慢慢的再研究罢！"

没想到戚姬听了，哭得更厉害。汉高祖心里不忍，不禁脱口说道："不要哭了，我就立如意为太子好了。"

第二天早上，汉高祖跟群臣商量这件事，群臣一听吓坏了，都跪在地上，说太子没有过失，不应该废，劝皇帝要慎重考虑。

汉高祖不理会大臣们的意见，要教人写废太子文告时，忽然听见一个人大声喊道："不可！不！不可！"

汉高祖一看，原来是口吃的御史大夫周昌，就问道："你只说不可两个字，究竟是什么意思？"

周昌越是着急，越说不出话来，急得脸上一阵青一阵紫，过了很久，才勉强挤出几句话："我不会说话，但就就知道不可以这么做，如果您要废太子，我就就不奉命。"

汉高祖看到这种情形，忍不住大笑起来，连其他的大臣们，听他说出两个"就"字，都暗暗好笑。他这么一来，反而使汉高祖大乐，笑了几声，就不再提这件事了。

周昌出宫，在殿外遇见一名太监，说皇后要他去。他只好跟着太监走，到东厢门内，吕后已经站在那儿等他。他正要上前行礼，没想到吕后突然跪下，急得周昌手忙脚乱，也赶紧跪下。吕后对他说道："请起！我因为感激你保全了太子，所以特地向你道谢。"

周昌说："我是为公，不是为私，您用不着这样对我。"

吕后道："今天如果不是你力争，恐怕太子已经被废了。"说完站了起来，周昌也起来告辞。

汉高祖退朝以后，戚姬听说并没有把如意立为太子，非常失望。汉高祖向她说："朝臣对这件事没有一个人赞成，就是勉强改立如意，恐怕如意也不能安全，我看还是过一个时期再说罢。"

戚姬哭道："我并不是一定要这么做，完全是因为我和如意的性命，握在皇后的手里，希望您能够保证我们的安全。"

汉高祖安慰她说："我会慢慢想办法的，绝不会教你和如意吃到一点亏。"

戚姬没有办法，只好收泪，耐心地等待着。汉高祖考虑了好几天，都想不出什么好主意来，在烦闷的时候，竟和戚姬相对哭泣。

御史赵尧知道汉高祖的心思，就问他是不是为赵王的前途担心。汉高祖说："我正为这件事伤脑筋，你有没有好办法？"

赵尧道："您最好为赵王选择一位好丞相来保护他。"

汉高祖问："我也有这意思，你认为选谁好呢？"

赵尧说："最好是御史大夫周昌。"

汉高祖认为他这个建议很好，就派人把周昌找了来，要他做赵王的丞相。周昌虽然不愿意，但这是汉高祖的命令，不能不答应，只得和赵王一齐到赵国去了。

汉高祖去世，吕后做了太后，政权完全由她把持，汉惠帝一点儿也做不了主。她平生最恨的是戚姬，因此，首先对付戚姬，教人拔光她的头发，让她穿囚犯穿的红颜色衣裳，把她关在一个房间里，强迫她舂米，每天还规定一定的数量。可怜的戚姬只会唱歌跳舞，从来没有做过这种粗活，自然吃不消。她一面舂，一面哭，并且编了一首歌，哭着唱道：

子为王，母为虏。终日舂，薄暮常与死相伍。相离三千里，谁当使告汝？

没想到被吕太后知道了，大骂道："她还想倚靠儿子吗？"说完，就派人到赵国，叫赵王如意来。连派了两次使者到赵国去，赵王都没有来。吕太后非常生气，问这是怎么回事，才知道这是赵相周昌的主意。

周昌曾经向使者道："高皇帝要我伺候赵王，现在太后要赵王去，是想害他，我不敢让他去。赵王最近有病不能去，有什么话以后再说罢！"

吕太后听了，对周昌妨碍她的计划恨极了，但是太子是靠他帮忙，才得以保全，所以对周昌不得不客气。后来，她想出一个调虎离山的诡计，派人召周昌到首都来。

周昌无法抗命，只好离开赵国，来到首都见吕太后。吕太后一见到他就骂道："你难道不知道我恨戚氏吗？为什么你不让赵王来？"

周昌道："高皇帝把赵王交给我，我在赵国一天，就应该保护他一天。何况赵王是皇上的弟弟，高皇帝也很喜欢他。我以前为皇上讲话，得到高皇帝的信任，高皇帝命令我做赵王的丞相，无非是希望我保护赵王，免得他们兄弟间有什么意外发生。如果太后对戚夫人有私怨，那我绝不敢参加什么意见。"

吕太后没有话说，就叫他退出，却不再教他回赵国，另外派人去召赵王。赵王没有周昌的维护，只好来首都。

这时候，汉惠帝还不到二十岁，性情仁厚，和吕太后完全不同。他看见戚夫人在舂米，觉得太后的行为太过分了。心想，赵王一来到，太后一定不会放过他，不如亲自出去迎接，和他住在一起，免得太后加害他。于是不等太后的命令，他就乘车出去迎接赵王，和他一齐晋见太后。

太后见了赵王，恨不得亲手把他杀了，因为有汉惠帝在旁边，不便采取什么行动，就勉强敷衍了几句。汉惠帝知道母亲不高兴，就带着赵王到自己宫中去。好在他还没有结婚，可以和他住在一起。赵王想见一见母亲的面，汉惠帝答应为他想办法。赵王年纪还小，没有主意，并且怕太后生气，只好含悲忍泪过日子。

太后时时刻刻想害死赵王，但是又不好跟汉惠帝明讲。汉惠帝也不能劝太后，只好随时保护着赵王。

到了汉惠帝元年十二月，汉惠帝要出去打猎，由于天气还早，赵王还没有醒，不忍叫醒他，以为离开他半天的时间，大概不会出什么事，就一个人出去。没想到他打猎回来，赵王已经死了。

汉惠帝抱着赵王的尸体大哭了一场，然后教手下人用王礼埋葬，后来经过调查。有的说是被用毒药毒死的，有的说是被手扼死的。他知道主使人一定是他母亲，做儿子的不能办母亲，只好找出奉命杀赵王的人，将他杀掉，算是为弟弟报仇。

他正在伤心的时候，忽然太监奉太后的命令带他去看"人彘"。他从没有听说过"人彘"这个名词，觉得很奇怪，就跟着太监走出宫去。

太监领他到了一间厕所前面，打开门，指着里头的一个东西向他说："那就是人彘。"

他向厕所里一望，看见是一个人的身子，没有手，没有脚，两只眼睛里也没有眼珠子，只剩下两个血肉模糊的窟窿。身子还能动弹，嘴张得很大，却没有声音。惠帝看了一会儿，非常害怕，退了出来，问太监这是什么东西，太监吞吞吐吐不敢说。回宫以后，他逼着太监讲。太监才说出"戚夫人"三个字。

太监还没有说完，惠帝已经吓得快要晕倒了。他要太监详细地讲给他听。太监就凑近他的耳朵说:"太后派人把戚夫人的手和脚砍断,眼珠挖出,两耳熏聋,嗓子用药弄哑后,再把她扔进厕所里。"

他又问"人彘"是什么意思,太监说:"这是太后讲的,我们都不知道。"

汉惠帝不禁失声道:"好一位狠心的母亲,竟使父亲的爱妃死得这么惨!"说完,不禁掉下了眼泪。那天,惠帝躺在床上,难过得吃不下东西,一会儿哭,一会儿笑,像是一个疯子。一连几天,他不愿起床,太后知道了,亲自来看他,教医官给他诊治。他吃了几服药,才清醒一点。

太后后悔派人带他去看"人彘",但她对害死戚姬母子的事,却一点儿也不后悔。

# 三四、救友报恩的朱建

朱建出生在楚国，曾经做过淮南王英布的门客，英布想造反的时候，朱建曾经一再劝他，他都不听。英布被杀后，汉高祖听说朱建曾经劝过英布，就派人把他叫来，当面嘉奖，并封他为平原君。朱建出名后，搬到长安来居住。长安的大官们，都喜欢跟他交往。他却不愿意跟他们接近，只有中大夫陆贾跟他处得很好。

辟阳侯审食其也想和朱建做朋友，请陆贾介绍，没想到朱建瞧不起审食其，不屑和他来往，陆贾劝了又劝，他始终没有答应。

恰好这时候，朱建的母亲生病死了，朱建家里很穷，连办丧事的钱都没有，只好向亲戚朋友借。陆贾知道了，立刻到审食其的家里去道贺。

审食其感觉很奇怪，问是什么原因，陆贾回答道："平原君的母亲生病死了!"

审食其没有等他的话说完,就问:"他母亲死了,跟我有什么关系?"

陆贾道:"你以前曾经托我给你介绍平原君,平原君因为母亲在世,不敢轻易接受你的帮助,现在他母亲死了,如果你送一份厚礼去,他一定对你很感激,将来你需要他帮忙的时候,他一定会出力的!"

审食其听了很高兴,就派人给朱建送去一百两金子。朱建正东挪西借,万分为难时,有了这笔钱,正好给他母亲办理丧事,当然乐于接受。其他的朝臣们,听说审食其送给朱建一份厚礼,也都纷纷送礼给朱建,朱建一共收了五百多两金子。有了这一大笔钱,他母亲的丧事,自然办得很体面。办完丧事,朱建免不了要向审食其道谢,两个人自这次见了面,以后就有了来往。

审食其和吕太后很要好,被汉惠帝知道了,很生气,便把审食其关了起来。吕太后不好意思为审食其讲情,朝中大臣多半讨厌审食其,自然没有人愿意救他。

审食其处在这个生死关头,想起了朱建,就派人去请他帮忙。朱建向派去的人说:"政府对这件案子要严办,我不敢到监狱去看他。"

审食其接到使者的回报,以为朱建不够朋友,只好等死。没想到他命不该绝，只关了几天，就被放出来。他自然很高兴，以为是太后救了他，后来仔细一打听，才知道救他的不是太后，而是汉惠帝最喜欢的一个小臣叫闳孺，替他向汉惠帝哀求，才得到释放。他觉得很奇怪，就去向闳孺道谢，见了闳孺，才知道救他命的人，表面上是闳孺，实际上却是朱建。

原来宫里有很多内侍，其中免不了有一两个很会讲话的少年，懂得迎合主子的意思，讨好主子的欢心。当时汉惠帝最喜欢的是闳孺。闳孺仗着汉惠帝喜欢他，居然干涉起政事来，汉惠帝也很听他的话。

朱建打发走了审食其派去的人，表面上不管，暗地里却在想办法。他想，要救审食其，只有运动闳孺才行。于是他就亲自到闳孺家里去。闳孺也很看重朱建，早就想跟他认识，现在他亲自来了，自然立刻出来欢迎。

两个人讲了几句客套话以后，朱建低声向闳孺说："辟阳侯被关起来，外头的人都说是你在皇上面前讲了他的坏话，这究竟是不是真的？"

闳孺大惊道："我和辟阳侯无冤无仇，我为什么要讲他的坏话？你是听谁讲的？"

朱建道："讲的人很多，究竟有没有这回事，并不要紧，可是你有这个嫌疑，恐怕辟阳侯一死，这个罪名你也逃不了的！"

闳孺吓得连话都讲不出来了。朱建又道："谁都知道,皇上很喜欢你,而辟阳侯和太后很要好,这也没有人不知道。现在国家大权都在太后手里,如果辟阳侯被杀,太后早晚一定会杀你,为辟阳侯报仇。"

闳孺着急地说："照你这样说,只有辟阳侯不死,我才能保全了?"

朱建道："这是自然的,如果你能在皇上面前,为辟阳侯说情,把他放出来,太后也一定会感激你,你一定比现在还要得宠。"

闳孺点了点头,道："谢谢你的指教,我一定照你的话去做。"

朱建告别回家,到第二天,汉惠帝就下令放了审食其。

审食其听了闳孺的话,知道是朱建给疏通的,就又去向朱建道谢。两个人的交情从此又进了一步。

汉文帝的时候,淮南王刘长杀了审食其,汉文帝不但没有处分刘长,反而追究和审食其有来往的人,后来竟派人去抓朱建。朱建得到这个消息,打算自杀。他的儿子劝他等一等再说,朱建说："我死了你们就可以没事了!"说完他就拔剑自杀了。

汉文帝感叹地说："这是何必呢?我并没有打算要杀他!"就拜朱建的儿子为中大夫。

# 三五、吕后专政

汉高祖在世的时候，常常带兵出去打仗，因为太子太小，所以就把政事交给吕后，这样就引起吕后对政治的兴趣了。她杀掉韩信，汉高祖没有怪她，使她的胆量越来越大。汉高祖本来已经放了彭越，她又把彭越骗回来，怂恿汉高祖把他杀掉。汉高祖因为生病，政事大多由她负责。

汉高祖去世后，吕后做了太后，她想杀掉所有的将官，幸亏郦商知道了这消息，劝审食其不要让她这样做，否则，周勃他们反叛，就没法抵抗。因为审食其和吕后很要好，他就报告了吕太后，吕太后才没敢下手。

汉惠帝虽然做了皇帝，因为年纪太轻，又很柔弱，所以政权就落到吕太后的手里。吕后先杀了戚姬和赵王如意。接着又想杀汉高祖的庶长子齐王刘肥，预备了毒酒给他喝，汉惠帝不知道，正端起那杯毒酒要喝的时候，被她发现抢了过去，泼在地上，这一计划才没有成功。后来刘肥听人家的话，割一部分土地给吕太后的女儿鲁元公主，并且拜鲁元公主为母亲，吕太后这才不再害他。

鲁元公主和刘肥同父异母，年纪跟刘肥差不多，现在却做了刘肥的母亲，自然引起很多人的议论。这还不算，吕太后又把鲁元公主的女儿，嫁给了汉惠帝，要汉惠帝把她立为皇后。鲁元公主是汉惠帝的亲姐姐，她的女儿自然就是汉惠帝的外甥女了，并且这时候，皇后只有十岁多一点，在名份上，在年龄上，都和汉惠帝不相称，但是吕太后却不管这些。她这样做的目的，第一是为了增加她娘家的权势，第二是要她的外孙女儿做皇后，可以监视着汉惠帝。

萧何去世以后，吕太后请曹参做丞相。曹参不久就去世了，她就请王陵做右丞相，陈平做左丞相。另外叫周勃担任太尉。不久，张良和樊哙也先后去世。到了汉惠帝七年的秋天，汉惠帝生病去世，当时他才二十四岁，只做了七年的皇帝。

陈平请吕太后拜吕台、吕产为将军，分管南北禁兵。吕台和吕产都是吕太后的侄子，他们的父亲是周吕侯吕泽。南北二军是宫廷卫队，南军护卫宫中，驻扎城内；北军护卫京城，驻扎城外。这两军一向归太尉兼管，如果由吕台、吕产分别率领，首都的兵权就全由吕家把持了。

吕太后就按陈平的话去做。汉惠帝的皇后张氏，因为年纪太轻，没有生孩子，吕太后就把宫女所生的一个婴儿，抱进张后的房间里，冒充是她生的，并立为太子，又怕太子亲生的母亲泄漏了这件事，就干脆把她杀掉。

汉惠帝的丧事办完以后，假太子被立为皇帝，叫少帝。少帝年纪太小，国家政事由吕太后全权处理。

吕太后有了实权，打算封她的兄弟侄子们为王。右丞相王陵反对，说汉高祖曾经和群臣一齐发过誓，不是姓刘的不能封王。

吕太后想驳斥他，但没有理由，急得脸色都变了。陈平和周勃看见情形不对，表示支持吕太后的主张，吕太后才有了笑容。

又过了十天，吕太后改派王陵为少帝太傅。王陵知道太后存心削夺他的相权，就辞职回家。

吕太后就让陈平担任左丞相，让审食其担任右丞相。吕太后查出御史大夫赵尧曾经推荐周昌担任赵王如意的丞相，就把他免职，请任敖做御史大夫。任敖以前做过沛县的监狱官，帮过吕太后的忙，所以特别提拔他。此外，她又封她父亲吕公为宣王，大哥周吕侯泽为悼武王，又怕人心不服，把别人家的五个孩子，硬充为汉惠帝的儿子：一个叫疆，封淮阳王；一个叫不疑，封恒山王；一个叫山，封襄城侯；一个叫朝，封轵侯；一个叫武，封壶关侯。鲁元公主生病死了，就封她的儿子张偃为鲁王。

同时，她派人暗示左丞相陈平等人，建议封她的侄子为王。陈平等没有办法，只好上书，请割齐国的济南郡为吕国，做吕台的封地，于是吕太后便封吕台为吕王。偏偏吕台的福气太薄，受封没多久就去世了，便由他的儿子吕嘉袭封。另外又封吕种为沛侯，吕平为扶柳侯，吕禄为胡陵侯，吕他为俞侯，吕更始为赘其侯，吕忿为吕城侯；连她的妹妹吕媭，都被封为临光侯。

吕太后怕吕、刘两姓发生冲突，就想出一条亲上加亲的计策，使刘、吕两姓联姻。这时候，齐王刘肥已经死了，就教他的大儿子刘襄袭封；第二个儿子刘章，第三个儿子刘兴居，都召往京师，担任宿卫。然后，把吕禄的女儿嫁给了刘章，封刘章为朱虚侯，兴居为东牟侯。又因赵王友和梁王恢年纪大了，又为他们做媒，把吕家的女儿嫁给赵、梁二王，二王不敢拒绝，只好遵命结婚。

没想到吕太后所立的少帝，起初因为年纪小，还不懂事，做了三四年的傀儡。后来，多少知道一点事情，常常偷听近侍们的密谈，知道吕太后暗地里掉包，把自己亲生的母亲杀死，强迫他认张后为母亲，心中一恨，嘴里就胡言乱语。张后狠狠教训了他一顿，他不听，并且任性地说："太后杀死我母亲，等我年纪大了，一定要为我母亲报仇!"

这话被人听到了,立刻报告了吕太后。吕太后大吃一惊,暗想:"他小小年纪,就说出这种狂话,将来大了怎么得了,不如趁早杀了他。"立刻就把少帝关起来,向群臣们说,少帝多病神志昏乱,不能治理天下,应该另立贤君。陈平派人打听,知道吕太后要立恒山王义,就是以前封的襄城侯山。他是恒山王不疑的弟弟,不疑去世,山因为袭封,改名为义。陈平把太后的意思转告大家,大家就请太后立刘义。吕太后下令立义为帝,又给他改名为弘,把原来的少帝杀死,改称弘为少帝。弘的年纪也很小,仍旧由吕太后执政。

吕嘉很霸道,连吕太后都看不过去,就把他废掉,另立吕产为吕王。她这样做又怕大臣和刘姓子弟不服,便封营陵侯刘泽为琅琊王。

赵王的妻子,仗着吕太后的势力,时常欺侮赵王,赵王又爱上别的女人,吕氏就向吕太后诬告赵王想造反。吕太后立刻派人把赵王抓起来关住,不给吃喝,活活地把他饿死。

吕太后改封梁王恢为赵王,改封吕产为梁王。又把宫女所生的儿子刘太封为济川王,吕产也没有去梁国,留在首都担任少帝太傅。刘太年纪小,仍旧住在宫里。刘恢的妻子,是吕产的女儿,对刘恢很凶,凡是刘恢所喜欢的女人,都被她用毒药给毒死。

刘恢觉得活着没有意思，便服毒自杀了。

吕太后派人去代地，要代王去赵国，代王恒情愿在代，不肯到赵地去。吕太后就立吕禄为赵王，仍旧在首都做官。燕王刘健生病去世，吕太后派人暗杀了刘健的儿子，封吕台的儿子吕通为燕王。这样一来，汉高祖的八个儿子，只剩下两个，一个是代王刘恒，一个是淮南王刘长，加上齐、吴、楚和琅琊等国，总算还有六七国。吕氏也有三王，是梁王吕产、赵王吕禄和燕王吕通。吕产、吕禄名义上是王，实际上留在首都，掌握军事大权，不是刘氏诸王所能比的，刘家天下，已经快变成吕家天下了。

吕太后专政了八年，少帝弘名义上是皇帝，实际上是傀儡。她的亲信，宫内是临光侯吕嬃，左丞相审食其，宫外是吕产和吕禄。右丞相陈平和太尉周勃，没有一点实权。

在刘氏子弟中，只有朱虚侯刘章最出色。这时，他只有二十岁，妻子是赵王吕禄的女儿，小两口儿很恩爱，吕太后自然很高兴，吕禄对他也另眼相待。

一天，吕太后在宫中请客，列席的有一百多人，大半是吕氏王侯。刘章见了，已经觉得很难过，但他在表面上不露声色。吕太后叫刘章监酒，刘章请求按军法从事。吕太后还以为他是说着玩儿的，就答应了。

刘章叫近侍挨着席次接连斟酒，不久，大家都快喝醉了，有一个吕氏子弟实在吃不消,就偷偷溜走了,没想到被刘章看见,拔剑追上去。刘章追到那个人后头,喊:"你怎么敢逃席?"那个人急忙回头谢过。刘章道:"我已经请准军法从事,你还敢逃席,是不想活了?"他一面说,一面手起剑落,竟把那人的头砍下来。然后回去报告吕太后说:"有一个人逃席,我已经按照军法把他杀了!"

大家听了,吓得脸色都变了。吕太后紧盯着刘章,刘章一点也不在乎。吕太后看了一下,心里想,已经准许他军法从事,不能责备他,只好忍耐了事。

这一来,大家都觉得不安,再也喝不下去了,纷纷告退,吕太后下令散席。经过这次事件,吕家的人才知道刘章的厉害,也怕他三分了。吕禄看在女儿的面上,不愿跟他为难。其他的人见吕禄这种态度,自然不好无故害刘章,只好忍耐过去。刘家子弟却暗地高兴,希望刘章挽回颓势,连陈平、周勃等,也和他接近。

陈平本来和周勃不好,幸亏陆贾从中调停,两个人才合起来商量除吕安刘的办法。陈平教陆贾和各大臣联络,要他们背吕助刘。朝臣们多被他说动,不再支持吕氏。吕氏的势力一天比一天衰弱。可是,吕产和吕禄等还不知道。

到三月间,吕太后生病了,她知道自己活不了多久,就派吕禄为上将,领辖北军,吕产领辖南军,并且向两个人说:"你们封王，大臣多半不服，如果我死掉，难免不发生变动。你们两个人要带兵应变，不要出去，就是我出殡的时候，也不必送葬。"吕产和吕禄都答应了。

过了几天，吕太后在未央宫去世了。她是中国历史上第一个干涉政治的皇后，差一点使刘邦辛辛苦苦打出来的天下，变成吕家的天下。

# 三六、除吕安刘

　　吕太后死了以后，吕产和吕禄就带着南北二军，来保卫宫廷，一步也不敢放松。陈平、周勃等虽然想消灭吕家，却没有机会，只好耐心等着。

　　朱虚侯刘章，盘问他妻子，才知道吕太后嘱咐过吕产和吕禄注意应变。他想，朝中大臣们没有能力除奸，只好在外头想办法，就派人去齐国，要他哥哥刘襄出兵，他可以作为内应，如果把吕氏消灭，可以由他做皇帝。

　　刘襄接到这个报告，就和他的舅舅驷钧等商量，准备出兵，并且草拟文告，号召四方。距离齐最近的是琅琊、济川和鲁国。济川王刘泽辈分最大，又和吕氏不好，就派人去见刘泽，要他出兵，并且说，只要讨平内乱，一定支持他做皇帝。

　　刘泽听了很高兴，就亲自去临淄，刘襄表面上欢迎他，暗地里却派人监视他，另外再派人去琅琊，假传刘泽的命令，发动琅琊的全部人马去攻打济南。济南本来是齐国的土地，由吕太后割给吕王，所以刘襄首先派兵去攻打他。

这消息传到长安，吕产、吕禄自然着急，就派颍阴侯大将军灌婴，带了几万兵去打齐国。灌婴事先受陈平和周勃的嘱咐，到了荥阳就按兵不进。

琅琊王刘泽在临淄不能随意行动，知道已上了当，就想了一个主意，向刘襄说："听说首都的大臣们正在商量拥戴谁做皇帝。他们都在等我去，要听听我的意见，你留我在这儿没有什么用处，不如让我进关，跟他们一齐商量，一定会拥护你做皇帝的。"刘襄听了，就预备了车马，打发他动身。刘泽一离开齐国，就慢慢前进，等候着京师的消息。

这时候，首都已经有了变动。陈平和周勃知道郦商父子和吕产、吕禄有来往，就把他们请了去，要郦商的儿子郦寄劝吕禄到赵国去。郦寄没法推辞，只好去跟吕禄讲，劝他把兵权交给太尉周勃，并且请梁王也交出相印，免得大家对他们不放心。

吕禄和他的长辈们一商量，有的赞成，有的反对，使得吕禄一时不能决定。郦寄却天天去看他，打听消息。就在这时候，吕产已经接到报告，说灌婴把兵带到荥阳，和齐国讲和，他立刻进宫，准备采取行动。恰好这件事被曹参的儿子曹窋知道了，赶紧去报告陈平、周勃他们。

陈平、周勃见情势紧急，只好冒险进行，要襄平侯纪通和周勃一齐到北军去，假传皇上的命令，要吕禄把兵权交给周勃，又怕吕禄不服，请郦寄也一起去。

周勃等到了北军营门口，让纪通先进去，接着郦寄又进去，向吕禄说："主上要太尉掌管北军，无非是要你马上到赵国去，你最好赶快交出将印，否则，马上就要遭遇大祸。"

吕禄本来没有什么才识，又因为郦寄是他的好朋友，不会骗他，就把将印拿出交给郦寄后，匆匆出营。

郦寄把印转交给周勃，周勃派人报告陈平。陈平请刘章去协助周勃，周勃便吩咐刘章监守军门，再派曹窋去转告殿中卫尉，不要包庇吕产。

吕产已经进了未央宫，号召南军，准备抵抗，忽然看见曹窋走进殿来，不知道他有什么事，想进殿去打听，偏偏殿中卫尉听了曹窋的话，不让吕产进殿，他只好在殿外等着。

曹窋派人去报告周勃，周勃请刘章进宫去保卫少帝。刘章要求拨给他一千士兵，他领着这一千人进了未央宫，看见吕产站在庭中，就领兵上前去杀吕产，吕产躲进厕所，最后被兵士给拖了出来，刘章一剑就把他杀死了。

刘章回去报告周勃，周勃就派兵去抓吕家的人，不分男女老少，连吕禄、吕婴一齐都给周勃抓来。周勃杀了吕禄，打死吕婴，其余的也都杀了。然后派人强迫燕王吕通自杀，把鲁王张偃废为平民。审食其是吕太后的人，本来也应该杀，由于陆贾、朱建代他说情，不但没有被杀，而且还保有原来的官职。

陈平、周勃消灭吕氏以后，改封刘太为梁王，请刘章去通知他哥哥刘襄把军队撤回，同时派人通知灌婴也带兵回来。

琅琊王刘泽得到这消息后，才放胆来首都，恰好这时候，朝中大臣正在商量善后事宜，听说刘泽来了，自然请他参加意见。

陈平、周勃说明，吕太后所立的少帝，和济川、淮阳、恒山三王，都不是汉惠帝的后代，没有资格做皇帝，应该从刘氏诸王中选出。

大家听了都表示赞成，刘泽也没有话说。然后谈到推选的问题，就有人主张立刘襄。刘泽立刻驳斥道："齐王的舅舅驷钧，和吕氏一样厉害，如果立了齐王，驷钧一定专政，岂不是去掉一狼，又来了一虎，这怎么行？"

陈平、周勃自然支持刘泽的意见，都不愿意立刘襄。其实刘泽很恨刘襄，所以趁这机会报复。

最后，大家公推代王恒，理由是：一、他是汉高祖的儿子，年纪比较大，为人又很仁孝。二、他母亲薄氏一家人都很厚道，不干涉政治。由于这两个原因，大家决定迎立代王。陈平、周勃就派人去迎接代王进京。

代王刘恒接见朝使，问明来意，虽然觉得这是一大喜事，但却不敢骤然动身，先召集手下人员商量。有的主张他去，有的不赞成他去。他又去跟他母亲商量，他母亲吃了很多苦才熬出来，自然不愿意让他去。他就请了个算命先生来给他算了一卦。算命先生向他道贺，说是大吉。

代王就派他舅舅薄昭到首都向周勃探询。周勃说是诚心诚意地迎接他，绝没有别的意思。薄昭回去报告代王，代王就决定去首都。

此行没有多带人，只带了宋昌、赵武等六个人。

到了高陵，离长安只有几十里，代王还不放心，让宋昌乘驿车进城先去看看动静。宋昌到了渭桥，看见各大臣都已守候在那儿，就下车告诉他们说代王马上就到，各大臣一齐说："我们已经恭候多时了。"

宋昌见群臣全体出迎，知道没有问题，就回到高陵，请代王安心进京。代王继续前进，到了渭桥旁，见各大臣都跪在地上迎接，便下车答拜。

各大臣都起来，周勃抢前一步，请求单独跟代王讲话。宋昌在旁说："太尉有什么事，可以坦白讲。所讲的要是公事，不妨公开地讲。如果所讲的是私事，王者无私！"

周勃被宋昌这么一说，不觉面红耳赤，赶紧跪在地上，捧出皇帝的符玺，献给代王。代王道："这等一等再说。"

周勃就请代王登车进城，一直到代王的驻京办事处去。周勃和右丞相陈平，率领文武百官，上书请代王做皇帝。代王一再谦让，群臣一再请求，代王才勉强答应，他就是历史上有名的汉文帝。

东牟侯刘兴居和汝阴侯夏侯婴，奉命清宫。两个人进了未央宫，向少帝说："你不是刘家的儿子，不应当做皇帝，请立刻让位！"一面说，一面让旁边执戟的侍臣们走开。夏侯婴叫了一辆小车进去，让少帝登车出宫。

少帝弘打着哆嗦，问："你要把我送到什么地方去？"

夏侯婴答道："住到宫外去。"说完，就让人驾车出宫，住进少府衙门。刘兴居又强迫张后搬往北宫，然后再迎接汉文帝进宫。

汉文帝进宫后，当天晚上拜宋昌为卫将军，镇抚南北军，任命张武为郎中令，巡行殿中。然后下召大赦天下。当天晚上，少帝弘忽然死去，常山王朝、淮阳王武、梁王太三个人，也同时被杀。这大概是陈平、周勃怕留着他们，将来惹麻烦，因此把他们杀死以绝后患。汉文帝也不过问。究竟少帝和三王是不是汉惠帝的儿子，也没法证实。

周勃、陈平、夏侯婴、刘章等迎立汉文帝有功，自然都得到加封。琅琊王刘泽改封为燕王。陈平把右丞相的职位让给周勃。汉文帝把审食其免职,请陈平担任左丞相。任命灌婴为太尉。后来又加封宋昌为壮武侯,张武等六个人为九卿。封淮南王舅赵兼为周阳侯,齐王舅驷钧为靖郭侯。

此外,汉文帝又派薄昭到代国去迎接他母亲薄太后。汉文帝在代国的时候,就非常孝顺,因此薄太后也特别受到尊敬。

# 三七、宫奴变皇后

　　窦后是汉文帝的皇后，也是汉代历史上一位有名的皇后。她是赵地观津人，父母死得很早，只有两个兄弟，哥哥叫窦建，字长君，弟弟叫窦广国，字少君。当时长君和少君都还不能做事，并且遇到兵灾，窦氏跟兄弟几乎没法生活下去。

　　就在这个时候，朝廷挑选秀女，窦氏就去应选，果然入选，便进宫伺候吕后。不久，吕后把宫女们分送给各国国王，每个国王分配五个宫女。窦氏也被分发。她的家乡在观津，便希望分发到靠近家乡的赵国去，于是请托主管的太监。主管太监答应了，没想到临时给忘了，把窦氏分派到代国去。窦氏知道了，责问他，他才知道出了错，但是已经报告上去了，不能够再改，只好用好话安慰她。窦氏还因为这事落了很多眼泪，叹自己的命不好，最后才勉强出宫。

跟她一齐走的还有四个人，在路上虽然不寂寞，但是总觉得很凄凉。没想到，到了代国，竟得到代王的宠爱。她第一胎生下一个女儿，取名为嫖，第二三胎都是男孩子，大儿子叫启，第二个儿子叫武。

当时的代王夫人本来有四个男孩子，启和武是代王的小老婆生的，自然比不上大老婆生的那么得宠。窦氏也很守本分，对王妃很尊敬，并且嘱咐两个儿子要听四个哥哥的话。所以代王认为她很懂事，格外宠爱。

不久，王妃生病去世，窦氏很有做王妃的希望。代王做了皇帝，王妃所生的四个男孩子，都接连夭折，于是，窦氏的两个儿子，逐渐出头了。

汉文帝元年春天，群臣上书请预立太子，汉文帝就立启为太子。太子立了，群臣又请求立皇后。太子启既然是窦氏生的，自然应该立窦氏为皇后。群臣不是不知道，而是要由汉文帝自己来决定。汉文帝向他母亲薄太后请示，薄太后就下令立太子的母亲窦氏为皇后。如果以前那个主管太监，没有忘记她的请托，她不但今天做不了国母，恐怕早就死在赵王的吕氏王妃手里了。

窦氏做了皇后，她的大女儿嫖受封为馆陶公主，第二个儿子刘武受封为淮阳王。窦氏的哥哥长君也被接到长安来，两个人谈起小弟少君的事，长君哭着说被人家抢走，多年来一直没有消息，不知道是死是活。

窦后听了也很难过，等长君走了以后，就派人去清河郡，要地方官帮着寻找少君，当时怎么也找不到。没想到，她正在惦记着的时候，忽然接到一封信，是少君写来的。信中提到他小时候，曾经和姐姐一起出去采桑，不小心从桑树上摔下来。

窦后想了想，确实有这回事，就禀告汉文帝。汉文帝立刻派人把少君叫了来。少君和窦后离别了有十多年，现在见了面，几乎都不认识了。汉文帝详细盘问他的身世。他说，他和他姐姐分手以后，被强盗抢走，卖给人家做奴隶，卖来卖去，竟换了十多个主人，最后到了宜阳，那时他已经有十六七岁了。主人叫他和其他佣人一齐进山去烧炭，晚上就在山下搭帐棚睡觉，没想到山忽然塌下来，一百多个佣人都被压死了，只有他一个人活着，主人觉得很奇怪，以后对待他就好了一点。

恰好主人搬来长安，他也搬了来。就在这时候，汉文帝新立皇后，大街上的人纷纷传说，皇后姓窦，是观津人，以前只不过是个宫奴，现在居然升为国母，可说是有点儿传奇。少君听了，想起姐姐曾经应选，会不会今天的窦皇后就是他的亲姐姐？因此多方打听，果然窦皇后就是他的姐姐，他才大胆上书，写了采桑的事情，作为证据。

窦皇后还不敢十分相信，又问他："你还记得和你姐姐分手时的情形吗？"

少君道："姐姐向西去的时候，我曾经和哥哥送她到邮舍。姐姐向邮舍要了一点米汤，替我洗头，又要了一碗饭给我吃，等我把饭吃完她才动身。"说到这儿，不觉哭了起来。窦后听了，比少君还要伤心，也顾不得汉文帝在面前，站起身来，流着泪说："你真是我弟弟！可怜！可怜！我们今天能够见面，真是难得！"说到这儿，再也说不下去了，和少君一起痛哭起来。在一旁服侍的人看了，也都掉下眼泪。连坐在那儿的汉文帝，看到他们这种情形，也很难过。过了一会儿，才劝他们不要哭了，并且派人把长君也叫了去，让他们一家人团聚，谈谈过去的事情。

汉文帝赐给他们哥儿俩很多房子和田地，让他们住在一起。右丞相周勃、太尉灌婴，听到这件事，私下里商量道："以前吕氏专权，我们差一点儿就死掉。现在窦后的兄弟都来了，将来他们可能仗着皇后的势力来干涉政治，我们的处境岂不是又危险了吗？并且，他们出身又很低，不懂得做人做事的道理，有了权力一定会和吕氏一样。我们应该预先防备，替他们慎重选择老师和朋友，多教育和感化他们，将来才不会出事。"

两个人商量好了以后，就报告汉文帝。汉文帝也很赞成他们的意见，代长君兄弟俩选择师友。长君兄弟因为有了好的教养，对人果然很客气，不仗势欺人。汉文帝也不给他们官做或封爵。直到汉景帝的时候，窦后做了皇太后，才打算加封他们。但是长君已经死了，他的儿子彭祖，被封为南皮侯，少君被封为章武侯。

# 三八、一个宽大公平的法官

有一天,汉文帝到花园里去游玩,经过虎圈,看见圈里养着很多野兽,就把管园子的人叫来,问他一共养有多少禽兽,管园子的人当时答不出来,幸亏园子里的一个小官吏代为回答,说得头头是道。汉文帝称赞他说:"这样才算尽职!"说完,就令侍从张释之把那个小官吏提升为上林令。

张释之当时不吭气儿。过了一会儿,汉文帝又跟他讲。他问汉文帝道:"您看周勃和张相如这两个人的人品怎么样?"

汉文帝道:"他们都很忠厚老实。"

张释之接口道:"您既然知道这两个人忠厚老实,为什么要提升这个小官吏呢? 能做事的人不一定会讲话,会讲话的人不一定能做事。周勃和张相如平时都不会讲话,但是他们做人做事都很好。这个小官吏很会讲话,却不一定能做事。"

汉文帝听了，就没有提升那个小官吏，却提升了张释之。

张释之，字季，堵阳人，做了十年的骑郎，都没有升调。后来才担任谒者。他想跟汉文帝谈政治，汉文帝叫他不必谈得太远，把近代的政治谈一谈就可以了。他就针对着秦、汉的得失，发挥了不少议论。汉文帝很赏识他，升他为谒者仆射。每逢出门，都带着他。

后来，请他做廷尉。廷尉是审问案子的法官。他办案子非常宽大，公平。有一次，汉文帝经过中渭桥，恰好有人从桥下经过，把马吓着了。侍卫便把那个人抓住，交给廷尉审理。汉文帝要把那个人处死刑，张释之只判那个人罚钱，汉文帝不满意，和他辩论，结果辩不过张释之，只好照他的判决，罚钱了事。

还有一次，汉高祖庙里的东西被小偷偷走了。后来，这个小偷被抓住，也交给廷尉去办。张释之判这个小偷死刑。汉文帝认为应把这小偷一族人都杀掉。张释之说："老百姓没有知识，如果他们在长陵拿一抔土，您怎么惩罚他们呢？"

汉文帝明白了，报告薄太后，薄太后也主张照张释之的主张办理。

周勃被免职，到他的封地去，有人密告他想造反，汉文帝便派人把他抓到长安来。

张释之审问他，因为他不善辩，连话都讲不好，幸亏张释之知道他冤枉，向汉文帝报告他是受冤的，周勃才获得释放。

# 三九、 少年才子贾谊

　　贾谊是洛阳人,河南郡守吴公很器重他。吴公是汉初的一位好官,考绩天下第一,汉文帝特地请他担任廷尉。吴公到了京都推荐贾谊,说他读书多,很有才干,汉文帝就请他担任博士。

　　这时候,贾谊才二十岁,朝廷中没有一个官员比他更年轻。每逢开会商讨国事的时候,很多老年的官员都没有意见,他却提出不少建议,而且讲得头头是道。因此,他很快就出了名,首都的人都称赞他的才干。汉文帝也很赏识他,只一年的时间,就把他提升为大中大夫。

　　他向汉文帝建议了很多事情,汉文帝也很赞赏,不过,因为他的建议关系重大,不能轻易实施。汉文帝本来想升他做公卿,没想到丞相周勃、太尉灌婴、东阳侯张相如、御史大夫冯敬等,都嫉妒他的才能,在汉文帝面前批评他,说他年纪轻,爱出风头,不能轻易重用。

汉文帝没有办法，只好请他到长沙去担任长沙王的太傅。皇帝的命令，他不能不走，心里自然很不痛快。

汉文帝的弟弟淮南王刘长，因为想造反被废，在送往四川的路上自杀。汉文帝很难过，让他的儿子安袭封淮南王，另外几个儿子也都封侯。

贾谊知道了这件事，上书劝汉文帝收回成命，说淮南王想造反，死得不冤枉，不应该封他的儿子。汉文帝虽然没有听他的话，但是心里很惦记他，就派人叫他到长安去。

贾谊到了长安，恰好汉文帝祭过神，静坐在宣室中，等贾谊行过礼，就跟他谈起有关鬼神的事情。贾谊一开口，就说个没完，并且都是汉文帝所没有听说过的。汉文帝听得入了神，忘记了疲倦，也忘记了时间。贾谊也越讲越有劲，一直讲到天黑，还不肯住嘴。等到他讲完出宫时，已经是深夜三更了。

汉文帝回到寝宫，自言自语地说："我很久没有看到他了，以为他不如我，现在才知道我仍旧不如他。"过了两天，就拜他为梁王太傅。

梁王刘揖是汉文帝的小儿子，喜欢念书，汉文帝非常喜欢他，所以特地请贾谊担任他的太傅。贾谊以为这次回来，一定会重用他，没想到又调他出去，心里自然很不高兴，就针对时政，上了一篇《治安策》，约一万多字，说诸王分封，力强难制；匈奴侵略，没有人才去抵抗，是应该流泪的两件事。现在国事应该叹息的有六件事，如太奢侈，上下没有分别，礼义廉耻没有人注意，太子缺乏适当的教育等。汉文帝把他这篇《治安策》看了一遍又一遍，只见满纸牢骚，好像祸乱就在眼前似的，但眼前局势明明很好，并没有什么问题，因此，就把他的建议放在一边。

贾谊又请求调他主持外交，说他一定能够彻底解决匈奴的问题。汉文帝觉得他年纪轻，说话不免夸张，对他的建议没有采纳。

汉文帝十一年，梁王揖从梁国到首都去，在路上因为马跑得太快，从马背上摔下来，伤势很重，医官虽然努力救治，也没有用，最后还是死了。贾谊是梁王的老师，梁王对他很敬重，他听说梁王去世，自然很难过，请汉文帝为梁王立后嗣，并且说："淮阳地小，不能立国，不如和淮南合并。但是淮阳水边的几个城，可以分给梁国。"汉文帝接受了他的建议，就改封淮阳王刘武为梁王，把刘武的儿子过继给刘揖。又改封太原王刘参为代王，把太原也归并给他。

贾谊的抱负，始终没有能实现，加上梁王的死，使他觉得有亏职守，因为他是梁王的老师，所以格外难过，过了一年多就生病死了。他死的时候才三十三岁。他的《治安策》，一直流传到今天，被认为是有价值的文学作品。

# 四〇、 上书救父的缇萦

　　缇萦是淳于意的小女儿,淳于意是太仓县令。他住在临淄,曾经跟一个叫阳庆的人学医,三年有成。学成回家后,就行医济世,由于医术高明,名气越来越大,不分远近,病人都找他来治病。

　　但是,一个人的精力究竟有限,淳于意太累了的时候,就出门旅行。他做过一任太仓县令,没多久就辞职回家。他给人家治病,从不计较诊费的多少。

　　不过,病人由老远到他那儿去治病,碰到他不在家,不免失望,因此难免对他不满。有的病重死了,病人的家属认为是他不肯给医治,耽误了病势,也常埋怨他。

　　到了汉文帝十三年间,有人控告淳于意,说他借医欺人,轻视人命。地方官就把他抓去讯问,也没问清楚就判他肉刑。由于他曾做过县令,不能随便处刑,一定要报告汉文帝。汉文帝下令把他押往长安。

淳于意没有儿子,只有五个女儿。他临走的时候,五个女儿都给他送行,大家只有相对哭泣。他叹了口气,说:"可惜我生的都是女儿,没有生一个男孩子,到了紧要关头,却帮不上忙。"

小女儿缇萦听了爸爸的话,很难过,便收拾行李,跟父亲一齐到长安去。

好不容易到了长安,淳于意被关进监狱里,缇萦就到皇宫去,上书汉文帝,吁请汉文帝赦免她父亲的罪。内容如下:

"我父亲曾经做过县令,齐国人都称赞他廉洁、公平,现在,因为犯了法,要受肉刑的处分。我觉得,死了的人不能再活,受刑的不能再恢复原来的样子,虽然想改过自新,也没有办法。我愿意为官婢,来替我父亲赎罪,使他获得改过自新的机会。"

汉文帝看完,不禁感慨起来,于是下令赦免淳于意,并且从此废除了肉刑。

中国古典小说 青少版

蔡东藩 著 朱传誉 改写

# 前汉演义

下

人民文学出版社

中国古典小说

# 前汉演义(下册)

# 目录

# 目录

# 一、知过能改的汉文帝

有一天，汉文帝因为闲着没事，坐车出宫巡视。经过一个小衙门时，看见一个老头儿俯身在门前迎接他，他就向老头儿行了一个礼，说："老先生是不是在这衙门里做事？府上在哪儿？"

老头儿答道："我姓冯名唐，祖先是赵国人，到我父亲这一代，才搬到代地来居住。"

汉文帝说："我以前在代国的时候，有一个人向我说起，赵国有一个将官叫李齐，非常勇敢，可惜那时候他已经去世了，我没法儿用他，不过我却一直记得他，老先生知不知道这个人？"

冯唐回答道："这个人我知道，他的确是很勇敢。不过，他还比不上廉颇和李牧！"

汉文帝也知道廉颇和李牧是赵国有名的将官，不禁叹了一口气，说："可惜我生得太晚了，不能用廉颇和李牧做将官，如果我手下有这两个人,还怕什么匈奴!"

他的话还没说完,冯唐忽然接口道:"就是廉颇和李牧在您手下,恐怕您也未必能重用他们。"

汉文帝听了很生气,立刻下令调转马头,回宫去了。

回到宫里,他坐了一会儿,又想起冯唐的话,觉得冯唐不一定是故意冒犯他,或许有特别原因,就派内侍去把冯唐找来,再问个清楚。

一会儿,冯唐来了,他行过礼以后,汉文帝就问他说:"你从什么地方看出,就算廉颇和李牧在世,我也不能重用他们?"

冯唐答道:"我听说古代的帝王,命将官出兵,非常慎重。将官临出发的时候,他也会很谦虚地说:'在朝廷由我做主,在前线由你做主,不管事之大小,由你处理之后,再向我报告。'这些并不是空谈。我听说李牧在赵国做将官的时候,边境一带所收的租税,可以自由使用,或犒劳将士,不用报销,国君也不过问,这样他可以贡献他的才能,固守边疆,打退敌人。请问您是不是能这样信任您的将领?最近魏尚守云中,所收的租税,都发给了兵士,并且还把自己的钱拿出来杀牛买酒请部下们吃喝,因此将士们都愿意为他卖命。有一次,匈奴的军队来侵,反而被他打退,杀死了很多,使得他们不敢再来。您却说他没有据实报告,经清点后,只差六颗人头,就把他免职,关了起来,罚他做苦工,这不是罚得太重了吗？照这种情形看来，就算廉颇、李牧在世，恐怕您也未必能重用他们。我实在不该说这种话来惹您生气，希望您原谅!"说完就脱下帽子，不住地磕头。

没想到汉文帝听了，不但没有生气，反倒高兴起来，急忙教手下把冯唐扶起，并立刻下一道命令给监狱，释放魏尚，让他仍旧担任云中太守。接着又请冯唐担任车骑都尉的官。

魏尚再度镇守边疆以后，匈奴果然不敢来侵略，北疆一带也就平安无事。

汉文帝一生，抱定老子无为而治的宗旨，尽可能不去打扰老百姓。他母亲薄太后，也是抱着这种主张。这一来，引出一两个骗子，想迎合他的意思，以骗取财物。一个是鲁国人，叫公孙臣的，他给汉文帝上了一份奏折，说按照金木水火土五行来讲，秦得水德，汉接管秦，应该是土德，土色属黄，不久一定会有黄龙出现。他请求改正朔，更换衣裳的颜色，一律以黄色为主。

汉文帝把这报告拿给丞相张苍看，张苍说汉应该得水德，不是土，公孙臣讲得不对。汉文帝才没理他。

没想到在汉文帝十五年的春天，陇西的成纪地方，忽然传说有黄龙出现。地方官并没有亲眼看见，仅根据传说报告上来。

汉文帝居然相信了，非常看重公孙臣，认为他能够预知未来，便任命他担任博士的官，并且改正朔，更换衣裳的颜色，举行郊祀，祭祀五帝。

从此以后，汉文帝特别信任公孙臣，把丞相张苍都冷落了。

出现了一个公孙臣还不算，不久，又出现了第二个公孙臣。当时赵国有一个叫新垣平的人，非常乖巧，专会骗人。他听说公孙臣很受汉文帝的信任，觉得这是一个出头的好机会，就跑到长安，请求晋见汉文帝。

这时候，汉文帝对这方面的事已着了迷，自然欢迎这一类的人，便立刻召见新垣平。

新垣平见到汉文帝，就信口胡诌道："我是看见一股瑞气，特地来向您祝贺的。"

汉文帝问："你看到什么瑞气？"

新垣平回答道："最近我看见长安的东北角上空，有一股神气结成五彩的颜色。我听说东北方是神灵居住的地方，现在有五彩的云出现，一定是五帝显灵保护，您应该在东北方建造一座庙。"

汉文帝点头答应了，就把他留在长安，要他来指示主管建筑的衙门，在彩云聚集的地址建造一座庙，好供祀五帝。

这种事是新垣平捏造的，自然没有一定的地点。可是新垣平既然说了，不得不照自己所说的话去做。于是，他就率领主管建筑的衙门人员，出了东北门，走到渭阳，还煞有介事地望了一下，然后选定了一处宽敞的地基，开始建筑五帝庙。庙里共设置五个殿，按着东南西北中的位置，配成青、黄、黑、赤、白五种颜色，青帝住东殿，赤帝住南殿，白帝住西殿，黑帝住北殿，黄帝住中殿。这完全是附会公孙臣的话，主张汉是土德，归黄帝暗里主持。

庙建造好了以后，已经是汉文帝十六年了。汉文帝按照旧例，选定好日子，亲自到渭阳的五帝庙去祭祀。祭的时候，生起烟火，烟往上升，看去就跟云气差不多。新垣平自然也跟了去，他说那就是瑞气。

汉文帝听了非常高兴，回宫以后，立刻下令请新垣平担任上大夫，并且送给他很多的东西。

新垣平又联合公孙臣，请汉文帝仿效虞唐古制，行巡狩、封禅的礼仪。因为汉文帝被他们迷住了，便下谕教博士们商量这种仪式。这自然是件很费时间的事，汉文帝也不催促他们，由他们慢慢地拟定。

一天，汉文帝坐车经过长门时，忽然看见有五个人站在路的北边，他们所穿的衣服，颜色各不相同。他正要看个仔细，这五个人已分别向五个方向走，不知道他们要到哪儿去。这时候，汉文帝已经看出了神，把五个人所穿的衣裳的颜色记得很清楚，就是青黄黑赤白五色。不禁心里想："这会不会就是五帝？"立刻把新垣平叫来问，新垣平连声说"是"。

汉文帝就令在长门附近，赶工建筑五帝坛，向空中祭祀。接着新垣平又向他报告说：城的上空有一股宝玉气，一定会有宝玉出现。他的话刚说完，就有一个人，手里捧着一个玉杯，呈献给汉文帝。

汉文帝接过来一看，是个普通的杯子，并没有什么特别的地方，只是杯子上面刻着"人主延寿"四个篆字。

汉文帝见了，非常高兴，马上命人拿出黄金，赏给呈送玉杯的人。因为新垣平所说的瑞气有效验，也特别赏赐他。

新垣平和那呈杯的人向文帝道谢后就走了。

汉文帝把这个玉杯当作珍宝，小心地拿进宫去收藏起来。

新垣平见汉文帝很容易受骗，又想出一个主意，说太阳下山以后，会再回到天空的正中。太阳已经向西边落下去，怎么还能再转向东边来？没想到不但新垣平胡说，居然还有一部分史官也附和他，向汉文帝报告，说太阳下山以后，又回到了正中。

汉文帝相信了，便下令改元，就拿十七年做元年。快到元旦时，新垣平又向汉文帝说：以前周朝的鼎，沉落在泗水，已经有很多年了。他看见汾阴一带有金宝气，一定是周鼎即将出现，请求在汾阴建造一座庙，先祷告河神，就有得到周鼎的希望。

汉文帝听了，又动了心，立刻下令开工，再在汾阴建造一座庙。

元旦到了,庙还没有盖好。就在这时候,有人密告说:新垣平弄神捣鬼,欺骗皇上,没有一句话是靠得住的,没有一件事不是捏造的。

汉文帝看了这个报告以后,犹如大梦初醒,非常生气,立刻把新垣平革职,交廷尉查办。廷尉张释之,早就知道新垣平所玩的花样,现在落到他手里,自然不轻易放过。

在张释之的威吓下,新垣平只好说出他骗汉文帝的全部经过,并且哭泣着哀求张释之保全他的生命。

张释之怎么会听他的,不但把他定了死罪,连他的一家老小,都判死刑。经过汉文帝批准后,张释之就把新垣平和他的一家人都砍了头。新垣平只得意了半年,就落到这样的下场!

汉文帝明白自己上当、受骗以后,既后悔又扫兴,就下令停止汾阴的建庙工程。渭阳的五帝庙,也不再亲自去祭祀了。关于巡狩和封禅的事,此后也不再提了。

# 二、 活财神饿死

四川有一个人，叫邓通。他没有什么才识，对驾船倒很老练。在家乡没法过日子，就想办法来到首都长安，混进皇宫，做了一名小官，官名叫"黄头郎"。所谓黄头郎，就是皇帝船上的水手，因为戴着黄颜色的帽子，所以被称为黄头郎。

邓通做了这个小官，已经觉得很侥幸，不敢再存着什么奢望。没想到他的运气一来，平步青云，成为皇帝最信任的人。他怎么会有这种运气呢？那是因为汉文帝做了一个梦。

有一次，汉文帝梦见自己飞到空中，一直向上飞，快要飞到天顶时，因为力气不够，只差一两尺，就再也飞不上去了。就在这个紧要关头，忽然来了一个黄头郎，从他脚底下，用力向上一托，他就上了天。他自然很高兴，由天上向下望，只看见那个黄头郎的背影，衣服下边儿好像破了一个窟窿。正要喊他转过身来,好看看他的脸;没想到突然一声鸡叫,被惊醒过来,才知道是在做梦。但是梦里的情形,汉文帝还记得很清楚,就打算在黄头郎里面,找那个衣服上有个破洞,上天托他一把的人。

那天早上,他就到渐台巡视他的船。渐台在未央宫的西边,一旁有一个大水池,因为水色苍黑,所以叫沧池。汉文帝坐的船就停在那儿。

黄头郎一共有一百多人,汉文帝把他们都叫了来,听他训话。

黄头郎不知道皇帝叫他们做什么,吓得一个个战战兢兢地跑了去。汉文帝等他们行过礼以后,就教他们都站在左边,排成队,按照顺序,一个挨着一个,慢慢地走到右边去。

黄头郎们就遵照他的话,慢慢地走,走过了几十个人,恰好轮到邓通,刚经过他面前时,他喊了一声:“站住!”

邓通被吓得冷汗直冒,勉强定下神来,站在一旁。等到全部黄头郎都走完了,汉文帝下令教他走过来。

邓通只好向前走了几步,来到汉文帝面前跪下。

汉文帝问他姓名、家乡,他小心地回答了。最后,汉文帝说要提拔他做侍臣,他立刻磕头谢恩。汉文帝起身回宫,叫他跟着去。他赶紧起来,随着汉文帝进宫。

其他的黄头郎们远远望着,没有一个不觉得奇怪,连汉文帝的一些跟班的，都莫名其妙，弄不清这是怎么一回事。他们互相推测，议论纷纷，却没有一个知道底细的。

其实原因很简单，汉文帝看见邓通衣服的后边，有一个窟窿，跟他梦中所见到的一样，加上邓字的左旁，是一个"登"字。汉文帝认为在梦中帮他登天的，一定就是这个人，所以就特别提升他。

后来，他发现邓通没有什么才干，只是一个很普通的人，不但不怪他，反而待他更好。邓通也用尽方法巴结汉文帝。就这样，不到两三年的工夫，邓通竟做到中大夫的官。有时候汉文帝出去游玩，顺便还到邓通家里休息、喝酒，赐给他的东西不知道有多少。

因为皇帝喜欢他，朝廷里的人就都不敢得罪他。只有丞相申屠嘉瞧他不顺眼，总想除掉他。恰好有一次，申屠嘉进见汉文帝，看见邓通站在一旁，样子很懒散，像是要睡觉的样子。申屠嘉越看越生气，等他和文帝谈完了公事，就指着邓通向汉文帝说："如果您喜欢这人，索性就给他大官做，像他这种样子，实在不像话！"

汉文帝转头看了一下，知道他指的是邓通，立刻拦阻道："你不必多讲，我自然会教训他。"

申屠嘉听了，更加生气，但却没法儿发作，只好忍气告退。

申屠嘉走后，汉文帝并没有责备邓通。

申屠嘉也知道汉文帝是随口应付他,回家以后,越想越生气,就派人去叫邓通来,说有事情跟他商量,准备等他来了以后,好好地整他一下。

邓通知道申屠嘉对他不怀好意,去了一定会吃亏,说什么也不肯去。

申屠嘉一再地派人去叫他,说如果他再不来,就要报告皇上把他抓来杀死。这一来他可慌了,赶紧进宫,哭着请汉文帝给他想办法。

汉文帝说:"你尽管去,随后我会派人去救你!"

邓通没有办法,只好离开皇宫到丞相府去。一到丞相府门口,就有人在那儿等着带他进去。他走进正厅,看见申屠嘉穿得整整齐齐地高坐堂上,满脸杀气,看去简直像一个活阎王。邓通到这时候还有什么办法,只好硬着头皮走上前去拜见。

没想到申屠嘉一开口就大声喊:"杀!"把邓通吓得魂都没了,立刻脱下帽子,光着脚,趴在地上磕头哀求。

申屠嘉大声道:"朝廷是最严肃的地方,谁都得守规矩,你只是一个芝麻大的小官,怎敢破坏?理应以砍头处分!"说到这儿,就向手下人连声喊:"杀!杀!"

手下人听了,满口答应。

邓通吓得直打哆嗦,不住地磕头,心里只盼望汉文帝赶紧派人来救他。可是他已经把头和脸磕得青肿,血流不停,汉文帝派的人还没有来。同时,申屠嘉仍旧不停喊着,一定要把他绑出去砍头。

手下人正要动手绑他,忽然有人进来向丞相报告,说皇帝派使者来见。

申屠嘉立即起身迎接。使者见了申屠嘉,便宣读汉文帝的命令道:"邓通不过是个伺候我的人,希望丞相饶恕他!"

申屠嘉接到这个命令,才释放了邓通,但对他说:"以后如果再见到你那种样子,就是皇上饶恕你,我也不会放过你的!"邓通只好连声答应。

使者告别了申屠嘉,带邓通回宫。

邓通见了汉文帝,不禁眼泪直流,哭着说:"小的差一点就被丞相杀了!"

汉文帝见他面目红肿,三分像人,七分像鬼,觉得既好笑,又可怜,就派人叫医生来给他医治,并且嘱咐他说,以后千万不要再得罪丞相。

邓通连声答应,后来他果然小心谨慎多了。汉文帝仍旧很喜欢他,升他为上大夫。

有一天,汉文帝召一个有名的相士进宫,还给邓通看了相。相士很老实地说:邓通的相貌坏极了,将来不但要受贫穷之困,而且还会饿死。

汉文帝听了很不高兴,立刻把看相的人撵走,并且说:"只要有我一句话,就可以教邓通发大财,一生吃用不尽,将来怎么会饿死呢!"于是,他便下了一道命令,把四川严道的铜山赐给邓通,准许他自己铸钱。

本来钱都是由官方铸的,汉文帝却准许人民自己铸钱。所谓"铜山"就是铜矿。当时有两个大铜矿,一个属吴王濞,在东南;一个属邓通,在西北。所以,东南一带用的大多是吴王铸的钱,西北一带用的大多是邓通铸的钱。他们两个人都拥有大铜矿,自然可以要多少钱就有多少钱,简直成了活财神。

汉文帝待邓通这么好,邓通自然很感激,一心想报答,无论文帝要他做什么,他都愿意去做。恰好有一次,汉文帝身上生了个毒疮,已经腐烂得疼痛难忍,邓通却想出了一个办法,用嘴在疮上吮吸,把疮里的毒脓都吸了出来,使汉文帝轻松多了。

脓又臭又脏,谁肯用嘴去吸?但是邓通却做了,一点儿也不嫌肮脏。这种情形,引起了汉文帝深深的感触。

一天晚上,邓通吸过脓,漱过口后,站在汉文帝身旁伺候着。文帝问他说:"据你看,究竟是谁最爱我?"

邓通不知道汉文帝的用意何在,随口回答道:"世界上没有比父亲和儿子更亲爱的了,按情理来说,自然是太子最爱您。"

汉文帝听了,一声不响。

　　第二天，太子启进宫探望，正赶上汉文帝的疮流着血，就向太子说："你替我把这血吮掉吧！"

　　太子听了，不禁皱起了眉头，想推辞又没法儿推，只好闭着气，向疮口上吮了一口，赶紧吐掉，心里难受得直想吐。

　　汉文帝看到太子那种难过的样子，就叹了口气，教他走开，仍旧派人去叫邓通来吮。邓通吮了一会儿，没有一点儿难过的表情，使汉文帝心里非常感动，于是对他更加喜欢，当然也比以前更加信任他。

　　太子回到东宫，想起给他父亲吮血的事，便恶心得直想吐，心想："这花样究竟是谁先搞过的，父亲才教我也这样做？"就暗地里派人去打听。没多久，就打听出来了，原来这是邓通搞出来的花样。太子心里又恨又惭愧，从此他和邓通结了怨。不过，邓通却一点儿都不知道。

　　汉文帝去世后，太子启做了皇帝，叫汉景帝。汉景帝登基后，便把邓通免职。邓通还以为是申屠嘉反对他，在暗中说了他的坏话。不久，申屠嘉生病死了，他又想出来活动，好恢复原有的官职。

　　本来汉景帝把邓通免职，认为已经报了仇就算了。没想到邓通不死心，还想做官，这可惹火了景帝，立刻下了一道命令，把邓通关进监狱，派人审问他。

　　邓通不知道自己究竟犯了什么罪，到开庭和证人对质的时

候,才知道有人检举他,说他贪污,花了公家不少的钱。他已经成了一个财神,有的是钱,怎么还会做出这种事情来,自然这种罪名是硬套在他头上的。最初他不肯承认,可是审问他的人,知道皇上要整他,就用各种办法吓唬他,要他承认罪状。

邓通贪生怕死,被逼得没有办法,只好承认了。

审问他的人,向汉景帝报告审问经过。汉景帝立刻又下了一道命令,收回严道铜山,把邓通的家产全部没收,并且还要他还清官债。

邓通虽然得到释放,但是只剩下一个光杆儿,什么都没有了。不但没有住的地方,连饭也没有的吃。

汉景帝的一个姐姐——馆陶长公主,知道了邓通的事,就派人送钱和东西去给他。因为汉文帝在世的时候曾经跟公主讲过,要她照顾邓通,不要让他饿死。

没想到衙门里的人一知道这事,就跑去把公主给他的钱和东西都抢走,甚至连他身上都搜查过。

可怜邓通好不容易得了一笔钱,马上又两手空空了。这件事被公主知道了,又叫人暗地里给他穿的和吃的,教他假说是向人家借的。

邓通就按照公主的吩咐应付衙门里的人,勉强拖了一两年。后来,公主实在没有时间再去管他,终于,他还是饿死了。

# 三、 下棋闯大祸

吴王濞是汉文帝的堂兄弟，他镇守东南一带，有铜山可以铸钱，有海水可以煮盐，因此非常富强。汉文帝做了十多年的皇帝，他从没有到京师朝见过一次。

有一次，他的太子贤到京师去。汉文帝教太子启陪他吃喝玩乐，堂兄弟俩聚在一起，玩得很高兴。

玩了几天，两个人就越来越随便了。吴太子带来的老师，也陪着他们一齐玩儿。他们除了喝酒以外，有时候也赌博、下棋来消遣。

一次，两个人对坐着下棋，左边站的是太子启的侍臣，右边站的是吴太子的老师。双方的人都一再参加意见。

下了几盘棋后，各有胜负，双方心里都有一点儿不痛快，尤其是太子启，受到对方的嘲笑，已有三分恼怒。

吴太子贤不大懂事，没有看出太子启不高兴，要继续跟他下棋。太子启自然不甘示弱。于是，两个人越下越紧张，到了紧要关头，太子启错下了一着棋，牵动全局，眼看就要输了。

太子启不肯认输，一定要把那一着错棋，拿回来，吴太子不答应，于是，双方起了争论。加上吴太子的老师是楚国人，个性很强，帮着吴太子指摘太子启的不对。太子启从来没有受过委屈，自然忍耐不住，一时火起，竟顺手抓起棋盘，用力向吴太子的头上打去。吴太子没有防备，来不及躲，被棋盘打中，脑袋立刻开了花，当场死去。吴太子的老师自然闹了起来，幸亏太子启的侍臣，保护着太子，太子才能平安地离开。

汉文帝知道了这事，吃了一惊，但是又不能处分太子，只好训了他一顿，然后把吴太子的老师传去，一面用好话劝慰，一面下令厚殓吴太子，教吴太子的老师护送灵柩回吴国。

吴王濞自然很伤心，不愿收受灵柩，并且生气地说：“他既然死在长安，就把他埋在长安好了，何必送到这儿来？”就又派人把灵柩送回长安。

汉文帝只好把灵柩埋葬了。从此以后，吴王就埋怨着朝廷，对汉文帝派去的使者也很不客气。使者回来把情形报告汉文帝。汉文帝知道他是为了儿子的事心里不高兴，也就原谅他，不跟他计较，并且派人传他进京师，打算当面安慰他。

没想到吴王濞推说有病，不能进京。使者回来报告汉文帝，汉文帝另外又派人去探问，见他并没有病，就回来老实地讲了，汉文帝自然也光火了。

恰好吴王派使者到京师来，汉文帝就下令把使者关了起来，要处分他。接着又有一个吴国的使者来京师，知道了这件事，心里很害怕，就送了一笔钱给一个叫张武的大臣，请他先跟汉文帝讲一下。

汉文帝便召见这个吴使，问他吴王为什么要装病，不肯到京师来。使者说："吴王因为儿子死得太冤枉，所以称病不来见您，现在被您发觉了，他很害怕，如果您再逼他，他就更不敢来见您了。希望您能饶恕吴王，给他一个自新的机会，他会对您很感激的。"

汉文帝听了，觉得他讲得也有道理，就把关起来的那个使者也放了，让他们一起回国。此外，又送给吴王一根拐杖，说他年纪大了，特准他不必来朝见。

吴王虽然心里仍旧怨恨着，但却不敢企图造反了。同时，他的丞相袁盎，也劝他要小心，免得惹麻烦。

不久，汉文帝知道了张武接受吴国使者的钱，也不说破，索性又送给他一笔钱，以赏代罚，让他心里惭愧。

后来，汉文帝去世了，太子启做了皇帝，叫汉景帝。汉景帝听信晁错的话,打算削减各诸侯的土地。主要的对象是吴国。吴王濞为了给儿子报仇,就煽动邻国,联合起来造反。汉景帝派周亚夫领兵讨伐。不到三个月,吴王被打败,带着太子驹投奔东越。周亚夫派人去劝东越王,把吴王杀掉,可以得到重赏。

东越王真的杀了吴王濞,把头割下来交给周亚夫派去的人,送往长安。吴王的太子驹,逃往闽越。

# 四、聪明反被聪明误

　　汉文帝尚未登基的时候，手下有一个人，叫晁错，他本来是研究刑法的，后来又研究文学。最初他做太常掌故的官时，文帝曾经派他去济南，向伏生学习《尚书》。

　　伏生是秦代的博士，秦始皇不许人民收藏书籍，伏生不得不把他收存的书交出来烧掉，只有一部《尚书》，是他平日所研究的，舍不得拿出来烧，就藏在夹壁墙里。秦代末年，天下大乱，伏生到处逃亡，到了汉朝初年，才敢回家，把藏书拿出来。因为墙壁潮湿，原书大半霉烂，只剩下二十九篇，并且还破碎不全。文帝即位后，下召征书，《诗经》、《礼记》等其他各经，都有人交出来，只缺尚书，听说伏生在济南教《尚书》，特派晁错去跟他学习。

　　伏生年纪大了，连讲话都讲不清楚，并且操着方言，晁错当然听不懂。幸亏伏生的女儿，给他父亲当翻译，才勉强让晁错学会

《尚书》。所以有人说晁错的《尚书》，实在是跟伏生的女儿学的。

晁错回到长安不久，改任官太子舍人，接着又改太子家令。太子启因为他聪明，口才又好，对他很优待，管他叫"智囊"。

这时候，匈奴出兵侵略汉朝边境，文帝忙着调兵、征饷，抵抗匈奴。晁错觉得这是他出头的好机会，就上了个报告，大谈他的军事策略，文帝看了很欣赏。接着他又建议，不要派兵防守边境，免得来往麻烦。他主张征求民众前往边疆防守。此外他又建议，如果人民捐献粮食给政府，有罪的可以免罪，没有罪的可以给他们官做。文帝大多采用，对他非常信任。到了文帝十五年时，他已经做到大中大夫。文帝去世后，太子启做了皇帝，也就是汉景帝，自然首先提拔他以前的属下，于是，又升任晁错为内史。

内史的官职虽不算很高，但是汉景帝很信任他，有什么重要的事，都和他商量；有重要的会议，也都要他参加。他所提出来的计划和建议，汉景帝无不采纳。朝廷的很多法令，也都因为他而变更。

当时的高级官员是九卿，九卿虽然官大，却没有晁错有权，因此，同寮们个个都对他既羡慕又嫉妒。连丞相申屠嘉，也对他又妒又恨，想找机会把他去掉。

晁错仗着有皇帝撑腰，谁都不放在眼里。他的内史衙门，在太上皇庙旁，也就是高祖的父亲太公庙的旁边。他一向从东门进出,要走大路,就得绕过庙外的短墙,他觉得很不方便,就自作主张,另外开了个角门,穿过太上皇庙的短墙,铺了一条直路。

申屠嘉抓到这把柄,就准备给景帝上个报告,说他轻视太上皇,犯了大不敬的罪,应该砍头。

没想到这一报告还没有呈上去,就有人得到消息,去通知晁错。晁错吓得脸色都变了,连夜进宫去见汉景帝。好在汉景帝早就答应他,随时可以进宫报告事情,现在见他连夜跑来,以为是有什么重要的事,就教人传他进去。

晁错见了汉景帝,报告他开角门的事。汉景帝笑着说:"这有什么关系,你尽管开好了。"

晁错听了,自然很高兴,立刻磕头道谢,然后退出。

第二天,申屠嘉带了报告上朝,呈给汉景帝。没想到汉景帝看了以后,只淡淡地说:"晁错因为进出不方便,只好另外开了个新门,只穿过太上皇庙的外墙,对庙并没有什么影响,不能算是犯罪。何况那是我教他这样做的,丞相不要多心。"

申屠嘉碰了这个钉子,只好反过来表示道歉。回到丞相府,竟气得吐血,手下的人赶紧请医生来给他医治,但没有用,不久就死了。

汉景帝就提升御史大夫陶青任丞相,并且提拔晁错做御史大夫。

晁错升了官，自然更神气了。他上了个报告，建议削减诸王的土地。报告的大意是说：高祖初定天下的时候，因为自己的兄弟少，儿子都还小，所以封了很多同姓的人做王。齐国有七十多个城，楚国有四十多个城，吴国有五十多个城，单是这三个国家，就占去天下的一半，要是造起反来，不是很危险吗？尤其是吴王，已经在准备造反。若削减他的土地，也许会促使他早点造反，但那样祸害比较小。不削呢，早晚还是要反，到那时候，祸害可就大了。

汉景帝早就有这个主意，听晁错这样一说，自然表示赞成。不过，因为这是一件大事，不得不召集所有高级官员，到朝堂上来商量。

这件事关系太大，并且又是晁错提出来的，因此，谁也不敢开口。只有詹事窦婴提出反对的意见说：事情要闹大了，恐怕没法收拾。詹事的官并不大，可是窦婴的来头可不小，他是窦太后的侄子。汉景帝看在太后的面上，对他也就客气一些。窦婴因为有窦太后撑腰，才敢出面讲话。晁错自然恨窦婴跟他为难，但知道他有后台，只好暂时容忍，他这个建议就此搁在一边。

汉景帝有个弟弟叫武，是窦太后的小儿子，窦太后非常疼爱他。因为他封在梁国，所以又叫梁王。梁有四十多个城，土地都很肥沃，因此收入很好，朝廷给他的赏赐也特别多。

汉景帝三年的冬天，梁王第三次来首都。汉景帝只有这一个弟弟，又加上母后很疼爱他，当然对他要特别招待。

梁王见过母后以后，汉景帝就吩咐在太后宫里摆上酒席，给他接风。汉景帝由于多喝了一点儿酒，又一时的高兴，竟向梁王说："将来我去世以后，就把帝位传给你吧！"

梁王听了，心里很高兴。窦太后更高兴得眉开眼笑，她正想讲几句话，要他们订一个密约时，没想到站在一旁伺候着的詹事窦婴，突然走上前向汉景帝说："天下是高皇帝的天下，按照定例帝位是由父亲传给儿子，怎么可以传给梁王？您这句话讲错了，应该挨罚，请喝一杯酒。"说完，就斟了一杯酒端上去。汉景帝也觉得自己讲得不对，接过这一杯罚酒就喝了。

梁王两眼直瞪着窦婴，脸色很难看，在旁边看着的太后，气得站起来就走。汉景帝也和梁王一起出宫。最后窦婴也走了。

窦婴知道得罪了太后，第二天就辞职回家。太后的气还没消，不准他进宫。梁王在京城住了几天，觉得没有意思，也告别回国去了。

晁错见窦婴下台了，朝廷里没有反对他的人，就又提出原来的建议。

这件事商量得还没有结果，恰好汉景帝的堂弟楚王戊来朝见。晁错知道他的底细,就挑出他的错处,向汉景帝告了一状。汉景帝立刻削夺了楚王辖下的东海郡,仍旧教他回国。

接着晁错又挑出赵王遂的过错,削掉他辖内的常山郡。又听说胶西王卬私下里卖官爵,他就提出弹劾,也削掉了他的六个县。

这三个王都很恨晁错,但一时不敢有什么表示。晁错的胆子也就更大了,当他计划再削减吴国的土地的时候,忽然进来一个白发的老头,一看见他,就皱着眉头向他说:"你是不是找死?"

晁错一看见这老头正是自己的父亲,赶紧扶他坐下,问他为什么赶到这儿来?他父亲回答,道:"我在颍川家里,本来日子过得很安静。最近听说你向皇帝建议削减王侯的土地,外头很多人都在怨恨你,你可知道吗?你这样做,究竟是为什么?我特地来问你!"

晁错回答道:"我这样做,完全是为皇上着想。被人批评和怨恨是免不了的事,要做事就管不了那么多!"

他父亲立刻站起来,叹了一口气,说:"为皇上!但是,我们可要惨了。我已经到了这个年岁,实在不愿意看到你闯大祸,你这样做,不但害了你自己,还要连累我们哩。听不听由你,我要回去了。"

晁错还想挽留，但是他父亲却不住地摇头，转身就走。晁错只得送出门外，他父亲连头都没回一下，上车就走了。

他回到大厅上，深深考虑了很久，总觉得箭在弦上，不得不发，就不听父亲的话，继续做下去。

吴王濞听说楚、赵、胶西都被削地，恐怕自己也免不了。果然首都传来消息，说是晁错已经建议皇上削减他的土地。他一着慌，就派人去和胶西王联络，要他出兵。胶西王答应了，并且，自愿联络齐、菑川、胶东、济南各国；由吴王联络赵、楚等国。

除齐王将闾临时变了卦，没有出兵外，各国都答应了，于是吴、楚、赵、胶西、胶东、菑川、济南七国，同时出兵。济北王志本来也答应出兵，因为城墙有好多处破坏了，要赶着修理没法子出兵。

胶西王卬因为齐国悔约，就和胶东、菑川、济南三国先出兵打齐国，准备拿下临淄以后，再和吴兵会合。赵王遂一面出兵西境，等吴、楚兵会合后，一齐西进，一面派人联络匈奴，请他们出兵支持。

吴王得到六国的响应，就亲自带了二十万大军出发。

当时诸侯王共有二十二位，出兵的只有吴、楚、赵、胶西、胶东、菑川、济南等七国。

吴王先和楚王的兵会合去打梁国。梁王武派人到首都求救兵。汉景帝得到这个消息后,赶紧召集文武百官开会商议。晁错建议汉景帝亲自领兵前去讨伐,由他留守京师。汉景帝听了好半天没吭气。忽然,他想起父亲曾经告诉过他,如果遇到什么紧急的事情时,可以重用周亚夫。

这时候,周亚夫正站在一旁,汉景帝就升任他做太尉,率领三十六个将军去讨伐吴、楚。周亚夫接过命令,正要退下,齐王又派人来告急,汉景帝考虑了很久,想起窦婴很能干,就派人前去召他,然后到太后宫中把这事告诉太后。

窦婴到了太后宫中,汉景帝要他领兵出征,他最初不答应,后来汉景帝板起脸孔,要他对国家出点儿力,他又偷看了太后一眼,见太后有一点负疚的样子,知道不能再推辞,只好答应下来。

当时汉景帝就封他为大将军。他又推荐栾布和郦寄,汉景帝也分派他们做将军,由栾布带兵去救齐国,郦寄带兵去打赵国,都由窦婴指挥。

窦婴正打算出发,忽然吴国的前丞相袁盎在晚上来见他,说六国造反是吴国唆使的,吴国造成这种局势,是晁错出的主意。如果把晁错杀掉,七国自然就会退兵。

为了削减诸侯王的土地,窦婴在朝廷上和晁错争辩过一次,双方结了怨,因此,窦婴很赞成袁盎的意见,答应向汉景帝推荐他。

袁盎为什么和晁错过不去呢？原来他们是有私怨的。他们两个人因为意见不合，一向不说话。晁错建议削减吴国土地，恰好这时袁盎辞去吴相，回到京师来。晁错说他私自收受吴王的财物，应该接受处分，汉景帝就把他免职了。等到吴、楚联合打梁国，晁错便重翻老账，想趁这机会杀掉袁盎。幸亏他手下说这事和袁盎没有关系，晁错才把这事放在一边暂时不提。

没想到，有人把这件事告诉了袁盎，袁盎知道他不除晁错，晁错早晚会杀他，所以他才去见窦婴，想借窦婴的力量除掉晁错。

窦婴报告汉景帝说：袁盎有好的计策可对付七国，汉景帝立刻召见袁盎。

袁盎上朝见汉景帝，恰好晁错也在那儿。汉景帝问他有什么好主意，他说这计划不能让任何人听见。汉景帝就教晁错暂时退下。

袁盎见旁边没有别人在，才低声说："我在吴国的时候，听说吴国和楚国出兵反抗汉朝，是因为晁错削减了各国的土地，大家心里不服，才联合出兵西来，主要的目的是要求杀晁错。如果您把晁错杀掉，归还以前削去的各国的土地，他们一定会退兵，何必要您出兵花费粮饷呢！"

由于晁错建议汉景帝亲自带兵出征,让他留守京师,汉景帝已经对他有点儿怀疑,现在听了袁盎的话,越发觉得晁错没安好心,就向袁盎说:"只要他们肯退兵,我一定照办!"

袁盎回答,说:"这是我个人的意见,希望您多多考虑。"

汉景帝当时就教袁盎担任太常的官,到吴国去讲和。袁盎接过命令就出发了。

晁错还被蒙在鼓里,等袁盎走了以后,他又来到汉景帝面前,看见汉景帝的脸色和刚才一样,不便问袁盎讲了些什么话,报告了一些事情后,就告退了。

过了十天左右,汉景帝没有下第二道命令,晁错竟以为袁盎没有提出什么特别的建议,就算是有,也没有被汉景帝采纳,因此才毫无动静。

没想到汉景帝已经秘密授意丞相陶青和廷尉张欧等,联合起来控告晁错乱发议论,理应砍头,家属也应该处死。汉景帝已经批准了,不过一时还没有发布。他召中尉进宫,给了他一道秘密命令,要他遵照命令去行事。

中尉接了命令出宫,来到御史府,要晁错立刻去见汉景帝。

"什么事?"晁错有点慌张地问。

"不知道。你马上上车,和我一齐去。"中尉说。

晁错赶紧穿上礼服,和中尉一齐坐车出门。

车夫已经受过中尉的吩咐,把车向着中尉指定的地方驶去。

晁错从车子里向外看,觉得很奇怪,因为车子不是开往皇宫,而是驶向闹市。他正要开口问时,中尉已经叫车子停下,随后跳下车去。

车旁站着几个卫兵,中尉先向他们打了个暗号,然后回头向晁错说:"晁御史,请下车听皇帝的圣旨!"

晁错见车子停在东市,这地方是法场,凡是犯罪的人,都押到这儿来砍头,不禁心里想:"为什么要到这地方才叫我听命令,难道是要杀我不成?"

他一面想,一面下车,两脚刚站到地上,那几个卫兵就拥上前来,把他的两只手反绑起来,带上法场,教他跪在地上。这时,中尉已从袖子里掏出汉景帝的圣旨,刚念到"斩"字,晁错的头已经落了地,他身上仍旧穿着上朝的礼服,没有脱掉。

中尉也不讲话,坐上原车,回朝向汉景帝报告。汉景帝立刻把晁错的罪状公布出去,并且下令抓他的家属。颍川郡说:晁错的父亲已经在半个月前,服毒药自杀。他母亲、妻子、儿女和侄子等都被抓到,送往京师。汉景帝下令把他的家属都杀掉。

可怜的晁错,一向认为自己是一个聪明人,没想到聪明反被聪明误,不但害了自己,还连累一家人都遭殃!

# 五、 从平民到皇后

　　汉景帝的皇后,本来姓薄,景帝因为看在她是太皇太后薄氏的侄孙女,才立了她的,根本就不喜欢她,再加上她没有生孩子,对她更加冷淡了。所以,她名义上是皇后,实际上只是个傀儡。

　　汉景帝喜欢栗姬,栗姬生了个孩子叫荣。因为汉景帝喜欢栗姬,就立荣为太子。这一来,栗姬更为得势,一心想把薄皇后排挤掉,自己好做皇后。

　　到了景帝六年,栗姬阴谋得逞,汉景帝果然颁布命令,废去薄皇后。栗姬心里很高兴,以为自己一定可以当皇后了。皇宫里的人,也都以为汉景帝这样做,完全是为了栗姬。

　　没想到,栗姬不但没有当上皇后,连太子荣的地位也都成了问题。

　　原来汉景帝除了喜欢栗姬以外,还喜欢一对姊妹花。她们姓王,姐姐叫娡,又叫娙儿,妹妹叫息姁,都被封为美人。

她们生长在槐里,离长安约一百里。母亲叫臧儿,是以前燕女臧荼的孙女,嫁给同里的王仲,生下一男两女,儿子叫王信。

后来,王仲死了,臧儿带着儿女,转嫁给长陵姓田的人家,又生了两个儿子,大的叫田蚡,小的叫田胜。

大女儿娡长大了,嫁给金王孙,已经生了一个女儿。有一次,大女儿回娘家,臧儿请了一个相面的先生给女儿看相。看相的看了大女儿的相貌,说她将来会当皇后。接着又给小女儿看,说她将来也很不错,不过比姐姐差一点儿。

臧儿听了,心想:大女儿已经嫁给了平民,哪可能做皇后?过了没多久,朝廷选良家子女进宫,臧儿就秘密和大女儿商量,说要送她进宫。大女儿虽然已有丈夫和孩子,但是为了想得到更好的前途,就接受了她母亲的建议。

于是,臧儿就托人向金家提出离婚的要求,金家不但不答应,并且大骂臧儿。臧儿也不管金家肯不肯,等大女儿回到家来,就把她打扮得很漂亮,送到地方官那儿去,转送进宫。

娡一进宫,就被分发去伺候太子。那时的太子,就是还没有当皇帝的汉景帝。娡对太子服侍得无微不至,太子也特别喜爱她,不到一年的工夫,她就怀孕了,后来生下一个女儿,宫里的人都管她叫王美人或者王夫人。

王美人想起自己还有一个妹妹，就在太子面前提起，太子自然不嫌多，立刻派人去请臧儿的二女儿进宫。臧儿很高兴，马上把二女儿打扮好，送进宫来。

金家曾经和臧儿闹过几次，但是一个老百姓没法子跟太子打官司，最后只好和平解决。

二女儿进宫来的第二年，就生了个男孩子，取名叫越。王美人直到太子做了皇帝的那一年，才生了个儿子，取名叫彻，以后就没有再怀孕了。不过，妹妹却又连生三个男孩子：叫寄、乘、舜，后来和越都被封为王。

王美人生彻的时候，汉景帝已经有了好几个儿子，栗姬生得最多，老大叫荣、老二叫德、老三叫阏。德已封河间王，阏已封临江王，只有荣没有受封，很显然的这是为了要立他做太子。

王家姊妹进宫以后，开始和栗姬争宠。王美人生了彻以后，栗姬怕汉景帝立彻为太子，格外巴结汉景帝，为的是要景帝立荣做太子。汉景帝既想立荣，又想立彻，这事一直拖了两三年，还没有决定。后来禁不住栗姬再三的催促，汉景帝觉得不立大儿子，而立小儿子，会受到批评，就决定立荣为太子，封彻为胶东王。

汉景帝有一个大姐叫嫖，封号馆陶长公主，嫁给堂邑侯陈午，生了个女儿，名叫阿娇。长公主想把她嫁给太子，派人去跟栗姬讲，以为一定成功，没想到栗姬却一口拒绝了。原来长公主常常进宫,宫女们都很奉承她,希望她在汉景帝面前推荐她们。长公主不好意思拒绝,这却引起了栗姬的嫉妒,因为这样一来,汉景帝就不能专心爱她了。所以长公主跟她提亲,她不肯答应。

长公主认为这是一件丢脸的事,因此,对栗姬非常不满。王美人知道了,就趁这机会巴结长公主,两个人谈得很投机。

长公主提起向栗姬提婚被拒的事情。王美人说:"可惜,我没有这种福气,不能得到这么好的媳妇。"长公主立刻表示愿意把阿娇嫁给彻。

王美人巴不得她讲这句话,但是嘴上还客气地说,彻不是太子,配不上阿娇。

长公主瞪大着眼睛,说:"更换太子是常事,栗姬不要以为她将来一定可以做皇后、皇太后。只要有我一口气在,管保教他儿子做不成太子。"

王美人赶紧接口说:"太子不能随意更换的,请公主不要多心!"

长公主气呼呼地说:"她既然不识抬举,我也就顾不得那么多了!"

王美人暗自高兴,就跟公主给儿女订下婚约,长公主才告别回去。

王美人见了汉景帝说起这件事,汉景帝觉得彻比阿娇还小几岁,不大合适,所以没有马上答应。

王美人又担起心来,便把这事告诉长公主。长公主索性带着女儿进宫来,恰好胶东王彻,站在他母亲旁边。

长公主顺手拉住彻的手,摸着他的头,开玩笑地问:"你要不要娶老婆?"

彻天生聪明,向长公主笑了笑,没有开口。

长公主故意指着一个宫女,问他要不要。他摇了摇头。问了几个,都是如此。

等到长公主问到自己的女儿:"阿娇好不好?"

彻笑道:"如果阿娇嫁给我,我要盖一座金屋子给她住。""金屋藏娇"这一典故,就是根据彻所说的这一句话来的。

长公主忍不住大笑,王美人也笑了。长公主牵着彻去见汉景帝,把彻所讲的话告诉了景帝。

汉景帝当面问彻,彻也承认。汉景帝觉得他这么小的年纪,就喜欢阿娇,一定是前生注定的姻缘,当时就答应了他们的婚事。

于是长公主和王美人成了儿女亲家,两个人更加要好起来,一个想报复,一个想教自己的儿子做太子,两条心合成一条心,要把栗姬母子排挤掉。

栗姬听到了这风声,只盼望自己早日当皇后,就不怕她们捣鬼了。她花了好几年的时间和心血,才把薄皇后挤下台,正想自己登上皇后的宝座,偏偏出了两个冤家,跟她为难,自然心里很烦。

过了不久,汉景帝打算让栗姬做皇后,长公主知道了,赶紧去见汉景帝,说栗姬相信邪术,诅咒嫔妃,度量太小,恐怕做了皇后,日后又要出现"人彘"的惨祸!

汉景帝一听到"人彘"两个字,不免动心,就到栗姬宫里,用话试探她:"将来我死了,后宫嫔妃已经有儿子的,希望你好好对待她们,千万不要忘记我的话。"一面说,一面察看栗姬的脸色。

栗姬的脸色立刻变得又青又紫,好半天不吭声;过了很久,仍旧不讲一句话,并且把脸别过去。

汉景帝实在忍耐不住了,转身就走,刚出宫门,听见宫里传出哭骂声,好像夹着有老狗两字。他本来想回去责问,又怕吵起来,反而失了自己的尊严,只好忍住气走了。从此以后,汉景帝心里深恨栗姬,不打算让她做皇后了。

况且,长公主又常和汉景帝说胶东王如何聪明、如何孝顺,使汉景帝也有了这种想法。

又过了一年,礼官向汉景帝说,栗姬的儿子既然做了太子,就应该封栗姬为皇后。

汉景帝生气地说:"这种事你怎么配讲。"就教人把他关起

来。并且趁这机会废太子为临江王。

条侯周亚夫，魏其侯窦婴，先后出来劝汉景帝要多考虑，他都不理会。他以为礼官是受栗姬唆使出来讲的，所以冒了火，没想到主使的不是栗姬，却是王美人。王美人知道汉景帝已经对栗姬起了反感，所以特地教礼官出面去讲，目的就是要惹景帝生气。果然景帝一生气就把太子荣废了。

礼官坐了几十天的冤枉牢，经王美人替他说情，才获得释放。

太子荣被废，对栗姬来说，是一个很大的打击。从此以后，她再也见不到汉景帝的面了，心里又气又恨，竟生起病来。

太子荣被废两个月以后，汉景帝立胶东王彻为太子，王美人自然就登上皇后的宝座。一个嫁过人的女人，又是平民，居然做了皇后，可以说是旷古奇闻。她妹妹息姁也被封为夫人，可惜息姁不像姐姐的福气大，在世没有多久就死了。

害病的栗姬，受不了打击，不久就死了。太子荣既然做不成太子，母亲又死了，难过的心情不问可知。一年后，他在他的国都江陵，因为扩大宫殿，占了太宗庙的一块地，被人检举。汉景帝把他抓回长安去，到了长安，他看见中尉郅都那副凶相，心里很害怕，想想这样活着实在没意思，便在牢里上吊死了。

# 六、 梁王暗杀袁盎

梁王武是汉景帝唯一的同胞兄弟,太后也非常喜欢他,一直想教汉景帝将来把帝位让给梁王。有一次,汉景帝喝酒喝多了,神志有点不清,答应了这件事,没想到从旁冒出个窦婴来,说汉景帝讲错了话,使得太后怀恨窦婴。

七国平定以后,梁王因守城有功,就更加神气了,野心也就更大。他尽量搜罗人才,像齐国人羊胜、公孙诡、邹阳;吴国人枚乘、严忌;四川人司马相如等,都罗致在他手下。其中尤以公孙诡最为诡计多端,常常给他策划做皇帝的事。梁王待他特别好,教他担任中尉。

当汉景帝要废太子荣之前,梁王就先打听到了,特地到长安去看动静。果然过了不久,太子荣被废。梁王立刻去见太后,请母亲给他想办法。

太后最喜欢这个小儿子,一口就答应下来,并立刻吩咐准备酒席,把汉景帝请进后宫,一家人聚在一起喝酒。

喝了一会儿,太后向汉景帝说:"我已经老了,活不了多久了,将来梁王只好靠你这个做哥哥的多加照应了。"

汉景帝听了,赶紧离座跪下说:"我一定遵照您的意思去做。"

太后很高兴,就教他起来,继续喝酒,直到三个人都喝醉了才散席。

汉景帝酒醒,想起太后的话含有深意,心里说:"会不会是因为我废了太子,她要梁王接替我?"就集合各大臣,秘密商量这件事。

太常袁盎提出反对说:根据春秋大义,帝位只能传给儿子,不得传给弟弟。并且举了个例子,说:春秋时代,宋宣公不立儿子殇公,立了弟弟穆公,后来五代争国,闹得不可收拾。说到这儿,其他的大臣也都支持他的意见。

汉景帝点头表示同意,就把袁盎所说的话,转告太后。太后心里虽然不高兴,但也无可奈何。

梁王知道了很懊恼,又上了个报告,请求从梁国开一个地道,一直通到太后所住的长乐宫,好随时来看太后。汉景帝又和大臣们商量,袁盎首先表示反对。景帝就拒绝了梁王这个要求,并且教他回国。

梁王的两项计划，都被袁盎破坏了，自然恨透了袁盎，恨不得亲手杀了他。可是因为汉景帝要他走，他不能再逗留下去，只好怀着一肚子的不高兴，回国去了。

不久后的一天，汉景帝忽然接到报告，说太常袁盎在安陵门外被人暗杀了，另外几个大臣也分别在不同地点被杀。

还没有派人调查，汉景帝就向手下的人说："这一定是梁王干的事，我记得被杀的几个人，都是上次开会时不赞成梁王的计划，所以梁王怀恨在心，派人暗杀了他们，否则，就算是袁盎的仇人干的，最多只是杀他一个人，怎么会牵连到这么多人呢！"于是，便下令抓凶手。抓了好几天，一个人也没有抓到。

经主管衙门仔细调查，发现袁盎的尸首旁边，有一把剑。这把剑的柄是旧的，剑锋却是新的，那是经工匠磨洗过，才会这样子，就派人拿着剑到街上去查问。

果然有一个工匠一看这剑就说：有一个梁国郎官，曾经拿这把剑来给他磨。调查人员就把调查所得的实情报告上司，上司转报汉景帝。汉景帝立刻派田叔、吕季主两个人，到梁国缉拿凶手。

田叔明知暗杀袁盎的主谋是梁王，可是梁王是太后最心爱的儿子，又是汉景帝的弟弟，怎么能教他抵罪呢？因此，只好求其次,把梁王最信任的公孙诡、羊胜当作主犯。他先派人去通知梁王,要他把公孙诡和羊胜两个人交出来。

公孙诡和羊胜,是梁王的左右手,这次暗杀袁盎等几个人,就是这两个人教唆的。梁王正嘉奖他们,怎么肯把他们交出来。他不但不交出这两人,反而教他们躲进他宫里,免得被田叔等抓走。

田叔听说梁王不肯交出凶手,就带着汉景帝的命令来到梁国,要梁相轩邱豹和内史韩安国等,负责抓公孙诡和羊胜。

轩邱豹没有多大才干,当然抓不了这两人,倒是内史韩安国,远比轩邱豹有才识。吴楚出兵打梁国的首都时,幸亏有他坚守,梁国才能保全。梁王胡作非为,受到太后和汉景帝的指摘,也是由他到长安,求长公主代为周旋,梁王才没事。后来,公孙诡、羊胜嫉妒他,捏造了一个罪名,把他关进牢里。狱史田甲一再欺侮他,他就说:"难道你没听说过'死灰复燃'这句话吗?"

田甲道:"如果死灰真能复燃,我会撒泡尿来浇灰!"

没想到过了几十天,汉景帝竟派人到梁国,教韩安国担任梁国的内史。梁王不敢违抗,只好把他放出来,让他担任内史。

这一来,田甲可吓慌了,竟不辞而逃。韩安国便下令说:田甲弃职私逃,灭他一族!田甲听了非常害怕。实在没有办法,只好硬着头皮去见韩安国，见了面就向他磕头，谢罪。

韩安国笑道："何必这样，请来撒尿！"

田甲不住的磕头，连声的说自己该死。韩安国笑着继续说："我怎么会跟你一般见识！幸亏你是遇见我，遇到别人你就惨了。以后再不要这样仗势欺人！"

田甲说了很多感恩和悔过的话，韩安国教他仍旧担任原来的职务。田甲道谢走出。从此以后，梁国人都赞扬韩安国的度量大，能容人。

这次韩安国奉命抓公孙诡、羊胜，他知道他们躲在梁王宫里，不能进去抓，但是不抓又没法向田叔交差。他考虑了几天，就去对梁王说："梁国今天到了这地步，我们都有责任，我愿意以死谢罪！"说完，眼泪落了下来。

梁王感觉奇怪地问："你这是什么意思？"

韩安国道："您跟临江王，谁跟皇上比较亲近？"

"当然是临江王了，"梁王又说，"我是他的弟弟，临江王是他的儿子。"

韩安国接口，说："临江王无罪被废，又因为侵占庙地，在中尉府自杀。父子至亲尚且这样，何况兄弟呢？您听信坏人的话，犯了法，皇帝看在太后面上，不忍心要您抵罪，只要您交出公孙诡和羊胜。但是，您连这两个人都不肯交出来，要是惹了皇帝生气,太后也没有办法。为了这件事,太后一天到晚都在伤心,希望您改变观念。现在您仍旧不觉悟,万一太后一去世,您怎么办?还有谁来替您讲话呢?"

梁王没有等他说完,就已经流下了眼泪,接着就进去把情况告诉公孙诡和羊胜。两个人知道事情没法挽回,就吃毒药自尽了。

梁王把两个人的尸首交给田叔和吕季主。田、吕两个人乐得留一点情面,用好话劝慰梁王一番。他们没有立刻就走,他们还要调查一下案情,回去好报告景帝。

梁王很担心,派邹阳去长安代他活动,并且拿了一千两金子给他做活动费。

邹阳为人忠直豪爽,和公孙诡、羊胜不同,为了进谏梁王,差一点儿被杀。现在梁王才知道他的为人。

邹阳到了长安,经过一番打听,知道皇后的哥哥王信,说话很有分量,就去拜见王信,要他替梁王说情,并且教给他这样一段话:舜的弟弟象常常想害舜,舜做了皇帝后,不但不杀象,反而封他为王。现在梁王还没有坏到像象那样子,值得原谅。

王信果然拿这套话去说汉景帝。景帝听王信提起舜的事情,心里很高兴,因为他正想模仿尧舜,这番话恰合他的心意,于是,他对梁王的怨恨,就消失了一大半。

恰好田叔和吕季主查完案回首都，知道宫里的消息，并听说窦太后为了这件案子，日夜担心。

毕竟田叔心思敏慧，竟把带回来的案卷，拿出来一齐烧掉。吕季主不知道这是怎么回事，跑过去就要抢那没有烧着的文卷，田叔摇着手对他说："我自有办法，这样做绝不会连累你！"

他们来到朝廷，田叔首先去见景帝。景帝见了他就问："案子办妥了没有？"

田叔道："主谋的是公孙诡、羊胜。两个人都已经伏法了。"

景帝问："梁王有没有参加？"

田叔道："梁王也有责任，但是希望您不必再追究了！"

景帝说："你们两个人到梁国去了这么多天，总有查办的案卷，有没有带回来？"

"我已经全都给烧掉了，"田叔说，"您只有这么一个亲弟弟，太后又那么喜爱他，如果一定认真查办，梁王就难逃死罪。梁王一死，太后一定很伤心，对您来说也不大好。我觉得这事可了就了，没有留案卷的必要。"

景帝正担心太后一天到晚伤心，不知道怎么才好，就说："我知道了，你去报告太后吧，免得她担心。"

田叔就和吕季主进宫见太后，看见太后的脸色很不好看，脸上还留着泪痕。田叔上前报告道："我们调查梁王的案子，才知道梁王和这事实在无关,这是公孙诡和羊胜两个人做的,已经把他们给杀了,梁王可平安无事。"

太后听了,自然很高兴,慰问了他们一番,就教他们回去休息。两个人告别退下。

景帝觉得田叔很识大体,教他担任鲁相。田叔便到鲁国去了。过了不久,梁王来长安谢罪,到长安,他先到长公主那儿去打听。

景帝听说梁王到长安来,立刻派人到关外去迎接,只看见他的车子和手下,却看不见他本人,赶紧回去报告景帝。景帝马上派人到处寻找。

太后知道了,哭着向景帝说:"你果然把弟弟杀了!"

景帝极力分辩,太后不相信。就在这时候,有人来报告,说梁王前来谢罪。汉景帝很高兴,先接见梁王,然后教他去见太后。

梁王在宫中住了几天,知道是王信帮了他的忙,就去向王信道谢,说话间,谈起周亚夫,两个人都很恨他,分别在皇后和太后面前说他的坏话,再由皇后、太后转告景帝。

景帝也讨厌周亚夫,但他觉得梁王不知道改过,仍在太后面前搬弄是非,就是自己要把周亚夫免职,也得等他走了之后再说。

梁王见扳不倒周亚夫,并且景帝对他没有像以前那样亲热,只好回国去了。

不久，景帝把周亚夫免了职，梁王以为景帝是听他的话才这样做，就又到长安来。太后自然很高兴，可是景帝对他仍旧冷冷的，他不免感到失望，就请求留在长安伺候太后，也受到景帝的驳斥，只好回国。过了几个月，竟在梁国生病死了。

太后非常伤心，说这是景帝害的。景帝进去见太后，太后不理。景帝没办法，只好请长公主来劝她。长公主想了个主意，要景帝照办。景帝把梁地分为五国，梁王的五个儿子都封了王。

太后知道了，才稍微好一点，生活也逐渐正常。日子一久，就渐渐地把梁王忘掉。

梁王先封代地，然后到梁，做了三十五年的藩王，金银财宝多得不得了，单是黄金，就有四十万斤之多。

# 七、真 将 军

　　汉文帝六年,匈奴分两路侵略汉的边境。汉文帝接到紧急报告后,立刻派了三个将官,率领人马分三路前去抵抗。另外又教河内太守周亚夫,驻兵细柳;宗正刘礼,驻兵霸上;祝兹侯徐厉,驻兵棘门。

　　过了几天,汉文帝还亲自去劳军,他先到霸上,然后到棘门。他这次去是直接进入军营,并没有让人先去通报,因此,刘礼和徐厉,都不知道汉文帝驾到,直到文帝进了营门,他们才慌慌张张地带着部下出帐迎接。汉文帝也不怪他们,随口安慰了几句,就带着随从退出营去。

　　接着汉文帝又到细柳,远远的看见营门外,站着很多兵士,有的拿着刀,有的握着戟,有的张弓搭箭,像是准备打仗一样。

　　汉文帝从没有见过这种情形,暗自觉得奇怪就先派人去传报,说皇帝到了。但是兵士听了毫不理会,其中的一个说:"我们只知道接受将军的命令,不听皇帝的指挥。"

派去的人回来报告汉文帝,汉文帝就亲自来到营门口,也被兵士给拦住,不准进去。

汉文帝只好拿出符节,交给随员,由他进营去通报。

周亚夫接见了随员,才下令打开营门,让汉文帝的车子进去。但是营兵又告诉驾车的人说:"将军规定,在营内车子不能快驶!"

汉文帝听了,只好教驾车的慢慢走。

到了营门里面,才看见周亚夫出来迎接。他全副军装,腰间佩剑,向汉文帝作了一揖,说:"末将着军装不拜,只按军礼行礼,请您原谅!"

汉文帝听了,略弯了弯腰来答礼,并且教人向他说:"皇帝此来为的是慰劳将军!"

周亚夫率领将士,恭恭敬敬地站在两旁,鞠躬道谢。

汉文帝又亲自交待了几句话就走了。周亚夫并没有送出营,等汉文帝一离开,就下令把营门关上。

汉文帝向手下的随员们说:"这才是真将军!霸上和棘门的将士,简直跟儿戏一样,如果受到敌人偷袭,恐怕主将都要被人家给抓住。"回宫后,对周亚夫还一直的称赞。

不久，汉文帝接到边境的防军报告，说敌人已经退了，就下令撤回各路人马，并且把周亚夫提升为中尉。

原来周亚夫是绛侯周勃的第二个儿子。周勃去世以后，由他的大儿子周胜之继承爵位，第二个儿子周亚夫当河内太守。

当时有一个叫许负的老太太，很会看相，周亚夫知道了，特地把她请到衙门里来，托她给他看相。

许负看了很久，才向周亚夫说："照你的相看起来，再过三年，你可以封侯；八年以后，可以当大将，做丞相，可惜结局不大好！"

周亚夫问："是不是要犯罪受刑？"

"还不至于到那种地步。"许负说。

周亚夫还要再问下去，许负道："九年以后你自然会知道，用不着我现在多讲。"

周亚夫说："请你老实地讲出来吧！"

许负道："照你的相判断，恐怕将来会饿死。"

周亚夫冷笑了一下，说："你说我要封侯，就已经很意外了。我哥哥继承了我父亲侯爵的爵位，就算我哥哥活不了多久，他还有儿子可继承，怎么轮也轮不到我身上，我怎么能封侯呢？退一步说，就算我能封侯，将来还当大将，做丞相，那怎么会饿死呢？我实在弄不明白，希望你讲清楚一点。"

许负道:"我并不能预知未来,只不过照你的相来判断,请你不要见怪!"说完就告别走了。

说也奇怪,过了三年,周亚夫的哥哥周胜之,因为犯了杀人罪,侯爵被削夺掉。因为周勃的功劳很大,汉文帝要选他的另一个儿子继承这个爵位。大臣们都推荐周亚夫,汉文帝就封周亚夫为条侯。这是他在细柳成名以前的事。

又过了一年多,汉文帝病得很重,眼看快要没救了,太子启在他旁边,他向太子启说:"周亚夫很不错,将来如果逢到变乱,可以教他掌兵权。"太子启哭着点头答应。

汉文帝去世后,太子启当了皇帝,叫汉景帝。不久,吴、楚等七国联合出兵造反,汉景帝想起父亲临死前所说的话,就升周亚夫为太尉,率领三十六个将军去讨伐吴、楚。

袁盎建议杀晁错,和七国讲和。汉景帝一面派袁盎去跟吴、楚讲和,一面杀了晁错和他的全家。同时,派人通知周亚夫,要他慢点进兵。

袁盎走了以后,汉景帝以为谈和一定能成功,等了几天,都没有消息,周亚夫却派邓公来报告军情。汉景帝告诉他已经把晁错杀了,问他吴、楚会不会息兵。邓公说:"吴王想造反,已经有好几十年了,现在不过是拿晁错当借口罢了。晁错建议削减诸侯王,是怕他们太强大了,没法儿控制,这完全是为您和您的子孙着想,您杀了他,等于是给那些造反的诸侯王报仇,恐怕以后谁也不敢再谈国事了。"

汉景帝听了很后悔。接着袁盎不但没有能教吴、楚息兵,并且差点儿被杀。好不容易逃了回来,向汉景帝报告经过。汉景帝免不了埋怨他,但是袁盎曾经要景帝对这件事详加考虑,此次杀晁错,应该说是他自己的主意。汉景帝无话可说,就没有处分袁盎,一面教邓公担任城阳中尉。

邓公走了不久,汉景帝又接到梁王的紧急报告,就派人去催周亚夫进兵,要他赶紧去救梁国。

周亚夫上了个报告说:暂时先让梁国牵制住楚国的兵,他要想办法断绝楚兵的粮食供应,楚兵一败,吴国就无能为力了。

汉景帝已经很信任周亚夫,因此,批准了他的建议。

这时候,周亚夫的军队驻扎在霸上,接到汉景帝的命令后,就坐驿车准备到荥阳去。刚要出发,有一个念书的人拦住他说:"你这次出兵,关系重大,我有几句话,你愿不愿意听?"

周亚夫听了,赶紧下车。

那个念书的人说:"吴王知道你出兵,一定会叫人埋伏在殽渑一带,来突击你,你不能不防备。所以,你越快出兵越好,如果你绕路向右走,经蓝田,出武关,到洛阳,直达武库,敌人以为你是从天上掉下来的,一定很害怕。"

周亚夫觉得这主意很好,问他姓名,他说叫赵涉,就约他一齐走。按照他所说的路线走,果然平平安安地到达了洛阳。然后他派人去殽渑一带搜索,搜出不少埋伏的人,结果赶走了一半,抓住了一半。

周亚夫佩服赵涉的见识,向汉景帝推荐,景帝派他做护军,到荥阳去和各路人马会合,准备进兵。

吴、楚联合打梁国,占领了棘壁,杀伤梁兵好几万人,梁王坚守睢阳,听说周亚夫已经到达洛阳,就派人去求救,没想到周亚夫早打定主张,不肯出兵。梁王急得不得了,一天派人去催三次。周亚夫进兵淮阳,仍旧逗留不前。

梁王又急又气,索性向汉景帝告了一状。汉景帝知道梁国的情势一定很危急,立刻派人命令周亚夫赶紧去救梁国。

周亚夫不但不进兵,反而退守昌邑。梁王虽然痛恨周亚夫,但这有什么用处,只好自己想办法坚守。

吴、楚两国的国王正打算加紧攻打梁国的首都睢阳,忽然接到报告,说周亚夫暗地派人抄到吴、楚军的后头,截断了军粮的路线,把粮食都抢走了。

吴王濞吓了一跳,说:“我们有好几十万军队,怎么可以没有粮食?”楚王戊也连声地叫苦。

两个人商量后,打算冒险西进,又怕被梁军截住。最后由吴王濞决定，先向周亚夫的部队进攻，就移兵北向。到了下邑，遇上了周亚夫的军队，扎好营，准备开仗。

周亚夫回驻昌邑，暗地里派弓高侯、韩颓当等，专门拦击吴、楚粮道，教他们没法儿撤退，只好向前进攻，所以驻军下邑，是等着他们来送死。

等到吴、楚的军队来了，却又不跟他们打。吴王濞和楚王戊气得不得了，好几次到周亚夫营前挑战，周亚夫仍不加理会。

过了几天，周亚夫知道吴、楚的粮食快完了，就教颍阴侯灌何，率领几千兵士前去挑战。吴、楚的兵出营接仗，双方便打了起来，这可恼火了汉军校尉灌孟，冲向敌阵。灌孟的儿子灌夫也上前接应。灌孟一直冲到吴王面前，眼看就要把吴王杀死，没想到吴王的人多，手下也都很厉害，灌孟身上终于受了伤，非常危急，幸亏灌夫赶到，才把他救回去，回到营里，因伤重而去世了。

灌夫非常伤心，就挑选了几十名精锐的兵士，当晚冲进吴营，企图杀死吴王，为他父亲报仇。吴兵把他们包围起来，他手下的人都战死了，他也受了重伤，但仍冲杀回营，赶紧延医救治，才保住性命。

吴王听说汉将只带了几十个人，就敢杀进军营来，心想如果他们全军冲杀过来，那还得了！因此日夜担心，加上粮食也快完了，将士们都没有心思打仗。像这样下去，不是战死，也得饿死。

他一再考虑，终于想出一个主意，便带着太子驹和几千个亲信的兵士，趁着晚上偷偷地向东逃走。二十万没有粮食的吴兵，不见了吴王，自然慌张，就东逃西窜。楚王戊也率领楚兵逃走，没想到汉兵已冲杀过来，楚兵逃散，楚王戊被包围住，急得自杀死了。

周亚夫讨平吴、楚，前后只有三个月的时间。他派弓高侯、韩颓当，带兵去帮助齐国进攻胶西各国。这时候，窦婴也派平阳侯曹襄去协助栾布支援齐国。栾布先到，便和胶西、胶东、菑川三国的军队打了一仗，没分胜败，等曹襄赶到，齐王将闾也开城，带兵杀出，三方面冲杀，三国人马被扫得精光，济南军不敢来救，逃回本国去了。

胶西王逃回首都高密不久，韩颓当随后赶到，要他投降，他没有办法，不得不出城见韩颓当。韩颓当拿出汉文帝的诏书来宣读，大意是造反各王应该受国法制裁。胶西王卬只好自杀。接着胶东王、菑川王、济南王得到消息，也都纷纷自杀了。

汉将郦寄带兵打赵国的首都邯郸城，打了几个月都打不下来，郦寄写信请栾布帮忙，栾布因为齐王将闾曾和胶西各国有过联络，正在调查，这事被齐王将闾知道了，很害怕，自杀死了。栾布就去帮助打赵国，用水灌进邯郸，不久城破，赵王遂自杀。至此，造反的七国都平定了。

各路讨伐的人马陆续回到京师，汉景帝便封窦婴为魏其侯，栾布为鄃侯,周亚夫和曹襄已经封侯,不再封,只赏赐他俩一些金、帛。

过了不久,丞相陶青因病退休,由周亚夫做了丞相。

汉景帝本来已立栗姬的儿子荣做太子,后来,因为喜欢王夫人,打算立她的儿子胶东王彻为太子,周亚夫和窦婴劝他,他不但不听,反而觉得讨厌。他教周亚夫做丞相,不过是援例,在礼貌上,待他反不如以前了。

彻做了太子,他母亲王夫人也受封为皇后。皇后把太后伺候得很好,太后要封皇后的哥哥王信为信侯,被周亚夫给阻止了。他说按照高祖的规定,没有功劳的人不能封侯。因为汉景帝正喜欢皇后,对周亚夫的多事自然不满意。

汉景帝的弟弟梁王,因为七国造反,吴、楚共围打梁国的时候,周亚夫不肯出兵拯救,也非常恨他。皇后的哥哥王信,当然也恨他。于是,两个人就常在汉景帝面前说周亚夫的坏话。汉景帝已准备把他免职。

恰好匈奴那边有六个人来投降,汉景帝要把这六个人都封侯。周亚夫认为应该处罚,不应该封官。汉景帝早已对他不满意,这时候再也忍耐不住,厉声地说:"丞相的意见不合时宜不能采用!"

周亚夫碰了这个钉子,觉得没有面子,第二天就提出辞呈。

景帝也不挽留,立刻派桃侯刘舍做丞相。

不久,梁王生病去世,汉景帝偶然想起梁王曾经说周亚夫的坏话,就想试探一下,看他究竟是好是坏。如果好,就重用他,不好就去掉他。于是就派人去传周亚夫进宫,说要请他吃饭。

周亚夫进宫后,汉景帝只和他说了几句话,就教摆出酒席。周亚夫见吃饭的只有他们两个人,觉得很奇怪,又见到自己面前只放一壶酒,却没有筷子;菜呢,只是一大块肉,再没有别的东西了。他不禁心里想,这一定是汉景帝存心戏弄他,觉得很不高兴,便向摆酒席的人喊道:"拿筷子来!"

办理酒席的人已经受过汉景帝的吩咐,故意装聋作哑,站在那儿一动也不动。

周亚夫正要再喊,汉景帝笑着向他说:"这样子你还不满意吗?"

周亚夫听了又恨又愧,不得已起座下跪,向景帝道谢。

汉景帝才说了一个'起'字,周亚夫就起身,转头出宫去了。

汉景帝看着他出去后,叹了口气,说:"这个人火性太大了,不能重用。"周亚夫自然没有听到这句话。

过了几天,汉景帝派一位官员调查一件案子,这案子和周亚夫有关,景帝把告密的原信,交给调查的官员,叫他拿给周亚夫看。

周亚夫看了这告密信，对里面所说的一点也不知道，没法回答。原来这是他儿子背地做的事。他儿子托主管皇帝用物的官员，买了五百副甲盾，准备在他死后，给他护丧时好用。

主管皇帝用物的官叫尚方，凡是他经手买的东西，都是供皇帝使用的，也就是说违禁品，一般人不能用。周亚夫的儿子，大概为了贪便宜，托他代办。买好了以后，雇工人运回他家里，却没给工人钱。工人不高兴，就上了个报告，说周亚夫的儿子偷买违禁品，有造反的意图。

景帝正讨厌周亚夫，看到这封告密的信，就派人审问他。其实，周亚夫的儿子做这件事，并没有告诉他父亲，周亚夫既然不知道，当然不能答辩。

审问的官员误会他赌气，不肯开口，便报告了景帝。汉景帝一看见报告，生气地骂道："我何必跟他啰嗦！"就把这件案子移交给大理官办理。大理官就是以前的廷尉，到刘舍做丞相才改的。

于是，周亚夫被关进牢里，他儿子知道了，赶紧到牢里去看他，并且把经过情形详细告诉他。这时候，他也没有时间去怪儿子，只长长地叹了口气。

开庭审问的时候，大理官问他："你为什么想要造反？"

周亚夫答辩道："这是我儿子买来等我死后在殡葬时用的东

西,怎么能说我想造反?"

大理官又嘲笑着说:"就是你不想在地上造反,也想到地下去造反,你又何必隐瞒着呢!"

周亚夫生性高傲,受了这种嘲笑,索性闭起眼睛不开口,仍旧被送回牢中。一连饿了五天,都不肯吃东西,果然就这样饿死了。

汉景帝听说周亚夫死了,没有什么表示,只改封他的弟弟坚做平曲侯。但是,皇后的哥哥王信,却从此出了头,被封为益侯。

# 八、万 石 君

汉高祖时,有一个河内人,叫石奋,从小就伺候汉高祖,他的姐姐稍通音乐,被封为美人,他也被任命为内侍官,于是就搬到长安来住,伺候了好几代的皇帝,一向勤劳谨慎,官做到太子太傅。他有四个儿子,也都做到二千石的官。因此汉景帝的时候,大家都管他叫万石君,年老退休,仍准他拿上大夫的薪水。他逢年过节入朝庆贺,像以前一样的守礼。

石奋定的家规很严,子孙回去看他,一定要按照朝廷的官礼相见,如果他们有过失,也不责备他们,等到吃饭的时候,人家请他吃饭,他说什么都不吃,一定要向他认错,他才肯吃。因此,大家都知道他的脾气。

汉武帝任命他的大儿子石建为郎中令,小儿子石庆为内史。石建当时已经老了,连头发、胡须都白了,可是身体仍旧很健康。

　　石建每隔五天一休假,总要回家看他父亲,每次都偷偷地给他父亲洗衣裤,然后交给佣人晾起来,不让他父亲知道。在朝廷里,他不愿意在大庭广众出风头。如果有什么意见,总是趁着没有人的时候,悄悄跟武帝讲,并且有什么讲什么,非常坦直。

　　武帝认为他朴实、诚恳,对他另眼相看。一天,武帝发下一件奏牍来,由他校阅。他发现原奏牍上有一个马字,少了一点,大惊道:"马字下有四点,现在少了一点,如果被主上发现,岂不是要挨骂了吗?"因此,他格外小心谨慎,不敢有一点儿疏忽。

　　但是,石庆就不同了,有时候免不了会粗心大意。一天晚上,他因为喝了点酒,到门口竟不下车,让车子一直驰进家门,被他父亲知道了,老毛病立刻复发,不吃饭,也不说话。他吓坏了,赶紧跪在地上给父亲磕头请罪。他父亲只是摇头,不吭气。

　　这时候,石建也在家,看见弟弟惹父亲生气了,立刻招集全家的人,一齐跪在父亲面前,代弟弟求情。他父亲这才冷笑着说:"好一个朝廷内史,好大的架子,到了门口竟不下车,大概时代不同了,应该这样做。"

　　石庆才知道父亲是为了这件事生他的气,赶紧说:"下次不敢了,希望父亲饶我这一次吧!"

　　石建也在一旁帮着求情。石奋这才叫大家起来。从此以后,石庆也就小心谨慎。后来,他从内史调到太仆。有一次,他给武帝驾车出宫,武帝问他拉车的共有几匹马。他明明知道应该是六匹,但是怕说错了,特地用鞭子指着数了一下,才回答说是六匹。武帝并不怪他迟慢,反而对他的小心谨慎很欣赏。

后来,石奋去世,石建因为伤心过度,一年后也生病死了。只有石庆年纪还不大,不久官拜丞相。

# 九、 滑稽突梯的东方朔

　　东方朔，号曼倩，平原厌次人，小时候就喜欢念书，也喜欢说笑话。他二十二岁的时候，听说武帝在征求人才，就想碰碰运气。到了长安，写了个报告，请公车令转呈给武帝。

　　公车由卫尉管理，管理的官员叫公车令史。凡是征求得四方名士，都可以乘公车往来，用不着自己花钱。念书的人如上报告给皇帝，都由公车令转呈。

　　武帝看了东方朔的报告，写的全是称赞自己的话，把自己说得本事如何大，有做大臣的资格。如果遇到老成的皇帝，看到这种报告，一定会认为是胡说八道，把它扔掉。偏偏武帝却很欣赏，便教他在公车等候命令。

　　东方朔知道武帝有意任用他，就耐心地等候着，但向公车令处领钱米，只够一宿三餐，此外什么也没有。他左等右等，等了很久，一直没有消息，身上所带的钱已经花光了，急得不得了。

一天，他偶然在街上游玩，看见一群小矮子，从他身旁经过，他就吓唬他们，说："你们死到临头，难道还不知道吗？"

矮子们一听吓了一跳，问他是什么原因，他说："我听说朝廷找你们去，名义上是要你们伺候皇帝，实际上是要杀掉你们。你们想想看，你们不能做官，不能种田，也不能当兵，对国家一点儿用处都没有，留着你们做什么？杀掉你们可以省掉不少钱，可是又不能无缘无故地杀你们，所以把你们骗来，好在暗地里把你们杀了。"

矮子们听他这样说都吓坏了，一把眼泪、一把鼻涕，不知道如何是好。东方朔又假意劝他们说："你们哭也没有用。我看你们无缘无故地被杀，实在可怜，愿意替你们想个办法，如果你们按照我的话去做，就不会死。"

矮子们问他有什么办法，他说："你们等皇帝出来，向他磕头，请他饶恕你们。如果皇帝问起你们，你们不妨往我东方朔身上推，包管你们没事。"说完就走了。

矮子们以为他说的是真话，每天都在宫门口等候着皇帝，好不容易等到武帝出来了，一群矮子就一齐跑过去拦在他车子前头跪下，并且不住地磕头，请求武帝不要杀他们。

武帝不明白这是怎么一回事，就问他们听谁说的。他们说：

"东方朔讲:您要杀光我们,所以我们特来请求您饶恕。"

武帝说:"我并没有这个意思,你们回去,等我问东方朔好了。"

矮子们谢恩走了。武帝就派人传见东方朔。

东方朔这样做,目的就是为了能见到武帝。现在武帝既然召见他,自然很高兴,立刻赶上朝来。

武帝问他说:"你竟敢造谣惑众,难道没把王法放在眼里吗?"

东方朔跪下来回答道:"我活着固然要讲,死了也要讲。矮子只有三尺多高,一进京就向公车令领一袋米,二百四十钱。我九尺多高,也是领一袋米,二百四十钱。那一袋米他们吃了饱得要死,而我不够吃饿得要死。我觉得您既然要征求人才,能用就用,不能用就放我回家,免得在长安每天白白消耗粮食,早晚也免不了饿死。"

武帝听了,不禁大笑,就教他在金马门等候命令。金马门在宫内,他既然进了宫,就容易见到武帝了。

一次,武帝教手下拿了一个水盂,盖在一只壁虎上,让术士们猜。术士们都猜不中,东方朔听见了,说他猜得出来。武帝就教他猜。

他果然一猜就中了。武帝很夸奖他,送给他十匹绸子,又教他猜别的东西,他还是一猜就中,得到武帝不少奖品。

旁边有一个武帝所喜欢的戏子叫郭舍人,看见了很嫉妒,向武帝说:"东方朔猜中完全是侥幸,没有什么稀奇,我愿意跟他打赌,如果他猜中我的,我愿意受罚,挨一百下屁股,猜不中他就要挨打,并得把您赐给他的绸子给我。"

武帝答应了。郭舍人就悄悄地在水盂下放了一件东西,教东方朔猜。

东方朔说:"是一个小东西。"

郭舍人笑着说:"我知道他不会猜中——"他话没说完,东方朔又补充道:"是寄生在树上的。"

郭舍人听了脸色大变,揭开水盂一看,果然不错。郭舍人不免要挨打。

监督戏子的官吏,奉武帝的命令,用竹板子打了他一百下屁股。从此以后,他再也不敢惹东方朔了。

武帝也格外看重东方朔,教他担任郎官的职务。从此,他可以常常在武帝面前说些笑话,逗武帝发笑。武帝更加喜欢他,有时他在武帝面前随便一点,也不会受责备,并且武帝还常常喊他先生。

夏天照规定应该分肉,负责分肉的人是大官丞。东方朔等了很久,大官丞还没有分,他就拿出佩剑,割下一块肉,向同事们说:"这么热的天气,应该早点儿回家休息。并且,再等下去,肉恐怕会臭了。不如我自己拿肉回家算了。"说完,就提着肉回家去了。

其他的人还是不敢动手,一直等着大官丞来分肉。大官丞看不见东方朔,一问才知道他已经自己动手割肉走了。

大官丞恨东方朔自作主张,因为他这样做就是瞧不起他,气得跑去报告武帝。武帝当时并没有表示,只把这件事记在心里。

第二天,武帝见了东方朔,就问他:"昨天分肉,应该等我发下命令再分,你为什么自己割下肉就走了?"

东方朔也不害怕,只是跪下请罪。

武帝说:"你起来,自己责备自己吧!"

于是,东方朔站起身来,自己责备自己道:"东方朔,东方朔,你不等皇帝下令就私自拿肉走,为什么这样没有礼节? 你拔剑割肉,实在豪壮! 割肉不多,实在廉洁! 拿回去给老婆,实在有情义,你敢说你没有罪吗?"

武帝听了不觉笑道:"我要你自己责备自己,你反而自己夸奖自己,岂不可笑!"说完,就教人拿了一百斤肉和一石酒送给他,要他拿回去给老婆。他拜谢走了。

同事们都佩服他的机警,对他十分羡慕。

不久,东都地方送来一个矮人给武帝。矮人看着站在武帝旁边的东方朔，很奇怪地说："这人喜欢偷王母的仙桃，怎么会跑到这儿来了。"

武帝问他原因，矮人回答道："西方王母种的桃子，每隔三千年才结一次果实。这个人已经偷过王母三次桃子了。"

武帝问东方朔是不是有这回事。东方朔只笑了笑，没有回答。后来的人以为真有这回事，却不知道这是矮人在跟东方朔开的玩笑。

东方朔虽然喜欢说笑话，但说的大都是很正经的话。举个例子说：武帝要开辟一个大花园，叫上林苑。东方朔上了个报告，劝他不要劳民伤财。武帝见了，觉得他的建议很好，就教他担任大中大夫的官，兼给事中。不过，上林苑的建筑，仍继续进行着。

# 一〇、司马相如的故事

司马相如号长卿，是蜀郡成都人，从小喜欢念书，也学过剑术，父母都很喜欢他。他因为崇拜战国时赵国的蔺相如，所以取名叫相如。

蜀郡太守文翁为了普及教育，把地方上喜欢念书的孩子，都送到长安去读书。司马相如就是被选送的一个，他学成回乡，文翁就办了一所学校，请司马相如协助教导民间的子弟。

后来，文翁死了，司马相如不愿意再教下去，就到长安去，花钱弄了个郎官做。不久又做了武骑常侍。这是个武官，他虽然学过武艺，但是最拿手的是写文章，他喜欢的也是文职，对武职没有多大兴趣。

恰好这时候，梁王武到长安来，手下的邹阳、枚乘等人，都很会写文章，他们见了司马相如，大家谈得很投机。

司马相如索性托病辞职,到睢阳去见梁王。梁王待他很客气,他也和邹阳、枚乘等一起喝酒,做文章,他写了一篇文章叫《子虚赋》,传播到全国,于是他的名气也就大起来了。

可惜过了没多久,梁王去世了,司马相如的一班朋友都散了,他也待不下去,只好回成都。因为父母早就死了,家里什么都没有,虽有同乡和同族,也没有人理他,结果,他穷得连自己的生活都成问题。

他偶然想起临邛县令王吉,是他多年的好朋友,以前曾经跟他讲过,碰到不得意的时候,可以去临邛找他。

于是,他便收拾行李到临邛去。

王吉对他表示欢迎,双方谈起近况,王吉很为司马相如可惜,眉头一皱,想出一个主意来,就凑近司马相如的耳朵,讲了几句话。

司马相如连连点头。吃过饭以后,就教人把司马相如的行李搬到都亭去,要他暂时住在那儿。后来王吉每天都去看他。

司马相如最初还接待王吉,后来就推说有病,不愿意见他,但王吉仍旧每天都去。

附近的居民,见县官天天到都亭去伺候,以为里头住的一定是一个要人。就这样一传十,十传百,弄得全县都知道了。

临邛有钱的人很多,最有钱的要算卓王孙,其次是程郑。两家都有佣人几百个。卓王孙的祖先住赵国,靠冶铁起家,在战国时就已经很有名了。赵国被秦并吞后,卓家就随着垮了,只剩下卓王孙夫妻俩,便搬到蜀郡临邛居住。

好在临邛也有铁矿,夫妻俩继续采铁铸造。在汉代初年,政府征收铁税不多,因此,卓家越来越有钱,后来就成了全县第一个大财主,单是佣人就有八百个,田地房产还不知道有多少。程郑的家是从山东搬来的,也是靠冶铁起家。因为他们是同行,又都很有钱,因此双方来往得很密切。

一天,卓王孙和程郑谈起,说都亭住着一个贵客,应该请他来喝酒,以尽地主的情谊。两个人商量的结果,地点就在卓家,程家的宝贝东西也都搬到卓家去,陈设得非常华美。然后写请帖,第一个邀请的自然是司马相如,其次是县令王吉,此外是地方上的绅士,这次宴会,差不多邀请了一百多个人。

王吉知道了,非常高兴,立刻到都亭去,偷偷地告诉司马相如一套话。司马相如也很高兴,决定按照他的话去做。

王吉走了之后,司马相如把他行李中最贵重的一件衣服拿出来,那是一件皮袍,叫做鹔鹴裘。这时正值冬天,正好穿上出出风头。其他像帽子和鞋,也都换了新的。等王吉来好一起去。

一会儿,王吉派车马和佣人来,替他装阔。接着,卓家的人又来催请。司马相如还推说有病,不肯去。直等卓家派人连催了好几次,王吉才来到。两个人连说带笑,手拉着手登上车子。

到了卓家门口,卓王孙、程郑和一班陪客,都站在门口等着迎接他。看见王吉一下车,大家便一齐拥上前去。司马相如故意拖延时间,不肯马上下车。直等到卓王孙等人,走到他的车子跟前,他才慢吞吞地起身下车。

大家见他果然长得很英俊,穿着也不错,就请他进入大厅,然后落座。王吉也跟了进去,向大家说:"司马公很不愿意来,总算看在我面上,他才来了。"

司马相如接口道:"我因为身体多病,不惯应酬。来到这儿以后,只拜访了贵地县令一次,此外谁都没能去拜访,希望各位原谅!"

卓王孙这些人对他满口恭维。不久就请他入席。他也不客气,坐上首席。王吉便挨着他坐下,大家都坐好以后,卓王孙和程郑在末席相陪。

筵席上陈列着山珍海味。喝了约有一个钟头的酒,客人和主人都有了三分醉意。王吉向司马相如说:"你的琴弹得很好,何不弹一曲,让我们欣赏欣赏?"

司马相如不大愿意,卓王孙便站起来,说:"我家里有一架古琴,希望司马公能弹一曲,饱一饱我们的耳福!"

王吉道:"用不着,用不着,司马公随身带着琴和剑,我看见车子上有琴袋，可以叫人去拿来。"

王吉的手下人听到了，就立刻出去拿琴，不大一会儿，把琴拿进来递给王吉，再由王吉转交司马相如。

司马相如不好再推辞，接过琴，弹了起来，他的琴本来就弹得很好，这次又格外卖力气，自然更好。弹完了一个曲子，大家齐声喝彩。他正打算再弹时，忽然听见屏风后面有环佩的响声，注目一看，恰好和屏风后面偷看着的人打了个照面。

在屏风后偷看的是谁呢？原来是卓王孙的女儿卓文君。卓文君这时候才十七岁，聪明伶俐，长得非常漂亮，不但会弹琴下棋，还写得一手好字，也画得一手好画。不幸嫁了一个丈夫，没多久就死了，只好寡居在娘家。这一天，听说父亲请位贵客，是一位少年，不免动了心，就从房间里溜出来，偷偷地站在屏风后，正想探出头来窥视，忽然听见琴声。等听完了一个曲子，向外看时，刚好被司马相如看见。

司马相如看见了她，就跟着又弹了一首曲子，曲名叫凤求凰，把他心里的情意，借着琴声，传送出去。

琴弹完了，大家酒也喝得差不多了，纷纷告辞。司马相如和王吉比大家先走一步。

卓文君会弹琴，自然听得懂司马相如的琴意，回到自己的房间后，呆呆的不说一句话，像是失了魂一样。就在这个时候，她的一个侍女进来,对她说:"听说今天来的那个年轻客人叫司马相如,曾经在长安做过大官,才学高,选择妻子的条件很严,所以到现在还没有成家。最近因为请假回乡,经过这儿,县令留他玩几天,不久就要回去了。"

卓文君不禁尖声道:"他!他就要回去了吗?"

原来司马相如用钱买通了侍女,这一番话就是司马相如教给她的,目的是要试探卓文君的心意。现在,见她这样子,知道她对司马相如也有意思,就进一步向她说:"像小姐这么好的才貌,和那个贵客正是天生的一对,希望小姐不要错过这个大好的机会。"

卓文君不但没有骂侍女,反而偷偷地和她商量,要怎样才能和司马相如接近。侍女教她晚上悄悄跑到司马相如那儿去。她接受了这主意,就匆匆收拾了一点随身用的东西,等到晚上,就带着侍女,从后门偷偷地溜出去。

卓家离都亭只有一里多路,她们踏着月色,不大一会儿就到了。

司马相如正躺着胡思乱想,忽然听见有人在敲门,就亲自去开门,门一打开,两个女的走了进来。先进来的是那个侍女,跟着是卓文君。当时他高兴得不得了。

侍女马上就要回去,司马相如向她道谢以后,送她出门。

第二天早上，司马相如怕卓家发觉，便带着卓文君到成都去。

卓王孙女儿不见了，到处寻找，仍找不到。接着听说都亭的那个贵客也走了，就去问县令王吉，王吉也不知道。据他推测，一定是偷偷地跟司马相如走了。

王吉本来打算给司马相如做媒，劝他入赘卓家，再利用卓家的钱，到长安去谋差使。没想到他竟会这样做。自己觉得对不起朋友，就不再管了。

卓文君跟着司马相如到了成都，见他只有几间破房子，房子里什么都没有。自己又走得太匆忙，只带了随身的首饰，没有带多少钱，心里很着急。但是事情已经到了这个地步，后悔也没有用，只好暂时拿首饰去换粮食。勉强过了几个月，衣裳、首饰都卖光了。

一天，司马相如把自己最值钱的那件皮袍押给酒店，买酒菜和妻子一起吃喝。

卓文君问他哪儿来的钱买酒菜，等知道了是用那件皮袍换来的，不禁流下眼泪来，再也吃不下去了。司马相如一再劝她，她觉得无限凄凉。

卓文君说："你这样子，长久下去总不是办法。我看我们还是到临邛去，好去向兄弟借一点钱，才能过日子。"

司马相如含糊地答应。第二天,就带了卓文君动身到临邛去。这时候,他身边已经没有什么东西了,只有一张琴和一把剑,一车一马,还没有卖掉。

两个人到了临邛,暂时住进旅馆,暗地里打听卓王孙家的消息。

旅馆里的人不认识他们,老实告诉他们说:"卓家的女儿跟人私奔了,卓王孙因为这事差点儿气死。他打听到男家很穷,曾经有人劝他接济他们,他说什么也不答应。他说宁愿看女儿饿死,也不给她一文钱。"

司马相如心里想:"卓王孙既然这样表示,就是卓文君去也没有用。现在我已经穷到这个地步,也不能顾全名誉了,索性和他女儿开一家小酒店,丢丢他的脸,使他自己看不过去,等他自动愿意给我们钱,我们再停业不迟。"

打定主意以后,就和卓文君商量。卓文君到这时候,也想不出好办法,只好接受了这个意见。

司马相如就卖掉车马做本钱,租了一间小店面,买了点用具,选了一个好日子开张,门口挂起了酒幌子,店里雇了两三个伙计,自己也换上短衣短裤,和伙计一起工作,并且由卓文君负责卖酒。

立刻有很多人去喝酒。有的酒客认识卓文君,背地里谈论,当作新闻,一传十,十传百,后来传到卓王孙的耳朵里。他便派佣人去查看,果真是他女儿在卖酒,羞得他连大门都不敢出一步。

于是,他的很多亲戚、朋友都劝他说:"你只有一个儿子,两个女儿,何苦让文君出这个丑呢?文君既然嫁给长卿,已经没法儿挽回。长卿也做过不小的官,只不过暂时运气不好,但总是个人才,并且还是县令的好朋友,他不会永远这样穷兮兮的。何况你有的是钱,为什么不帮助他们呢?"

卓王孙没有办法,只好接受了大家的劝告,就拨了一百个佣人给司马相如,另外又给他钱一百万缗。文君嫁时的衣饰财物,也都派人送到司马相如的酒店里去。

司马相如关闭了酒店,和卓文君回成都。县令王吉知道这是司马相如所耍的花样,也不过问。司马相如也没有去看他,大家心里有数。

司马相如回到成都,买田地、盖房子,居然做起寓公来。他又在他房子旁边建筑了一个琴台,经常和文君弹琴消遣。因为文君喜欢喝酒,他特地在邛崃县东,买了一口井,这井水甜美,非常适宜酿酒,这井就取名叫文君井,随时打上水来就可酿酒。并且在井旁建筑了一个琴台,司马相如常带文君到这台上,一面喝着用这井水酿造的酒,一面弹琴。

　　不久，武帝派人去传司马相如，他便告别文君去长安。到长安，打听到有一个同乡杨得意，在上林苑担任狗监，负责照管猎狗，就是杨得意在武帝面前推荐，武帝才派人去召他。

　　他进见武帝前先去看杨得意。杨得意对他说："主上看到你的《子虚赋》，非常欣赏，我说这是司马相如作的，并且他现在就住在家乡，所以主上才派人去传召你。"

　　司马相如向杨得意道谢后告别。第二天早上，他进见武帝，武帝问他："《子虚赋》是不是你写的?"

　　司马相如回答："是我写的，不过，内容都是些关于诸侯的事，不值得您看。您如果允许，我打算为您写一篇《游猎赋》。"

　　武帝听了，就教人拿给他笔和纸，到另一个房间里去写，写了几千字，拿给武帝看。武帝看了，非常欣赏，就派他做郎官。

　　后来，南方边境一带不安定，朝廷派唐蒙去安抚。唐蒙在四川调了很多人铺设通南夷的道路，因为他管得太严，使得当地民心不安。武帝认为应该派熟悉这地方情形的人去处理，想起司马相如是蜀郡人，就派他去安抚。

　　司马相如到了蜀郡，写了一篇文告，张贴各地，果然民心就安定了下来。西夷听说南夷归附汉朝，得到很多赏赐，于是，他们就和蜀郡的官吏联络，官吏报告了武帝，武帝正要派人去调查，恰好司马相如回到长安来，向武帝建议，把西夷改为郡县。

武帝很高兴，就封他为中郎将，去和西夷联络。

这次他去蜀郡，和上次大不相同。上次官职比较低，又不是朝廷特派的正使，所以地方虽然也接待他，并不怎么重视他。但是这次却不同了，一到了蜀郡，太守以下的官，都出城到郊外来欢迎。县令背着弓箭，做他的前导。路两旁欢迎的人，看了都羡慕不已。

临邛财主卓王孙也约了程郑等人，给他送牛酒。他还摆架子，不肯接受。他们恳求司马相如手下人，向他表示这是他们的心意，这样他才收下牛酒，可是仍旧不肯接见他们。

卓王孙觉得很有面子，对他的亲友们说："没想到司马相如，居然会有这么一天！"他的亲友们也都称赞文君的眼光好，嫁了这么一个好丈夫。卓王孙觉得自己过去眼光太浅，没有招赘司马相如，不但对不起司马相如，也对不住自己的女儿，于是他就去看女儿，把她接回临邛，把家产平均分给她和他的儿子们。

司马相如自然也很高兴，安心去西夷。到了西夷，他也照着唐蒙的办法，把带去的礼物，分送给西夷各部落首领。他们目的达到了，自然愿意归附汉朝，司马相如报请武帝，设了一个都尉和十个县令，分别来管辖西夷。然后司马相如从原路回到蜀郡。

卓王孙听说司马相如回来了，就把卓文君送了去。司马相如就带文君到长安。

到了长安，他向武帝报告出使经过，武帝很高兴，对他慰劳了一番。他也觉得很得意，没想到有的同事嫉妒他，告他出使的时候，曾经私自接受人家送的钱，害得他被免了职。他就和文君住在长安东北的茂陵，不再去四川。

后来，武帝又想起他了，派他做郎官。武帝到长杨宫打猎，他跟了去，见武帝冒险追野兽，就上了个报告，劝武帝多爱惜自己的身体，很合武帝的意思。武帝打完猎回来，经过宜春宫，这儿是秦二世被杀的地方，司马相如又作赋凭吊，这篇赋呈给武帝看。武帝很欣赏，就教他担任孝文园令。

后来武帝好仙，他又写了一篇《大人赋》来劝武帝。

文君年纪大了，也不再像以前那么好看了。司马相如打算讨一个小老婆，文君写了一篇《白头吟》，责备他没有情义，他才打消这个念头。

不久，他因病请假在家。被废了的前皇后陈阿娇，这时候住在长门宫，她还希望武帝想念她，仍使她做皇后，就派人带了一百斤黄金送给司马相如，请他代写一篇赋，用来感动武帝。司马相如抱病替陈阿娇写了一篇《长门赋》。

虽然武帝很欣赏这篇赋，但对陈阿娇却不再有兴趣了。

后来，司马相如生病去世了。他一生没有做过什么大官，对国家也没有什么特别的贡献。但是他和卓文君恋爱的故事，以及他的几篇赋，却一直流传到今天，也可以说是不朽之作了。

# 一一、 朱买臣的故事

朱买臣是会稽人,字翁子,很喜欢念书,对别的事情都没有兴趣。到了四十多岁,还是很穷,穷得连妻子都养不活。妻子没有办法,要他一起上山砍柴,挑到街上去卖,赚一点钱来过日子。

朱买臣一面挑着柴走路,一面嘴里还在哼个没完。妻子在他后头走,一句也听不懂,不过知道他是在背书,听来心里很烦,叫他不要再背了。偏偏朱买臣越背嗓门儿越大,甚至好像唱歌一样,很远的地方都可以听到。他妻子劝了很多次,他一点儿都不理会。

他家里越来越穷,每天只靠一两担柴,自然不够过日子的。往往有了早饭,却没有晚饭。他妻子心里想,像这样下去,绝不是办法,就闹着要跟他离婚。

朱买臣说:"我到五十岁一定有办法,现在已经四十多岁了,不久就可以出头了，你已经跟着我吃了二十多年的苦，难道这几年都不能忍耐吗？等我有了办法，我一定好好地报答你。"

他的话还没有说完，他妻子就骂道："我跟你这么多年，苦头已经吃够了。你本来是一个念书的人，弄得靠砍柴维持生活，也应该明白念书是没有用的，为什么到今天还不觉悟？嘴里还哼哼唧唧地不停！我相信你有一天一定会饿死，还会有什么办法？你害自己还不算，为什么不放我一条生路，一定要我陪着你受罪？"

朱买臣见他妻子生气，正打算劝她，没想到她索性大哭大闹起来。朱买臣一看没有办法，只好写了一张休书，交给妻子，他妻子接过休书，一点儿也不留恋，立刻出门走了。

朱买臣仍旧念他的书，打他的柴，走路时仍哼哼唧唧地背着书。

一天，是清明节日，天气还有一点儿冷。朱买臣在山上把砍到的柴，捆成一担，挑下山来，忽然碰到一阵大风雨，把身上的破烂衣裳都给打湿了，感觉特别冷，就暂时躲到坟墓间去避风雨。好不容易等到风雨停了，又觉得肚子饿得没法儿支持。

恰好在这时候，来了一男一女，到墓前来祭扫。那个女的，正是朱买臣离婚的妻子。朱买臣明明看到了她，却装作不认识她，不理她。他妻子看见他冻得全身在发抖，知道他一定是又冷

又饿，就把祭奠用过的酒饭，分赠了一点儿给他。

朱买臣到这种地步，也顾不得羞耻了，他就接过来大吃一顿，吃完，把碗交还给那个男的，只说了一个"谢"字，也不问那个男的姓什么叫什么。

其实，这个男的就是他前妻的后夫。大家心里有数，各自回家了。

转眼几年过去了，朱买臣快五十岁了。恰好会稽郡有一位官员有事到长安去，带了很多吃的东西，装在车子上。朱买臣就跟那位官员讲，愿意做他的跟班的，请求和他一起去。那个人就答应了。

到了长安，他便上了个报告给汉武帝，等了很多天也没有消息。他只好在公车处等候着，身边一点儿钱也没有。幸亏带他到长安去的那个官员同情他，接济他饮食，才得勉强维持下去。

就在这时候，朱买臣的一个同乡叫庄助的，从南方出使回来。他就去见他，请他帮忙。

庄助看在同乡面上，就跟武帝讲朱买臣曾上过报告的事。武帝才召见他，问他有什么学问，他谈了《春秋》和《楚辞》，这正是武帝所喜欢的。于是武帝就派他做中大夫的官。

没想到他好运还没有来，不久，就因为出了错被免职。他仍旧在长安混，过了一年，武帝又召见他，打算再起用他。

这时候，东南一带有三个国家，南越最大，其次是闽越，再次是东越。吴王濞败逃东越被杀，太子驹逃到闽越，时时刻刻想给父亲报仇，要求闽越王进攻东越。

闽越王郢，就出兵向东越进攻。东越抵抗不了，派人到长安，请武帝出兵支援。武帝向大家征求意见，庄助认为应该派兵去援助。武帝就派庄助去会稽，调兵救东越。走到半路，闽越就已经退兵。东越王怕再受侵略，请求全国向内搬，武帝答应了，于是东越王和民众，大多搬到江淮一带居住。

闽越王郢赶走了东越，过了三四年，他又出兵打南越。南越王胡派人到长安求救。武帝派王恢和韩安国做将军，分两路出兵打闽越。闽越王郢把兵撤回，防御汉兵。没想到他弟弟余善，把他杀了，向汉兵投降。武帝封繇君丑为闽越王。因为余善也有功劳，就封余善为东越王。武帝又派庄助到南越去慰问。

庄助回到长安，武帝问起他家乡的事，他说他年轻时家里很穷，曾经受到人的欺侮。武帝就教他担任会稽太守，回家乡好出出风头。

没想到庄助到任以后，成绩不太好，武帝打算把他调回来。恰好东越王不肯来朝见，武帝很生气。朱买臣上了个报告，说他有办法对付东越。武帝听了很高兴，就把庄助调回，派朱买臣做会稽太守。

朱买臣向武帝辞行的时候,武帝笑着对他说:"富贵不回故乡,有如穿着漂亮衣裳在夜里走,现在你可以衣锦荣归了!"

朱买臣拜谢,武帝又吩咐他,说:"到了会稽以后,赶紧造大船,储备粮食,准备武器,等候着军队去,不得有误!"

朱买臣答应后,就告辞出来。

他上次丢官的时候,曾经在长安的会稽太守官邸中寄住和吃饭,这样免不了被人家瞧不起,有的人也不免对他挖苦几句。这次他奉命担任会稽太守,正是他吐气扬眉的日子,可是他却密藏着印绶,仍旧穿了一件旧衣裳,步行到太守官邸里去。官邸中有一位官员,正在请客,看见朱买臣进来,连理都不理。

朱买臣也不说话,低着头走进去,就和官邸中差役们一起吃饭。吃完饭,他才从怀中露出绶带,随身飘扬。有人在一旁看见,觉得奇怪,就到他身旁,把绶带拉了出来,带上挂着一个金印,仔细一看印,是会稽太守官印,赶紧问朱买臣是怎么回事。朱买臣却淡淡地说:"我今天才接受这一任命,你们不必紧张!"

话虽这么说,已经有人到大厅宴席上去报告。那些人多半喝得醉醺醺,骂报告的人是胡说。那人急得额上的青筋都暴了起来,说:"如果你们不相信,请赶快去看。"

当时客人中有一个是朱买臣的朋友,他一向是瞧不起朱买臣的,首先着慌,立刻就起座去查看。过了一会儿,他拍着手跑回来,大声喊道:"的确是真的,一点儿也不假!"

大家听了,都吓得愣住了,赶紧去报告守邸郡丞,大家急忙整理了一下衣帽,到中庭排班站立。再由郡丞进去请朱买臣出来,接受大家拜见。

朱买臣踱到中庭,大家拜倒在地。朱买臣答了礼,等到大家起来后,外头已经有车子来迎接他上任。他向大家告别,上车走了。有几个想趁这机会巴结他,愿意跟他到会稽去,他一个也没要。他们碰了一鼻子灰。

朱买臣到了会稽郡,官民站在路边欢迎。其中有不少是女人。他看见人丛中,远远站着他离婚的妻子,想起以前她曾经在墓前赠给他饭吃的事,就教手下人把她喊过来,他停住车子,详细问她的近况。

这时候,他的身份与前大不相同。他离婚的妻子,又羞又悔,到了车前,呆若木鸡,一句话也说不出来。朱买臣和颜悦色的跟她讲话,她才勉强地回答了几句。原来她的后夫,是会稽里的一个工人,每天在修建道路。

朱买臣全都问明白了以后,也叫他来相见,并教他们坐另一辆车子,跟在后头,一齐去太守衙门。进了衙门,他腾出后园的房子,教他们住在那儿,供给他们吃的和穿的。

朱买臣又请他的朋友喝酒,凡是以前接济过他的亲友,他一一报答,大家都很称赞他。只有他那以前的妻子在后悔,虽然现在也不愁穿和吃,但却谈不上怎么好。并且,他看见朱买臣又娶了妻子,享受现成的富贵;她自己吃苦多年,竟因为一时的糊涂,改嫁别人,多年的苦都白吃了,自然觉得不甘心。她越想越羞愧,过了约一个月,竟趁后夫出门时,上吊死了。

朱买臣因为她已经嫁给别人,自己又娶了妻子,自然不能再收留她。本来很想养她一些时候,没想到她竟会自杀死了,就拿出一些钱,教她的后夫买棺材把她埋葬了。

他到任以后,努力筹备了船和粮食,等候着朝廷出兵。没想到武帝正忙着出兵攻打匈奴,把打东越的事暂时搁在一边儿了。

后来,他和横海将军韩说,出过一次兵去打东越,打了一个小胜仗,杀了几百个东越兵。武帝就召他回长安,封他主爵都尉,列入九卿,官做得不能算小了。可惜过了几年,又出了差错儿,被免职。不久,又被派为丞相府的长史。

丞相庄青翟和御史大夫张汤处得不好。朱买臣做大中大夫的时候,和庄助很要好,当时张汤还是一个小职员,朱买臣就没把他放在眼里。后来张汤做廷尉,害死了庄助。朱买臣失去一个好朋友,自然怀恨张汤。不久,他又降到在丞相府做事,张汤却做到御史大夫,地位快跟丞相差不多了。有时他去见张汤,张汤故意摆架子,给他难堪。因此他格外恨张汤。

张汤想害丞相庄青翟，被朱买臣和另两个长史知道了。恰好那两个人也和张汤有怨，三个人给庄青翟出主意，来对付张汤。结果，张汤被逼得自杀，没想到后来武帝又觉得张汤死得冤枉，就下令杀了丞相府的三个长史，其中自然有朱买臣。连丞相庄青翟都受到牵累，便喝毒药自杀死亡。

# 一二、灌夫骂座

　　灌夫是颍川人,父亲叫灌孟,他本来姓张,在颍阴侯灌婴手下做过事。由于灌婴的推荐,灌孟做了不小的官,因此他就改姓灌。灌婴去世,儿子灌何袭封,做了颍阴侯。

　　灌孟本来已经年老退休。七国叛变,灌何被任为偏将,他推荐灌孟做校尉。灌孟本来不想再打仗了,看在灌何的面上,只好带了儿子灌夫跟着灌何走。

　　灌孟阵亡,照规定,灌夫可以送父亲归葬,但是灌夫不答应,为了要报父亲的仇,他只带着极少的几个人,杀进吴军大营,虽然他能够回来,但已受了重伤。不过,这一来他的勇敢却出了名,连皇帝都很称赞他。

　　七国平,皇帝封他做中郎将,接着做代相。后来又做太仆。有一次,他和长乐宫的卫尉窦甫喝酒,双方发生了争执,他用拳头打了窦甫。窦甫是窦太后的兄弟，自然不甘心，窦甫就去报告太后。幸亏武帝知道他的忠心、爽直，赶紧调灌夫去做燕相。他因为喜欢喝酒，脾气不好，跟人家合不来，结果又出了事，被免职，便回到长安来居住。

在长安，他最要好的朋友是窦婴。窦婴是窦太后的侄子。汉景帝在世的时候，窦太后常跟景帝讲，要他任窦婴为丞相。景帝认为他气量小，不够庄重，始终没有答应。到了武帝初年，窦太后变成了太皇太后，她又跟武帝讲，武帝却打算用田蚡。田蚡是他母亲王太后的兄弟，也就是他的舅舅。但在情理上，他不能不先教窦婴做丞相，教田蚡做太尉，并且封他为武安侯。

田蚡也知道自己没有什么才干，只仗着会说话，骗得武帝的信任。武帝喜欢用儒生，窦婴和田蚡推荐了赵绾和王臧两个人。没想到窦太皇太后一向喜欢老子，不喜欢儒家。赵绾和王臧主张用古制，窦太皇太后知道了，她给批评得一文不值。偏偏赵绾不识相，向武帝说："按照古礼，女人不得干涉政事，您应该自己做主，不要什么事都听祖母的。"

这件事又被太皇太后知道了，要武帝处罚赵绾。武帝说他是窦婴和田蚡推荐的人，太皇太后一听格外生气，一定要杀赵绾和王臧，并且把窦婴和田蚡免职。武帝没有办法，只好照办。

后来，太皇太后去世，武帝才教田蚡做丞相，田蚡仗着王太后撑腰,胆子越来越大,不但尽量享受,还想掌权。有一次,他开了一张推荐了十多个人的名单,要武帝批。

武帝看了以后,板起面孔,说:"舅舅已经用了很多人,难道还不满意吗?以后得让我做主用几个人了。"

另一方面,窦婴被免职以后,就一直住在家里,没有再做什么。他看到田蚡有权有势,自然很感慨。尤其是,田蚡不再理他,连他的亲戚朋友和同事,也都去巴结田蚡,不登他的门了。但灌夫常去看他,两个人遭遇又差不多,遂成了最要好的朋友。

一天,灌夫在街上闲逛,从田蚡的丞相府前经过,他心里想:"我本来跟他很熟,现在去看看他,看他怎么样待我!"

打定主意以后,他就进入相府去求见。门房人进里面报告了田蚡。田蚡就去把他迎接进来。谈了几句,问他最近做什么消遣。

灌夫回答,道:"常常去魏其侯家喝喝酒,聊聊天。"

田蚡随口说:"我也打算到魏其侯家去,你愿不愿跟我一起去?"

灌夫道:"丞相要到他家里去,我自然愿意陪您去。"

田蚡本来是随口说着玩的,没有想到灌夫竟认真起来,瞪眼看着他,见他穿了一身素净的衣裳,问他最近有什么丧事,他说:

"我确实还在穿孝服，不适合宴饮。但是丞相要去魏其侯家，我自然不能说不奉陪。这样吧，今天不去没有关系，我代丞相通知魏其侯，教他预备好酒席恭候着您，希望丞相明天早点去，千万不要失约！"

田蚡只好答应。灌夫就告别，走出丞相府，匆匆去告诉窦婴。

窦婴虽然还是侯，但是比起做丞相的时候，要差得远了。听说田蚡要来看他，就去告诉妻子赶紧预备。一面教厨房里杀牛宰羊，连夜做菜；一面教佣人打扫庭院，整理，布置，忙了一夜。一到天亮，就教门房小心伺候。

过了一会儿，灌夫也来了，和窦婴一起等候着客人。左等右等，始终不见客人的影子。快到中午了，窦婴很着急，向灌夫说："会不会是丞相把这件事忘掉了？"

灌夫生气地说："岂有此理，我去接他。"说完，就坐车到丞相府去，问了看门的，才知道田蚡睡觉还没有起床呢，只好勉强坐在那儿等。等了有一两个钟头，才见田蚡慢吞吞地出来。他立刻站起来，说："丞相昨天答应去魏其侯家，魏其侯夫妇早已把酒席安排好，恭候很久了。"

田蚡根本就没打算去，现在只假意道谢，说："对不起，昨天晚上因为喝醉了酒，忘记了。现在我跟你一起去好了。"说完，就教手下驾车,自己又进去了,不知道做什么;一直拖到太阳快要下山时才出来,和灌夫一起到窦婴家去。

窦婴迎接田蚡进去,开始喝酒。灌夫喝了几杯闷酒,觉得不高兴,离座起舞。舞了一下以后,问田蚡说:"丞相会不会舞?"

田蚡假装没有听见,灌夫酒性发作,连问了好几句,都得不到回答,就索性移动座位,挨近田蚡身边,说了很多讽刺的话。

窦婴见他这样,怕他惹祸,赶紧离座去拉灌夫,说他已经喝醉,教他到外厢房去休息。等他走了以后,再替他向田蚡赔不是。田蚡却不动声色,没当作一回事。酒一直喝到夜半,田蚡才回家。

有了这次来往以后,田蚡想出一个方法,请他的一个宾客籍福,去跟窦婴讲,要他把城南的田让出来。那是窦婴最好的田,他怎么肯让给田蚡呢? 窦婴很生气地向籍福说:"我虽然没有用,丞相也不能随意抢别人的田啊!"

籍福还没有回答,恰好灌夫进来,他听到这件事,就把籍福骂了一顿。幸亏籍福的器量大,没有放在心上,他回去报告田蚡的时候,不但对这些事一字没提,而且还劝田蚡说:"魏其侯年纪老了,看样子也活不了多久,丞相不妨再忍耐一些时候,那些田早晚一定能到手,何必这时候找麻烦呢?"

田蚡觉得他说的对,就不再提这件事。没想到偏偏有人向田蚡讨好,竟把窦婴、灌夫骂籍福和田蚡的话,报告了田蚡。

田蚡听了,不禁生气地说:"姓窦的子弟杀人,应该死罪,亏我救了他的命。现在我向他要一点田,他都这么小气,不肯给我。并且,这件事和灌夫没有关系,他为什么要多管闲事。说实在的,我并不稀罕那一点儿田,我看他们两个人还能活多久!"

于是,他先上报告检举灌夫,说他的家属在颍川横行霸道,应该命令有关当局惩治。

武帝批示:"这是你分内的事情,何必向我报告呢!"

田蚡得了这一批复,打算派人去抓灌夫的家属。没想到田蚡也有劣迹在灌夫手里。原来田蚡担任太尉的时候,淮南王刘安来长安,田蚡到霸上去迎接时,他秘密向刘安说:"主上还没有太子,您是高皇帝的孙子,将来帝位一定会属于您的!"刘安听了很高兴,送了他很多钱和东西,托他随时留意。双方并且订下了密约。

这件事不知道怎么被灌夫知道了,灌夫准备在必要的时候,向武帝检举。

田蚡也得到了风声,自觉情虚,不敢对灌夫下毒手。幸亏有和事佬出来给他们调解,两个人才停止争斗。

后来,田蚡和燕王嘉的女儿结婚,王太后下令,凡是封侯的和刘氏宗族,都要去向田蚡道贺。窦婴是列侯,自然是应该去。

他约灌夫一齐去,灌夫说:"我已得罪了丞相,最近又和他结了仇,还是不去的好。"

窦婴一定要他去,并且和他说:"上次的事情已经调解开了,不应该再有问题。何况,今天是丞相的好日子,你应该趁这机会去一下,表示你对他的好意。否则,他以为你仍旧在生他的气,记他的仇。"

灌夫不得已,只好和窦婴一起去。

到了丞相府,田蚡亲自出来迎接,互相行了礼,大家都很客气。

不大一会儿,大家入席。田蚡首先敬酒,客人都不敢接受,躲在一边。窦婴和灌夫也只好跟大家一样。

接着由客人轮流敬酒。轮到窦婴敬的时候,只有他的几个老朋友避席,其余的都是膝席,所谓膝席,就是跪在席上。那时人们都是席地而坐,没有桌椅。跪在席上不如避席谦恭。灌夫看了,觉得客人都是势利眼,心里已经不高兴。

轮到灌夫敬酒了,他到了田蚡面前。田蚡也是膝席,并且说:"不能满杯!"

灌夫忍不住地说:"丞相是当今贵人,应该干这一杯!"

田蚡不肯,勉强喝了一半。灌夫不好强迫,就敬别的客人去了。敬到临汝侯灌贤的时候,灌贤正和程不识密谈,没有避席。

灌夫一看，一肚子火，便把气发到灌贤身上，开口骂道："你平时把程不识骂得一文不值，现在我来敬酒，你反倒装腔作势起来了！"

灌贤还没有答话，田蚡在一旁插嘴，道："程不识、李广同是东西宫卫尉，你当众侮辱程将军，不给李将军留一点余地，未免太欺负人了！"他说这话，是存心挑拨。因为灌夫一向推重李广，他在这时提出来，是要他和程、李两个人结怨。

偏偏灌夫一上了火，什么也就不管了，大声地说："今天就是砍我的头，我也不怕，还顾什么程将军、李将军！"

客人见灌夫闹酒疯，大杀风景，也陆续地走了。窦婴见灌夫已经惹了祸，赶紧挥手，教灌夫出去。

灌夫走了，田蚡非常懊恼，向大家说："这是我平时太放纵灌夫了，今天我不能不对他稍加惩戒！"说完，就吩咐手下去追赶灌夫，不许他出门。

没多大一会儿，手下人把灌夫推了回来。这时候，籍福也在座，出面调解，要灌夫向田蚡道歉。灌夫说什么也不肯。田蚡更加生气，就教把灌夫绑起来，暂时关在传舍。传舍就是供应信差住宿和停放车马的地方。

剩下的客人也都走了。窦婴也只好回家。

田蚡吩咐他的长史，说："今天是奉旨请客，灌夫敢来闹事，明明是看不起太后和皇上，应该奏请皇上给他应得的处分。"

长史去准备报告。田蚡索性和灌夫算总账，并追究他以前的事，就派人去抓他的宗族。再派人把灌夫送到牢里去，禁止他跟任何人通消息。他就是想告田蚡，也没法和外面取得联络。

窦婴回到家里，后悔不应该约灌夫一齐去，现在害得他坐牢，自己怎么能不管？他妻子在一旁，问明白了经过，就劝他，说："灌将军得罪丞相，也就是得罪太后家，你怎么能救得了？"

窦婴叹了口气，说："我怎么能忍心看着他死呢？"说完，就去写了一个报告，送到朝廷里去。一会儿，武帝派人来叫他。

窦婴见了武帝，把经过情形报告后，并说灌夫喝醉了酒，得罪丞相，这不能算是死罪。

武帝点了点头，对他说："明天你到东朝来辩明好了。"

东朝就是长乐宫，也就是王太后所住的地方。田蚡是王太后的弟弟，武帝不愿一个人做主审理这件案子，所以集合大臣，同到东朝开庭。

第二天，窦婴到了东朝，等了一会儿，大臣们来了，田蚡也到了。武帝就开始审问，各大臣分站两旁，窦婴和田蚡同站在武帝的案前，辩论灌夫究竟有没有罪。

窦婴先说灌夫曾经立过大功，只不过是因为喝醉了酒，得罪了丞相，丞相因为过去和他结有怨仇，趁这机会害他，实在不应该。

接着由田蚡指出灌夫的罪状,说他纵容家属,交结流氓地痞,存心造反,应该严办。

两个人辩论了很久,窦婴的口才不如田蚡,他终于忍耐不住了,说田蚡奢侈过分,对不起国家。田蚡答辩道:"现在天下太平,我吃喝玩乐,坐享太平。比不了窦婴、灌夫,一天到晚交结匪徒,秘密开会,唯恐天下不乱。这是我不及他们的地方。"

武帝问大臣们有什么意见。大臣们你看我,我看你,谁都不敢出声。只有御史大夫韩安国道:"灌夫因为父亲阵亡,只身杀进敌营,身上受伤几十处。现在并没有什么大错,只不过因为喝酒闹事,不能给他加上别的罪名,杀害功臣,窦婴为他辩护,不能说不对。丞相所说的也有道理。这件事究竟应该怎样处理,请主上决定。"

武帝也没作声,主爵都尉汲黯和内史郑当时,也都替灌夫说话,请武帝原谅他。田蚡就瞪着他们俩。汲黯一向刚直,满不在乎。郑当时胆子小,立刻没有了主见,说话不肯定。武帝知道田蚡不对,但是碍着太后面子,也不好意思责怪田蚡,就拿郑当时出气,道:"你平时喜欢批评窦婴,今天怎么了,究竟是什么意思?应该连你一齐杀了才对!"

郑当时吓得发抖,缩成一团。自然没有人敢再开口了。武帝也起座,掉头走进宫去,群臣们也就散了,窦婴也走了。

田蚡出来,教韩安国和他同坐一辆车,便问他为什么不帮忙整窦婴,韩安国想了想,说:"你为什么不谦虚一点,窦婴说你的坏话,你应该向主上致谢,说:'窦婴讲得对,我愿意被免职。'主上一定喜欢你的谦让,慰留你,窦婴不好意思,一定会自杀。现在你们像乡下的女孩子一样互相骂来骂去,岂不是有失大体吗?"

田蚡听了,觉得自己性子太急。他回到家里,自己想来要能赢得了窦婴,一定要请太后帮忙,才能把他推倒,就派人进宫把这件事告诉太后。

王太后早已派人留意这件事,听说多数人都帮着窦婴讲话,早就不高兴了。接到田蚡的报告,心里格外生气。恰好武帝进去,她把筷子一扔,说道:"我还活着,就有人欺侮我弟弟,将来我死了,他恐怕就要变成鱼肉了。"

武帝赶紧走上前去,说道:"您放心,我一定要重办窦婴。"

于是,他便下令把窦婴押起来。窦婴没法再救灌夫,灌夫一族被杀。田蚡又造谣,说窦婴在牢里发牢骚,武帝听了,一生气,便下令把窦婴杀掉。

田蚡自然很神气,没想到第二年,他忽然得了病,说灌夫和窦婴的冤魂向他要命。没有几天,他也去世了。

# 一三、大侠郭解

武帝听了主父偃的话，把各地有钱有势的老百姓，移住茂陵。茂陵是武帝预定的墓地，在长安东北，地方很广，人却不多。主父偃认为这样可以一方面充实京师，一方面去掉各地有影响力量的人。

武帝接受了他的建议，便下令调查各地有钱有势的人，汇报后，搬往茂陵去住。各地自然遵命办理，越是有钱有势的人，越是被注意。

这时候，河内有一个人姓郭名解，是鸣雌侯许负的外孙，身材短小精悍，动不动就杀人。不过，他生性慷慨，遇上地方上有不平的事情，他就出面调停，任劳任怨，连自己的身家性命都不顾。因此关东一带，一提起郭解两个字没有人不知道的，大家都管他叫大侠。

这一次，他也被列进了搬家的名单内。他不愿意搬，托人转请卫青代他说情。卫青便去跟武帝讲，说他很穷，没有力量搬。没想到武帝摇头不答应，等卫青走了以后，武帝对旁边的手下人说："郭解是一个老百姓，有本事托将军来说情，还能算是穷吗？"

卫青说情没有结果，只好答复郭解。郭解没有办法，就收拾行李，带了家小动身。临去的时候，亲友为他送行，并且送给他路费，多达一千多万，他全部收下，向亲友告别到茂陵去。茂陵那儿的人也都欢迎他，争着和他交往，因此，他的名气越来越大。同乡杨季主的儿子，奉命押他去京师，见他的钱多，就常向他要，他也很慷慨，总是给他。没有想到他兄长的儿子看不顺眼，竟把杨季主的儿子给杀死，把头拿去了。

杨季主立刻教人到京师告状，没想到告状的人又被杀，头也不见了。

京师接连出了两起没有头的命案，自然轰动一时。官方派人验尸，在尸身上搜出一份状子，诉状里指名凶手是郭解，官方就派人去茂陵抓他。

郭解知道了消息，赶紧逃走。出临晋关，看守临晋关的官员叫少翁，虽然他没有见过郭解，但是他却很钦佩他。稍一盘问，郭解就承认了他是被通缉的犯人，少翁格外感动，就私自放他出关。

等到办案人员来到临晋关，向少翁查问时，少翁为了成全郭解，便自杀了。郭解逃到太原，躲避起来。

过了一年，遇到大赦，郭解回茂陵来看家属，被地方官知道了，便派人把他抓住，经调查他的过去，知道他犯的罪很多，不过都是大赦以前的，照规定不能追究。并且，茂陵的士绅也都赞扬他。只有一个读书人，当着大家的面批评他不好。

没想到被郭解的朋友听到了，等这个读书人回家的时候，在半路上杀了他，还割去他的舌头。

于是，官府又提郭解讯问。郭解事先毫不知情，照理应该没有问题。但是御史大夫公孙弘却不放过他，说他动不动就杀人，应该把他全族人都杀掉。

武帝竟听了公孙弘的话，下令把郭解全家都杀掉。幸亏郭解的朋友想了个办法，把他的一两个子孙救出，才没有绝郭解的后。东汉时有名的郭汲，就是郭解的后代。

# 一四、飞将军李广

　　李广是陇西成纪人，秦朝大将李信的后代。在汉文帝的时候，担任武骑常侍，常常跟着文帝打猎，射杀了不少猛兽，文帝曾向他说："可惜，你生在太平时代，没有立功的机会，否则，你一定能封侯！"

　　汉景帝的时候，他跟着周亚夫平定七国之乱，以后，曾担任上谷、上郡、陇西、雁门、代郡、云中等郡的太守。这些地区接近匈奴，他不断和匈奴接触，也不断给匈奴打击。

　　景帝六年，他担任上郡太守，匈奴入侵上郡，景帝怕他引起大战，派宫中的一个大官到前线视察。一天，使者带了十几个骑兵在塞外巡逻，碰见了三个匈奴，他们准备上前去抓，没想到这三个匈奴很厉害，一箭把使者射伤，并且把他率领的骑兵几乎全部消灭。使者逃回，告诉李广。李广说这三个匈奴一定是射雕的。

雕是一种猛禽,飞得很快,箭术不精,射不中它。李广立刻率领了一百个骑兵去追那三个匈奴。赶了十几里路,果然追上了,他亲自射他们,射死了两个,剩下的一个也被活捉过来。一问,他们果然是射雕的。

李广把他捆好,正准备回营的时候,忽然有几千个匈奴骑兵向他们追来。对方以为他们是汉朝诱敌的骑兵,不敢追得太紧,后来在山头上布起阵势,查看动静。

李广的部下很害怕,想上马逃走。李广赶紧拦阻他们,说:"现在,我们出来得太远了,没法得到援助。如果我们一逃,匈奴一定会追杀,把我们消灭。如果我们不走,他们会以为我们是大军派出来诱敌的,不敢轻易向我们进攻。"

于是他们不但不逃走,反而前进,到离敌人不远的地方停住下马,并解下了马鞍休息。

匈奴兵果然不敢向他们进攻。不久,李广看见一个骑白马的匈奴将军出来检阅队伍,他立刻飞身上马,率领了十几个骑兵冲了过去,他一箭把骑白马的匈奴将军射死了,然后回到自己的队伍里,解下马鞍把马匹放开,让它们去吃草,大家都躺下来休息。这样使得匈奴兵格外莫明其妙,更不敢采取行动。从黄昏到深夜,匈奴以为附近一定埋伏着大批的汉兵,会在夜间发动进攻,因而他们不敢久留,立刻撤退。到天亮,李广和他的部下醒来,一个匈奴也看不见,这才率领部下回去。

汉武帝早就听说他的大名,特别调他到未央宫担任卫尉,又把边郡太守程不识调回京师,担任长乐宫卫尉。李广用兵主张宽,对兵士很随便,对他们约束得不太严。程不识用兵主张严,对军律不能有一点儿违犯。两个人都是防边能手。兵士们大多愿意跟随李广,不愿意跟着程不识。程不识也很推重李广的才干。两个人名望相同,将略却不一样。

武帝元光六年,又任李广、程不识为将军,出驻朔方。这时候,李广已经五十多岁了。这一年,匈奴入塞,武帝命卫青、公孙敖、公孙贺、李广等四个人,分四路出兵。李广出雁门,他资格最老,雁门又是熟路,总以为一定可以得胜,没想到匈奴早就打听清楚,知道他不好对付,就调了大队人马,在路上埋伏,把他包围。李广仗着自己有本事,满不在乎。但是不管他本事有多大,总无法对付成千上万的匈奴人。杀到最后,他一点儿力气都没了,终于被他们抓住。

匈奴将士抓住李广,自然很高兴,就将他绑在马上,押了回去。

李广知道自己活的希望很小,闭起眼睛想主意。大约走了几十里路,押送他的匈奴兵,一路上唱着歌,非常得意。

李广偷眼一看，见近身有一个匈奴兵，骑着一匹好马，他就用力一挣，把绑着他的绳子挣断，跳起来，扑上那个匈奴兵所骑的马背，把匈奴兵推下马，抢了他手里的弓箭，用鞭子加紧打马，拼命向南跑。

匈奴兵见他跑了，都调转马头来追，结果，被李广射死了几个人，而逃了回来。不过，他的部下都损失了，照军法要判死刑，他出钱赎罪，没有被杀，被贬为平民。

他赎罪回家乡，住蓝田南山中，整天以打猎为事。有一次，他带着一个骑兵出去喝酒，到深夜才回来，路过亭下，恰好碰上巡夜的霸陵县尉，叫他站住。他还没有开口，手下已经代他报上了姓名，说是以前的李将军。

县尉喝醉了，不客气地说："就是现任将军，也不能在晚上乱闯，何况是以前的将军呢！"

李广不能和他计较，只好忍气吞声，停在亭下，等到天亮才回家。不久，武帝又派人来调他担任右北平太守，他上报告请求调霸陵尉和他一起走。霸陵尉没法推辞，只好去见李广，李广立刻下令把他杀了，然后上报告请罪。武帝正看重他，反而对他慰勉。因此，他格外振奋。

这一年，是武帝元朔元年，匈奴人杀了辽西太守，连武帝派守渔阳的将军韩安国前去，也被匈奴打败，退守右北平，气得呕血，几乎死去，于是防务空虚，武帝只好调李广去右北平镇守。李广到了右北平，士气大振。匈奴根本就没有想到他会去，一看见他，就都吓得逃走，不敢再进犯，并且给他起了一个美号，叫做"飞将军"。

右北平的老虎很多，李广一面巡逻，一面打老虎。他的箭术非常好，射死了好几只老虎。一天，他又去山中巡逻，远远看见草丛间有一只老虎，他就拉开弓，用力射了一箭。这一箭自然是射中了。手下人跑上前去查看，没想到这并不是老虎，是一块大石头。奇怪的是，箭竟射进石头里有好几寸深，只剩箭羽露在外头，用手拔都拔不出来。

大家觉得奇怪，跑回去报告李广。李广前来查看，也觉得奇怪，回到原来的地方，用力再射，不但射不进去，反而把箭头折断。

经过射这一箭后，李广的名气更大了，说他的箭能射穿石头，还有谁敢再来惹他。因此，他在任五年，匈奴一直不敢来侵犯。后来，郎中令石建生病死了，他奉召入京，代任郎中令。

武帝元狩二年的夏天，霍去病和公孙敖从陇西出兵打匈奴，张骞和李广从右北平出发。李广带了四千人做前锋，张骞带了一万人跟在后头。匈奴的左贤王知道汉兵来了，率领四万骑兵来抵抗，把李广和他的部下包围，李广把部下聚在一起，教他的儿子李敢去探视敌情。

李敢带了几十个人出去，冲进敌营，再穿过敌营，又从原路杀回，回到李广面前，手下的壮士，只伤亡了三五个人，其余的都没有事。

士兵们见匈奴人多，本来都很害怕，见李敢竟能随意进出，胆子也都壮了起来。

李敢报告，道："匈奴很容易对付，用不着多担心。"大家这才安了心。李广教士兵布成圆阵，匈奴兵也不敢进逼，只用箭射，射死了不少人。李广也教士兵们回射，射死了好几千匈奴兵。后来，见箭快要用完了，就教士兵们停止射击，自己用有名的大黄箭，专射敌人的将领，接连射死了好几个。匈奴知道他的箭术好，都不敢上前来，只在四面包围着，不肯退走。

像这样，经过了一天一夜，李广的部下都疲乏了，只有李广的精神仍旧很好。幸亏张骞的大队人马赶来，才把匈奴打退，救出李广。

李广虽然用少数的兵对抗大批的匈奴人，但是因为部下死了一大半，功罪相抵，没有功劳，也没有受到处罚。张骞因为没有赶上李广，被剥夺了博望侯的头衔。

当时很多比李广后进的人，都封了侯，李广却始终没有这个机会。有一次，他问一个看相的，说："跟匈奴打仗以来，每次都

有我，而且都打胜了，为什么别人都封了侯，我却没有这种运气呢？"

看相的问："你自问生平有没有做过亏心事？"

李广说："我一向只知道对国家尽忠。只有一次，在陇西的时候，曾经杀死过八百多投降的羌人，对这件事，心里常觉得过意不去。"

看相的说："这大概就是你不能封侯的原因。"

武帝元狩四年，对匈奴发动了一次大规模的扫荡战，出动骑兵和运输部队几十万人，分两路出兵。大将军卫青率领李广、公孙贺、公孙敖和赵食其等五万骑兵，从定襄出发。骠骑将军霍去病率领路博德、卫山等东出代郡，准备从东西两路深入包抄。

这时候，李广已经六十多岁了，武帝认为他年纪太大了，本想不要他参加，但是李广觉得自己年纪已大，杀敌报国的机会不多，一定要参加。武帝只好教他在大将军卫青手下听指挥。他要求派他做前锋，武帝也答应了。可是，在大军出发的时候，武帝暗地嘱咐卫青说："李广年纪大了，运气又坏，不要让他和匈奴正面作战。"

卫青带兵出塞，打听到匈奴单于搬往漠北去住，决定自己带兵去打，教李广和右将军赵食其向东进兵，限期会合。

担任前锋将军的李广，听说匈奴单于在大军前面，要想前去把他活捉过来,建立一次大功,得到封侯的机会,没想到卫青教他带兵向东出发,自然他很不高兴,赶回大营向卫青抗议,卫青不好老实告诉他这是武帝的嘱咐,教他接受命令。他没有办法,只好率领军队向东前进。

东面这条路不但远,水草又稀少,行军很困难。李广军中又没有熟悉这条路的向导,因此,又迷了路。等到找到正路,到达指定的地点和大军会合时,已经过了限期,没有能完成截击匈奴的使命。单于逃走,汉兵没有能追上。

卫青自然很生气,派人去责问李广迷路的经过,并且要他到军法官那儿报到受审。李广心里自然很难过,对他的部下说:"我从年轻时起,就和匈奴打仗,大小打了七十多次仗,今天跟大将军出来打匈奴,本以为可以大显身手,完成我报国的志愿,哪知道大将军教我向东出发,又迷路误事,这岂不是天意不让我立功吗?我已经是六十多岁的人了,死就死,怎么还能再受军法官的侮辱呢!"说完,就拔刀自杀了。

他死了以后,不但士兵们伤心,塞外所有的老百姓都很难过。

他一生担任过七郡的太守,驻守边疆四十一年,每次朝廷给他的赏赐,他都分赠给部下。他不爱财,不怕死,和部下共甘苦,因此,部下都乐意为他卖命。可惜他的运气太坏。他的一个堂弟李蔡，才能远不如他，但他的官职却能做到宰相。而李广却始终不能封侯。他的儿子李敢也很勇敢，被封为关内侯，李广去世，他袭封为郎中令。但他总觉得父亲死得冤枉，常想为父亲报仇。有一次，他去见大将军卫青，问他父亲死的原因，双方竟因此争执起来，李敢一拳向卫青脸上打去，卫青赶紧躲避，可是额上已受轻伤。李敢被人拉开，回家去了。卫青躲在家里养伤，这事没有跟任何人说，但却被他外甥霍去病知道了，记在心里。有一次，李敢和霍去病跟着武帝出外打猎，去病趁李敢不注意时，一箭把李敢射死。有人报告武帝，武帝自然帮着去病，说李敢是被鹿撞死的。

　　李广共有三个儿子，大儿子叫李当户，第二个儿子叫李椒，最小的是李敢。当户死得最早，李椒担任代郡太守，也在李广前生病死去。李当户的遗腹子李陵，后来也很有名，可惜也没有得到好下场。

# 一五、酷吏张汤

张汤是杜陵人，从小就很聪明，个性也很倔强。他父亲曾经在长安做官，一天，有事外出，教他看家。他喜欢玩，没有在家看门。等到他父亲回来，见厨房里的肉，被老鼠给吃了不少，很生气，便把他打了一顿。

他被打得很不甘心，就去熏老鼠洞，果然有一只老鼠由洞里跑出，被他用铁网给逮住了。洞里还有没吃完的肉，他也给拿了出来。写了一篇判决书，拿肉做证据，把老鼠判了死刑，把它打死。他父亲看见了他的判决书，暗暗惊奇，于是就教他学法律，后来就成了法学家。他曾在中尉宁成手下做事。宁成心狠手辣，张汤也跟他学。后来，张汤做了侍御史，奉命办一件巫蛊案，害死了好多人，武帝还认为他能干，提升他做大中大夫。

巫蛊案的主角是陈阿娇，她是武帝姑妈长公主的女儿，武帝从小就喜欢她,说要盖金房子给她住,就成为"金屋藏娇"成语的来源。武帝做了皇帝,陈阿娇自然当了皇后。没想到武帝又爱上了一个女人叫卫子夫,并且卫子夫还怀了孕,陈阿娇便和武帝闹,武帝说她没有孩子,他不能不另找别的女人。

陈皇后到处求医问药,想生孩子,没有效果。卫子夫却越来越得武帝的欢心。陈皇后就找了一个叫楚服的女巫到宫里来,要她设法祈祷,挽回武帝的心意。楚服每天进宫一两次,念咒语,不知道念了些什么,一直作了好几个月的法术,都没有效验。反而被武帝知道了,非常生气,立刻派人把楚服抓来拷问,一吓二骗,楚服竟招认替皇后咒武帝早死。结果,不但楚服被杀,她的一班徒弟,宫里的宫女和太监,也被杀了不少。这件事一共杀了有三百多人。陈皇后被废,搬到长门宫去住。

查办这件案子的人,就是张汤,他也因办这件案子而出了名。中大夫赵禹也很苛刻,和张汤很要好,武帝教他们重修法律,增立了两条新的法令,一条叫见知法:凡是做官的知道人家犯法,一定要出面检举,否则,就要和犯人同罪。法官办案,宁可冤枉或重判,不能错放或轻判,否则就是故意纵犯,要受处罚,这叫故纵法。自从这两条法令颁布以后,监牢里就常常人满,犯人多得不得了。

张汤见武帝喜欢文学,常在判决书中引用古义。他很钦佩董仲舒和公孙弘。董仲舒和公孙弘都是以研究《春秋》出名。不过，公孙弘比董仲舒差得多。

武帝很看重董仲舒，但是他的官运不好，又不会拍马屁，因此始终抬不起头来，后来辞职回家，专门研究《春秋》，他所写的《春秋繁露》一书非常有名。张汤虽然敬佩董仲舒，但董仲舒不愿意和人打交道，所以张汤不喜欢他。

公孙弘知道武帝信任张汤，他就和张汤来往得很密切，互相称赞、推崇，成了要好的朋友。公孙弘表里不一，做人不老实，但是因为他会拍马屁，武帝很信任他，后来竟请他做丞相。

张汤办案子，一定先探求武帝的意思，如果，武帝的意思主张轻判，他就轻判，武帝主张重判，他就重判，一定教武帝很满意。因此，武帝越来越信任他。

淮南王刘安和衡山王刘赐，勾结起来想造反，结果被发觉了，交给张汤查办，张汤办这件案子杀了好几万人。他的心越来越狠，手段也越来越辣。

相当于今天的农业部长的大农令颜异，因为一件事反对武帝的意见，惹得武帝心里很不高兴，张汤也恨他。不久，就有人检举颜异，说他肚子里怀有鬼胎，武帝教张汤查办。张汤早就想教颜异死，有了这个机会，怎么会放过？于是，他想尽办法罗织罪名，但没有罪证，只知道颜异有时和客人谈到新的法令，稍稍表示不满。张汤就拿这点罪名报告上去，说他怀有诽谤罪，就把他杀了。颜异死了以后，又把这条列入律令。这一来，自然没有人敢再得罪张汤，否则，那是自己想触霉头。

御史中丞李文和张汤处得不好，张汤想害他。张汤的手下鲁谒居，不等张汤吩咐，就教人向武帝检举李文，告了他很多罪名。武帝自然不知道内幕，就批交给张汤查办。这一来李文自然活不成了。

张汤正在得意，没想到有一天，武帝忽然问他："李文的事，究竟谁知道得最清楚，检举书上没有姓名，你有没有查出来？"

张汤已经知道是鲁谒居检举的，在这时候绝不能老实地讲出，只好假装惊疑的样子，过了一会儿才回答，道："这大概是李文的朋友，和李文平日有仇，所以才出面检举他。"

武帝这才不再追问。张汤回到家里，正想找谒居和他谈一谈，没想到谒居这时偏偏生病了，不能来看他。张汤赶紧去探问，见谒居躺在床上哼着说两只脚很疼，张汤揭开被子一看，果然两脚红肿，不由得伸出手替他抚摩。

可惜谒居消受不起，过了一个多月就死了。谒居没有儿子，只有一个弟弟，也住在长安。家里没有积蓄，丧葬费用，完全由张汤负担。

过了不久，赵王彭祖忽然上了一个报告，说张汤身为大臣，竟替下人摩脚,如果不是有什么见不得人的事,不会这样亲密,要武帝派人查办。

赵王怎么会和张汤结仇的呢?原来张汤建议设立铁官,所有的铁器都由政府专卖,赵国多铁,这一项大税款,都由赵王放进自己的腰包里,经他这一建议,偌大的一笔税款,平空的丢了。赵王自然不甘心,因此和铁官发生了争执,张汤曾经派鲁谒居去赵国查办,强迫赵王交出铁税,赵王因此怀恨张汤和谒居,暗地里派人去长安,打听两个人的劣迹。恰好谒居生病,张汤替他摩脚,被赵王的人知道了,便报告赵王,赵王立刻向武帝上报。

因为这件事牵涉到张汤,武帝不让他知道,交给廷尉查办。廷尉只好先抓谒居,偏偏这时谒居死了,他就把谒居的弟弟抓了去。一次,张汤偶然有事去廷尉衙门,谒居的弟弟看见了他,就大声呼救,张汤也想救他,但这件事牵涉到自己,不好去办,就假装不认识,走了。谒居的弟弟以为他没有情意,心里便恨起他来,于是就把他和谒居勾结,陷害李文的经过,报告了武帝。

武帝立刻教御史中丞减宣查办。减宣也以心狠手辣出名,和张汤有仇,自然想趁这机会把张汤整死。

减宣的报告还没有上去,又发生了一件盗窃案件;孝文帝墓园里埋的钱被人家偷走了,这件事关系很大,连丞相都有责任。公孙弘去世以后,相职由庄青翟接任。张汤本来想做丞相,没想到被庄青翟抢了去，因此，他嫉妒庄青翟，想要害他，张汤就说他明知道钱是谁偷了去，却偏偏不管。

没想到张汤的计划泄漏了，被丞相府的三个长史知道了。这三个长史是朱买臣、王朝和边通，都和张汤有仇。他们鼓动庄青翟先下手。探知张汤和商人田信等有勾结，就把他们抓了来，稍一拷问，他们就都招认了。

武帝知道了，把张汤叫了去，问他说："朝廷中的大小事情，商人们怎么会很快就知道了，是不是有人泄露？"

张汤装作不知道，武帝已经很不高兴。接着，御史中丞减宣把查办的经过报告上去，武帝更生气，派人责备张汤，张汤死也不肯承认，武帝教廷尉赵禹去查问。张汤仍旧不服。赵禹微笑道："你也太不知趣了，试想你办案以来，杀了多少人？灭了多少族？现在被人家告了，皇上不忍心杀你，你应该自己做个决断，还辩论什么？"

张汤知道自己不会有好结果，就向赵禹要来纸和笔写了几句话，说害他的是丞相府的三个长史，写完就自杀了。

赵禹拿了张汤的遗书去报告武帝。

张汤还有母亲、兄弟和子侄，一家人伤心地痛哭，要厚葬张汤，他母亲说："他是大臣，现在这样不名誉地死了，还厚葬什么！"家里的人就简简单单地把他埋葬了。

武帝接到张汤的遗书又听说他家里没有钱,他母亲不主张厚葬他,心里有点后悔,就派人把朱买臣等三个长史抓来杀了。连丞相庄青翟都受到牵累,也被关了起来,后来庄青翟自杀死了。

武帝教赵周做丞相,石庆做御史大夫,放出田信等,任命张汤的儿子张安世做郎官。和张汤同时的几个人,如义纵、王温舒,都心狠手辣,杀人如麻,也都没有好下场,连御史中丞减宣都没有好结果,只有赵禹比较温和,得以善终。

# 一六、 张骞的故事

　　匈奴一直是汉朝最严重的边患，雄才大略的汉武帝，一心想彻底解除匈奴对中国的威胁。他知道西域有一个叫大月氏的国家，和匈奴有很大的仇恨。汉代所说的西域，就是指现在的新疆和中亚细亚一带的地方。这一地区，和现在甘肃省的大部分，以及宁夏自治区等地，在汉武帝的时候，都在匈奴的控制之下。

　　大月氏在祁连山一带，也就是今日甘肃省的河西走廊，后来被匈奴冒顿单于攻破，冒顿单于的儿子，把月氏王抓去杀了，用他的脑袋做成溺器，作为他胜利的纪念。大月氏的人，大都逃到中亚细亚布哈尔的南边，占领大夏一带，作为他们游牧的地区。

　　武帝心里想，如果能和大月氏联络起来，由双方一起出兵去攻打匈奴，可是大月氏远在西域，和中国一向没有来往，怎样联络呢？这非得派一个勇敢而有谋略的人去才行。于是，他下令

征求这一方面的人才。

这时候，有一个人叫张骞，是汉中城固人，在朝中做郎官。他愿意去西域，武帝见他的仪表不错，心里很高兴，就派他为专使，到大月氏去。

武帝建元二年，张骞带了一百多人，开始远征。他的主要助手，是一个熟悉匈奴内情的奴隶，名字叫甘父。

他们到了陇西，就被匈奴的大队侦骑给抓住，便送到匈奴单于那儿去审问。张骞的汉节和给大月氏的玺书，都被匈奴兵搜了去。他知道要隐瞒也隐瞒不了，就承认他是汉朝派往大月氏的使者。匈奴单于知道了他的身份，自然不会放他走，设法要他投降，还特地选了一个匈奴少女给他做妻子。

可是张骞始终没有忘记他所负的使命。在匈奴一住就是十多年，他的部下散得也差不多了，只剩下二三十个人，一天，他趁匈奴没有防备，得到了逃走的机会。在沙漠上走了几十天，不但看不见一个人，连吃喝都成了问题。幸亏甘父的箭射得好，打了一些鸟兽充饥解渴。吃尽千辛万苦，好不容易才到达西域大国之一的大宛。

大宛国王早就听说中国的强大和富庶，现在居然有中国人不远千里来访问，自然很高兴。张骞说明来意："如果国王肯协助我到月氏，我将来回到汉朝，一定重重地酬谢您。"大宛国王答应了，派人护送他，通过康居国，到达大月氏。

这时候，大月氏的太子早已即位，并且并吞了肥沃的大夏，日子过得很好，不愿意再出兵报仇。张骞说了又说，他始终不肯。张骞在那儿住了一年多，最后只好失望回国。

为了躲避匈奴兵，他这次改变了路线，取道南山，改从羌中东来。没想到经过羌中，又被匈奴游骑给抓住了，扣留了有一年多。后来还是趁匈奴单于去世，发生内乱，他才得到逃脱的机会，便带着匈奴妻子逃了出来。可是和他一起去的一百多人，到现在只剩下甘父一个人了。

武帝听说他回来了，自然很高兴，立刻召见他，并拜他为大中大夫。甘父也被拜为奉使君，被尊称为堂邑父，酬谢他多年来的辛劳。

张骞在武帝建元二年出使，到元朔三年回来，前后共十三年。出国时带着一百多个人，回来的时候，只剩两个人。虽然他没有能完成使命，但却为武帝带回来了很多有关西域的重要资料。

他说西域有一种果子，叫葡萄，非常好吃。有一种草，叫苜蓿，青翠芳香。大宛有一种马，有一丈多高，两丈多长，全身红色，一天可以跑一千多里路。

武帝听了很羡慕，叹息地说："可惜这么好的地方，路途太远了,又有匈奴人和羌人找麻烦,没法儿去。"

张骞道:"我这次去,发现一条新的道路,可以不必穿过匈奴羌中而直达西域。我在西夏的时候,看见邛崃(现在的四川)的竹杖和火布。据大夏国的人说,这些东西是他们从身毒(现在的印度)国买来的,可见身毒国离我国的蜀(现在的四川)地一定不很远。如果,从蜀地经过身毒国和大夏而到达西域,也许可以是一条通大宛的捷径。"

武帝听了自然很高兴,立刻拜张骞为博望侯。从此以后,武帝开始注重对西南方的云南、贵州等地的开发。

武帝元狩二年,张骞和李广奉命从右北平出兵打匈奴。李广的四千部队被包围,等张骞赶到时,汉兵多被消灭。李广功罪相抵,张骞因为到迟了,被处死刑,他出钱赎罪,结果被削去"博望侯"的封号,降为平民。

张骞对这罪自然不甘心,想再出使一次,寻求立功的机会,恢复他失去的荣誉。恰好这一年,武帝收降了浑邪王,把河西走廊改为武威、酒泉两郡,打通西域。武帝为了要联络西域各国,又想起了张骞,打算再派他到西域去,并向他打听西域的情形。

张骞心里想:"这是立功的机会到了。"他向武帝说:"在匈奴西面,大宛的东北,有一个国家叫乌孙。乌孙王叫昆莫。昆莫的父亲难兜靡,原住在祁连山和敦煌之间,和大月氏是邻居。昆莫刚出世的时候,大月氏攻击乌孙,杀死了难兜靡。昆莫被扔在旷野,没想到有狼用奶汁喂他,有鸟叼食来给他吃。后来,乌孙的布就翎侯把他抱走,逃往匈奴,到了昆莫长大成人,匈奴已经攻破月氏,杀月氏王,月氏人向西逃亡。昆莫趁这机会和匈奴备了人马报仇,把月氏人赶走。月氏人搬往大夏,改建大月氏国。他们原住的塞种,被昆莫占领,仍旧叫乌孙国,他牧马招兵,渐渐强盛,就不愿再伺候匈奴。如果我们派人去乌孙,供给他们钱,联合他们打匈奴,就可以切断匈奴的右臂,然后和乌孙王结亲,乌孙以西,如大夏等国,一定会向我们投诚。"

武帝听了动了心,就教张骞率领三百人,马六百匹,中羊万头,金帛四万,运往乌孙。他这一次出使西域,因为河西走廊已经叫霍去病给打通,在路上没有遇到什么危险,很顺利的就到了乌孙。他的副使则去了大宛、康居、月氏、大夏等国。

张骞到达乌孙,昆莫用对待匈奴的礼节招待张骞,张骞对他说:"汉天子给你赏赐,如果你不下拜,我就把礼物带回去。"

昆莫贪图礼物,只好拜了几拜。张骞又对他说:"如果你肯和汉朝结为兄弟,一齐来对付匈奴,汉天子愿意把公主嫁给你。"

没想到昆莫已经老了,对结亲的事没有多大兴趣。并且,他们一直受匈奴的控制,不敢答应。还有一个原因是,昆莫有十多个儿子,太子死得早,在太子死的时候,要求立他的儿子岑陬为嗣，昆莫已经答应了。但是昆莫的中子大禄很不高兴。大禄很会带兵，有骑兵一万多人。他率领部下进攻岑陬。昆莫分了一万多骑兵给岑陬抵抗中子。祖孙、父子、叔侄各据一方，力量不能集中，他自己年纪又大了，因此也做不了主。

乌孙派使者送张骞回国，并且送了几十匹好马。武帝自然很高兴，对乌孙的使者很优待，教张骞担任大行的官。

张骞只任职一年多，就生病死了。又过了一年，他的副使陆续地回来了，西域各国也派了使者到来。从此西域各国才和汉有来往。西域各国只知道博望侯张骞，不知道有其他的人。西域共三十六国，后来分成五十多国。以前大多属匈奴，从此以后，逐渐被汉族同化。匈奴知道了，常出兵拦截，汉又在酒泉、武威以外，加设张掖、敦煌两郡，派人戍守，戒备匈奴。中国的版图因而向西扩展了一千多里。西域的植物，如石榴、葡萄、胡瓜、胡豆等陆续传入中国。这些都是张骞的贡献。

# 一七、 卫青的故事

卫青是卫子夫的弟弟,他俩是异父同母姊弟。有一次,汉武帝到姐姐平阳公主家去玩,看中了她的歌女卫子夫,平阳公主就把卫子夫送给他。皇后陈阿娇没有孩子,卫子夫却生了个女孩,因此武帝越来越喜欢她,后来,陈阿娇被废,生病死了,卫子夫就做了皇后。

卫青的母亲,本来是平阳公主家的女佣人,嫁给一个姓卫的,生了一男三女,大女儿君孺,二女儿叫少儿,三女儿就是子夫。后来姓卫的死了,她仍旧到平阳公主家做佣人,和男佣人郑季勾搭上,生了一个男孩子,叫郑青。郑季已有妻子,不能再娶她。她养育着郑青太吃力,就把郑青交给郑季,郑季没有办法,只好收留下来。郑季的妻子很嫉妒,并且他们已经有了好几个孩子,自然不需要郑青。不过,郑季已经把郑青带回来,没法再赶走他,就教郑青去放羊,把他当作佣人看待。他的几个兄弟,也都瞧不起他,不认他为兄弟。

在这种情形下,郑青自然吃了不少苦,好不容易长大成人。一天,他不愿再受郑家的虐待,就去找生母,要她想办法。她母亲就到平阳公主家去求情。公主把郑青叫去,见他个子高大,相貌也不错,就教他做骑奴。每当公主出门,他就骑马跟在后头。虽然也是佣人,但这比在郑家要强得多了。他觉得郑家待他太没有情义,干脆和郑家断绝关系,改姓卫,号仲卿。

他当了一两年骑奴,认识了好几个朋友,其中有一个叫公孙敖,介绍他进建章宫做事。没想到因为姐姐卫子夫的关系,竟和皇后母亲长公主做了对头。长公主派人把卫青抓了去,要杀掉他。幸亏公孙敖等几个朋友,赶紧去抢救,把他救了出来,一面托人报告武帝。武帝听了很生气,索性召见卫青,教他做建章监待中的官。接着又封子夫为夫人,提拔卫青做大中大夫,连卫青同母的兄弟姐妹,也都做官的做官,赏钱的赏钱。抢救卫青的公孙敖,也被提升做了大中大夫。

过了几年,匈奴出兵进塞,前锋到上谷,边境守将派人报告武帝,武帝就教卫青为车骑将军,率领骑兵一万人去上谷抵抗。又派合骑侯公孙敖出代郡,轻车将军公孙贺出云中,骁骑将军李广出雁门。在这四路兵马中,要算李广资格最老,雁门又是熟路,总以为这一次一定会有很大的收获,没想到匈奴早就打听清楚,知道李广不容易对付,调了不少人马在路上埋伏,等候着李广去。李广果然中了埋伏,被匈奴兵抓住。幸亏李广很机警,挣断了绑着他的绳子,逃了回来。

代郡这路的公孙敖吃了败仗,逃了回来。公孙贺到云中,看不见敌人,听说两路都被打败,也收兵退回,不敢前进。

只有卫青出兵上谷,一直到笼城。匈奴兵大部分都去了雁门,只有九千人留在笼城,因此,卫青很容易地得到胜利,杀死了几百个匈奴兵。

武帝听说四路兵马,两路失败,一路没有战果,只有卫青得胜,自然另眼相待,封他为关内侯。公孙贺没有功劳,也没有错。李广和公孙敖照法令应该被杀,他们出钱赎罪,只革职了事。

卫青的同母姐卫子夫,进宫以后,接连生了三个女儿,没想到卫青打了胜仗,她也生了一个男孩子。武帝自然很高兴,便立卫子夫为皇后,卫青也就更神气了。不过,他升官并不完全是靠他姐姐的力量,也有自己的战功。

第二年,也就是武帝元朔二年的秋天,他又奉命率领三万骑兵,从雁门,杀了好几千匈奴兵,得胜回来。接着他又从云中出发,从事一次远征。这次远征,他把绥远、宁夏、甘肃三省黄河以南的匈奴势力肃清,并且收复了河南的土地,改为朔方郡,派苏武的父亲苏建主持建筑朔方城。卫青胜利回来,被封为长平侯。

到了元朔五年,卫青又率领苏建、李沮、公孙贺、李蔡等四位将领和十多万骑兵,攻打匈奴,出塞外六七百里。匈奴右贤王没有防备,被打败逃走。卫青抓住了小王十多人,男女一万五千多人,牲畜上百万。消息传到京师,武帝高兴得不得了,立刻下令封卫青为大将军。他的三个孩子还很小,也都封为侯。卫青不肯受封,说这都是将士们的功劳,武帝不答应。公孙贺、李蔡、公孙敖等也都被封为侯。他带兵回来,公卿大臣们都在马前拜见他,连武帝都亲自站起来,敬他三杯酒。

卫青年轻时的主人平阳公主,因为丈夫曹寿死了,想再嫁人,问手下列侯中谁最好,手下的人都说卫青。平阳公主说:"他以前是我的佣人,怎能嫁给他呢?"手下人道:"以前是以前,现在是现在。现在他是大将军,儿子也都封侯,姐姐是皇后,除了皇上以外,还有谁比他更尊贵的呢?"

平阳公主听了,觉得很有道理,就进宫求皇后给她做媒。以前是平阳公主歌女的皇后,自然是一口答应了。皇后征求得她弟弟的同意以后,再告诉武帝,由武帝下令,把平阳公主改嫁给卫青。于是卫青又做了武帝的姐夫,亲上加亲,卫青的权势更大

了,满朝公卿都巴结他。只有汲黯不把他放在眼里。不过,他性格宽和,对汲黯仍旧很敬重。

元朔六年二月,卫青第五次出兵,得到了小胜,休息了一个多月,到四月间,又带领公孙贺、赵信、公孙敖、苏建、李广、李沮等六个将领,和十多万骑兵,从定襄出发,目的是想消灭匈奴的主力。没想到,他自己没有遇上匈奴的主力,他的手下苏建和赵信遇上了。双方打了起来,打了一天,汉兵打得精疲力竭,苏建带的三千人,几乎死光,只剩下苏建一个人逃了回来。赵信本来是胡人,率领他的部下八百多人,投降了匈奴。

苏建逃回,向卫青请罪,军法官要求杀苏建建立威信,卫青说苏建人少,已经尽了他最大的努力,究竟怎样处置应该由皇上决定。这次出兵,卫青曾经带了他的外甥霍去病一起去,别人没有收获,只有他杀了两千多匈奴兵,活抓了匈奴的两个大头目。因此,他被封为冠军侯。别人都没有封赏。

到了武帝元狩四年,卫青和霍去病联合出兵。他率领李广、公孙贺、公孙敖等五万骑兵出定襄,霍去病率领路博德、衡山等出代郡,准备从东西两路深入包抄,把匈奴单于活捉。李广因为迷路,自杀死了。卫青和公孙敖等,带兵前进一千多里,遇到匈奴单于的大军。卫青集中主力,用装甲的武刚车环卫大营,防备匈奴的偷袭,另一方面,选出精骑五千,突袭匈奴,从中午杀到日落,匈奴兵被打败逃走。卫青带兵追到寘颜山赵信城,发现那儿有匈奴囤积的大批粮食,就放起一把大火,把粮食和城都给烧掉。这次卫青共杀了匈奴一万九千多人,匈奴元气大丧,远逃漠北,再也不敢南下。

这一次出兵,卫青虽然得到胜利,但是因为损失了李广,逃走了匈奴王,功过相抵,没有得到封赏,霍去病的功劳却比他大得多。武帝特设了大司马官职,由卫青和霍去病两个人兼任。

此后,卫青没有再出兵,在武帝元封五年,也就是公元前一〇六年,去世了。

# 一八、霍去病的故事

　　霍去病的父亲霍仲孺,是平阳公主家的一个小职员,他和卫青的同母姐姐少儿很要好,因而生下去病。所以,去病是卫青的外甥。他的三姨妈是武帝的皇后,因此,武帝是他的姨父。由于这一关系,他十八岁的时候,就担任侍中的官,做武帝的侍卫。

　　元朔六年,卫青出兵打匈奴,霍去病愿意跟去,卫青就教他担任校尉,选了八百个壮士,由他率领。到了塞外,他率领部下向北深入,一路看不见胡人,走了好几百里,见有匈奴营帐,就杀了过去。匈奴没有防备,两个大头目被霍去病抓住。因此他被封为冠军侯。

　　武帝元狩二年春天,他以骠骑将军的名义,率领一万骑兵,从陇西出发。这一年,他才二十五岁。他的主要目的是收复河西走廊。盘踞在这一带的匈奴部落,是休屠王和浑邪王。如果他能把这一带占领过来,就可以在西北方面打开中国和西域的通路,砍断了匈奴的右臂;在东北方面,可以威胁单于的王廷;在南面,可以隔断匈奴和羌人在今青海地区的交通;在东南方面,可以解除长安的一面威胁。因此,河西走廊是当时汉朝和匈奴必争的战略要地。

这一次霍去病过焉支山一千多里,在祁连山打了一个大胜仗,抓住了匈奴酋涂等五王,阏氏、王子等五十九人,相国、将军等六十三人,杀了他们三万多人,投降的有两千五百人。

匈奴人都怕霍去病,不敢和他打,焉支山和祁连山被他踏破以后,匈奴人编了首歌谣,道:

亡我祁连山,使我六畜不蕃息;

失我焉支山,使我妇女无颜色。

焉支山又叫胭脂山,所以胡奴才这么说。这一首歌谣传到内地,去病的声威更盛了。

武帝曾经教他学孙吴兵法,他说:"做大将的要随时用计,何必一定要受古法的约束呢!"武帝要给他盖房子,他辞谢道:"匈奴还没有灭掉,成什么家?"

武帝听了,对他格外宠爱。他最初不知道父亲霍仲孺的名字,到做了官后才知道。那时霍仲孺已经回平阳原籍。他北伐回军,经过河东,查出仲孺还在,就派人去迎接,父子才得团圆。

霍仲孺已经另外娶了一个妻子，生了个儿子叫霍光，年纪虽小，却很聪明。去病待他像自己的亲弟弟一样，教他跟着他，又出钱给仲孺买地盖房子，然后向他告别。

霍光跟着哥哥进都，做了郎官。大将军卫青见外甥出名，地位跟自己一样，自然很高兴。父子甥舅，一门五侯，朝廷中没有一家能比他们更有权势的了。

元狩四年春天，霍去病和卫青奉命出兵打匈奴。去病出塞两千多里，和匈奴左贤王相遇，连打了几次，都打胜仗，抓住屯头王、韩王等三人，和敌人官兵八十三人，俘获的牲畜还不知道有多少。这次回朝，武帝教他和卫青都担任大司马的职务。

可惜去病死得很早，武帝对他的死，非常伤心，赐谥景桓侯，并且在茂陵旁赐葬，特地建筑了一座很高的坟，样子像祁连山，纪念他的功绩。此外教他的儿子嬗袭封。嬗号子侯，武帝对他很喜爱，但他也死得很早，连后代都没有。

# 一九、爱国牧羊人—卜式

　　河南有一个人，名叫卜式，靠种田和牧羊过日子，他牧羊牧了十多年，前后养了有一千多头羊，赚了不少钱，就用这些钱买地皮盖房子。

　　当时朝廷正出兵征讨匈奴，需要很多钱，他就给武帝上了个报告，说愿意捐出家产的一半，作为打匈奴的费用。

　　武帝看见他的报告觉得很奇怪，就派人去问他是不是想做官，他说他从小就牧羊，不会做官。又问他是不是有冤要伸，他说他向来不跟人争，没有任何冤仇。问他上这报告究竟是什么用意，他说："皇上出兵攻打匈奴，我觉得全国人民都有责任，应该有力的出力，有钱的出钱，才能消灭匈奴。我的钱并不多，但我愿意作个倡导，没有别的用意。"

　　使者回去把他的话报告了武帝。丞相公孙弘认为卜式是想出出风头，不必相信他的话，于是，朝廷也就没有理会他的建议。

后来，公孙弘去世，卜式又捐了当时的钱二十万，交河南太守，作为接济移民的经费。河南太守自然要把这热心的事报告武帝，武帝想起了上一次捐助攻打匈奴费用的事，特别嘉许，就把卜式召了来，教他担任中郎的官，赐爵左庶长。

卜式接到命令，便进朝辞谢，武帝说："你不必辞官，我在上林中有不少羊，你到那儿去负责管理。"

卜式就到上林牧羊。过了一年多，武帝到上林去玩儿，看见羊比过去多了不少，非常称赞他。卜式说："不但牧羊应该这样，牧民也应该这样，要随时注意，去掉不好的，留下好的，不要教不好的影响到好的！"

武帝听了一个劲儿地点头。回宫以后，就下令教卜式担任缑氏地方的县官。卜式接受了这个使命，交卸牧羊的差使，接印牧民去了。

不久，他被派担任齐相，恰好南越又出事，朝廷出兵讨伐，卜式上报告，愿意和他的儿子参加军队，到南越去打仗。

武帝没有批准，但下令褒奖，封他为关内侯，赐他黄金四十斤，田十顷，并昭告天下，要百官向卜式看齐。

没想到除卜式外，竟没有一个人能和他一样，武帝心里很不高兴。恰好秋祭到了，封侯的要出钱助祭。武帝特地吩咐主办人收验银子的时候,如果成色不足,要以不敬论罪。这一次,被削去侯爵的,有一百零六人。丞相赵周,事先没有纠举,被关进监牢,气得自杀了。另升御史大夫石庆做丞相,教齐相卜式担任御史大夫。卜式从一个牧羊人,很快的做到三公——最高的官,这不能不说是他的好运气。

# 二○、雄才大略的汉武帝

汉武帝姓刘名彻，是汉代的第五代皇帝。他以前的四代皇帝：高祖、惠帝、文帝和景帝，在位期间一共是六十二年，对外忍辱求和，对内实行无为之治，因而使得国家安定，人民富裕。

汉高祖看到秦代灭亡得这样快，经分析是因为没有分封同姓子弟的缘故，因此他做了皇帝以后，就实行封建、郡县并行的制度。在接受秦朝的三十九郡中，他统治十五郡，其余的二十四郡分封给有功的功臣。后来，这些功臣大多都被消灭，他就分封给了可靠的同姓子弟。到了汉景帝时代，同姓王侯的势力越来越大，对中央政府形成了威胁。景帝采用晁错的策略，实行削藩，因而引起了"七国之乱"。后来被周亚夫平定。

武帝怕再发生这种情形，就重新分封，使诸侯王的子孙都得到了土地而对朝廷感恩，可是，他们的封地越来越小，势力也越来越薄弱,便不容易再发生造反或者不听中央指挥的事了。

中央的权力一天比一天稳固,武帝开始专心对外,消除外患,开拓疆土。当时,中国北方最大的敌人是匈奴。从高祖到景帝,都是把公主嫁给匈奴,采取屈辱的和亲政策。武帝十岁做了皇帝,还不大懂事,后来逐渐长大,觉得用这种和亲的方式来维护边疆的安全,实在是国家的耻辱,他决心要把匈奴打垮,解除对中国的威胁。

元光二年,武帝采纳了王恢的建议,由韩安国、李广、公孙贺、王恢等将领,带了三十万人马驻扎在马邑谷,另外又派了一个常来往匈奴的边疆商人聂壹,向匈奴伪报马邑空虚,引诱匈奴来抢劫,好把他们的主力全部消灭。没想到这个消息走漏了,匈奴连夜退走,汉军追赶不上,只好撤退。从此以后,匈奴和汉朝断绝了邦交。武帝也放弃了诱敌深入的战略,改采主动出击,派卫青、霍去病、李广等名将,和匈奴断断续续地打了四十三年。虽然没有把匈奴完全打垮,但已经把匈奴的实力消灭了,到汉宣帝的时候,匈奴终于向汉朝投降。

武帝除了北伐匈奴以外,并且通西南夷(现在的云南、贵州一带),平南越(现在的广东、广西和越南一带),灭朝鲜(现在的韩国)。北伐匈奴,他增设了朔方、五原、酒泉、武威、张掖、敦煌等郡。平西南夷设犍为、牂牁、越巂、沈黎、汶山、武都、益州等七郡。平越南设儋耳、珠崖、南海、苍梧、郁林、合浦、交趾、九真、日南等九郡。灭朝鲜设乐浪、临屯、玄菟、真番等四郡。他为中国开拓了两万里的疆域，使大汉声威远播海外。此外，他又灭东越，派兵攻破西域的楼兰、姑师、大宛等国。

他除了武功有这样辉煌成就之外，在文治方面也很有成就。他认为黄老太消极，法家太刻薄。他采用了董仲舒的建议，特别崇尚儒学，用孔子温和而合乎理性的办法来治理国家。他设五经博士，表彰六经，凡能通一经的就可以做官。因此，产生了很多经学、史学、文学家，如董仲舒、司马相如、扬雄和司马迁等，都是中国历史上的名人。

打仗要花钱，因此，武帝很注重经济，如桑弘羊、孔仅等著名的财政、经济专家，都在他的支持下，有很大的表现。不过，因为连年用兵，花钱太多，从高祖到景帝时的积蓄，全部被他花光。他不得不采取下列的经济措施：

一、统一币制，由政府铸钱，民间有私造的被发觉，要处死刑。

二、盐、铁、酒由国家专卖。以前，盐、铁的出产和经营，都是操纵在豪门贵族的手里，从元狩四年开始，由政府专卖，不准人民私自经营，使政府的收入大增。到天汉三年，又实行酒的专卖。

三、征收算缗钱。向商人征收资本税。商人做生意的资本，自己折算呈报，如发现以多报少，就罚守边城一年，财产充公。没收的土地叫"屯田"，用来安置贫苦的百姓。

四、均输和平准。由政府分派官员经营运输和贸易，避免不法商人的操纵市场和做投机活动。这样政府不但可以赚钱，还可以控制物价。

汉武帝的晚年生活很放荡，受到后人批评。他最初的皇后是陈阿娇，后来又爱上了卫子夫。陈阿娇被废，卫子夫做了皇后。卫青是卫子夫的弟弟，霍去病是卫青的外甥。后来因为卫子夫年纪大了，也不好看了，他又宠爱一位王夫人。王夫人死了，他又爱上了戏子李延年的妹妹，把她封为李夫人。李夫人有两个哥哥，大哥李延年被封为协律都尉，二哥李广和后来被封为海西侯。可惜李夫人也死得很早，在她将要死的时候，武帝要见她最后一面，她不肯，武帝不高兴地走了。李夫人的姐妹埋怨她不该得罪皇上。她说："皇上喜欢我，是因为我长得好看。现在我瘦得不成人形，实在不愿给他留下一个坏的印象。我要他想念我的过去，这样我的哥哥才会得到他的照顾。"大家听了才明白她不肯见皇上最后一面的用意。

过了几天，李夫人去世了，武帝很伤心，教用皇后的礼埋葬，并且画下她的像，挂在甘泉宫，日夜想念。

后来,他又爱上了尹、邢两夫人。武帝教她们俩分住在两地,不让她们见面。一天,尹夫人向武帝请求,说要见邢夫人一面,看看究竟是谁长得漂亮。武帝就教一个宫女,假扮邢夫人,尹夫人一见到就说:"这绝不是邢夫人,否则,您怎么会看得上眼呢?"

武帝就教真的邢夫人来了。邢夫人的服饰虽然很平常,但是她的姿容很秀媚。尹夫人看了,半晌说不出话来,只有低头哭的分儿。

邢夫人笑着走了,武帝知道尹夫人的心思,大概自觉没有邢夫人好看,武帝再三用好话来安慰她,尹夫人这才不哭了。从此以后,两个人不愿再见面,免得难过。

此外,还有一个钩弋夫人,是河间一个姓赵人家的女儿,从小就长得很好看,但两手总是握成拳头,谁也没法教她伸开。有一年,武帝巡游河间,听到了这件事,特别召见她,并且把她握着拳头的手拉开,见她手掌心抓着一把玉钩,非常惊奇,就把她带回宫,安置在一个房间里,住的地方叫钩弋宫,封她为钩弋夫人,也叫拳夫人。过了一年多,钩弋夫人生了个男孩儿,名字叫弗陵。

武帝和秦始皇一样,晚年怕死,想长生不老,因而相信方士。最初得到他信任的是李少君,接着是少翁、栾大、公孙卿等。栾大见了武帝一个多月后,武帝就把公主嫁给他,封他为乐通侯,挂六个将军印,比朝廷里的任何人都神气。

武帝要他去迎接神仙,他就收拾行李出发。武帝因为已经上过好几次当,便派了一个内侍,假扮成平民模样,偷偷地跟着他。他到了泰山,祈祷一番,并没有仙人出现和他说话。他就在海边玩了几天,才回到长安来。内侍在他之前就回来报告武帝了,武帝自然很生气,等栾大回来,就把他杀了。

武帝因为相信方士,男巫、女巫就特别的多,他们只要有门路,就可随意出入宫廷。武帝晚年恐怕被人暗杀,尤其怕人用邪术诅咒他,因而发生了很多次的巫蛊案,牵连被杀的有好几万人。其中最惨的一次,是在征和元年。一天,白天他正在打盹儿,忽然梦见有无数的木头人,拿着木棍从四面八方打来,他吓得出了一身冷汗,醒来时还心惊肉跳。恰好江充来问安,他把这梦告诉了江充,江充说这是巫蛊作怪。武帝就命令他去查办。

江充是一个大坏蛋,他买通胡巫,教他们到处埋木偶,然后再派人把那些木偶挖出来,诬说是屋主人埋的,三拷四问,强迫对方认罪,这样他就立了功,武帝越来越信任他。官民无辜被杀的,有好几万人。

江充和太子刘据相处得不好。刘据是皇后卫子夫生的孩子。武帝不再爱皇后,也就对刘据太子冷淡了。皇后要太子谨慎,不要违背武帝的意思,这样太子才没有被废。江充怕太子将来做了皇帝,对他不利,就打算害太子。就向武帝说:"宫中巫蛊气太大,应该清除。"

武帝自然教他负责。并且派韩说、章赣、苏文等帮助他。他们到处乱刨,尤其到皇后和太子的宫里时,刨得更厉害。最后江充向武帝报告,说在太子宫中刨出很多的木头人,并且有帛书,上头写着骂武帝的词句。

太子吓坏了,去向他的老师石德请教,石德怕受牵累,对他说:"前一些时候,丞相(公孙贺)父子、卫伉(卫青的儿子)和两公主(阳石公主和诸邑公主,都是汉武帝的女儿)都是因为这种事情死的。现在又在你宫里刨出木头人来,你很难分辩。最好先把江充抓来再说。"

太子道:"江充是奉命来的,我怎么可以抓他?"

石德说:"皇上在甘泉养病,不能管事,奸臣这么胡来,你不赶快采取行动,恐怕要倒霉!"

太子听了,实在想不出别的办法来,就假造皇帝的命令,把江充抓住,胡巫檀何也被抓。韩说受伤死了,苏文、章赣逃进甘泉宫。

太子杀了江充和檀何,派人去报告卫皇后。并且派人守住宫门。

苏文报告武帝，说太子要造反，已经把江充抓了去。武帝说："这大概是因为江充在太子宫内刨出木头人的关系，太子恨江充，才会有这种事，我把太子叫来问一问就知道了。"于是派人去叫太子。

苏文向使者挤了挤眼睛，使者出去转了一下，就回来向皇帝报告说，太子真的要造反，不但不肯来，并且还要杀他，吓得他只好逃了回来。

皇帝听了很生气，就教丞相刘屈牦发兵去抓太子。双方在长安城里打了五天，太子被打败，逃出长安，逃到长安东边的湖县居住。地方长官知道了，派人去抓，太子上吊死了，两个儿子对抗官兵被杀。太子的母亲卫皇后自然也活不成。卫氏家族以及和太子有关系的人，也都被杀。

后来武帝查出巫蛊各事都不确实，知道太子死得冤枉，心里很难过，下令把江充一家杀掉，并且把苏文推到桥上活活烧死。又在湖县建筑了一座思子宫，里头有望思台，作为凭吊太子的地方。

征和三年，匈奴入侵，武帝教李广利带兵去讨伐，李广利失败，便投降了匈奴。武帝听说很生气，杀了他一家人。连公孙敖等也都受到牵累被杀。在这以前，有人报告武帝，说李广利曾经和亲家刘屈牦约妥立昌邑王，武帝又杀丞相刘屈牦。他做了五十四年的皇帝,不知换了多少丞相,也杀了不少。

他最后一次东巡,是想见一见神仙,但没有结果。田千秋跟他说,神仙这件事是方士们用来骗人的,徒然浪费金钱,毫无益处。武帝灰心了,把所有的方士都给赶走。桑弘羊建议在轮台东面派兵垦田,以防备匈奴。武帝没答应,发表了一个文告,说过去劳民伤财,实在对不起老百姓。从此以后他不再用兵,连以前的种种嗜好,都全部戒除。

田千秋本来没有什么才干,因为机会好,话说得正是时候,武布便教他做丞相,封富民侯,连匈奴听说都很奇怪。

武帝共有六个儿子。太子刘据是大儿子。此外还有齐王闳,是王夫人所生;昌邑王髆,是李夫人所生;钩弋夫人的儿子弗陵,外加燕王旦,广陵王,都是后宫李姬所生。刘闳死得很早,太子据一死,按照次序应该是武帝的第三个儿子燕王旦,他要求到京师来,武帝没答应。昌邑王是李广利的外甥,李广利希望他当太子,曾经和丞相刘屈牦商量。刘屈牦的儿媳妇是李广利的女儿,自然他是支持李广利的,没想到被人检举了,刘屈牦被杀。

武帝最喜欢小儿子弗陵,觉得弗陵在各方面都很像他。但是弗陵年纪太小,才六岁,得要找几个可靠的大臣来帮忙。他首先想到的是霍光。霍光是霍去病的弟弟,由去病带到京师来,担任郎官,后来升任车都尉,光禄大夫,任官二十多年来,一直小心谨慎,很受武帝的信任。其次是金日碑。金是匈奴人,但是对武帝很忠心。此外是丞相田千秋,御史大夫桑弘羊和太仆上官桀。

武帝怕钩弋夫人年纪轻,将来做了太后可能专政,于是就先逼她自杀,然后立弗陵为太子,封霍光为大司马,金日碑为车骑将军,上官桀为左将军,与丞相、御史一齐共同协助太子。五个人都去见武帝,向他拜谢。这时候,武帝已经病重,不能多说话,只向他们点头示意。

第二天,武帝去世,享年七十一岁。八岁的弗陵便做了皇帝,叫汉昭帝。

# 二一、 司马迁和史记

在纪元前九十年，中国出了一部伟大的著作——《史记》。这是一部历史书，从黄帝时（纪元前二六九七年）写起，一直写到汉武帝的时代，上下两千五百年，共五十二万六千五百字。内容很广泛，不但是政治史、学术史、文学史，并且包括了天文、地理、法律、经济等各部门的学问，包罗万象。这一部书中列传中的人物，包括有政治家、哲学家、文学家、商人等，甚至民间的游侠。其中有很多极动人的故事。有成功的经验，也有失败的教训。

这部伟大著作的作者是谁呢？他姓司马名迁，号子长。生于汉景帝中和五年，冯翊夏阳人（今陕西韩城县）。他家是史学世家。在中国古代，史官是专业、世袭的，从这一代传到下一代，代代相传。司马氏家，从远古以来，就担任史官的职务。

司马迁的父亲叫司马谈，在武帝建元年间，也担任史官。当

时这官名叫太史令。司马谈的学问很渊博,对天文学、哲学有很深入的研究。他对当时流行的黄老学说,也很有研究。不过,由于武帝倡导儒学,他的研究没有受到人们的重视。

司马迁在十岁以前,一直在家乡。十岁那一年,他才跟着父亲到了当时的京师——长安。在长安住了十年,他的眼界扩大了,心胸也开阔了,认识了很多当时有名的人物。他父亲仍旧觉得他的见闻太窄,在他二十岁的时候,给了他一辆马车,教他到各地去游览。

他花费了一年的时间,从西北游到东南,顺着长江下游,经过洞庭湖、鄱阳湖、太湖;过淮河,历济水,再顺着黄河西归。他踏遍了半个中国。这次旅游他广泛地接触了各地的百姓,使他了解了他们的生活情形,也搜集了很多有价值的史料。因此,这一次的旅行,对他的一生有很重大的影响。他因此熟悉了很多山川形势和地理环境,这对他后来写《史记》,有很大的帮助。

元朔五年,他担任了郎中的官职,这是皇帝的侍从官,皇帝出门,他要紧跟在皇帝的身边。国家有什么大事,他被派出代表皇帝宣达命令。他的地位虽然不高,但是因为和皇帝接触的机会多,如果有真才能的话,很容易得到皇帝的赏识和提拔。此外,他有机会参加各种政治和外交活动,又可以增广见闻。

在这一段期间,他认识了孔子的第十一代后人孔安国。孔安国也是任郎中，司马迁从他那儿看到孔家所独传的历史宝典——古文《尚书》。同时，他又认识了当时最伟大的经学大师董仲舒。董仲舒对孔子删削的《春秋》，有深入的研究。孔安国和董仲舒，对他都有很大的影响。

他三十五岁那年奉命去西南，游说那儿的几个小国归顺汉朝。他从四川岷江一直到如今的云南大理，终于完成使命。汉朝在那儿增设了武都（今甘肃成县）、牂柯（今贵州平越》、越嶲（今西康西昌）、沈黎（今西康汉源）、汶山（今四川茂县）等五郡。他趁这个机会考查了西南一带的风土人情，增加了不少地理知识。

没想到他从西南回来，却遭遇了一次家庭变故。他父亲因为反对方士们所主张的封禅仪式而没有获准参加，被留在洛阳，因而气出病来，躺在床上不能起来。司马迁赶到洛阳去看他父亲的病。他父亲遗命要他好好编一本史书。从这时候起，他就下定决心写《史记》。

他父亲死后的第三年，他接替了他父亲的职务，当了太史令。这一年，他三十八岁，开始研读宫中的藏书和档案，读了五年，四十二岁的时候，便开始写作他的《史记》。

武帝天汉二年，武帝命李广利去打匈奴，和他一齐去的有名将李广的孙子李陵。李陵带了五千步兵出发，遇上了实力比他大十六倍的敌人，李陵虽然英勇非凡，但最后不得不投降。

武帝听说李陵投降匈奴，便很生气，其他的大臣们也都说李陵不应该，司马迁忍不住了，代李陵辩护，道："李陵是个和别人不同的人，他孝顺父母，爱护部下，对朋友也很讲义气。他这次自告奋勇出去，本来是想报效国家，没想到深入敌人内部，在兵尽援绝之下才遭遇失败。但是他的功劳足可以补偿过失。有人说他投降了匈奴，据我看，他的投降是在等待为国家立功的机会的。"

司马迁所讲的话虽然有道理，但是武帝在气头上，便下令把他也关起来，并判了他的死刑。照当时的规定，出钱可以赎罪。赎死罪要缴五斤黄金。但是司马迁却拿不出这么多黄金，和他要好的人，又怕惹麻烦，不敢出面援救他。不过后来，他还是被赦免了死刑。究竟是谁替他出的钱，没有人知道。更糟的是第二年，李广利和公孙敖等去打匈奴，打了败仗回来，公孙敖说是因为有李陵给匈奴出主意，所以他们才打了败仗。武帝气得把李陵一家人全杀了。司马迁因为曾替李陵辩护，也受到最残酷羞辱的刑法——宫刑。

李陵在匈奴听到他全家人都被杀，自然很伤心，使他真的投降了匈奴。后来，有汉朝的使者到了匈奴，李陵问汉使者说："我只带了五千步兵，对付比我实力大十几倍的匈奴，因为兵尽援绝失败,这点虽对不起汉朝,但汉天子为什么要杀我的全家呢?"

使者说:"听说是你给匈奴出主意,打败汉兵,所以皇上才气得这么做。"

李陵伤心地说:"那是李绪,不是我!"

司马迁在牢里过了两年,精神和肉体都受到很大的折磨。武帝太始元年,因为改元,大赦天下,司马迁才被放出来。这一年,他是五十岁。

武帝知道司马迁很有学问,就教他担任中书令,这个职位比太史令要高得多了。太史令一年只有一千石谷子的薪水,中书令一年有两千石。这一职位,就等于是皇帝的秘书长,既可以常和皇帝接近,又可以掌管国家机密文件。

不过,司马迁的全部精力都放在《史记》的写作上,对于官阶的大小,并不放在心上。武帝征和二年,他五十五岁的时候,终于把《史记》完成。这部伟大的著作,原叫《太史公书》,到了东汉以后,才逐渐被称为《史记》。全书包括十二篇《本纪》,十篇《年表》,八篇《书志》,三十篇《世家》,七十篇《列传》,共一百三十篇,五十二万六千五百字。

《史记》不但内容充实,是研究我国古代历史的最重要参考著作,在文字方面也很突出。写得最好的是《列传》,把当时的很多人物,写得都很生动、活泼。

《史记》写好以后，他抄了两部，一部藏在山里，一部随身带着，怕万一有一部被毁，另一部还可以流传。

这部书，他从任职太史令起，搜集材料，到征和二年全部写成，共费时十八年。事实上，其中有不少材料，是他父亲所搜集的，如果往远里说，他从二十岁起，就开始为写这部书做准备了，前前后后他一共写了四十年。

司马迁究竟是什么时候死的，已经没法考查了。大概是在六十岁的时候去世，也就是他完成《史记》的五年以后。

他有两个儿子，一个女儿，儿子叫司马临、司马观。他们因为父亲的不幸遭遇，对政府不满，因此，皇帝也就不再任命他们为史官了。他的女儿嫁给杨敞，杨敞很有才干，当了丞相。霍光想废掉新立的昌邑王，改立皇帝，教田延年去征求杨敞的意见，杨敞不敢表示，他的妻子听到了，劝他赶快答应，否则，对生命很危险。杨敞还是不敢决定，她便亲自出去跟田延年讲，说杨敞支持霍光的意见。他们的小儿子杨恽，也是一个有天才的文学家，《史记》就是经杨恽流传于世的。

# 二二、 理财专家桑弘羊

　　桑弘羊是洛阳人，生于汉景帝五年，是一个生意人的儿子。十三岁的时候，就做了汉武帝的亲信——侍中。在以后的二十五年中，他一直担任这个职务。

　　元鼎二年，他三十八岁，升任大司农中丞，一做就做了五年，他建议货币统一，由国家铸造；推行均输和平准经济政策。所谓均输是由各郡国每年献给皇帝若干土产，但这些土产不运到京师来，由中央派人到各郡国去，拿贡品当作货物运到市价最高的地方出售，售得的钱归公。平准是政府在京师设官，搜买天下货物，物价低落的时候收买，物价高涨的时候出卖，这样，做生意的人就不能操纵市场，物价可以得到调节，政府的收入也可以增加。

　　五年以后，武帝元封元年，他又兼领了治粟都尉，督理军粮的补给，并且代孔仅管理天下盐铁，达十一年之久。天汉元年，他五十三岁，担任大司农，相当于今天的财政部长。两年以后，他又推行酒的专卖。

天汉四年，他因子弟犯法，受牵累降为搜粟都尉，但在九年以后，他六十六岁的时候，被任命为御史大夫，相当于副丞相。

就在他担任御史大夫的这一年，武帝去世，太子弗陵做了皇帝，史称昭帝。昭帝才八岁，自然不能治理国家。武帝在未逝世前，曾经要桑弘羊和霍光、金日磾、田千秋、上官桀等几个人共同辅佐昭帝。金日磾不到一年就去世了，田千秋年老多病，不过问政事，偶尔坐一辆小车进朝，当时的人管他叫车丞相。过了几年，他也死了。因此，当时实际主持政事的是桑弘羊、霍光和上官桀等三个人。

在这三个人中，霍光的权力最大。他虽然和上宫桀是亲家，但他俩却发生了权力冲突。上官桀是武帝的老臣，不甘受霍光的节制，就和桑弘羊商量，想要排斥霍光。没想到他们的计划泄露，被霍光知道了，他就先下手为强，逮捕了他们，用谋反的罪名把他们杀掉。这是昭帝五凤元年的事，桑弘羊已七十三岁。

桑弘羊的一生中，有三十二年都是在打仗。打仗这种事要花钱，文帝、景帝的积蓄都花光了，还是不够。因此，就需要对财政有办法的人来理财才行。汉代的田赋很轻，这是汉代的政治传统,任何一代皇帝都不敢在田赋上打主意。武帝自然也不例外。因此只好想别的办法了。

　　桑弘羊想的这些办法,虽然有不少人反对,但在大体上说来,对武帝、对整个国家的贡献都很大。武帝不但打仗花钱,好几次出巡,更不知道花了多少钱,这全是靠桑弘羊想办法来解决的。

# 二三、 苏武的故事

苏武,字子卿,杜陵(今陕西西安附近)人,生于汉武帝建元二年。他父亲苏建,是卫青手下的一员大将,因功封平陵侯,后来,打了败仗被革职,成了平民。过了一段时候,又被任命为代郡太守,结果死在任上。苏武兄弟六个人,都因为父亲封侯的关系,先后保任为郎官。苏武一度担任朝廷马房的主管官员。

天汉元年,苏武奉命和副使中郎将张胜,出使匈奴。原来这时候,匈奴常常扣留汉朝的使臣,汉朝也常扣留匈奴的使臣作为报复。匈奴的且鞮侯继任单于,怕汉朝出兵进攻,把汉朝的使臣路充国等放回,说愿意谈和。因此,武帝也释放了匈奴的使臣,教苏武护送着回去。并且教苏武带了很多钱和绸子去,送给匈奴单于。这时候,苏武担任着中郎将的官。

没想到且鞮侯单于并不是真心想讲和。等到苏武到了匈

奴，拿出礼品以后，他以为汉朝怕他，又骄傲起来，对苏武的礼节不周到，苏武又不好责备他们，交卸了任务，准备回国。没想到出了一次意外的事件，使他差点儿死在匈奴。

原来匈奴缑王是匈奴浑邪王的外甥，他和浑邪王一齐投降了汉朝，后来汉朝和匈奴打仗，他又被匈奴抓了回去。

当时有一个长水人叫卫律，本是李延年保荐出使匈奴的。卫律听说李延年一家都被杀，他怕受牵累，就投降了匈奴。匈奴单于很看重他，封他为丁灵王，国家大事常和他商量，他也给单于出主意怎么攻打汉朝。

另外还有一个人叫虞常，也是长水人，也流落在匈奴。缑王想念浑邪王，常想回汉朝。他和虞常商量暗杀卫律，把单于的母亲阏氏抢来，一齐投奔汉朝。

虞常在国内的时候，和张胜很要好。苏武他们到了匈奴，虞常就去看张胜，说：“听说汉天子怨恨卫律，我可以暗地里用箭把他射死。我不希望别的，只希望汉朝照顾我在国内的母亲和弟弟。”

张胜答应了，并且还送了他一些礼物。

一个月以后，单于出去打猎，留王后阏氏和子弟在宫内，虞常等七十多个人准备发动偷袭。没想到其中有一个人在晚上跑了出去，把这件事告诉了匈奴。于是单于的子弟们便出兵和虞常他们打了起来。结果，猴王被打死，虞常被活捉了去。

且鞮侯单于派卫律审问这件案子。张胜怕虞常扯上他，就去告诉苏武。

苏武道："这件事一定会牵涉到我，我是堂堂大国的使臣，如果受了他们的侮辱再死，就更对不起国家了！"说完，就要自杀。

幸亏张胜和常惠把他的剑抓住，他才没有自杀成。

苏武现在只希望虞常的口供不要牵涉张胜，偏偏虞常受不了拷问，把张胜招了出来。卫律拿供词去给单于看，单于召集大臣商量，要杀掉汉朝的使臣。匈奴的一个大臣说："这罪太重了，谋杀卫律要处死刑，那么谋杀单于应该判什么罪？我看不如要他们投降算了。"

单于觉得这个建议不错，就派卫律传苏武等去接受审讯。苏武回常惠他们说："我们奉皇上的命令出使匈奴，现在受到这种屈辱，还有什么脸回去？"说罢就要拔剑自杀。卫律看见大惊，赶紧抱住苏武，但是，苏武的脖子上已经着了剑，流了满身的血。卫律一面抱住苏武，一面派人去请医生。等到医生赶来时，苏武已经晕了过去。总算医生的本事还不错，把苏武救活。单于敬重苏武的气节，早晚派人去问候，同时，把张胜关了起来。

等苏武的伤口好了，单于把他请去。然后提出虞常和张胜，先宣判虞常死罪，把他杀了，然后向张胜说："你谋杀我的大臣，也应该死，如果你投降，我就饶了你。"

张胜贪生怕死，连说愿意投降。

卫律冷笑了几声，向苏武说："副使有罪，你应该连坐。"

苏武道："我并不知道他的计划，又不是他的亲属，为什么要连坐呢？"

卫律举起剑要杀苏武，苏武一点儿也不在乎。卫律把剑缩回，温和地向他说："如果你投降，明天就和我一样，可以做王，你为什么固执，自己找死呢？"

苏武却摇摇头，并不作声。

卫律又道："如果你投降，我就和你结拜为兄弟，否则，恐怕你再见不到我的面了！"

苏武听了，用手指着他骂道："你不顾恩义，背叛主上，甘心投降夷狄，我不屑见你的面！单于教你问案，你不能主持正义，反而趁这机会惹是生非，破坏两国的邦交。你也不想想看，南越杀汉使，结果被灭亡，变成了汉朝的九郡，大宛王杀汉使，立刻被灭亡。你明知道我不会投降，却故意来逼迫我。我死没有关系，恐怕匈奴惹出大祸，难道你还能活着吗？"

这一席话，骂得卫律无法还口，只好去报告单于。单于存心折磨他，就把他关在一个大地窖里，不给他东西吃，只给他一条毯子。苏武饿得发慌，就把地上的雪和毯子一齐吃下去，过了几天,竟没有死。

单于以为这是有神帮助他,便教他到北海去放羊。放的都是公羊,因为公羊没有奶,并且还对他说:"如果有一天,你的羊生了小羊,我就放你回去。"

公羊怎么能生小羊呢?这明明是告诉他永远不会放他回去的。但是苏武并没有灰心,肚子饿了,抓老鼠,找果子,刨野草吃。他始终不放弃他手里的汉节,一天到晚都不离身。一年又一年,他忘了岁月,也忘了人世。

武帝不见苏武回来,知道一定是匈奴变卦了。就派李广利和李陵带兵去打匈奴。李陵被打败,也投降了匈奴,并且还被匈奴封为右校王。

一天,单于的弟弟于靬王去北海打猎,看见了苏武,很敬佩他,给他吃的穿的,并且还给他搭起帐篷。可是只过了三年多这种好日子,于靬王去世了,他的部队也移走了。这年冬天,丁零人又偷去了他的衣服和羊群,他的日子更苦了。

李陵和苏武在汉朝同是侍中。李陵投降以后,听说苏武在北海放羊,想去看他。单于也希望李陵劝苏武投降,自然答应让他去。

李陵到了北海,备办了酒席来请苏武,并对他说:"单于知道我们俩的交情很好,所以,要我来劝你投降。单于确实是真心待你，你何必这么固执呢？你已经是个永远不能回去的人了，你的这种忠义精神又有谁知道？老实告诉你，我来的时候，你大哥、三哥都死了，你母亲也去世了。我曾经亲自送葬到阳陵。嫂夫人也已经改嫁，你妹妹、儿子和女儿，都没有了消息，不知道是不是还在！唉！人生如朝露，你何必这么自找苦吃呢？我初来匈奴的时候，心里急得不得了，既怕对不起朝廷，又想念家里的母亲。后来母亲、妻子都被杀，我也就心灰意冷了。皇上年纪大了，大臣常常无辜被杀，朝廷还有什么恩义？你就是能回去，前途是好是坏，也不敢确定。你想想，这样还为谁呢？我希望你接受我的建议！"

苏武回答，道："我伺候主上，有如儿子伺候父亲。我就是死也甘心，请你不必再说了。"

李陵不再饶舌，只好把这件事抛开不提，和苏武一起喝酒解闷。

一连几天，李陵实在忍不住了，又恳切地劝了苏武一番，苏武说："我苏武自认早已死了，你如果一定要逼我，我就死在你的面前！"

李陵听了，非常感动，叹道："你真是一个忠义之士，我和卫律的罪太大了！"说完，就哭着和苏武告别。

李陵回去后，教匈奴籍的妻子出面，送给苏武几十头牛羊，并且劝他娶一个匈奴籍妻子。苏武知道妻子已经改嫁，为了延续后代起见，就娶了一个匈奴的妻子。

武帝去世的消息传到匈奴，李陵到北海来告诉苏武。苏武就向南方磕了三个头，放声大哭，一连哭了几天，哭得血都吐出来了。

匈奴换了单于，和汉朝讲和，双方使节来往，苏武一点儿都不知道。

汉朝使者要匈奴交还苏武等一班人，匈奴假称苏武已经死了。幸亏常惠得到消息，想法买通匈奴的官吏，在晚上去见汉使，向他说明经过，并且告诉他和匈奴交涉的一个计策。

汉使接受了常惠的意见。第二天汉使去见单于，一定要他们交出苏武来。

这时候的匈奴单于叫壶衍鞮，他回答说："苏武已经病死很久了。"

汉使道："请不要骗我，汉天子在上林中射下一只雁，雁脚上带有一封信，是苏武亲笔写的，说他住在北海。您既然要和我们讲和，为什么还要骗我们呢？"

单于没有办法，只好答应放苏武他们回国。

李陵听说苏武要回国，摆酒给他饯行，举杯向他道贺说："你扬名于匈奴，为汉朝立下了大功，将来史书上所记载的伟人，图画上所描画的功臣，恐怕没有一个人比得上你的了！如果当初国家肯保全我的母亲和家人,我也绝不会投降外国的。现在,我还有什么话可说呢！你是知道我内心的人,这一别恐怕是永别,我们再也见不到面了！"说罢不禁哭了起来。

苏武感动得也不住流泪。喝完酒,就去向单于告别。

苏武出使的时候,共有一百多人,这次和他一齐回去的,只有常惠等九个人。他出使的时候,才四十岁,现在已五十九岁了,胡须和眉毛都白了。手里的汉节,旄头早已掉光。

武帝天汉元年出使,昭帝元始六年春天回到京师,他在匈奴整整呆了十九年。他回到汉朝后,昭帝拜他为典属国,送他钱两百万,公田两顷,房子一幢。和他一同出使匈奴,一同回来的常惠等三个人,都拜为郎中。其他的六个人,因为年纪大了,不愿意做官,各送了钱八十万,豁免终身的赋税和公差。

他的儿子苏元,听说他回来了,自然是去迎接他。不过,他回到家里,见老母已不在,兄弟、妻子都不见了,非常伤心。后来,他接到李陵的来信,知道他在匈奴的妻子已经生了一个男孩儿,就回了封信,还给孩子取了个名字叫通国。并且请李陵代为照顾。

苏武回国以后,只隔一年,上官桀和霍光争权,酿成大祸,苏武的儿子苏元受牵累被免职,苏武也被革职。后来,宣帝嗣位,仍旧封他为典属国,并且批准将他在匈奴的一个孩子赎了回来,封为郎官。苏武在神爵二年去世。

# 二四、六岁的皇后

    汉昭帝做皇帝的时候才八岁,大大小小的事情,都是由霍光处理。霍光觉得昭帝年纪太小,饮食起居都需要人照料,就请昭帝的大姐鄂邑公主进宫帮忙。鄂邑公主嫁给盖侯王充,王充去世,家里有嗣子王信主持,用不着她多管。霍光加封她为盖长公主,宫内一切琐碎的事情,都由她来处理。

    昭帝的两个哥哥燕王旦和广陵王胥,都不服气。尤其是燕王,他和中山王哀的儿子刘长,齐孝王的孙子刘泽互相联络,打算推翻昭帝。又教刘泽写了传单,到各处散发。刘泽没有封爵,到处为家。和燕王谈好以后,他就回齐国,准备起兵响应。没想到消息走漏,刘泽被青州刺史隽不疑抓住,派人去京师报告,朝廷便派人审问,终于水落石出,刘泽被杀,燕王应该连坐,霍光觉得昭帝新立,不好立刻杀哥哥,就教燕王道歉了事。

武帝曾留下命令，封霍光为博陆侯，上官桀为安阳侯，金日䃅为秺侯。金日䃅在受封的第二天去世。霍光和上官桀到第二年才受封。

始元四年，昭帝十二岁，上官桀有个儿子叫上官安，娶霍光的女儿做妻子，生下一个女儿，才六岁。上官安想教她做昭帝的皇后，他就去跟霍光讲。霍光认为她太小，不适合，上官安自然不高兴。

盖长公主有个相好的，叫丁外人，霍光也知道，但是照顾昭帝要紧，就准许丁外人进宫见盖长公主。上官安知道了这件事，就托丁外人进宫时，把这事跟盖长公主讲。盖长公主本来想把赵兼的女儿配给昭帝，由于情人的介绍，她只好放弃自己的主张，一口答应了。先教上官安的女儿进宫，封为婕妤，不久，就立为皇后。上官安也很快地被封为车骑将军。上官安很感激丁外人，想给他封侯，每次见到霍光，总说丁外人非常好，大可封侯。

霍光本来不赞成上官安的女儿做皇后，但这件事是由盖长公主做主，他不便再干涉，何况外孙女儿能够做皇后，也是一件好事，所以他就没有管。可是要封丁外人为侯，却是违法的事，他说什么也不答应。上官安没有办法，便去跟他的父亲讲，再由上官桀去跟霍光商量。霍光和上官桀是儿女亲家，两个人很要好，有时他休假，他的职务就由上官桀代理。但他对丁外人封侯这件事,始终不肯让步。上官桀不得已,希望封丁外人为光禄大夫,霍光生气地说:"丁外人没有功,没有德,怎么能封官爵,请不要再讲了!"

上官桀碰了一鼻子灰,觉得很不好意思,又不好把丁外人的好处老实讲出来,只好不高兴地回家了。从此以后,上官桀爷儿俩就跟霍光结了怨。

霍光念的书不多,但他很重视文人,下令访问民间疾苦,推荐文学和品德好的人出来做事,要他们提出改革政治的建议,因此有一班人出来请愿,请求停止盐、铁、酒的专卖,撤回均输官。这些全是御史大夫桑弘羊一手创立的,桑弘羊自然不赞成撤销,并说这些措施可以增加国家的收入,但是霍光接受了多数人的意见,便撤销了盐、铁、酒的专卖,尽可能减轻赋税。桑弘羊自然对霍光不满。加上盖长公主因为情人做不了官,也怨恨霍光。

忽然昭帝下令封上官安为桑乐侯。霍光事先不知道,不过,他觉得上官安是皇后的父亲,接受封侯不算违反规定,就没有干涉。可是上官安却神气了,有时在宫里喝了酒回来,向手下人大吹道:"今天我和女婿喝酒,非常快乐。我女婿穿得很讲究,可惜我家里的东西,全都比不上宫里。"说完,就要把家里的东西都烧掉,幸亏家人赶紧阻止,才得保存。

上官桀觉得自己以前的职位,跟霍光差不多,现在父子都是将军了，孙女是皇后，却处处还要受霍光的牵制，心里越想越烦，就秘密布置，和霍光作对，准备把他弄掉。他知道燕王旦和桑弘羊都讨厌霍光，就派人暗地里和他们联络。

霍光去广门校阅禁卫军，上官桀和桑弘羊商量，想要趁这个机会发难，但都无从下手，就写了一个报告，假说是燕王写的，内容是指责霍光的过错。说苏武在匈奴十九年，好不容易才回来，却只教他做个典属国的官。霍光的手下杨敞没有什么功劳，却做了搜粟都尉。这一部分自然是苏武的儿子苏元捣的鬼。

始元七年，改元五凤元年，昭帝十四岁，接到这件报告，看了以后，想了很久，竟把报告搁在一边。上官桀他们等了好久，不见动静，就进宫探问。

昭帝只笑了笑，没有回答。这时候，霍光已经回来，听说燕王指责他，不免有点儿害怕，第二天早上就没有上朝。昭帝没看见霍光，就问霍光哪儿去了，上官桀说："他被燕王指责，不敢来上朝。"

昭帝就派人把霍光叫了来对他说："你要照常工作，我知道你没有罪。"

霍光问："您怎么判断我没有罪？"

昭帝说："你去广明校阅，来回不到十天，燕王离这儿相当远，他怎么会知道？这明明是有人要害你写的假报告，我的年纪虽然小,但是还不至于笨到连这件事的真假都看不出来。"

霍光听了,非常敬佩。其他的文武大臣也都认为昭帝判断正确。只有上官桀和桑弘羊怀着一肚子的鬼胎,非常惊慌。昭帝下令追究上报告的人。

上报告的人是上官桀和桑弘羊指使的,一听到消息,上报告的人就躲到上官桀家里去,自然没法儿抓到,偏偏昭帝催得很紧,上官桀向他说:"这是一件小事,不要再追究了。"

昭帝不但不理会,并且觉得他也靠不住,便开始和他疏远,亲信霍光。上官桀教内侍在昭帝面前说霍光的坏话,昭帝生气地说:"大将军是当今忠臣,先帝要他辅佐我,谁敢再来搬弄是非,我要严办!"内侍碰了个大钉子,不敢再说什么,只好回复上官桀。

上官桀和儿子秘密商量了几次,竟打算先杀掉霍光,然后废掉昭帝,再把燕王诱进京来杀掉,由他自己做皇帝。不过,在通知盖长公主的时候,只说要杀霍光,废昭帝,迎立燕王旦。盖长公主答应了。上官桀又教盖长公主请霍光喝酒,暗地里埋伏下人杀他。然后再派人去通知燕王,教他准备入都。

燕王自然很高兴,立刻和燕相平商量,平劝他多加考虑,他不听。正准备采取行动的时候,长安传来消息,说上官桀等人已经被杀。

原来，上官桀暗杀霍光，废昭帝的阴谋，被谏议大夫杜延年知道了，他就把这事告诉霍光。杜延年的消息是搜粟都尉杨敞告诉他的。杨敞是听燕苍讲的。燕苍退休在家，他有一个儿子在盖长公主手下做事，这一秘密被传出，辗转流传，最后由杜延年检举。

霍光听了后，立刻去报告昭帝。昭帝和霍光经过一番商量，秘密教丞相田千秋抓叛徒。于是，田千秋派人去请上官桀，说有事跟他商量。上官桀一到，田千秋立刻就下令把他杀掉。然后再派人把上官安诱来杀了。

最后派人去抓桑弘羊，也把他杀了。盖长公主听了，吓得自杀。丁外人也被抓住杀死。苏武的儿子苏元，因为参加他们这一计划，也被杀。苏武受牵累被革职。所有上官桀的同党，都被杀掉。燕王曾经派孙纵之到长安和上官桀联系，孙纵之也被抓住关了起来。

昭帝派使者送了一封信给燕王，这信的大意是责备他不应该和外人串通造反，既然做了，应该怎么办，要他自己打主意。于是燕王上吊而死。使者回去报告昭帝。昭帝把燕王的儿子废为平民，削国为郡。盖长公主的儿子王信，也被撤销了封侯。上官皇后和这件事没有关系，并且她又是霍光的外孙女，因此，没有受到追究。杜延年、燕苍等都被封侯。杨敞知道了不检举，没有功,也没有封赏。另外拜张安世为右将军,杜延年为太仆,王诉为御史大夫,大权仍旧操在霍光手里。张安世是张汤的儿子,本来是任光禄大夫。杜延年是从谏议大夫升任的。

一场争权风波至此也就告一段落。

# 二五、霍光专政

　　五凤四年,昭帝十八岁,丞相田千秋生病去世,由御史大夫王诉继任丞相,只做了一年就去世了。这时候,搜粟都尉杨敞已经升任御史大夫,丞相的职位就由他继任。他没有什么才干,好在国家大事都是由霍光处理,他也只不过是一个挂名的丞相而已。

　　五凤七年改元始平,就在这一年,昭帝突然生病去世,只活了二十一岁,一共做了十三年皇帝。才十五岁的上官皇后,没有生孩子。大家不知道应该由谁来继任。最后决定立昌邑王贺。刘贺是昭弟的侄子,可以作为昭帝的过继儿子,就用上官皇后的名义下令,教史乐成、刘德、丙吉等去迎接昌邑王。

　　昌邑王刘贺五岁嗣封,居国已经有十多年,平日喜欢打猎,玩女人。中尉王吉,郎中令龚遂,劝了他很多次,都不听。史乐成等从长安去，已经是深夜了，因为事关紧要，就叫开城门，一直进入王宫。宫里侍臣，就把刘贺叫了起来。刘贺接到上官皇后的命令，才看了八行，就手舞足蹈高兴得不得了。一班做厨子的、看门的，立刻向他磕头、道贺，并要求带他们去京师，他一一答应了，然后收拾行李动身。王吉写了一个报告给他，要他少说话，国家大事要听大将军处理，自己少作主张。刘贺大略看了一下，就扔在一边，走了。他一口气跑了一百三十五里，到了定陶，回头一看，他手下的人都没有到，只好进驿站等候。等到傍晚，史乐成等朝使才来到。他手下的三百多人，也陆续赶来，都说马不行。原来各驿站的马匹不多，总以为新王进都，手下最多也不过一百多人，或者只有八十个人。没想到这次竟会有三百多人。驿站买不起那么多的好马，只好用坏马凑数。坏马有的跑了没多远，就倒在地上死了。龚遂要他把一半人打发回去，刘贺答应了，但是手下的人都不肯回去。刘贺左挑右选，才挑出五十多人，打发回昌邑。留下的还有两百多，跟着他一起进京。

到了济阳，刘贺要停下来买长鸣鸡、积竹杖。这是济阳有名的土产，但对刘贺一点儿用处也没有，他却偏要买，并且买了一大堆，还是龚遂讲了又讲，他才只买了一点。到了弘农，看见路上有很多好看的女人，他非常羡慕，暗地里派手下人把漂亮的送到驿站里去。手下人出去找，只要看见是漂亮的就硬拉上车，送往驿舍。

史乐成知道了这件事，就去责备昌邑相安乐，问他为什么不劝阻他。安乐告诉了龚遂，龚遂当然去问刘贺，刘贺知道这是违法的行为，死不承认。龚遂搜出妇女，派人送回家，并且把那替他找女人的手下杀了。

到了长安东门广明门，龚遂对刘贺说："照礼法，你望见都门要哭。"刘贺推说喉咙痛，不能哭。再向前走，到了城门，龚遂又要他哭。他说到未央宫门前再哭。等到未央宫前他脸上笑嘻嘻的，没有一点儿哭的样子。龚遂道："那边搭着帐篷，你要赶紧下车，跪下来哭。"他没有办法，只好下车，到帐篷前勉强哭了几声。

他哭完进宫，由上官皇后下令，立刘贺为太子，等选择好日子后再宣布做皇帝。过了八天，把昭帝埋葬在平陵，刘贺做了皇帝，拜故相安乐为长乐宫卫尉，跟着他来的一些手下，都做了内臣，整天和他们在一起玩。看见好看的宫女，就叫去陪他喝酒。并且把乐府里的乐器拿了去，一天到晚吹吹打打。

霍光看到这种情形很担心，他和大司农田延年商量怎么办。田延年说："你既然知道他不配做皇帝，为什么不跟太后讲，另外立好的呢？"

霍光吞吞吐吐地说："古代有没有人这样做？"

田延年道："以前伊尹做殷朝的宰相时，就把太甲软禁在桐宫,后代称他为圣人,现在你也能这样做,就是汉朝的伊尹了。"

霍光就教田延年担任给事中,并且秘密和张安世商量。张安世是由霍光一手提拔起来的人,现在已经做到车骑将军,当然会支持霍光的主张。

霍光派田延年去和丞相杨敞讲,杨敞听了,吓得出了一身冷汗。这时候天气很热,田延年去换衣服,杨敞的妻子是司马迁的女儿,很有才能,赶紧出来对他说:"大将军已经做了决定,这不过是派人来通知你一声,如果你不赶快答应,可就糟了。"

杨敞仍旧不敢决定。田延年回来了,杨敞的妻子来不及走开,索性向田延年说:"没有问题,就这么办吧!完全照着大将军的意思做好了。"

田延年回去报告霍光,霍光就教他和张安世写好文件。第二天早上,到未央宫,召集丞相、御史、列侯、大夫、博士等开会,连苏武都参加了。

人都到齐以后,霍光向大家说:"昌邑王行为不正,对国家不利,你们看怎么办?"

大家听了,你看我,我看你,谁也不敢讲话,只答应了几个"是"字。

田延年站起来说:"先帝给大将军全权照顾刘氏,是因为将军忠贤。现在因国家情况不好,将军如果不想办法,将来死了怎么有脸去见先帝？今天一定要想出一个好办法来，如果谁不赞成，可别怪我不客气！"

大家才知道霍光另有主张，如果不听他的，一定会被杀，都离座磕头，说："我们愿意完全听大将军的话。"

霍光就拿出预先写好的文件，给大家看，教丞相杨敞领头签名，别人依照官阶来跟着签。然后带大家去长乐宫，报告太后，把昌邑王的淫乱情形讲了一遍。

太后才十五岁，也没有什么主意，完全听霍光的。霍光请她去未央宫，坐在承明殿，然后下令不准昌邑王的手下进去。

刘贺听说太后来了，不得不进殿朝见，朝见以后退出，到北边的一个房间中。霍光紧跟着进来，关上门，不让昌邑王的手下进去。接着又走出来，教张安世带兵把昌邑王带来的两百多人全部抓起来，交给廷尉查办。

过了一会儿，太后便下令教刘贺到承明殿来。并经由大家签了名的文件念了一遍，大意是指责昌邑王的罪状，连太后听了都很生气。最后说他不配做皇帝，应该废掉。

尚书令读完，上官太后说了一个"可"字。霍光就教刘贺叩拜。刘贺赶紧仰起头来说："古语道：天子有诤臣七人，虽无道，不失天下。"

霍光不等他说完，接口道："皇太后有诏废王，怎么还能称天子?"说着,上前代他解下玺绶,捧给太后,教手下扶刘贺下殿,出金门,由群臣送到门外,霍光送他到昌邑王邸,向他告辞,道:"王自己不好,我宁愿对不起王,不敢对不起国家,愿王自爱,以后我不能再伺候您了。"说罢,哭着走了。

霍光奏明太后,仍旧教刘贺回昌邑,削去王号。他手下的两百多人,除了中尉王吉、郎中令龚遂以外,其余全部处死。

刘贺的老师王式,本来也该处死,王吉说他曾经教刘贺《诗经》三百零五篇,反复讲解,可以作为谏书,才免得死刑。

刘贺被废以后,由太后暂时处理国事,并且请夏侯胜教太后经书。夏侯胜是山东人,对《尚书》很有研究,就把平生所学,教给太后。不过,太后是个女人,不能老管理政事,就由百官开会,另外再选择一位皇帝。

# 二六、 从平民到皇帝

　　昌邑王被废以后，文武百官开会，商量选择皇帝。商量了好几天，都没有决定。光禄大夫丙吉，向霍光上了一个报告，大意是说：武帝的曾孙病已，由宫廷抚养，现在已经有十八九岁了，人很好，也念过经书，希望大家商量一下，可不可以立他为嗣君。

　　霍光看了报告以后，征求大家的意见。太仆杜延年说病已还不错，劝霍光迎立他，也没有别人反对。霍光就会同丞相杨敞等人，上了报告给太后。太后年纪轻，不太懂事，不过在名义上是由她做主，其实都是霍光的意思。霍光决定怎么做，她不会不答应的。当时她就批准了，教宗正刘德驾车去迎接病已。

　　病已就是武帝太子刘据的孙子。刘据娶史女，生了个儿子叫刘进，号史皇孙。史皇孙娶王夫人，生了个儿子叫病已，号皇曾孙。太子据兵败，死了。史女、史皇孙、夫人也都死了，那时只有病已还不会走路,被关在牢里。恰好廷尉监丙吉,奉命查监,看见了这个婴儿也关在牢里,觉得很可怜,就挑了两个女犯人轮流喂他奶。这两个女犯,一个姓赵,一个姓胡。他自己每天都亲自去看一下,因此,病已才能保全生命。

后来,武帝在五柞宫生病,听术士说长安牢里有天子气,就下了一道命令,教把关在长安各监牢里的人,不管年纪大小,一律杀掉。

丙吉看见使者去,关上了门,不让他进去,对他说:"牢有皇曾孙,怎么可以乱杀?"

使者回去报告武帝,武帝明白了,立刻又下了一道赦免的命令,所有牢里的罪犯一律免死。

丙吉又给皇曾孙设法,想把他交给京兆尹(长安市市长)去抚养,先写了封信给他。没想到京兆尹不肯接受。

病已已经有八岁了,常闹病,完全由丙吉请医生诊治,才没有事。丙吉觉得他一直住在牢里,总不是个好办法,仔细调查,知道他祖母的母亲贞君带着儿子史恭住在故乡,就把皇曾孙送了去,要她代为抚养。史贞君虽然年纪老了,但是见了外曾孙,自然很怜惜,就振起精神,小心地照顾他。武帝去世,遗书教把曾孙病已给朝廷收养。病已就又回到京师,由掖庭令张贺照顾他。

张贺是右将军张安世的哥哥,以前伺候过太子据,也就是病已的祖父。因为有这一份情义,对病已自然特别照顾。教他进学校念书,自己掏腰包负担学费。

病已念书很用功,渐渐地长大,张贺想把女儿嫁给他。张安世生气地说:"皇曾孙是卫太子的后代,有吃有穿就行了,我们张家的女儿,怎么可以配给他?"

张贺就给他另外找了个对象。宫廷里有一个管织染的,叫许广汉,他有个女儿叫平君,已经和人订了婚,没想到对方生病死了,因此还待字闺中。许广汉和张贺都是因案牵累,被处了宫刑。张贺是和太子有关,许广汉是和上官桀有关。两个人在宫廷里做事,职位虽然有高下,但是因为都在宫中当差,常常见面,免不了有互相请喝酒,聊天的事。

一天,两个人在一起喝酒的时候,张贺向许广汉说:"皇曾孙已经长大了,将来封关内侯没有问题,听说你有个女儿,为什么不嫁给他呢?"

许广汉已经半醉,随口答应了。喝完酒回家,把这事告诉了妻子,妻子很生气,表示不愿意。许广汉因为已经答应了,不能反悔,并且张贺是他的上司,更不好说话不算数,就把皇曾孙的来历告诉了妻子。听丈夫这么一说,她就高高兴兴地答应了。

于是,张贺自己掏腰包,出聘金给许家,替病已把平君娶了

过来。

病已多了一门亲戚，增加了一个倚靠，就又向东海澓中翁学习《诗经》。有空也出去逛逛，常常留心民俗、政事的好坏。

他进宫见了太后，虽然是武帝的曾孙，但是现在已经成为普通的老百姓，不能一下子做皇帝。就由太后先封他为阳武侯，然后即位为宣帝。

宣帝即位后，照例要去高庙参拜，霍光和他同车，他觉得背上好像有刺一样，很觉不安。后来，由张安世陪他坐车回来，他才安心。可知他对霍光怀着惧怕。

不久，丞相杨敞生病死了，御史大夫蔡义担任丞相。田广明升任御史大夫。蔡义已经八十多岁，弯腰驼背，连路都走不动了。有人说，这是霍光存心专政，所以才用这么大年纪的老头做丞相。有人报告霍光，霍光说："以前孝武帝曾经让他教昭帝读书。他既然做过皇帝的老师，难道不配做丞相吗？"

这时候，上官太后还住在未央宫，由宣帝尊为太皇太后。由于还没有皇后，大臣们主张立霍光的小女儿为皇后，连上官太后都有这种意思。

宣帝却忘不了平君。大臣们看出他的意思，就请他立平君为皇后。宣帝先封平君为婕妤，然后正式封为皇后。并且想援用以前的例子，封许广汉为侯。偏偏霍光不同意，说许广汉已经受过宫刑,不能再封侯。宣帝没有办法,只好作罢。

过了一年多,才封许广汉为昌成君。霍光见宣帝很谦虚,做事很谨慎,知道不会有什么意外,就请太皇太后回长乐宫。这一年,新皇帝依例改元,号本始元年。霍光要把政权交还给宣帝,宣帝不肯,下令凡事要先报告霍光,然后再报告他。霍光的儿子霍禹,和他哥哥的孙子霍云、霍山,都做了官。霍光的女婿、外甥,也进了朝廷做事。宣帝自然有点疑忌,但是仍不敢表示意见。

大司农田延年封阳城侯,免不了有点趾高气扬,没想到有人检举他,说他办理昭帝的丧事,贪污了三千万,由丞相蔡义弹劾,应该关起来责办。田延年不肯去牢里,并生气地说:"我已经封侯,还会进监牢吗?"接着,严延年又因为别的事攻击他,于是,他恨上添恨,道:"你们的目的无非要我赶快死,死就死,何必多方面为难我呢!"说完,竟拔剑自杀。后来,御史中丞责问严延年,既然知道田延年犯罪,为什么不早讲,认为严延年也有责任。严延年干脆官不做,溜掉了,朝廷也没有再追究。

宣帝不好过问,完全听由霍光处理。他为追崇武帝,增建庙堂,大家都赞成,只有夏侯胜反对,他说武帝虽然开拓了疆土,但是劳民伤财,老百姓牺牲的不少,不应该增建庙堂。于是大家便联名攻击他,只有丞相长史黄霸不肯签名,也受到攻击。宣帝教把他们两个人关了起来。因为两个人在一起，可以聊聊天，也不怎么寂寞。黄霸趁这机会向夏侯胜学《尚书》，夏侯胜很用心教他。两个人一直到本始四年才被放出来。夏侯胜担任谏议大夫，黄霸担任扬州刺史。宣帝很尊重夏侯胜，他的建议差不多都采纳。夏侯胜活到九十多岁才去世。

到霍光去世以后，宣帝才封许广汉为平恩侯。此外封他的外祖母为博平君，封他的母舅无故为平昌侯，武为乐昌侯。许、史以外，又多了王门贵戚。

张贺的恩德很大，可惜他死得早，宣帝封他为阳都侯。张贺的儿子也死得很早，只有一个孙子叫张霸，被封为车骑中郎将关内侯。

这时候，丙吉已经做到御史大夫，论起对宣帝抚养的恩德，张贺还不如丙吉，但是丙吉为人很忠厚，从没有提起过以前他对宣帝的事。宣帝从小在牢里出来，只记得张贺，对丙吉却没有什么印象。恰好这时候，有一个女人叫则，在掖庭当过女佣人，抱过宣帝，现在嫁给一个老百姓。丈夫教她上报告给宣帝，说明她对宣帝的功劳。宣帝完全不记得了，交给掖庭令查问，则说御史大夫丙吉知道得很详细。掖庭令就带她去见丙吉。丙吉看见她，大致还记得，就对她说："不错，我还记得你。不过，当时你很粗心，常受我的责备，怎么能说有功呢？只有渭城胡组，淮阳赵征卿，喂奶给他，那才是真正的有功劳哩！"

　　掖庭令回去报告宣帝，宣帝召问丙吉。丙吉说胡、赵两个女人曾经喂过您奶。宣帝立刻下令找那两个女人，没想到两个人都去世了，只有她们的子孙还在，宣帝赐给了他们不少钱。也送了则钱十万，并且还把她叫了去，详细地询问以前的事。则就报告丙吉照顾他的经过，宣帝这才知道丙吉对他有大恩。等则走了以后，就封丙吉为博阳侯。许、史两家的子弟，都有封赏。但霍光立他为皇帝，霍光的后代后来却都被他杀光。

# 二七、盛极必衰

　　霍光原来的妻子叫东闾氏，只生了一个女儿，嫁给上官安做妻子。东闾氏早就死了，有个婢女叫显，人很狡猾，但霍光却很喜欢她，和她生了好几个子女。后来霍光提拔她做了继室，没有再娶。

　　霍显有个小女儿，叫成君，霍显想使她做现成皇后。没想到宣帝立了平君为后，使霍显很失望，一天到晚打主意，把许后除掉才甘心。

　　到了本始三年正月，许皇后眼看就要生孩子，忽然身子感觉不舒服，宣帝请医生来诊治，并且召女医生进宫照顾。恰好掖庭户卫淳于赏的妻子叫衍，知道一点儿医道，就应征进宫了。因为常去霍光家里，所以她认识霍显已好多年。

　　淳于赏向她说："你去求一求霍夫人，跟大将军讲一讲，派我做安池监，比现在这个户卫要好得多了。"

衍听了丈夫的话，就去找霍显说，她要进宫侍候皇后去了，并且请她跟大将军讲一讲，派她的丈夫做安池监。

霍显一听心里想："机会来了！"就带衍到了一个秘密房间里，问她说："你丈夫的事，绝没有问题。但是我也有一件事要麻烦你，你能不能答应我？"

衍回答道："夫人的命令，我怎么敢不听呢！"

霍显笑道："大将军最爱小女儿成君，希望她荣华富贵，为这件事，要麻烦你。"

衍听不明白，愣了一愣，问道："我不懂夫人的意思。"

霍显把衍拉近一步，就着她的耳朵边，说："女人生产很危险，现在皇后要生孩子，正好趁这机会把她毒死，皇上再立皇后，成君就很有希望了。只要这事情成功，将来一定会报答你。"

衍听了这话脸色都变了，吞吞吐吐地说："药是由医生配，吃的时候还要先由别人来尝才可以，这事我恐怕帮不了忙。"

霍显冷笑，道："只要你肯帮忙，怎么会没有办法。现在整个天下都是我家大将军管，谁敢出来多嘴。就是出了事，我们自然会救你，决不会害你。只怕你不肯帮忙，事情才不好办。"

衍考虑了很久，才说："只要有机会，我一定尽力就是了。"

霍显又再三叮嘱，淳于衍答应就告别了，也来不及把这事告诉她丈夫,就偷偷地把附子捣碎,藏在衣袋里,便进宫去了。

恰好许后非常平安地生下了一个女儿,只是产后没有力气,需要调养,由医生开了一个药方,合成丸药给她吃。淳于衍就趁这机会下手,把附子拿出来,搀在丸药里。附子虽然有毒,但是也可以做药饵。不过,因为它性热,不适合产后服用。许后自然不知道,拿起药丸就吞,等到药性发作,气喘如牛,就问淳于衍说:"我吃了这丸药,觉得头很沉重,难道这丸药会有毒吗?"

淳于衍勉强回答道:"丸药里怎么会有毒?"一面说,一面找医生来看。医生看了,也不知道是什么原因,没有多久,许后就死了。幸亏她没有当皇后的时候,已经生下一个男孩子,现在已经有九岁了。

许后去世,宣帝自然很伤心,有人向皇帝建议,说皇后突然去世,可能是医生和伺候的人有问题,应该要调查清楚。宣帝批准了,便派人去抓那给皇后开药方的医生。

淳于衍偷偷出宫,把这事告诉霍显,霍显向她道谢,当时不好给她报酬,答应以后送给她。她告别回家,刚一进门,就有公差来把她抓了去。审问了几次,她说什么也不承认。医生也没有作弊,都喊冤枉。官员也没有办法,只好把他们全部关在牢里。

霍显听说淳于衍被抓,非常着急,只好把这件事老实地告诉了霍光。霍光听了,责备霍显为什么事先不跟他商量一下。

霍显哭着说:"现在后悔已经来不及了,你一定得想办法,不要教淳于衍关在牢里太久。否则,她把实情讲出来,我们可就都完了。"

霍光不作声,心里想:"这件事关系太大,如果去自首,就是能保住全家的人,妻子却不一定保得住,不如代为瞒着,把淳于衍和医生全都放出,免得惹祸。"就进朝见宣帝,说皇后去世,这大概是命里注定,医生不会有这么大的胆子敢毒死皇后。宣帝也认为他说的话对,就下令放出医生,淳于衍自然也跟着放了出来了。

霍显这才放了心,秘密把淳于衍叫了去,给她钱,后来又给她盖房子,买田地,雇佣人。但淳于衍对霍家给的钱不满足,继续要了不少。

霍显开始准备嫁妆,眼巴巴地等着她女儿做皇后,可是没人做媒,还是没有用,只好又跟霍光讲。霍光也希望自己的女儿做皇后,他就去跟宣帝讲,宣帝答应了。于是成君做了宣帝的皇后,小两口也相当恩爱。霍显自然心满意足了。

许皇后因为出身低,虽然做了皇后,仍旧很谦虚、节俭,一点儿不骄傲,每隔五天,一定到长乐宫去朝见上官太后,亲自奉上东西给她吃。到了霍光的女儿进宫,情形就不相同了,穿着很讲究,佣人很多。上官太后是她的长辈,她不得不去问候。事实上,上官太后是霍光的外孙女儿,论起辈分来,还应该管成君叫姨妈才对。因此,每次成君进去,太后都站起来,对她表示特别礼敬。宣帝也对她很好。

到了宣帝地节二年三月,霍光生病,病势越来越重。宣帝亲自去看他,见他已经快要断气了,不禁流下眼泪来。他回去,看到霍光的谢恩报告,说愿意把封给他的地方,分三千家给他哥哥的孙儿霍山,就交给丞相、御史大夫商量了办理。并且,当天就拜霍光的儿子霍禹为右将军。不久,霍光去世,宣帝和上官太后都亲自去吊祭。

丞相韦贤等请宣帝按照霍光的提议分封,宣帝不忍心,教霍禹嗣封博陵侯,另外封霍山为乐平侯。御史大夫魏相怕霍禹的权柄太大,会和霍光一样的专政,请宣帝封张安世为大司马大将军,接替霍光的职位。宣帝也有这个意思。张安世知道了,赶紧进宫辞谢,偏偏宣帝不答应,只去掉了大将军三个字,封他为大司马车骑将军。

张安世小心谨慎,无论什么事不敢自作主张,都报告皇帝,由他决定。宣帝这才正式处理国事。他很想把国家治理好,每隔五天,一定开一次大会,丞相以下各官都要出席,尽量提出意见。派出去的官员,他一定要亲自召见,要他们多为百姓着想。

地节三年，宣帝立许后所生的儿子刘奭为太子，封许后的父亲许广汉为平恩侯。他又怕霍皇后不高兴，也封霍光的孙子霍云为冠阳侯。

没想到霍家已经有了三个人封侯，仍不满足。贪心最大的是霍显。她现在已经做了太夫人，尊贵得不得了。有一个男佣人叫冯殷，霍光在世的时候，霍显就爱上他，跟他很要好。霍光一死，两个人像夫妻一样的亲密。霍禹和霍山的私生活也很放荡。霍禹的年纪还小，整天带着手下到处去玩，应该上朝时，却不去上朝，只派一个佣人去请病假。朝臣明明知道他说谎，却不敢攻击他。加上霍禹的妹妹，仗着娘家的势力，随意进出太后、皇后两宫。霍显更随便了，一点儿也不注意礼节。

魏相看不顺眼，请许广汉代上了个报告给皇帝，请不要给霍家太大的权。魏相是定陶人，从小学《易经》，最初担任茂陵的县官，后来升任河南太守，有人上报告攻击他，他就被抓起送往京师。但是河南的人民都上报告给皇帝，说他对百姓很好，请求饶恕他。

他被解到京师，因为没有证据，罪案没有成立，他仍担任茂陵县令，后调任扬州刺史。宣帝做了皇帝，调他做大司马，没多久又升御史大夫。

宣帝也觉得霍家的势力太大，不过，看在霍光的功劳上，又不好意思给霍家难堪。按照规定，官民上报告，要有正本和副本。尚书先拆看副本，如果认为不妥当，就把正本搁在一旁，不呈给皇上看。霍山兼任尚书，魏相怕他扣押报告，就请许广汉跟宣帝讲，撤销缴副本的规定。宣帝答应了，并且教魏相担任给事中。

霍显知道了这件事，就向霍禹他们说："你们实在不争气，一点不管用。现在皇上教魏相做给事中，如果有人攻击你们，你们就没法儿知道，那怎么办？"

霍禹他们都不把这事放在心上。有一次，霍家的佣人和御史家的佣人因为争路，吵了起来。霍家佣人不讲理，竟冲进御史府，叫骂了一阵，最后由魏相出来道歉，并且教佣人向他们磕头，才算没事。

丞相韦贤退休，宣帝升魏相做丞相，御史大夫由光禄大夫丙吉升任。霍显很担心魏相会向他们报复，加上刘奭被立为太子的事，就常愤愤不平地说："他是主上还没有出头的时候生的，怎么配做太子？如果皇后生了个男孩子，反要受他压制不成？"

于是便悄悄地去见霍皇后，要她毒死太子。霍皇后听了母亲的话，便在身边带着毒药，常常叫太子去，给他东西吃，想找机会下毒。偏偏皇帝早已有了防备，暗地里吩咐宫女，随时要小心，每次霍皇后给太子东西吃时，宫女一定要先尝一下，然后才给他吃。霍皇后一看没有机会下手，只好在背地里骂。

宣帝留心查看，看出皇后不喜欢太子，心里很怀疑，回想以前许后去世的情形，觉得她可能是被毒死的。于是他和魏相秘密商订了一个计策，逐步进行。

当时，未央宫卫尉是度辽将军范明友，羽林监是中郎将任胜，以及长乐卫尉邓广汉、光禄大夫散骑都尉赵平，都是霍光的女婿，都掌有兵权。此外，光禄大夫给事中张朔，是霍光的姐夫，中郎将王汉，是霍光的孙女婿。朝廷里重要的职务，几乎都在霍家人的手里。

宣帝先下令调范明友为光禄勋，调任胜为安定太守，张朔为蜀郡太守，王汉为武威太守；又调邓广汉为少府，并收了霍禹的右将军印，尊霍禹为大司马。后命张安世为卫将军，所有两宫卫尉，城门屯兵，都归他指挥。此外，又收回了赵平的散骑都尉印，只任命他为光禄大夫，另外教许、史两家的子弟做将军。

霍禹兵权被夺，亲戚被外调，自然不高兴，推说患病，不再进朝。过了几天，他假满进朝，见没有人理他，并且，攻击他们的人也越来越多。他们只好转告霍显，霍显一听生气地说："这一定是魏相在捣鬼，要消灭我们，难道他自己就一点儿错没有吗？"

霍山回答，说："他的确没有什么错，不像我们家兄弟女婿们都横行霸道,惹得人家批评。最怪的是,外边传说是我家毒死了许皇后,不知道这话是怎么来的!"

霍显听了,立刻离座把他们带进里头的房间,告诉他们淳于衍下毒的经过。

霍禹听了,大吃一惊,着急地说:"这……这果然是真的吗?为什么不先告诉我们!"

霍显也觉得惭愧、后悔。霍禹便对她说:"既然有这种事,难怪最近皇上夺我们的兵权,把我们霍家的女婿们外调了。如果要认真追究起来,还要糟糕呢! 这可怎么办? 怎么办?"

霍山和霍云也急得没有了主意。还是霍禹年纪比较大,胆子也比较大,心想:"反正事情已经到了这个地步,索性把宣帝废了,才会没有事。"

就在这个时候,忽然赵平进来,说:"我有个手下善看天象,他说照天象看,奉车都尉要遭横死。"

霍山这时正是奉车都尉,听了赵平的话,心里格外着急。霍禹和霍云也怕遭殃。他们正在秘密商量时,又有一个叫张赦的人进来。他是霍云舅舅李竟的好朋友,跟霍云也很要好。他们把实情告诉了他,他说:"最好请大夫赶紧报告上官太后,只要杀掉魏相和平恩侯许广汉,你们就没有什么可怕的了。"

霍云接受了这个建议,张赦也告别走了。

没想到霍家的一个马夫,听到了他们的计划,晚上私下里在跟人谈论。恰好长安亭长张章和马夫相识,一天,张章来探望他,马夫就留他住下了。他假装睡着,注意听他们的谈论。他听了后,心里暗暗高兴,觉得这是他出头的好机会。

第二天早上,他和马夫告别,自己写了一个报告,从午门递了进去。宣帝看到了这份报告,就交廷尉查办。

霍家知道了这个消息,自然很惊惶。霍山他们商量道:"皇上看在太后面上,不愿意把这事扩大,但是我们已经受了嫌疑,并且毒死许皇后一案,谣言很多,就是主上宽大,手下人也会出面检举,只要一查办,我们就都完了,我们应该先下手,比较妥当。"就教女儿各自通知丈夫,要他们一齐动手。几个女婿也怕连坐,很愿意支持。

霍云的舅舅李竟因为和诸王侯私下来往,被抓了起来,案子牵涉霍家,宣帝下令把霍云、霍山革职。只有霍禹一个人照常上班。百官对他已经不像以前那样敬重了,宣帝又当面责问他,为什么霍家的女人进长信宫那么随便?为什么霍家的佣人冯殷不守法令?问得霍禹出了一身冷汗。回来告诉家里人,胆子小的都吓得打哆嗦,胆大的决定蛮干。

霍山恨魏相,霍禹、霍云认为恨魏相没有用。于是,他们又商量了一个计策,想教上官太后请宣帝的外祖母喝酒,这时把魏相、许广汉等叫了去，然后教范明友、邓广汉带兵进去，把他们杀掉，并且废掉宣帝，由霍禹做皇帝。

他们商量好，还没有进行，宣帝又下令调霍云为玄菟太守，任宣为代郡太守。接着又发觉了霍山的罪状，不如意的事一件件发生。霍显愿意献一千匹马，为霍山赎罪，报告递了上去，一直没有消息。

没想到张章又打听到霍禹等准备造反的计划，立刻去告诉期门官董忠，董忠转告左曹杨恽，杨恽转告侍中金安上。金安上是前车骑将军金日磾的侄子，他立刻报告了宣帝，并且和侍中史高同时建议，不许霍家的人出入宫廷。侍中金赏是金日磾的第二个儿子，妻子是霍光的女儿，他一听到这个消息，赶紧进宫向宣帝报告，愿意跟妻子离婚。

宣帝到了这时候再也不能忍受了，立刻下令，凡是霍家的人和霍家的亲戚，一律都抓起来。

范明友先得到消息，便向霍山、霍云报告。两个人一听，连魂都吓飞了，正在着急时有佣人进来禀报："太夫人的房子，已经被包围起来了！"

霍山知道自己免不了要被杀，立刻吞服了毒药，霍云和范明友也都喝下毒药，等到公差来到时，他们已经毒发去世。霍显娘儿俩一点都不知道，被抓了去，关在牢里，问出真情，两个人都被

杀。所有霍家的人，女儿和女婿，甚至远亲，也都遭殃，共有一千多人被杀。只有金赏已经和妻子离婚，没有受到牵累。霍皇后也因此被废，十二年后，被迫自杀。

金安上因检举有功，被封为都成侯，杨恽被封为平通侯，董忠被封为高昌侯，张章被封为博成侯，侍中史高也被封为乐陵侯。

茂陵人徐福，知道霍家一定会灭亡，曾经上过报告，请宣帝不要给霍家太大的权力，宣帝不理会。等到霍家被消灭后，金安上等都被封侯，独对徐福没有表示，有人抱不平，便上了个报告，大意是说：以前有一个客人，看见主人的烟囱很直，旁边堆着很多柴，就劝主人把烟囱改装，把柴搬开。主人对他的劝告没有理会。结果，主人家失火，幸亏邻人帮忙把火熄灭。主人杀牛宰羊，预备酒席，酬谢邻人，但却忘了劝他改装烟囱、搬开木柴的人，就有人对主人说："如果你以前听客人的话，就不会有火灾了。你现在向人家道谢，怎么能忘了他呢？"主人这才明白了过来，立刻去请那个客人，还请他坐上席。徐福就是那位劝他的客人，如果皇上早听他的话，霍家就不会出这种事了。过去的已经过去，但是徐福不能得到赏赐，实在不公平。

宣帝看了这个报告，便教人送了一点绸子给徐福。后来又派他担任郎官。

其实霍家的祸源，是从宣帝和霍光同坐车去祖庙开始的。宣帝早就猜忌霍家，因此一出了事，就把霍家全给消灭。霍光对汉朝的功劳不算小，却没有教训儿子，约束妻子，谋害了皇后不自首，是一生的大错，但是宣帝如果早点教他退休，或者在霍光死后，不给霍家后代太大的权力，也不会出这种事。现在使霍光绝了后代，宣帝也未免太残忍了。

# 二八、五日京兆

京兆就是京师，京兆尹相当于今天首都的市长。汉宣帝的时候，找不到适当的人担任京兆尹。因为京师有钱有势的人太多，遇事容易碰钉子，出了盗窃案，如果不能破案，就要受处罚。

不过，张敞当京兆尹，却有很好的表现，在汉代的历史上也有名。张敞字子高，平阳人，搬到茂陵居住，由甘泉仓长升任太仆丞。昌邑王刘贺嗣位的时候，滥用私人，张敞劝他他不听。刘贺被废，张敞的谏稿保存在宫里，宣帝偶然看到了，很赏识他，便调他做大中大夫，后来又做山阳太守，政绩很好。山阳本昌邑旧封，刘贺被废，改成了山阳郡。宣帝怕刘贺变动，派张敞去监视。后来，宣帝封刘贺为海昏侯，不久刘贺生病去世。

张敞在山阳没有什么事做，听说胶东的强盗很多，就上报告请调去胶东。宣帝便调他为胶东相，成绩不错，恰好正在找不到适当的京兆尹，一时想起他来，就调他去担任。

张敞上任以后，私下里察访，调查到有几个强盗头子，生活非常豪华，老百姓都不知道他们是强盗，反而将他们看作是大好人。

张敞暗地里派人把他们叫了去，将他们所做的案子一一指出。他们自然很害怕。张敞向他们说："你们不必害怕，只要你们能够改过自新，把其他盗贼们都交待出来，就可以赎罪。"

他们磕头说："您教我们来，他们已经很怀疑我们，不信任我们了，最好是我们在您手下做事才行。"

张敞答应了，就分别派给了他们差使。他们就拟订了一个计策，呈送张敞，张敞批准，就教他们都回家去。

于是，他们预备了酒席，把强盗和小偷都请了来喝酒。窃盗们不知道这是个计，大家开怀畅饮，喝了个大醉，一走到门外，都被埋伏的官兵给抓住了。

审问的时候，他们都不承认是强盗，张敞说："你们看看背后的衣裳上都有记号，还赖得了吗？"

大家互相看了看背后的衣服上，果然都染了一片红颜色，不知道是什么时候染上的，只好认罪。张敞分别给他们适当的处分，境内一下子就少了几百个窃盗，自然会太平了。

不过，张敞生性好动，常常去酒家喝酒。有时在早上起来没有事,就给他妻子画眉毛,这事京师的人都当作谈笑的资料。因此,有人报告了宣帝,宣帝把他叫去,问他有没有这件事,他说:"夫妇之间,还有比画眉毛更亲热的呢,这又有什么关系!"

宣帝笑了笑就算了。但是觉得他太轻浮,不配做公卿大官,所以,他做京兆尹做了八九年,始终不能升官。他也不把这事放在心上,抱着过一天算一天的态度。

后来,张敞的儿子张恽,因为发牢骚,被人举告他骂宣帝,不但他全家被杀,还连累了在朝的亲友,全部被免职。张敞也受到牵累,幸好还没有被免职。他有一个手下叫絮舜,奉命办理一件案子,他搁置不办,竟回家了,向家里人说:"五日京兆,还办什么案子!"没想到这话竟传了出来,被张敞听到了。

张敞派人把絮舜叫了去,责备他疏忽公事,要砍他头。他大声喊冤,张敞拍案,道:"你以为我只能做五天的京兆尹吗?我且先杀了你再说!"

絮舜后悔自己不小心,说错了话,但是后悔已经来不及了,终于被杀。"五日京兆"也成了一个典故。

絮舜的家人便向宣帝告状,宣帝见张敞滥杀,立刻下令把他革职。他怕受处罚,竟溜走了。自他走后,京兆的窃盗又多了起来,并且冀州还出现了大强盗。宣帝只好下令,再教他担任冀州刺史。窃盗知道他的厉害,他一上任,就都躲到别的地方去了。

# 二九、万石严母

严延年因为攻击杜延年，而受到别人的攻击，他怕受罚，便逃回故乡去。后来遇到大赦，才又出来担任涿郡、河南等地太守，抑强扶弱，把地方上有钱有势的人，故意罗织成罪，全都杀掉。河南一带的官民都很怕他，管他叫"屠伯"，就等于是"杀人王"的意思。

严延年是东海人，家里有个老母亲。严延年派人去迎接她，她刚到洛阳，就看见路旁有很多囚犯，一打听这些囚犯都要押到河南去处死。她不禁大惊，走到都亭就叫停下来，不肯到儿子的衙门去。严延年等了很久，不见母亲来，觉得奇怪，就到都亭去看母亲，母亲便关上了门，不让他进去，他莫名其妙，心里想，大概是自己做错了什么事，所以才惹得母亲对他这样。不得已，他长跪门外，请母亲告诉他做错了什么事。

过了很久,他母亲才开门。他进门行了礼,母亲骂他道:"你做太守,管辖几千里地方,却没有一点仁爱心,专重刑罚,难道一个做人民父母的,就应该这样残酷吗?"

延年听了,才明白母亲的意思,连忙磕头谢罪,并请母亲上车,同到衙门去,由他亲自驾车。

到了衙门里,过了新年,他母亲就要回家。他再三挽留,母亲很生气地对他说:"你可知道人命关天,不能随便乱杀? 现在你这样随便杀人,上天是不会放过你的。没想到我到了老年,还要看到你被杀吗? 我现在要回去,是为你预先准备好墓地!"说完,就上车走了。

严延年送母亲出了城,回到衙门里,觉得母亲太过虑了,对地方上仍旧不肯放宽。没想到过了一年多,就真的出了事。

当时,黄霸担任颍川太守,与延年毗邻治民。延年一向瞧不起黄霸,偏偏黄霸的声望比他高。颍川境内的农产收获,每年都很好。黄霸向宣帝报告,凤凰曾飞到他那儿去,因此,他还得到奖赏。延年心里很不服气。

恰好河南发现了蝗虫,府丞狐义出巡看到了,回去报告延年。延年问他颍川有没有蝗虫,他说没有。延年笑道:"是不是那儿的蝗虫叫凤凰给吃光了?"

狐义又提到,司农中丞耿寿昌,在米谷便宜的时候,高价买进，在米谷涨价的时候，低价卖出，这种办法，对老百姓有很大的帮助。

延年又笑道："丞相、御史都不知道这样做，应该把位置让给他才对。耿寿昌做的虽然对老百姓很好，但他也不能自己创立新法。"

狐义碰了两个钉子，不再讲话，觉得延年的脾气太坏，自己的年纪已经老了，何必惹他而被他杀害。想了想，就决定检举他。于是到了长安，告延年十大罪状，把报告递了上去后，就吃毒药自杀了。

宣帝教御史丞查办，查出狐义自杀的确真情形，就报告了宣帝。宣帝派人到河南察访，和狐义所说的一对照，一点都不假。延年因此被杀。

他母亲回到家乡以后，曾经告诉族人们说，延年不久一定会被杀。族人们听了都不大相信，现在才知道她有先见之明。

严母有五个儿子，都做了大官，延年是老大，第二个儿子叫彭祖，官做到太子太傅。几个儿子的薪水，每年都是两千石谷子，五个人共有一万石谷子的收入。因此东海一带人都管她叫"万石严母"。

# 三〇、女外交家

楚公主解忧是楚王戊的孙女。武帝把她嫁给乌孙国王岑陬,没有生孩子,岑陬后来患了绝症,连床都不能起。他有个儿子叫泥靡,是胡女生的,年纪还小,怕他不能治理国家,就叫堂弟翁归靡代立为王,等泥靡长大以后,再把王位还给他。

翁归靡自然没有话说,岑陬一死,翁归靡就做了乌孙国王。他见解忧年纪还轻,长得也好看,就占有了她。于是解忧又嫁给翁归靡,生了三男两女,都长大成人,大儿子叫元贵靡,留在国内。第二个儿子叫万年,做了莎车王。最小的叫大乐,也做了左大将。到昭帝末年,匈奴出兵打乌孙,乌孙一面抵抗,一面由解忧公主出面,写信派人送到汉朝去求救兵。恰好这时昭帝去世,顾不到乌孙的请求。等到宣帝做了皇帝,解忧夫妇又派人来催,并说一直等汉兵去,好合力去打匈奴。宣帝和霍光经过一度的商量,任命御史大夫田广明为祁连将军,带四万多兵出河西,度辽将军范明友,带三万多兵出张掖,前将军韩增,带三万多兵出云中,后将军赵充国为蒲类将军,带三万多兵出酒泉,云中太守田顺为虎牙将军,带三万多兵出五原。五路大兵,共十六万多人,杀往匈奴,再由校尉常惠发动乌孙兵,会师夹攻。

匈奴王壶衍鞮单于听说大批汉兵来了,赶紧把人民和牲畜都搬往漠北去。汉兵到了那儿,却看不见一个匈奴兵,一匹匈奴马。田广明先带兵回来,田顺虚报俘虏,被查明,关在牢里自杀了。范明友、韩增、赵充国三个人也是半路折回。宣帝因为已经杀了两个大将,就饶了他们。只有常惠监护五万乌孙兵,一直开到右谷蠡王庭,抓住单于伯叔、名王犁污,掳都尉、千长以下三万九千多人,马牛羊等七十多万头,返乌孙。乌孙人全部自己留下,一点儿也没分给常惠,反而把常惠的使节偷走。常惠没法追究,垂头丧气地回到长安,以为一定要受重罚,没想到宣帝不但没有罚他,反而封他为长罗侯。

到宣帝甘露年间,翁归靡给汉朝上了个报告,愿意立解忧所生的儿子元贵靡做国王,希望娶汉公主,亲上加亲。宣帝就把解忧的侄女相夫嫁过去,派光禄大夫常惠送行。刚到敦煌,就接到翁归靡去世的消息,元贵靡没有能嗣立,由岑陬的儿子泥靡做了乌孙王。常惠只好把相夫留在敦煌,一面派人报告宣帝,一面去乌孙,责备他们不立元贵靡。乌孙的大臣说立泥靡是岑陬的意思。常惠只好返回敦煌,并请求把相夫送回。宣帝答应了。于是,常惠便护送相夫返国。

泥靡做了乌孙王之后,竟强迫继母解忧做了他的妻子,两个人又生了一个孩子叫鸱靡。解忧年纪大了,泥靡年纪还轻,后来他又爱上了别的女人,就不再理解忧。泥靡为人很狂暴,乌孙人管他叫狂王。恰好汉使臣魏和意、任昌到乌孙,见到解忧的情况。几个人就商量来杀狂王。由魏和意、任昌请狂王喝酒,喝到一半时,由预先埋伏下的卫士出来杀他,但没有打中,狂王逃走。汉使便向乌孙人宣布,此行系奉命来杀狂王,因为乌孙人都恨狂王,没有人说话。没想到狂王的儿子细沉瘦出兵进攻乌孙的都城赤谷。幸亏西域都护郑吉,从乌垒城出兵去救援,才把细沉瘦赶走。郑吉收兵回去,报告宣帝。宣帝派中郎将张遵带药去乌孙,给狂王医治,并且抓回魏、任两个人。狂王只受轻伤,很快的就治好了,教张遵回朝,自己回赤谷城。没想到翁归靡的儿子乌就屠,在北山集合了一批人,杀死了狂王,自立为王。

乌就屠不是解忧所生,汉朝自然不承认他,就教破羌将军辛武贤,带一万五千兵去打乌就屠。西域都护郑吉怕辛武贤不一定能打胜仗,觉得派人去劝乌就屠让位,总比打仗要好得多。

于是,他想起了一个人,是到乌孙去的最好的人选。这人是解忧的一个女佣人，姓冯名嫽，西域人管她叫冯夫人。她跟着解忧到了乌孙以后，就嫁给了乌孙的右大将军。她聪明漂亮，又念过书，到西域仅几年，就学会了西域的语言、文字，也知道了那儿的风俗形势。解忧常叫她出使附近各国，各国都对她很敬重。乌孙的右大将，得到这么一个好妻子，自然对她很敬爱。他和乌就屠很熟，冯夫人自然也见过乌就屠，所以郑吉派人去告诉她，请她去劝乌就屠。冯夫人立刻到乌就屠家里，向他说："你自问是不是能够打败汉军？"

乌就屠想了想，说："恐怕打不过他们吧。"

冯夫人道："既然打不过他们，何必自找麻烦，我看你不如听汉朝的话，倒还可以保全。"

乌就屠道："我也不打算长久地做国王，只要他们能给我一个小名义，一切我就全都听他们的。"

冯夫人说："这大概没有什么问题。"说定，就向乌就屠告别，去见郑吉。郑吉就把冯夫人说降乌就屠的经过，报告宣帝。

宣帝听了，便要她到京师来，想见她一面。于是冯夫人来到长安，晋见宣帝，宣帝见她举止大方，很会讲话，非常高兴，就派她担任正使，派竺次期门和甘延寿做副使，一齐动身到乌孙去。

到了乌孙，乌就屠还在北山，冯夫人要他赶快到赤谷城，去见汉光禄大夫长罗侯常惠。常惠是奉命去乌孙立元贵靡为乌孙王的，因此，冯夫人到了北山，常惠也到了赤谷城。

常惠奉宣帝命，封元贵靡为大昆靡，封乌就屠为小昆靡。昆靡是乌孙的王号。乌就屠自然心满意足。大昆靡统治六万多户人口，小昆靡也有四万多户。常惠给他们把地界分划得很清楚，以免将来发生争执。

过了两年，元贵靡生病去世，由他的儿子星靡嗣立。这时候，解忧年纪已快七十岁了，她上了报告给宣帝，请求准许她回国，宣帝答应了，并派人迎接她。解忧带了三个孙儿女回到京师晋见宣帝。宣帝见她头发全白了，就赐给她田地、房子和佣人，使她颐养晚年。过了两年，解忧就生病去世了。

冯夫人曾和解忧一起回国，听说星靡懦弱，恐怕他被小昆靡所害，便向宣帝报告，自愿去乌孙协助星靡。宣帝答应了，派了百骑护送她出塞。星靡终于得到保全。冯夫人既然嫁给乌孙的右大将，又生有儿女，自然不愿意再返回中国，宁愿终老乌孙了。

# 三一、汉宣中兴

汉宣帝消灭了霍家以后，就亲自处理国事，很想把国家治理好。因此，在他统治的这一段时期内，出了不少的好官，像朱邑、龚遂、尹翁归、黄霸、张敞等都有名。他最信任的大臣是卫将军张安世和丞相魏相。

魏相在消灭霍家时立了不少的功劳，张安世却小心谨慎，只知道奉命行事，从来没有自作主张，或有什么特别建议。他有个孙女叫敬，嫁给霍家的一个亲戚。霍家被消灭，安世怕受连坐，心里很感不安，害得他身体越来越差。宣帝看出他的心事，特别下令赦免他的孙女，他这才心安了下来，此后办事格外谨慎。他看出霍家的灭亡，是因为子孙太骄傲，不学好所造成。因此他对自己的子孙管教得很严格。他的官职已经很大了，但是他的妻子仍旧亲自织布，家里的佣人也都叫他们参加各种生产工作。

所以，钱赚得越来越多，比起霍家来还有钱。

汉代有两大外患，第一是匈奴，第二是西羌。宣帝第一步先征服西羌，第二步就要征服匈奴。

西羌散住在赐支、河首（今青海东南部）和湟水（发源青海，流进黄河）一带，部落很多。他们南接蜀汉，北面和匈奴的河西地区为邻，西北和西域相通。汉武帝以前，匈奴强盛，西羌就依附匈奴，那时，中国不大注意他们，武帝以后，匈奴逐渐衰落，西羌就脱离匈奴独立，时常侵扰汉朝西北边境。

宣帝神爵元年，先零羌头子杨玉号召羌人，全面叛乱。先零羌是西羌族中最强大的一族，势力很大。宣帝曾派人去问过赵充国，谁可以做讨伐西羌的将领。赵充国是陇西人，曾经跟着李广利去打匈奴，有一次，他身上受了三十多处伤，武帝召见他，称赞他的勇敢，命他担任车骑将军长史。到宣帝的时候，他已经做到后将军，率领四万多人，驻扎治边九郡，防备匈奴。这时，他已七十六岁，宣帝怕他不能打仗，所以征询他的意见，可以派谁去。

没想到他的回答是："要打西羌没有比我更适当的人选了。"

于是宣帝就让他带兵去打西羌。到了目的地，他不跟西羌人硬拼，而采用分化的策略，使他们不能团结。酒泉太守辛武贤上了一个报告，说他逗留金城，按兵不进，自请愿带兵远征。宣帝一面派辛武贤和许延寿带兵去打西羌，一面责备赵充国拖延时间。

赵充国只好向宣帝说明自己的计划。宣帝见他讲得很有道理，就答应了。不久，他听说先零羌的戒备松懈了，他立刻就出兵突袭，把先零羌打败，杀了有五百多人，虏获马、牛、羊十万多头，车四千多辆。

就在这年的秋天，他因为生病，不能起床，宣帝派辛武贤去做他的副手，由辛武贤领兵去打羌人，为的是好早点结束战事。赵充国觉得这样做不是个好办法，他便上报告，建议裁减兵额一万人，被裁的兵让他们去垦田，这样可以开垦荒田两千顷，他们一面耕种，自己养活自己，一面又可监视羌人。

宣帝把他的建议，交给公卿们开会研讨，讨论了很多次。最初赞成赵充国意见的大臣，只有十分之二三，后来逐渐增加为十分之五六，十分之七八，最后，连以前最反对他的人，也都赞成了。于是，宣帝也就采纳了他的建议。到了第二年五月，总数有五万的先零羌，先后投降了三万一千二百人，被杀了七千六百人，饿死的有五六千人，流亡逃走的约有四千人。至此羌乱全部解决，赵充国胜利回师。他因年老退休，宣帝遇有西夷大事，还是常派人请教他的意见，他活到八十多岁才去世。

到甘露年间，匈奴单于呼韩邪投降汉朝，西域各国见强大的匈奴都投降了，他们也都听汉朝的话。没有匈奴和西羌的外患，边境一带的老百姓自然就安居乐业了。

从神爵元年到甘露元年的八年间，没有什么大的变故，老百姓的日子过得很太平。不过，宣帝杀了盖宽饶、韩延寿和杨恽等几个人，刑罚未免失当。尤其是，他任用宦官弘恭、石显，让他们担任中书令，造成以后政治的黑暗，这是他的一个大错。为了抵制霍家，他大封外戚许、史、王三姓，造成后来外戚的专政。

不过，大体上说来，汉宣帝被认为是中兴汉朝的国君。他在黄龙元年去世，只活到四十三岁，做了二十五年的皇帝，由太子奭嗣立，就是历史上的元帝。

# 三二、昭 君 怨

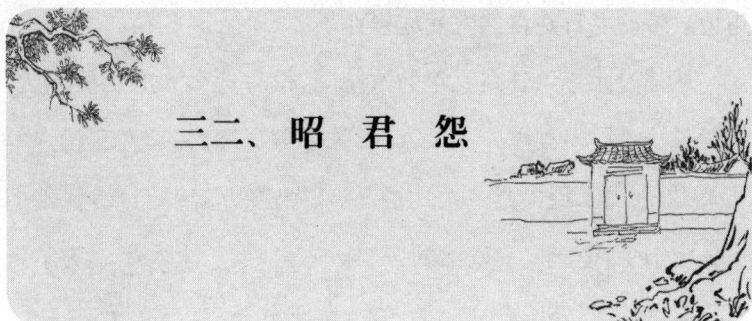

汉元帝竟宁元年，匈奴王呼韩邪自请入朝，经元帝批准，呼韩邪就从塞外出发，一直到了长安。他见到元帝，说出自己愿意做汉朝的女婿，娶汉朝的公主为妻。元帝答应了。

元帝心里想，以前和亲都是用宗室的女孩子，充作公主嫁给单于。现在呼韩邪已经投降，不能跟以前比了，不妨把后宫的女孩子，随便挑选一个嫁给呼韩邪。主意打定以后，就命手下把宫女图拿给他看。他看了一遍，随意提笔点了一个，让人马上代办嫁妆，选择了一个好日子，把选好的宫女，送交给呼韩邪。

日子到了，那个被点的宫女打扮好，到元帝面前来辞行。元帝一看，见这宫女漂亮得不得了，就问她的名字，知道了她叫王嫱。问她什么时候进宫的，她据实地讲了。

元帝算了算日子，心里想："她进宫已好几年了，为什么我从

没有见过她。可惜这么漂亮的女孩子,竟送给外夷做妻子!"他便想把她留下来,但又怕对呼韩邪失信,会受到官民的批评,只好嘱咐了她几句话,等她走了以后,自己进宫去查看宫女图,见图上所画的,只有王嫱本人的两三分美,并且是草草描成,没有一点儿生气。接着又把他觉得还不错的宫女,和图画比较了一下,觉得画得非常好,比本人还要胜过几分。不禁生起气来喊道:"画工真可恨,明明长得很好看,他却画成不好看,如果这不是作弊,一定是有别的原因!"

于是,他下令查问这画工是谁。官员传讯长安所有的画工,当场查出,这像是杜陵人毛延寿画的。他给王嫱画像的时候,曾向她索取红包,王嫱没给,他就故意把她画得毫无神采,像泥塑木雕的一样。这案子一经查明,毛延寿被判了死刑。

王嫱又名昭君,是南郡秭归人王穰的女儿。当时被选进宫,照例先要由画工画一幅像,然后拿给皇帝看,皇帝看中哪一幅像,就传见那像的本人,毛延寿是当时长安有名的画家,最拿手的是画人像。可是他的为人很贪心,专门利用机会向人家要钱。有钱人家的女孩子,巴不得能进宫,好受到皇帝的喜爱,都希望画像时画得好看一点,所以,对毛延寿都尽量地多送钱给他。这一来,本来长得不大好看的女孩子,经毛延寿一画,也就给画得很好看了。

王昭君长得很好看，个性又很高傲，不愿意花这种钱，因此毛延寿就故意把她画得很难看。元帝只知道凭画像来选宫女，哪知道宫里还有这么漂亮的女孩子，等到亲眼看见昭君时，觉得很后悔，但是已经来不及了。

　　昭君嫁了一个老番王，心里很难过。呼韩邪向宣帝告别，带着王嫱出塞，封她为宁胡阏氏。过了一年多，生下一个男孩，取名叫伊屠牙斯。后来呼韩邪生病去世，大儿子雕陶莫皋嗣立，叫复株累若鞮单于，见后母仍旧很漂亮，就霸占了她作为自己的妻子，生了两个女儿，大女儿叫须卜居次，小女儿叫当于居次。昭君老死在塞外，因为她的坟墓上生长的草色独青，和别处的草不相同，她的墓被称为"青冢"，后来成为有名的古迹。

　　后人们同情昭君的遭遇，编了一个曲子叫"昭君怨"。或说她骑马出塞时，在马上弹琵琶，创了这个调子；这种传说自然靠不住，和事实也不相符。

# 三三、姊妹花

元帝信任宦官恭弘、石显和外戚许、史两家，造成政治的黑暗。他四十二岁就去世，做了十六年的太平皇帝。他的儿子刘骜即位，即成帝。

成帝封母舅阳平侯王凤为大司马大将军，兼任尚书令。王凤看到宦官石显的权力太大，请成帝把他免职。从此以后，就成了王家的天下。

成帝的母亲叫王政君，是王禁的女儿，兄弟有八个，姊妹四个。王禁娶妻李氏，除了生政君以外，还生了两个男的，大的叫王凤，还有一个叫王崇，是老四，此外，王谭、王曼、王商、王立、王根、王逢时，都是庶出的。

元帝做太子的时候，有七八年的时间没有孩子，娶了王政君不久，就生了一个男孩，宣帝很高兴，对孙子特别喜爱。宣帝去世,元帝一即位,就立政君为皇后,立骜为太子。

除了皇后政君以外,元帝还喜欢两个女人,一个姓冯,一个姓傅,后来都封为昭仪。傅昭仪生了一个女儿,一个男孩,女儿是平都公主,男孩后来封为济阳王。冯昭仪的父亲是冯奉世,很有名。有一次,元帝去猎场,忽然有一头熊,跳出虎圈,向元帝跑去,别人看了都吓跑了,只有冯昭仪挺身追上前,在熊面前拦住。就在这时候,武士们冲上前来,才把熊打死。元帝问冯昭仪为什么不跑,她说:"猛兽要是抓住一个人,就不会再害其他的人了,我怕它侵犯您,所以挡住它,牺牲自己来保护皇上。"元帝很感激她,她本来是婕妤,元帝立刻封她为昭仪。她的儿子刘兴,后来被封为信都王。不过,这一来,可就使傅昭仪恨冯昭仪了。昭仪的名义,是元帝新设的,只比皇后差了一级。

元帝信任外戚,成帝对待舅舅家更好。除了王凤以外,他又封王崇为安成侯,王谭、王商、王立、王根、王逢时都封为关内侯。这些人都没有功劳,都受封侯,自然是不应该,可是没有人敢讲话。王政君已经是皇太后,她的母亲李氏后来和王禁离婚,嫁给一个姓苟的,生了一个孩子叫苟参。她让王凤等去迎还生母,封参为侯,成帝觉得这样做不妥当,只拜苟参为侍中水衡都尉。王家一门七侯,子弟们不问大小,全都做了官,比宣帝时的霍家还要有权势。

元帝在世时，特选车骑将军平恩侯许嘉的女儿做太子妃，她长得很漂亮，年纪和成帝差不多，因此，小两口很恩爱。成帝即位，就封她为皇后。后来，许皇后年近三十，成帝见她不好看了，就开始讨厌她，又爱上了两个女人，一个姓赵，叫飞燕。她本来叫宜主，因为身子很瘦，轻得像飞燕，所以人们管她叫飞燕。她的双生妹妹叫合德，比较胖。成帝对她们俩非常喜爱。后来，索性废掉许皇后，把赵飞燕封为皇后，封她的妹妹合德为昭仪。

成帝把合德譬喻作温柔乡，整天和她在一起，政事都交给王氏兄弟。不过，他所担心的是，过了四十岁，还没有孩子。赵飞燕姊妹自己都不能生，很嫉妒别人生孩子。成帝和一个宫女偷偷摸摸生了一个孩子，被赵合德知道了，便强迫那个宫女自杀，也弄死了那个孩子。连伺候孩子的六个女佣人也都被杀。

后来，成帝又和许美人生了一个男孩儿，结果也被合德给弄死了。成帝没有孩子，因而开始有人打他王位的主意。傅昭仪的儿子刘康中年去世，正妻张氏没有孩子，妾丁姬生了个孩子叫刘欣，袭封为定陶王，由祖母傅昭仪抚养成人。傅昭仪想把自己的孙子承继给成帝，因此，便带着刘欣去长安找机会。同时，冯昭仪的儿子刘兴，也在这时候去长安。刘兴原封信都王，后来改封中山王。刘欣带了太傅、相、中尉一齐去，刘兴只带了太傅。

两个人一起去见成帝，成帝见侄儿刘欣年纪轻，长得也很英俊,又很会说话,因此,对刘欣很满意。接着他和弟弟刘兴谈话,刘兴答不出话来。成帝心里想:"三十多岁的人了,还不如一个十六七岁的少年。"于是便不喜欢他。

傅昭仪见了王太后,又去见赵皇后和赵昭仪,并且让孙子进宫,各处去拜见,接着又问候大司马王根。傅昭仪随身带了很多珍珠宝物,一半送给赵家姊妹,一半送给王根。于是赵家姊妹和王根都在成帝面前夸奖刘欣,并且说大可以把他过继来做太子。成帝心里也愿意,但是他还是希望赵家姊妹能够生一个男孩,因此就没有答应,便打发刘欣回定陶;至于刘兴,早就回去了。

又过了一年,赵家姊妹仍旧没有生孩子,她们劝成帝立刘欣为太子,王根也上报告申请,成帝这才决定立刘欣,立刻派人去接刘欣来京师。傅昭仪和丁姬亲自把他送来。

第二年,成帝去世,享年四十五岁,共做了二十六年皇帝。太子刘欣继承了皇帝,叫汉哀帝。尊太后王氏为太皇太后,皇后赵氏为太后。傅昭仪也进宫,住在北宫,和哀帝住的未央宫相通,她常去见哀帝,要求封号,并且还要求封外家亲戚。哀帝就尊定陶共王为共皇,定陶太后傅氏为定陶共皇太后,共皇妃丁姬为定陶共皇后。傅太后是河内温县人,从小父亲就去世,母亲又改嫁,只有三个堂弟,叫傅晏、傅喜、傅商。哀帝做定陶王的时候,傅太后要亲上加亲,让哀帝娶傅晏的女儿,现在自然变成了皇后。他封傅晏为孔乡侯。丁皇后的大哥丁忠已经去世，丁忠的儿子被封为平周侯，二哥丁明被封为阳平侯。赵太后的弟弟赵钦被封为新城侯，赵钦哥哥的儿子赵诉被封为成阳侯。王、赵、丁、傅四家的子弟，都封侯的封侯，做官的做官，成了长安最有权势的人家。

哀帝觉得王家的权势太盛，想加以压制，便自己亲自处理国事。恰好这时有人攻击王根，他就把王根免职。他一开始亲政的时候，很想把政治好好地改革一下，可惜傅太后常常干涉，使他没有办法施展抱负，只好糊里糊涂地过日子。官员们又分成了两派，一派是反对傅太后的，一派是巴结她的。傅太后想掌权，便把反对派都去掉。

成帝死在赵合德的房间里，太后曾经下令追究原因。赵合德虽然没有毒死成帝，但是做了不少的亏心事，怕被查出来连累她姐姐，于是她便吃毒药自杀了。到了哀帝的时候，有人检举赵氏姊妹种种的不法。哀帝觉得自己过继给成帝，赵太后帮了不少的忙，不好意思处罚她，只削去赵钦和赵诉的侯爵，充军到辽西去。

这时候，丞相孔光和大司空师丹，都反对傅太后。有人巴结傅太后，建议共皇太后、共皇后前不应该加"定陶"两字，并且应该在京师为共皇立庙。哀帝吩咐百官商量，师丹表示反对，他的理由很充分,连傅太后的堂弟傅喜都很支持。只有傅太后、傅晏、傅商等几个人恨师丹,并且讨厌孔光和傅喜,要把他们都弄掉。

傅太后强迫哀帝,把师丹免职,削夺侯爵。很多人为师丹说话,也都受到处分。后来,哀帝改封师丹为关内侯。

傅太后排挤掉师丹后,又打孔光的主意。以前孔光曾经建议成帝立刘兴为太子,因此傅太后想起以前的事,不但要除掉孔光,并且还要弄死冯昭仪。

刘兴已经生病去世,王妃是刘兴的舅舅宜乡侯冯参的女儿,她生了两个女儿,没有儿子。刘兴又娶卫姬,生了一个男孩子叫箕子,永袭王封。箕子从小多病,经过多少医生诊治都看不好。冯昭仪只有这一个孙子,自然很怜爱,只好祈求神灵保佑。哀帝听说箕子有病,派中郎谒者张由,带了一个医生去医治。还没医好,张由便匆匆回到京师。哀帝问他箕子好了没有,他说没有。哀帝听了很生气,派尚书责问他为什么这么忙着回来。张由也觉得自己糊涂,如果答复得不好,一定会受处分。他索性诬告尚书说冯昭仪私下教人诅咒皇上和傅太后,所以他赶着回来,为的是报告这件事。尚书回报哀帝,被傅太后知道了,非常生气,命御史丁玄到中山去查办。丁玄是共皇后丁氏的侄子,自然是帮着傅太后。他到中山以后,把冯家一百多人全部抓了起来,问了好多天，都没有问出结果来。傅太后见没有回音，又派中谒者史立去。史立骗男巫刘吾，让他把罪过都推在冯昭仪身上。刘吾果然受骗。于是史立叫出冯昭仪，当面责问，冯昭仪自然是不承认。

史立冷笑道："以前你挺身挡熊，不怕死，非常勇敢，现在怎么胆子倒小了呢？这点小事都不敢承认！"

冯昭仪听了，立刻明白过来，不屑跟史立辩，回宫向手下人说："我挡熊是前朝的旧事，并且这也是宫里的事，史立怎么会知道？这一定是宫内有人想害我，我明白了，死了算了。"立刻就吃毒药死了。

于是案子就这样定了，冯家自杀或被杀的，共死了十七个人，连冯参都被迫自杀。张由因此被封为关内侯，史立升宜中太仆。直到哀帝死后，孔光追劾两个人的过恶，两个人才被革职，充军到合浦去。但是冯氏冤狱始终没有申雪，冯昭仪也没有追封。

由于傅喜帮着孔光，傅太后和傅晏商量，要把孔光和傅喜都排挤掉。后来，傅喜果然被免职，孔光也被革职为平民。

# 三四、王莽篡汉

　　王莽是王太后堂弟王晏的第二个儿子。王晏死得早，没有能封侯，大儿子也很早就死了。王莽字巨君，对母亲很孝顺，对嫂嫂也很好。对待伯、叔及朋友，礼貌更是周到。念书很用功，穿着很随便。他伯、叔的子弟都很奢侈、豪华，只有王莽很勤俭。

　　伯父王凤病势很重，王莽在身旁伺候，连觉都不睡，药一定先尝一尝后才给王凤吃。因此，王凤对他很怜爱，在他快要断气的时候，特别拜托太后和成帝照顾他，并且还非常夸奖他。成帝就拜他为黄门郎，后又升他为射声校尉。叔父王商也很喜欢他。朝廷里的名臣都推荐他。于是，成帝又封他为新都侯，让他做光禄大夫侍中的官。

　　王莽为人格外谦虚，对人有礼貌，所得俸禄都接济了朋友，家里没有多余的钱，声望比他的伯伯叔叔们还高。成帝待外戚特别好，王谭死后，就让王商接任。接着王音又死了，就晋封王商为大司马卫将军。不久，王商也生病死了，应该由王立继任。王立在南郡垦了几百顷田，卖给县官，得钱一万万以上，被丞相司直孙宝检举，成帝就舍王立而升王根为大司马骠骑将军。王根和安昌侯张禹原本相处得不好，常常说他的坏话，没想到成帝待张禹很好。张禹生病，成帝还亲自去看他，并且把几份攻击王根的报告给他看。张禹觉得自己的孩子还小，犯不着和王家结怨，于是就替王家说好话。王根听到了，就去向张禹道谢，两个人便成了很好的朋友。

有一个小官叫朱云，听说张禹帮着王家说话，就进朝向成帝说：张禹是奸臣，应该杀掉。成帝说："你竟敢骂我的老师，这还得了！"就命御史把朱云拖出去。朱云攀住大殿的门槛不肯走。御史偏用力往外拖，双方用力过大，竟把殿槛给拉断。最后朱云还是被拖走了。

左将军辛庆忌跪在地下磕头，为朱云求情，但成帝不答应，直到庆忌磕头都磕出血来了，成帝才下令饶恕了朱云。后来手下来修理这被拉断了的殿槛，成帝吩咐说："不要换新的，把坏了的地方修补好就行了，留下用来表扬忠臣！"

朱云回家以后，就不再做官，乘坐牛车到处游逛，他每到一处，便受人们的欢迎，活到七十多岁才去世。

王根生病,他的职位没有人接替,就暂时悬着。王莽怕淳于长抢去这个位置,就在王根面前说他的坏话。王根听了自然很生气,就让王莽去告诉王太后。太后也很生气,让王莽去报告成帝。成帝便把淳于长免职。在王根的推荐下,王莽被封为大司马。于是国家大权,都到了王莽手里。

王莽要使自己的名望高出他的伯叔们,特地聘请远近的名士做他的幕僚,所得赏赐都分给幕僚们,自己格外俭省,吃穿和平民一样。有一次,他的母亲患病,公卿列侯各派夫人去探问,都穿得很讲究。王莽的妻子是王诉的女儿,赶紧出门迎接,她的穿着非常普通,女宾们还以为她是女佣人呢,等到问明以后,才知道她是大司马的夫人,大家都觉得奇怪。王莽妻子待来宾非常周到,但是茶点却很简单。她们回去以后,都说大司马家里非常节俭,王莽听了暗地里很高兴。

成帝去世,哀帝即位,大封傅、丁两家。有一次,太皇太后王氏在未央宫请傅太后、赵太后、丁皇后们喝酒。太皇太后坐在正中,这自然没有话说,第二位轮着傅太后,就在王太后旁边放了一个座位,给傅太后坐。

位置排好后,大司马王莽走来巡视,向内侍问:"上首为什么有两个座位?"内侍说那是王太后和傅太后的座位。

王莽大叫道:"定陶太后是藩妾,怎么能和太后并排坐?快把那个座位移开。"内侍只好把傅太后的座位移开。王莽这才出去。

傅太后知道了这件事，不肯来喝酒，因此，王太后她们都喝得不痛快。后来，傅太后逼哀帝把王莽免职。哪知王莽早就递上辞书。哀帝批准了他的辞职。

哀帝因为多病，又受傅太后的干涉，对国家大事不再过问，生活也就越来越荒唐。冤杀了冯昭仪等十九个人还不算，过了没多久，无盐县发生了两件怪事，一是危山上头的土，忽然自己起来，盖在草地上，平坦得像一条路。一件是瓠山中间，有一块大石头站了起来，离开了原地有一丈。无盐属东平管，东平王刘云知道了，以为是神祟，就带了祭品和王后到瓠山去，到了那儿便向那块石头祈祷。回到宫里，仿照瓠山形状又筑了一个小山，小山上头立了一个石像，随时祈祷。这消息传入京师。有两个人想趁这机会升官发财。一个是息夫躬，一个叫孙宠。两个人竟写了一个报告，托中郎右师谭转交中常侍宋弘代呈递哀帝，这报告大意是说东平王在诅咒哀帝。哀帝便派人去查办，结果屈打成招，说东平王后命女巫诅咒哀帝，祈祷刘云做皇帝。于是刘云被废为平民，王后和她的舅舅伍宏一并处死。东平王刘云也气得自杀。息夫躬被封为光禄大夫，孙宠被任为南阳太守。宋弘、右师谭也都升了官。

哀帝还想藉这案子，封他所喜欢的一个人。这个人叫董贤，云阳人，父亲叫董恭，做过御史。董贤做太子舍人，年纪只有十五六岁，长得很漂亮。哀帝见了很喜欢他，就把他留在宫里。只一个月，他升了三次官，竟做到驸马都尉侍中。他为了讨好哀帝，把妻子和妹妹都送进宫来陪哀帝。哀帝封他的妹妹为昭仪，只比皇后差一级。

接着董贤的父亲又升任少府，被封为关内侯。他妻子的父亲、弟弟也都做了官。可是董贤却没有封侯，哀帝一直想给他找一次立功的机会。拖了有一两年，恰好发生了东平王案，侍中傅嘉知道哀帝的心意，请把董贤的名字列在检举东平王案的名单里，为的是好封他为侯。哀帝自然求之不得，就封董贤为关内侯。他怕傅太后责问，特地把傅太后最小的堂弟傅商，也封为汝昌侯。

哀帝想再加封董贤，先讨好祖母，尊她为太皇太后。然后封董贤为高安侯。孙宠和息夫躬也沾了光，一个被封为方阳侯，一个被封为宜陵侯。

哀帝又封傅晏为大司马卫将军，封丁明为大司马骠骑将军。有人上报告说傅、丁两家的权势太大，哀帝不理会。

不久，傅太后生病去世。丁皇后死得比她还要早。恰好发生日蚀，哀帝想起孔光来，派人去叫他，问日蚀的原因。孔光也说这是丁、傅两家势力太大的缘故，于是哀帝拜孔光为光禄大夫，把傅晏免职。丞相王嘉和御史贾延，又上报告攻击息夫躬和孙宠。哀帝便把他们免职。

息夫躬到宜陵，因为没有房子住，暂时寄居在邱亭。当地的强盗见他行李很多，晚上常偷偷去看。吓得息夫躬胆战心惊。恰好他的一个同乡贾惠，由此经过去看他，知道了他的情形，就教他每天晚上手里要拿着桑枝，披散着头发向北念咒，这样就可以防盗，并且把咒语也告诉了他。他相信了，真的这样做。却没想到有人上报告检举他，说他诅咒朝廷。哀帝派人把他抓了去，息夫躬便在问官面前自杀。结果，他母亲也被杀，妻子充军到合浦。哀帝去世以后，有人攻击孙宠和右师谭，洗雪东平冤狱，两个人被充军，死在合浦。

光禄大夫孔光想做宰相，联合了几个人攻击王嘉，哀帝竟把王嘉关进监牢。然后派人查办。王嘉被关了二十几天，最后呕血死去。他在死前曾经说：他的真正错处是没有任用好人，除掉坏人。问他好人是谁，坏人是谁。他说好人是孔光、何武，坏人是董贤。他的死，一半是孔光所造成的，但他却认为孔光是好人。

哀帝听了他的话，就拜孔光为丞相，任何武为前将军。因为大司马丁明同情王嘉，哀帝就把他免职，由董贤接任。这时候董贤才二十二岁,竟做到最高的三公职位。

以前孔光做御史大夫的时候,董贤的父亲在孔光手下做过事。现在董贤和孔光同等地位,哀帝命董贤去看孔光,为的是看孔光怎样对待董贤。

孔光看董贤去,便亲自出门迎接进去,请他坐在上座,自己在下座陪着,就像是小职员迎见长官一样。董贤告辞,孔光又恭恭敬敬地送到门外。

董贤很高兴,回去报告哀帝。哀帝自然也很高兴,封孔光两个哥哥的儿子为谏大夫常侍。孔光喜出望外,却没想到他的人格已经扫地了。

过了没有多久,哀帝去世,只活了二十六岁,做了六年皇帝。太皇太后王氏接收了御玺,问董贤应该怎么办丧事,董贤自然不知道。

太皇太后说:"新都侯王莽很熟悉,我请他来帮着你办。"

董贤同意。太皇太后立刻派人叫王莽到京师来。

王莽到京师见了太皇太后,首先说董贤不配做大司马,太皇太后自然同意。于是,王莽托辞太皇太后的意思,把董贤免职。董贤回家,心里想,王莽这么辣手,一定会报仇,自己将来早晚会被杀,他跟妻子讲了后,两个人对哭一场,就先后自杀了。

王莽又攻击董贤的父亲、弟弟,把他们充军到合浦,没收董贤的财产。

孔光很会奉承,立刻邀约百官,推荐王莽为大司马。太皇太后就拜王莽为大司马,兼任尚书令。从此政权全部控制在王莽的手里。

王莽和太皇太后商量,迎立中山王箕子,是为平帝。箕子是刘兴的儿子。刘兴的母亲冯昭仪虽然蒙冤自杀,箕子却没有连坐。于是王莽派车骑将军王舜去迎接。王舜是王音的儿子,是王莽的堂弟。太皇太后一向喜欢王舜,特地教他去立这一个功劳。太皇太后年纪老了,一切政令都由王莽决定。

王莽知道太皇太后很尊重孔光,不得不对他客气。特别派孔光的女婿甄邯为侍中。他不喜欢他的伯父王立,把他赶离京师,任用王商的儿子王舜、王邑做他的心腹。凡是反对他的人,不是被他排挤,就是被杀掉。何武、鲍宣、王商、辛庆忌等人,都被他杀害。

这时候,平帝才九岁,王莽封他的母亲卫姬为中山孝王后,封他的舅舅卫宝、卫玄为关内侯,都留在中山,不许他们和平帝见面。

王莽的大儿子王宇,对卫后很同情,不同意他父亲的这种作风,私自写信给卫后,要卫后上报告谢恩,顺便攻击傅、丁两家,让王莽高兴,好让她去京师。但是王莽怕自己的权力被剥夺,始

终不让她到京师来。

王宇知道他父亲好鬼神,就和他的老师吴章,以及妻子的哥哥吕宽商量,制造鬼怪,吓唬他父亲,好让他父亲把政权交出来。没想到被王莽发觉了,便把儿子关到牢狱里,王宇吃毒药死了。王宇的妻子已有孕,王莽等她把孩子生下以后,也把她杀掉。吴章和吕宽自然也都被杀。

王莽命他的手下写奏书向太皇太后请求封他为安汉公。等到太皇太后下令封他时,他却又辞了再辞,到最后他才肯接受。他上了个报告给太皇太后,自愿出钱百万,捐田三十顷,救济穷人。每遇到水旱灾时,他就吃素。

平帝做了皇帝的第三年,王莽打算把自己的女儿嫁给他,于是就下令选后。但他故意说,不愿意自己的女儿被选中,太后答应了。但官民们上报告请求立王莽的女儿为皇后,太皇太后自然批准。于是,他的两个儿子,王安被封为褒新侯,王临为赏都侯。公卿们又建议赐给王莽新野田二万五千六百顷,王莽假装不肯接受。前后一共有四十八万七千五百七十二人上报告给太皇太后,要她加赏王莽。诸侯王和列侯,只要看见太皇太后,就磕头请求。这些自然都是王莽使人策动的。他又暗中命各地方编歌谣,歌颂他的功德。他把他的亲信十二个人都封了侯。

他觉得自己所做的事,最得体的是攻击傅太后,以前他被免职也是傅太后所造成。因此,他一想起这事就生气,就跟太皇太后讲,打算要刨哀帝母亲和祖母的坟墓,太皇太后不忍心这样做,但王莽一定要刨。公卿大臣们为了巴结他,都自动出钱,又派子弟们参加刨坟的工作。有十多个人帮着去刨。

平帝十三岁了,已经懂事,看到王莽这种作风,看到朝廷上的大臣都巴结他,自然很害怕。他觉得自己虽然名义上是皇帝,实际上没有一点儿权力,举目无亲,像是被关在牢笼里一样。

王莽看得很清楚,自然不能容忍。在十二月间的一天早上,他把毒药放在酒里,端给平帝喝。平帝喝下肚子,立刻感到肚子里热得像火烧一样,知道喝的是毒药,大声叫道:"王莽杀我了!"

王莽赶紧用别的话来打岔,免得被人家听见。一会儿,平帝就去世了。

这时候,元帝已经没有后代,宣帝的曾孙有五个人,其他姓刘的王侯有四十八个人。王莽嫌他们年纪太大,自己不容易控制,就选了玄孙中最小的一个,即广戚侯的儿子刘婴,这时候刘婴才两岁。

有人凿井,刨出一块石头,这石头上写有"告安汉公莽为皇帝",王莽让人拿着这块石头给太皇太后看。太皇太后不相信。太保王舜说:"事情已经到了这个地步,拦他也没有用。他又不是真的想做皇帝,不过暂时代理,加重他的权力,来镇服天下罢了。"

太皇太后终于答应了。于是王莽穿起了皇帝穿的衣裳，接受文武百官的朝拜，一切都按照皇帝的制度。祭祀赞礼，应称他为假皇帝，臣民称他为摄皇帝。第二年，改元居摄三年。三月，立宣帝玄孙刘婴为太子，叫"孺子"。

后来，王莽索性废孺子婴，自己做了皇帝，前汉因而灭亡。他改革了很多制度，完全恢复古代的制度。不过，他只做了十八年的皇帝，"光武中兴"那是后汉的事了。从汉太祖到孺子婴，传了十二代，共二百一十年。